杨栋插图孙犁散文经典

上

北方联合出版传媒（集团）股份有限公司
春风文艺出版社
·沈 阳·

图书在版编目（CIP）数据

杨栋插图孙犁散文经典：全2册 / 孙犁著. —沈阳
：春风文艺出版社，2013.11
ISBN 978-7-5313-4487-2

Ⅰ. ①杨… Ⅱ. ①孙… Ⅲ. ①散文集—中国—当代
Ⅳ. ①I267

中国版本图书馆CIP数据核字（2013）第176751号

杨栋插图孙犁散文经典

责任编辑	韩忠良 常 晶 姚宏越
责任校对	潘晓春
装帧设计	马寄萍
幅面尺寸	170mm×240mm
字 数	544千字
插 图	50幅
印 张	28.25
版 次	2013年11月第1版
印 次	2013年11月第1次
出版发行	北方联合出版传媒（集团）股份有限公司 春风文艺出版社
地 址	沈阳市和平区十一纬路25号
邮 编	110003
网 址	www.chinachunfeng.net
购书热线	024-23284402
印 刷	沈阳新华印刷厂

ISBN 978-7-5313-4487-2　　定价(上、下):55.00元

目　录

上

下

黄鹂——病期琐事

这种鸟儿，在我的家乡好像很少见。童年时，我很迷恋过一阵捕捉鸟儿的勾当。但是，无论春末夏初在麦苗地或油菜地里追逐红靛儿，或是天高气爽的秋季，奔跑在柳树下面网罗虎不拉儿的时候，都好像没有见过这种鸟儿。它既不在我那小小的村庄后边高大的白杨树上同鬣鸡儿一同鸣叫，也不在村南边那片神秘的大苇塘里和苇咋儿一块筑窠。

初次见到它，是在阜平县的山村。那是抗日战争期间，在不断炮火洗礼中，有时清晨起来，在茅屋后面或是山脚下的丛林里，我听到了黄鹂的尖厉的富有召唤性和启发性的啼叫。可是，它们飞起来，迅若流星，在密密的树枝树叶里忽隐忽现，常常是在我仰视的眼前一闪而过，金黄的羽毛上映照着阳光，美丽极了，想多看一眼都很困难。

因为职业的关系，对于美的事物的追求，真是有些奇怪，有时简直近于一种狂热。在战争不暇的日子里，这种观察飞禽走兽的闲情逸致，不知对我的身心情感，起着什么性质的影响。

前几年，终于病了。为了疗养，来到了多年向往的青岛。

春天，我移居到离海边很近，只隔着一片杨树林洼地的一幢小楼房里。有很长的一段时间，我一个人住在这里，清晨黄昏，我常常到那杨树林里散步。有一天，我发现有两只黄鹂飞来了。

这一次，它们好像喜爱这里的林木深密幽静，也好像是要在这里产卵孵雏，并不匆匆离开，大有在这里安家落户的意思。

每天，天一发亮，我听到它们的叫声，就轻轻打开窗帘，从楼上可以看见它们互相追逐，互相逗闹，有时候看得淋漓尽致，对我来说，这真是饱享眼福了。

观赏黄鹂，竟成了我的一种日课。一听到它们叫唤，心里就很高兴，视线也就转到杨树上，我很担心它们一旦要离此他去。这里是很安静的，甚至有些近于荒凉，它们也许会安心居住下去的。我在树林里徘徊着，仰望着，有时坐在小石凳上谛听着，但总找不到它们的窠巢所在，它们是怎样安排自己的住室和产房的呢?

一天清晨，我又到树林里散步，和我患同一种病症的史同志手里拿着一支猎枪，正在瞄准树上。

“打什么鸟儿?”我赶紧过去问。

“打黄鹂!”老史兴致勃勃地说，“你看看我的枪法。”

这时候，我不想欣赏他的枪技，我但愿他的枪法不准。他瞄了一会儿，黄鹂发觉飞走了。乘此机会，我以老病友的资格，请他不要射击黄鹂，因为我很喜欢这种鸟儿。

我很感激老史同志对友谊的尊重。他立刻答应了我的要求，没有丝毫不平之气。并且说：

“养病么，喜欢什么就多看看，多听听。”

这是真诚的同病相怜。他玩猎枪，也是为了养病，能在兴头儿上照顾旁人，这种品质不是很难得吗?

有一次，在东海岸的长堤上，一位穿皮大衣戴皮帽的中年人，只是为了讨取身边女朋友的一笑，就开枪射死了一只回翔在天空的海鸥。一群海鸥受惊远飏，被射死的海鸥落在海面上，被怒涛拍击漂卷。胜利品无法取到，那位女人请在海面上操作的海带培养工人帮助打捞，工人们愤怒地掉头划船而去。这给我留下了深刻的印象。回到房子里，无可奈何地写了几句诗，也终于没有完成，因为契诃夫在好几种作品里写到了这种人。我的笔墨又怎能更多地为他们的业绩生色?

在他们的房间里，只挂着契诃夫为他们写的褒词就够了。

惋惜的是，我的朋友的高尚情谊，不能得到这两只惊弓之鸟的理解，它们竟一去不返。从此，清晨起来，白杨萧萧，再也听不到那种清脆的叫声。夏天来了，我忙着到浴场去游泳，渐渐把它们忘掉了。

有一天我去逛鸟市。那地方卖鸟儿的很少了，现在生产第一，游闲事物，相应减少，是很自然的。在一处转角地方，有一个卖鸟笼的老头儿，坐在一条板凳上，手里玩弄着一只黄鹂。黄鹂系在一根木棍上，一会儿悬空吊着，一会儿被拉上来。我站住了，我望着黄鹂，忽然觉得它的焦黄的羽毛，它的嘴眼和爪子，都带有一种凄惨的神气。

“你要吗？多好玩儿！”老头儿望望我问了。

“我不要。”我转身走开了。

我想，这种鸟儿是不能饲养的，它不久会被折磨得死去。

这种鸟儿，即使在动物园里，也不能从容地生活下去吧，它需要的天地太宽阔了。

从此，有很长一段时间，我不再想起黄鹂。第二年春季，我到了太湖，在江南，我才理解了“杂花生树，群莺乱飞”这两句文章的好处。

是的，这里的湖光山色，密柳长堤；这里的茂林修竹，桑田苇泊；这里的乍雨乍晴的天气，使我看到了黄鹂的全部美丽，这是一种极致。

是的，它们的啼叫，是要伴着春雨、宿露，它们的飞翔，是要伴着朝霞和彩虹的。这里才是它们真正的家乡，安居乐业的所在。

各种事物都有它的极致。虎啸深山，鱼游潭底，驼走大漠，雁排长空，这就是它们的极致。

在一定的环境里，才能发挥这种极致。这就是形色神态和环境的自然结合和相互发挥，这就是景物一体。典型环境中的典型性格，也可以从这个角度来理解吧。这正是在艺术上不容易遇到的一种境界。

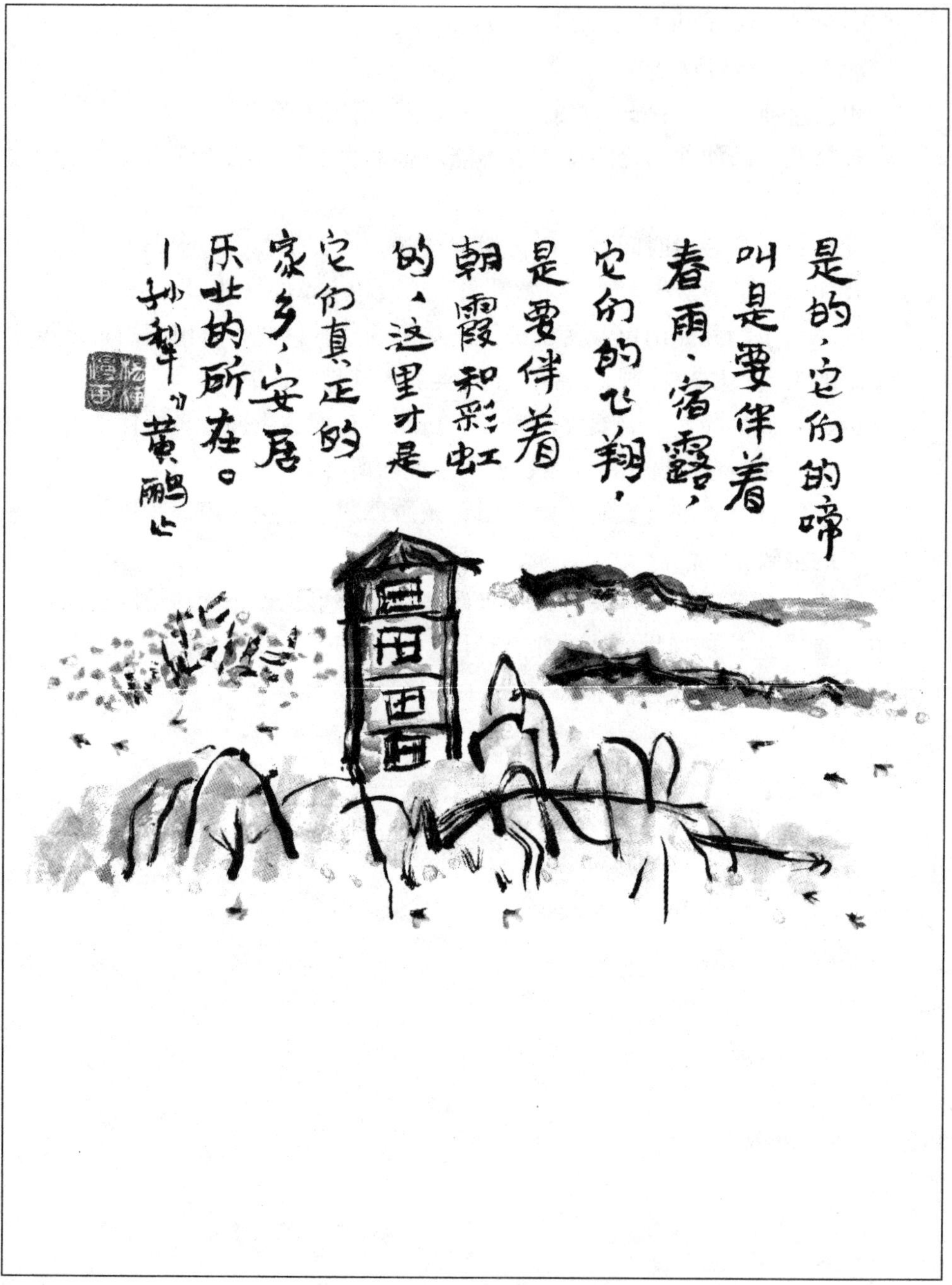

是的，它们的啼叫，是要伴着春雨、宿露，它们的飞翔，是要伴着朝霞和彩虹的。这里才是它们真正的家乡，安居乐业的所在。

石子——病期琐事

我幼小的时候，就喜欢石子。有时从耕过的田野里，捡到一块椭圆形的小石子，以为是乌鸦从山里衔回跌落到地下的，因此美其名为“老鸹枕头儿”。

那一年在南京，到雨花台买了几块小石子，是赭红色的。

那一年到大连，又在海滨装了一袋白色的回来。

这两次都匆匆忙忙，对于选择石子，可以说是不得要领。

在青岛住了一年有余，因为不喜欢下棋打扑克，不会弹琴跳舞，不能读书作文，唯一的消遣和爱好就是捡石子。时间长了，收藏丰富，有一段时间，居然被病友们目为专家。就连我低头走路，竟也被认为是长期从事搜罗工作养成的习惯，这简直是近于开玩笑了。

然而，人在寂寞无聊之时，爱上或是迷上了什么，那种劲头，也是难以常情理喻的。不但天气晴朗的时候，好在海边溅泥踏水地徘徊寻找。有时刮风下雨，不到海边转转，也好像会有什么损失，就像逛惯了古书店古董铺的人，一天不去，总觉得会交臂失掉了什么宝物一样。钓鱼者的心情，也是如此的。

初到青岛，也只是捡些小巧圆滑杂色的小石子。这些小石子养在水里，五颜六色还有些看头，如果一干，则质地粗糙，颜色也消失，算不得什么稀罕之物了。

后来在第二浴场发现一种质地细腻，色泽如同美玉的小石子，就加意寻找。这种石子，好像有一定的矿层。在春夏季，海滩积沙厚，没有这种石子。只有在秋冬之季，海水下落，沙积减少，轻涛击岸，才会露出这种蕴藏来。但也很少遇到。当潮水落到一定的地方，沿着水边来回走，看到一点点亮晶晶的苗头，跑过去捡起来，大小不等，有时还残留着一些杂质，像玉之有瑕一样。这种石子一定是包藏在一种岩石之中，经过多年的潮激汐荡，乱石撞击，细沙研磨，才形成现在这种可爱的样式。

有时，如果不注意，如果不把眼光放远一点，它略一显露，潮水再一荡，就又会被细沙所掩盖。当潮水猛涨的时候，站在岸边，抢捡石子，这不只拼着衣服溅上很多海水，甚至还有被海水卷入的危险。

有时，不避风雨，不避寒暑，到距离很远的海滩，去寻找这种石子。但也要潮水和季节适当，才有收获。

我的声誉只是鹊起一时，不久就被一位新来的病友的成绩所掩盖。这位同志，采集石子，是不声不响，不约同伴，近于埋头创作的进行，而且走得远，探得深。很快，他的收藏，就以质地形色兼好著称。石子欣赏家都到他那里去了，我的门庭，顿时冷落下来。在评判时，还要我屈居第二，这当然是无可推辞的。我的兴趣还是很高，每天从海滩回来，口袋里总是沉甸甸的，房间里到处是分门别类的石子。

那时我居住在正阳关路一幢绿色的楼房里。为了安静，我选择了三楼那间孤零零的，虽然矮小一些，但光线很好的房子。在正面窗台上，我摆了一个鱼缸，放满了水，养着我最得意的石子。

在二楼住着一位二十年前我教书时的女学生。她很关心我的养病生活，看见我的房子里堆着很多石子，就劝我养海葵花。她很喜欢这种东西，在她的房间里，饲养着两缸。

一天下午，她借了铁钩水桶，带我到海边退潮后的岩石上，去掏取这种动物。她的手还被附着在石面上的小蛤蜊擦破了。回来，她替我倒出了石子，换上海水，养上海葵花。

“你喜爱这种东西吗？”她坐下来得意地问。

“唔。”

“你的生活太单调了，这对养病是很不好的。我对你讲课印象很深，我总是坐在第一排。你不记得了吧？那时我十七岁。”

晚上，我一个人坐在灯光下，面对着我的学生为我新陈设的景物。我实在不喜欢这种东西，从捉到养，整个过程，都不能使我发生兴味。它的生活史和生活方式，在我的头脑里，体现了过去和现在的强盗和女妖的全部伎俩和全部形象。我写了一首《海葵赋》。

青岛，这是世界上少有的风光绮丽的地方。在过去很长一段时间，祖国美丽富饶的地区，有很多都曾经处在帝国主义的铁蹄蹂躏之下。每逢我站在太平角高大的岩石上，四下眺望，脚下澎湃飞溅的海潮，就会自然地使我联想起这里的悲惨的历史。我的心里总有一种沉痛之感，一种激愤之情。

终于，我把海葵花送给了女弟子，在缸里又养上了石子。

这样做的结果，是大大辜负女学生的一番盛情，一番好意了。

离开青岛的时候，我把一些自认为名贵的石子带回家里。

尘封日久，不但失去了原有的光彩，就是拿在手里，也不像过去那样滑腻，这是因为上面泛出一种盐质，用水都不容易洗去了。时过境迁，色衰爱弛，我对它们也失去了兴趣，任凭孩子们抛来掷去，想不到当时全心全力寤寐以求的东西，现在却落到了这般光景。

但它们究竟是和我度过了那一段难言的日子，给过我不少的安慰，帮助我把病养得好了一些。古人把药石针砭并称，这说明石子确是养病期间难得的纯朴有益的伴侣。

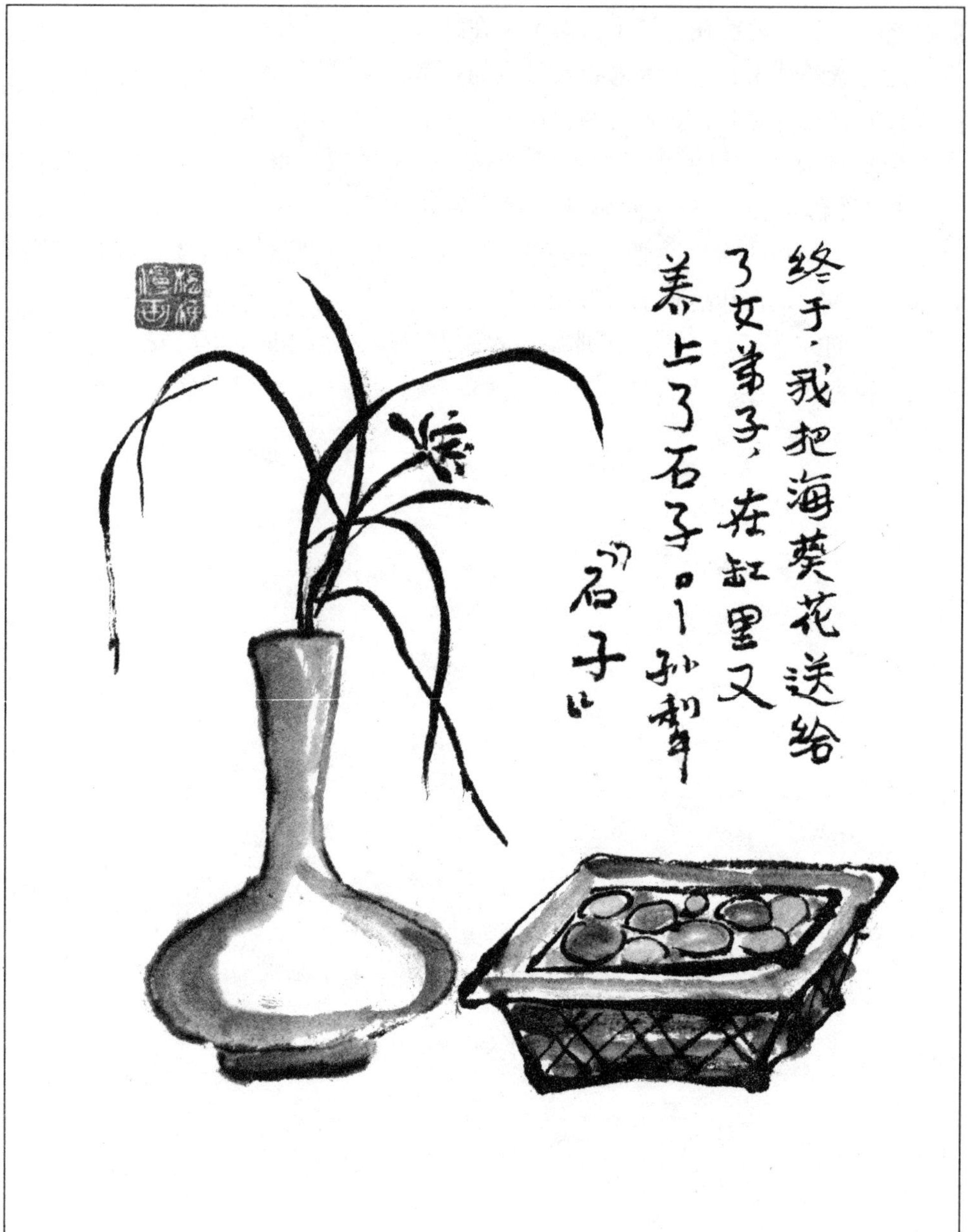

终于，我把海葵花送给了女弟子，在缸里又养上了石子。

某村旧事

一九四五年八月，日寇投降，我从延安出发，十月到浑源，休息一些日子，到了张家口。那时已经是冬季，我穿着一身很不合体的毛蓝粗布棉衣，见到在张家口工作的一些老战友，他们竟是有些“城市化”了。做财贸工作的老邓，原是我们在晋察冀工作时的一位诗人和歌手，他见到我，当天夜晚把我带到他的住处，烧了一池热水，叫我洗了一个澡，又送我一些钱，叫我明天到早市买件衬衣。当年同志们那种同甘共苦的热情，真是值得怀念。

第二天清晨，我按照老邓的嘱咐到了摊贩市场。那里热闹得很，我买了一件和我的棉衣很不相称的“绸料”衬衣，还买了一条日本的丝巾围在脖子上，另外又买了一顶口外的狸皮冬帽戴在头上。路经宣化，又从老王的床铺上扯了一条粗毛毯，一件日本军用黄呢斗篷，就回到冀中平原上来了。

这真是胜利归来，洋洋洒洒，连续步行十四日，到了家乡。在家里住了四天，然后，在一个大雾弥漫的早晨，到蠡县县城去。

冬天，走在茫茫大雾里，像潜在又深又冷的浑水里一样。

但等到太阳出来，就看见村庄、树木上，满是霜雪，那也真是一种奇景。那些年，我是多么喜欢走路行军！走在农村的、安静的、平坦的道路上，人的思想就会像清晨的阳光，猛然投射到披满银花的万物上，那样闪耀和清澈。

傍晚，我到了县城。县委机关设在城里原是一家钱庄的大宅院里，老梁住在东屋。

梁同志朴实而厚重。我们最初认识是一九三八年春季，我到这县组织人民武装自卫会，那时老梁在县里领导着一个剧社。但熟起来是在一九四二年，我从山地回到平原，帮忙编辑《冀中一日》的时候。

一九四三年，敌人在晋察冀持续了三个月的大“扫荡”。在繁峙境，我曾在战争空隙，翻越几个山头，去看望他一次。那时他正跟随西北战地服务团行军，有任务要到太原去。

我们分别很久了。当天晚上，他就给我安排好了下乡的地点，他叫我到一个村庄去。我在他那里，见到一个身材不高管理文件的女同志，老梁告诉我，她叫银花，就是那个村庄的人。她有一个妹妹叫锡花，在村里工作。

到了村里，我先到锡花家去。这是一家中农。锡花是一个非常热情、爽快、很懂事理的姑娘。她高高的个儿，颜面和头发上，都还带着明显的稚气，看来也不过十七八岁。中午，她给我预备了一顿非常可口的家乡饭：煮红薯、炒花生、玉茭饼子、杂面汤。

她没有母亲，父亲有四十来岁，服饰不像一个农民，很像一个从城市回家的商人，脸上带着酒气，不好说话，在人面前，好像做了什么错事似的。在县城，我听说他不务正业，当时我想，也许是中年鳏居的缘故吧。她的祖父却很活跃，不像一个七十来岁的老人，黑干而健康的脸上，笑容不断，给我的印象，很像是一个牲口经纪或赌场过来人。他好唱昆曲，在我们吃罢饭休息的时候，他拍着桌沿，给我唱了一段《藏舟》。这里的老一辈人，差不多都会唱几口昆曲。

我住在这一村庄的几个月里，锡花常到我住的地方看我，有时给我带些吃食去。她担任村里党支部的委员，有时也征求我一些对村里工作的意见。有时，我到她家去坐坐，见她总是那样勤快活泼。后来，我到了河间，还给她写过几回信，她每次回信，都谈到她的学习。我进了城市，音问就断绝了。

这几年，我有时会想起她来，曾向梁同志打听过她的消息。老梁说，在一九四八年农村整风的时候，好像她家有些问题，被当作“石头”搬了一下。农民称她家为“官铺”，并编有歌谣。锡花仓促之间，和一个极普通的农民结了婚，好像也很不如意。详细情形，不得而知。乍听之下，为之默然。

我在那里居住的时候，接近的群众并不多，对于干部，也只是从表面获得印象，很少追问他们的底细。现在想起来，虽然当时已经从村里一些主要干部身上，感觉到一种专横独断的作风，也只认为是农村工作不易避免的缺点。在锡花身上，连这一点也没有感到。所以，我还是想：这些民愤，也许是她的家庭别的成员引起的，不一定是她的过错。至于结婚如意不如意，也恐怕只是局外人一时的看法。感情的变化，是复杂曲折的，当初不如意，今天也许如意。很多人当时如意，后来不是竟不如意了吗？但是，这一切都太主观，近于打板摇卦了。我在这个村庄，写了《钟》《藏》《碑》三篇小说。

锡花是一个非常热情、爽快、很懂事理的姑娘。她高高的个儿，颜面和头发上，都还带着明显的稚气……

在《藏》里，女主人公借用了锡花这个名字。

我住在村北头姓郑的一家三合房大宅院里，这原是一家地主，房东是干部，不在家，房东太太也出去看望她的女儿了。陪我做伴的，是他家一个老用人。这是一个在农村被认为缺个魂儿、少个心眼儿，其实是非常质朴的贫苦农民。他的一只眼睛不好，眼泪不停止地流下来，他不断用一块破布去擦抹。他是给房东看家的，因而也帮我做饭。没事的时候，也坐在椅子上陪我说说话儿。

有时，我在宽广的庭院里散步，老人静静地坐在台阶上；夜晚，我在屋里地下点一些秫秸取暖，他也蹲在一边取火抽烟。他的形象，在我心里，总是引起一种极其沉重的感觉。他孤身一人，年近衰老，尚无一瓦之栖，一垄之地。无论在生活和思想上，在他那里，还没有在其他农民身上早已看到的新的标志。一九四八年平分土地以后，不知他的生活变得怎样了，祝他晚境安适。

在我的对门，是妇救会主任家。我忘记她家姓什么，只记得主任叫志扬，这很像是一个男人的名字。丈夫在外面做生意，家里只有她和婆母。婆母外表黑胖，颇有心计，这是我一眼就看出来的。我初到郑家，因为村干部很是照顾，她以为来了什么重要的上级，亲自来看过我一次，显得很亲近，一定约我到她家去坐坐。第二天我去了，是在平常人家吃罢早饭的时候。她正在院里打扫，这个庭院显得整齐富裕，门窗油饰还很新鲜，她叫我到儿媳屋里去，儿媳也在屋里招呼了。我走进西间里，看见妇救会主任还没有起床，盖着耀眼的红绫大被，两只白皙丰满的膀子露在被头外面，就像陈列在红绒衬布上的象牙雕刻一般。我被封建意识所拘束，急忙却步转身。她的婆母却在外间哧哧笑了起来，这给我的印象颇为不佳，以后也就再没到她家去过。

有时在街上遇到她婆母，她对我好像也非常冷淡下来了。

我想，主要因为，她看透我是一个穷光蛋，既不是骑马的干部，也不是骑车子的干部，而是一个穿着粗布棉衣，夹着小包东游西晃遛遛达达的干部。进村以来，既没有主持会议，也没有登台讲演，这种干部，叫她看来，当然没有什么作为，也主不了村中的大计，得罪了也没关系，更何必巴结钻营？

后来听老梁说，这家人家在一九四八年冬季被斗争了。这一消息，没有引起我任何惊异之感，她们当时之所以工作，明显地带有投机性质。

在这村，我遇到了一位老战友。他的名字，我起先忘记了，我的爱人是“给事中”，她告诉我这个人叫松年。那时他只有二十五、六岁，瘦小个儿，聪明外露，很会说话，我爱人只见过他一两次，竟能在十五、六年以后，把他的名字冲口说出，足见他给人印象之深。

松年也是郑家支派。他十几岁就参加了抗日工作，原在冀中区的印刷厂，后调阜平《晋察冀日报》印刷厂工作。我俩人工作经历相仿，过去虽未见面，谈起来非常亲切。他已经脱离工作四、五年了。他父亲多病，娶了一房年轻的继母，这位继母足智多谋，一定要儿子回家，这也许是为了儿子的安全着想，也许是为家庭的生产生活着想。最初，松年不答应，声言以抗日为重。继母随即给他说好一门亲事，娶了过来，枕边私语，重于诏书。新媳妇的说服动员工作很见功效，松年在新婚之后，就没有回山地去，这在当时被叫作“脱鞋”——“妥协”或开小差。

时过境迁，松年和我谈起这些来，已经没有惭怍不安之情，同时，他也许有了什么人生观的依据和现实生活的体会吧，他对我的抗日战士的贫苦奔波的生活，竟时露嘲笑的神色。那时候，我既然服装不整，夜晚睡在炕上，铺的盖的也只是破毡败絮（因为房东不在家，把被面都搁藏起来，只是炕上扔着一些破被套，我就利用它们取暖）。而我还要自己去要米，自己烧饭，在他看来，岂不近于游僧的敛化，饥民的就食！在这种情况下，我的好言相劝，他自然就听不进去，每当谈到“归队”，他就借故推托，扬长而去。

有一天，他带我到他家里去。那也是一处地主规模的大宅院，但有些破落的景象。他把我带到他的洞房，我也看到了他那按年岁来说显得过于肥胖了一些的新妇。新妇看见我，从炕上溜下来出去了。因为曾经是老战友，我也不客气，就靠在那折叠得很整齐的新被垒上休息了一会儿。

房间裱糊得如同雪洞一般，阳光照在新糊的洒过桐油的窗纸上，明亮如同玻璃。一张张用红纸剪贴的各色花朵，都给人一种温柔之感。房间的陈设，没有一样不带新婚美满的气氛，更有一种脂粉的气味，在屋里弥漫……

柳宗元有言，流徙之人，不可在过于冷清之处久居，现在是，革命战士不可在温柔之乡久处。我忽然不安起来了。当然，这里没有冰天雪地，没有烈日当空，没有跋涉，没有饥饿，没有枪林弹雨，更没有入死出生。但是，它在消磨且已经消磨尽了一位青年人的斗志。我告辞出来，一个人又回到那冷屋子冷炕上去。

生活啊，你在朝着什么方向前进？你进行得坚定而又有充分的信心吗？

“有的。”好像有什么声音在回答我，我睡熟了。

在这个村庄里，我另外认识了一位文建会的负责人，他有些地方，很像我在《风云初记》里写到的变吉哥。

以上所记，都是十五、六年前的旧事。一别此村，从未再去。有些老年人，恐怕已经安息在土壤里了吧，他们一生的得失，欢乐和痛苦，只能留在乡里的口碑上。一些青年人，恐怕早已生儿育女，生活大有变化，愿他们都很幸福。

烈士陵园

烈士们长眠在名山之下，
萧萧的白杨伸延在陵道两边，
大理石纪念塔高出云表，
一只苍鹰在塔的上空盘旋。

本来是要写一首诗，来献给陵园的。激动了的情感忍受不了韵脚的限制和束缚，还是改写散文吧。

这一带地方，确是形胜之地。山区的果树和平原的庄稼，今年都获丰收。陵园西边的山路上，正有大队的毛驴、驮骡，负载着新收的柿子、红果，到山脚下的收购站去。驴骡踏在石路上的杂乱的蹄声，以及赶牲口的人们的吆喝声，都给天高气爽季节的陵园，增加了充沛旺盛的生命力量。热情高涨的妇女运输队来来往往的歌声和欢笑，更带来丰收季节的鼓舞欢腾。我想，长眠在地下的烈士们有知，也会为这一带——即他们生前艰苦缔造的地方——人民的斗志昂扬，生活幸福，感到安慰和高兴的。

这里的幸福生活，确是和烈士们分不开的，是有血肉的关联的。是他们生前所关心，也是死后所不能忘怀的。

这一地区之所以称为名胜，并不在于像县志或山志上所介绍的：山上有奇松，山中间有怪石，山下有泉水。因为据我所知，像阜平那一带的大黑山，虽然不以名胜著称，也有这样的石头，也有这样的泉水，我们的战士也曾经在那里往返周绕，爬上爬下，有八年之久。这里之所以称为名山，当然也不在于那些毁坏了的帝王宫殿，以及与之有关的舍利宝塔和僧尼庵寺。

是因为：这里有艰苦的回忆，有革命的传统，有当前奋发图强的生产热情。人民已经解除了帝国主义和封建主义所强加给他们的无穷灾难，人民的生活，已经富裕和幸福。——今天的阜平，当然也是这样。

单从衣食住行上看，人民的生活已经和抗日期间有了很大的变化。在这里，再也看不见那时山区常见的：夏天，在炎日下上身赤露，下边还穿着破棉裤，冬季在寒风里，穿一件光板破羊皮袄的农民形象。现在农民的服装，即使走到大城市，也还是整齐漂亮的。大部分住宅，已经改建成新瓦房，地势背风而向阳。在吃的方面，也不会再有一大缸一大缸的烂酸菜或是树叶。在运输上，山下的公路已经修通，山上的公路也正在计划。一到天晚，家家户户，电灯明亮，收音机放送着幸福的、革命的歌声。

这一切都会传送到陵园里来。而陵园也正在把它的声音传送到各个地方去。陵园主任一年三百六十日，都在向前来瞻仰的战士、学生作报告，实际上是一种活的教育，生动的阶级教育。

一天清晨，我看见有一个团的战士在陵园前面集合。我们的战士，不只武器精良，而且军容齐整，雄姿英发。我们的战斗机，在陵园上空，轰轰飞过。这一切，烈士们是会看见、听到的。他们会想起他们作战时所用的简陋武器，所受的敌人飞机轰炸的欺侮，为祖国的强大感到安慰。

是的，经历越多，联想也就越丰富。我随同一队小学生在陵园的陈列室，瞻仰烈士们的遗容，一个小学生对他的老师提出了这样一个问题：

“他们为什么都这样年轻？”

从那些年轻、英俊、坚定的遗容上看，很多烈士和站在他们面前的小学生，好像就是并肩的兄弟和姐妹。在壮烈牺牲时，他们有的十七八岁，有的二十一二岁。现在这样年岁的青年，正在幸福地受到党和人民的关怀和教育。

从烈士们的传略上可以看到，即使他们这样年轻，他们生前已经是久经考验，识见远大，立场坚定，对革命忠心耿耿。

我不知道那位严肃的老师怎样解答。我从陵园走出来，这个问题一直在我的脑际回绕。

很多烈士在中学、师范甚至小学，就接受了党所传播的革命思想。然后，他们回到家乡，或是在穷乡僻壤的小学校里教书，他们又向贫苦的农民和他们的子弟传播了这种思想。

这就是星火燎原。在旧社会，到处是饥寒贫困，到处是阶级压迫，因此也就到处是易燃的干柴燥草。革命之火，一触即发。随即卷起革命的风暴，这些烈士投身、领导在这风暴烈火之中。

他们有的爱好文学。而当时革命的报刊、书籍，传播得很少也很困难。他们看不到革命的戏剧电影，听不到革命的广播。但他们顽强地接受了党的教育，并奋不顾身地传播了党的思想。

这样看来，他们并不是生而知之，也不完全是时代使然，而是党深入教育的结果。他们革命的坚决意志，是值得我们学习和发扬的。

夜晚，我回到陵园的招待所，管理员对我说，白天来了两位烈属，从我的房间搬走了一床多余的铺盖。

烈属是母女两人，就住在我的隔壁，她们低声絮语，一夜好像没有睡觉。我想，她们来到这里，恐怕是不容易入睡的。第二天，她们很早起来，就动身回家了。

母亲在路上，还要讲述父亲或是兄长的故事给那年轻的女孩子听吧。

但愿这故事，能叫全体青年人都听到：

这里的风声泉水声，都在传送着烈士的遗言遗志！

这里的花树果树，都染有烈士们的无限的恩泽和革命的感情！

保定旧事

我的家乡，距离保定，有一百八十里路。我跟随父亲在安国县，这样就缩短了六十里路。去保定上学，总是雇单套骡车，三个或两个同学，合雇一辆。车是前一天定好，刚过半夜，车夫就来打门了。他们一般是很守信用，绝不会误了客人行程的。于是抱行李上车。在路上，如果你高兴，车夫可以给你讲故事；如果你困了，要睡觉，他便停止，也坐在车前沿，抱着鞭子睡起来。这种旅行，虽在深夜，也不会迷失路途。因为学生们开学，路上的车，连成了一条长龙。牲口也是熟路，前边停下，它也停下；前边走了，它也跟着走起来，这样一直走到唐河渡口，天也就大亮了。如果是春冬天，在渡口也不会耽搁多久。车从草桥上过去，桥头上站着一个人，一边和车夫们开着玩笑，一边敲讹着学生们的过路钱。

中午，在温仁或是南大冉打尖。一进街口，便有望不到头的各式各样的笊篱，挂在大街两旁的店门口。店伙们站在门口，喊叫着，招呼着，甚至拦截着，请车辆到他的店中去。

但是，这不会酿成很大的混乱，也不会因为争夺生意，互相吵闹起来。因为店伙们和车夫们都心中有数，谁是哪家的主顾，这是一生一世，也不会轻易忘情和发生变异的。

一进要停车打尖的村口，车夫们便都神气起来。那种神气是没法形容的，只有用他们的行话，才能说明万一。这就是那句社会上公认的成语："车喝儿进店，给个知县也不干!"

确实如此，车夫把车喝住，把鞭子往车卒上一插，便什么也不管，径到柜房，洗脸，喝茶，吃饭去了。一切由店伙代劳。酒饭钱，牲口草料钱，自然是从乘客的饭钱中代付了。

牲口、人吃饱了，喝足了，连知县都不想干的车夫们，一个个喝得醉醺醺的，蜂拥着从柜房出来，催客人上路。其实，客人们早就等急了，天也不早了。这时，人欢马腾，一辆辆车赶得要飞起来，车夫坐在车上，笑嘻嘻地回头对客人说：

“先生，着什么急？这是去上学，又不是回家，有媳妇等着你！”

“你该着急呀，”一些年岁大的客人说，“保定府，你有相好的吧！”

“那误不了，上灯以前赶到就行！”车夫笑着说。

一进校门，便是黄卷青灯的生活。

这是一所私立中学，设在西关外一条南北街上。这是一条很荒凉的小街道，但庄严地坐落着一所大学和两所中等学校。此外就只有几家小饭铺，三两处糖摊。

整个保定的街道，都是坑坑洼洼，尘土飞扬的。那时谁也没想过，这个府城为什么这样荒凉，这样破旧，这样萧条。也没有谁想到去建设它，或是把它修整修整。谁也没有去注意这个城市的市政机关设在哪里，也看不到一个清扫街道的工人。

从学校进城去，还有一条斜着通到西门的坎坷的土马路，走过一座卖包子和罩火烧的小楼，便是护城河的石桥。秋冬风沙大，接近城门时，从门洞刮出的风又冷又烈，就得侧着身子或背着身子走。在转身的一刹那，常常会看到，在城门一边的墙上，挂着一个小木笼，这就是在那个年代，视为平常的，被灰尘蒙盖了的，血肉模糊的示众的首级。

经常有些杂牌军队，在西关火车站驻防。星期天，在石桥旁边那家澡塘里，可以看到好多军人洗澡。在马路上，三两成群的外出士兵，一般都不携带枪支，而是把宽厚的皮带握在手里。黄昏的时候，常常有全副武装的一小队人，匆匆忙忙在街上冲过，最前边的一个人，抱着灵牌一样的纸糊大令。城门上悬挂的物件，就全是他们的作品。

如果遇到什么特别重要的人物来了，比如当时的张学良，则临时戒严，街上行人，一律面向墙壁，背后排列着也是面向墙壁的持枪士兵。

这个城市，就靠几所学校维持着，成为中国北方除北平以外著名的文化古城。

如果不是星期天，城里那条最主要的街道——西大街上，是很少行人的。

两旁店铺的门，有的虚掩着，有的干脆就关闭。有名的市场“马号”里，游人也是寥寥无几。这个市场，高高低低，非常阴暗。各个小铺子里的店员们，呆呆地站在柜台旁边，有的就靠着柜台睡着了。

只有南门外大街上，几家小铁器铺里，传出叮叮当当的响声；另外，从西关水磨那里，传来哗哗的流水声。此外，这就是一座灰色的，没有声音的，城南那座曹琨花园，也没有几个游人的，窒息了的城市。

那时候，只是一家单纯的富农，还不能供给一个中学生；一家普通地主，不能供给一个大学生。必须都兼有商业资本或其他收入。这样，在很长时间里，文化和剥削，发生着不可分割的关联。

这所私立的中学，一个学生一年要交三十六元的学费（买书在外）。那时，农民出售三十斤一斗的小麦，也不过收入一元多钱。

这所中学，不只在保定，在整个华北也是有名的。它不惜重金，礼聘有名望的教员，它的毕业生，成为天津北洋大学录取新生的一个主要来源。同时，不惜工本，培养运动员。北平师范大学体育系，每期差不多由它包办了。它是在篮球场上，一度成为舞台上的梅兰芳那样的明星，王玉增的母校。

它也是那些从它这里培养，去法国勤工俭学，归来后成为一代著名人物的人们的母校。

当我进校的时候，它还附设着一个铁工厂，又和化学教员合办了一个制革厂，都没有什么生意，学生也不到那里去劳动，勤工俭学，已经名存实亡了。

学校从操场的西南角，划出一片地方，临着街盖了一排教室，办了一所平民学校。

在我上高二的时候，我有一个要好的同班生，被学校任命为平民学校的校长。他见我经常在校刊上发表小说，就约我去教女高小二年级的国文。

被教育了这么些年，一旦要去教育别人，确是很新鲜的事。听到上课的铃声，抱着书本和教具，从教员预备室里出来，严肃认真地走进教室。教室很小，学生也不多，只有五、六个人。她们肃静地站立起来，认真地行着礼。

平民学校的对门，就是保定第二师范。在那灰色的大围墙里面，它的学生们，正在进行实验苏维埃的红色革命。国家民族处在生死存亡危急的关头，“九一八”、“一·二八”事变，在学生平静的读书生活里，像投下两颗炸弹，许多重大迫切的问题，涌到青年们的眼前，要求每个人做出解答。

我写了韩国志士谋求独立的剧本，给学生们讲了法国和波兰的爱国小说，后来又讲了十月革命的短篇作品。

班长王淑，坐在最前排中间位置上。每当我进来，她喊着口令，声音沉稳而略带沙哑。她身材矮小，面孔很白，眼睛在她那小而有些下尖的脸盘上，显得特别的黑和特别的大。油黑的短头发，分下来紧紧贴在两鬓上。嘴很小，下唇丰厚，说话的时候，总带着轻微的笑。

她非常聪明，各门功课都是出类拔萃的，大楷和绘画，我是望尘莫及的。她的作文，紧紧吻合着时代，以及我教课的思想和感情。有说不完的意思，她就写很长的信，寄到我的学校，和我讨论，要我解答。

我们的校长，曾经跟随过孙中山先生，后来，有人说他成了国家主义派，专门办教育了。他住在学校第二层院的正房里。学校原是由一座旧庙改建的，他所住的，就是庙宇的正殿。他是道貌岸然的，长年袍褂不离身。很少看见他和人谈笑，却常常看到他在那小小的庭院里散步，也只是限于他门前那一点点地方。一九二七年以后，每次周会，能在大饭堂听到他的清楚简短的讲话。

训育主任的办公室，设在学生出入必须经过的走廊里。他坐在办公桌上，就可以对出入学校大门的人，一览无余。他觉得这还不够，几乎无时不在那一丈多长的走廊中间，来回踱步。师道尊严，尤其是训育主任，左规右矩，走路都要给学生做出楷模。他高个子，西服革履，一脸杀气——据说曾当过连长，眼睛平直前望，一步迈出去，那种慢劲和造作劲，和仙鹤完全一样。

他的办公室的对面，是学生信架，每天下午课后，学生们到这里来，看有没有自己的信件。有一天，训育主任把我叫到他的办公室，用简短客气的话语，免去了我在平校的教职。显然是王淑的信出了毛病。

我的讲室，在面对操场的那座二层楼上。每次课间休息，我们都到走廊上，看操场上的学生们玩球。平校的小小院落，看得很清楚。随着下课铃响，我看见王淑站在她的课堂门前的台阶上，用忧郁的、大胆的、厚意深情的目光，投向我们的大楼之上。如果是下午，阳光直射在她的身上。她不顾同学们从她身边跑进跑出，直到上课的铃声响完，她才最后一个转身进入教室。

我从农村来，当时不太了解王淑的家庭生活。后来我才知道，这叫作城市贫民。她的祖先，不知在一种什么境遇下，在这个城市住了下来，目前生活是很穷困的了。她的母亲，只能把她押在那变化无常的，难以捉摸的，生活或者叫作命运的棋盘上。

城市贫民和农村的贫农不一样。城市贫民，如果他的祖先阔气过，那就要照顾生活的体面。特别是一个女孩子，她在家里可以吃不饱，但出门之时，就要有一件像样的衣服穿在身上。如果在冬天，就还要有一条宽大漂亮的毛线围巾，披在肩头。

眼睛在她那小而有些下尖的脸盘上，显得特别的黑和特别的大。油黑的短头发，分下来紧紧贴在两鬓上。嘴很小，下唇丰厚，说话的时候，总带着轻微的笑。

当她因为眼病，住了西关思罗医院的时候，我又知道她家是教民，这当然也是为了得到生活上的救济。我到医院去看望了她，她用纱布包裹着双眼，像捉迷藏一样。她母亲看见我，就到外边买东西去了。在那间小房子里，王淑对我说了情意深长的话。医院的人来叫她去换药，我也告辞，她走到医院大楼的门口，回过身来，背靠着墙，向我的方位站了一会儿。

这座医院，是一座外国人办的医院，它有一带大围墙，围墙以内就成了殖民地。我顺着围墙往外走，经过一片杨树林。有一个小教民，背着柴筐从对面走来，向我举起拳头示威。是怕我和他争夺秋天的败枝落叶呢？还是意识到主子是外国人，自己也高人一等？

王淑和我年岁相差不多，她竟把我当作师长，在茫茫的人生原野上，希望我能指引给她一条正确的路。我很惭愧，我不是先知先觉，我很平庸，不能引导别人，自己也正在苦恼地从书本和实践中探索。训育主任，想叫学生循着他所规定的，像操场上田径比赛时，用白粉画定的跑道前进，这也是不可能的。时代和生活的波涛，不断起伏。在抗日大浪潮的推动下，我离开了保定，到了距离她很远的地方。

我不知道，生活把王淑推到了什么地方，我想她现在一定生活得很幸福。

那种苦雨愁城，枯柳败路的印象，很自然地一扫而光。

在阜平——《白洋淀纪事》重印散记

中国青年出版社要重印《白洋淀纪事》。这本书是由过去几本小书合成的，而小书根据的原件，又多是战争年月的油印、石印或抄写本，不清晰，错字多。合印时，我在病中，未能亲自校对，上次重印，虽说“自校一过”，也只是着重校了书的上半部。

这本集子最初是由一位老战友协同出版社编辑的，采用了倒编年的办法，即把后写的排在前，而先写的列在后；这当然有他们的不可非议的想法，是一种好意。

这次重校，是从书的最后一篇，倒溯上去。实际上就是顺着写作年月看下去，好像又从原来的出发点开始，把过去走过的路，重新旅行了一次。不只对路上的一山一水，一石一树，都感到亲切，在行走中间，也时时有所感触。

一九三九年春天，我从冀中平原调到阜平一带山地，分配在晋察冀通讯社工作，这是新成立的一个机关，其中的干部，多半是刚刚从抗大毕业的学生。

通讯社在城南庄，这是阜平县的大镇。周围除去山，就是河滩沙石，我们住在一家店铺的大宅院里。我的日常工作是做“通讯指导”，每天给各地新发展的通讯员写信，最多可写到七八十封，现在已经记不起写的是什么内容。此外，我编写了一本供通讯员学习的材料，堂皇的题目叫作《论通讯员及通讯写作诸问题》，可能是东抄西凑吧。不久铅印出版，是当时晋察冀少有的铅印书之一，可惜现在找不到了。

在这一期间，我认识了当代一些英才彦俊，抗日风暴中的众多歌手。伟大的抗日战争，把祖国各地各个角落的有志有为的青年，召唤到民族革命战争的前线。每天有成千上万的青年奔向前方，他们是国家一代的精华，蕴藏多年的火种，他们为抗日献出了青春的才力，无数人献出了生命。

这个通讯社成立时有十几个人，不到几年，就牺牲了包括陈辉、仓夷、叶烨在内的，好几位才华洋溢的青年诗人。在暴风雨中，他们的歌声，他们跃进的步伐，永不磨灭地存在一个时代和我个人的记忆之中。

机关不久就转移到平阳附近的三将台。这是一个建筑在高山坡上，面临一条河滩的，只有十几户人家的小村子。到这个村子不久，我被派到雁北地区做了一次随军采访，回来就过春节了。这还是我第一次离开家乡过春节，东望硝烟弥漫的冀中平原，心情十分沉重。

大年三十晚上，我的房东，端了一个黑粗瓷饭碗，拿了一双荆树条做的筷子，到我住的屋里，恭恭敬敬地放在炕沿上，说：

“尝尝吧。”

那碗里是一方白豆腐，上面是一撮烂酸菜，再上面是一个窝窝头，还在冒热气。我以极其感动的心情，接受了他的馈送。

房东是一个五十来岁的单身汉，他那干黑的脸，迟滞的眼神，带些愁苦的笑容以及暴露粗筋的大手，这在冀中我是见惯了的，一些穷苦的中年人，大都如此。这里的生活，比起冀中来就更苦，他们成年累月地吃糠咽菜，每家院子里放着几只高与人齐的大缸，里面泡满了几乎所有可以摘到手的树叶。在我们家乡，荒年时只吃榆树、柳树的嫩叶，他们这里是连杏树、杨树甚至蓖麻的大叶子，都拿回来泡在缸里。上面压上几块大石头，风吹日晒雨淋，夏天，蛆虫顺着缸沿到处爬。吃的时候，切成碎块，拿到河里去淘洗，回来放上一点盐。

今天的酸菜是白萝卜的缨子，这是只有过年过节才肯吃的。

我们在这村里，编辑一种油印的刊物《文艺通讯》。一位梁同志管刻写。印刷、折叠、装订、发行，我们俩共同做。他是一个中年人，曲阳口音，好像是从区里调来的。那时，虽说是五湖四海，却很少互问郡望。他很少说话，没事就拿起烟斗，坐在炕上抽烟。他的铺盖很整齐，离家近的缘故吧，除去被子，还有褥子枕头之类，后来，他要调到别处去，为了纪念我们这一段共事，他把一块铺在身下的油布送给了我，这对我当然是很需要的，因为我只有一条被，一直睡在没有席子的炕上。但也享受了不久，一次行军，中午躺在路边大石头上休息，把油布铺在下面，一觉醒来，爬起来就赶路，把油布丢了。

晚上，我还帮助一位姓李的女同志办识字班。她是一位热情、美丽、善良的青年，经过她的努力，把新的革命的文化，带给了这个偏僻落后的小村庄，并且因为我们的机关住在这里，它不久就成为边区文化的一个中心。

阜平一带，号称穷山恶水。在这片炮火连天的大地上，随时可以看到：一家农民，住在高高的向阳山坡上，他把房前房后，房左房右，高高低低的，大大小小的，凡是有泥土的地方，都因地制宜，栽上庄稼。到秋天，各处有各处的收获。

于是，在他的房顶上面，屋檐下面，门框和窗棂上，挂满了红的、黄的粮穗和瓜果。当时，党领导我们在这片土地上工作的情形，就是如此。

山下的河滩不广，周围的芦苇不高。泉水不深，但很清澈，冬夏不竭，鱼儿们欢畅地游着，追逐着。山顶上，秃光光的，树枯草白，但也有秋虫繁响，很多石鸡、鹧鸪飞动着，孕育着，自得其乐地唱和着，山兔狍獐，忽然出现又忽然消失。

当时，我们在这里工作，天地虽小，但团结一致，情绪高涨；生活虽说艰苦，但工作效率很高。

我非常怀念经历过的那一个时代，生活过的那些村庄，作为伙伴的那些战士和人民。我非常怀念那时走过的路，踏过的石块，越过的小溪。记得那些风雪、泥泞、饥寒、惊扰和胜利的欢乐，同志们兄弟一般的感情。

在这一地区，随着征战的路，开始了我的文学的路。我写了一些短小的文章，发表在那时在艰难条件下出版的报纸期刊上。它们都是时代的仓促的记录，有些近于原始材料。有所闻见，有所感触，立刻就表现出来，是璞不是玉。生活就像那时走在崎岖的山路上，随手可以拾到的碎小石块，随便向哪里一碰，都可以迸射出火花来。

“四人帮”当路的年代，我的书的遭遇如同我的本身。有人也曾劝我把《白洋淀纪事》改一改，我几乎没加思考地拒绝了。如果按照“四人帮”的立场、观点、方法，还有他们那一套语言，去篡改抗日战争，那不只有背于历史，也有昧于天良。我宁可沉默。

真正的历史，是血写的书，抗日战争也是如此。真诚的回忆，将是明月的照临，清风的吹拂，它不容有迷雾和尘沙的干扰。面对祖国的伟大河山，循迹我们漫长的征途：我们无愧于党的原则和党的教导吗？无愧于这一带的土地和人民对我们的支援吗？无愧于同志、朋友和伙伴们在战斗中形成的情谊吗？

服装的故事

我远不是什么纨绔子弟，但靠着勤劳的母亲纺线织布，粗布棉衣，到时总有的。深感到布匹的艰难，是在抗战时参加革命以后。

一九三九年春天，我从冀中平原到阜平一带山区，那里因为不能种植棉花，布匹很缺。过了夏季，渐渐秋凉，我们什么装备也还没有。我从冀中背来一件夹袍，同来的一位同志多才多艺，他从老乡那里借来一把剪刀，把它裁开，缝成两条夹褥，铺在没有席子的土炕上。这使我第一次感到布匹的难得和可贵。

那时我在新成立的晋察冀通讯社工作。冬季，我被派往雁北地区采访。雁北地区，就是雁门关以北的地区，是冰天雪地，大雁也不往那儿飞的地方。我穿的是一身粗布棉袄裤，我身材高，脚腕和手腕，都有很大部位暴露在外面。每天清早在大山脚下集合，寒风凛冽。有一天在部队出发时，一同采访的一位同志把他从冀中带来的一件日本军队的黄呢大衣，在风地里脱下来，给我穿在身上。我第一次感到了战斗伙伴的关怀和温暖。

一九四一年冬天，我回到冀中，有同志送给我一件狗皮大衣筒子。军队夜间转移，远近狗叫，就会暴露自己。冀中区的群众，几天之内，就把所有的狗都打死了。我把皮子拿回家去，我的爱人，用她织染的黑粗布，给我做了一件短皮袄。因为狗皮太厚，做起来很吃力，有几次把她的手扎伤。我回路西的时候，就珍重地带它过了铁路。

一九四三年冬季，敌人在晋察冀边区“扫荡”了整整三个月。第二年开春，我刚刚从山西的繁峙一带回到阜平，就奉命整装待发去延安。当时，要领单衣，把棉衣换下。因为我去晚了，所有的男衣，已发完，只剩下带大襟的女衣，没有办法，领下来。这种单衣的颜色，是用土靛染的，非常鲜艳，在山地名叫“月白”。因是女衣，在宿舍换衣服时，我犹豫了，这穿在身上像话吗？

忽然有两个女学生进来——我那时在华北联大高中班教书。她们带着剪刀针线，立即把这件女衣的大襟撕下，缝成一个翻领，然后把对襟部位缝好，变成了一件非常时髦的大翻领钻头衬衫。她们看着我穿在身上，然后拍手笑笑走了，也不知道是赞美她们的手艺，还是嘲笑我的形象。

然后，我们就在枣树林里站队出发。

这一队人马，走在去往革命圣地延安的漫长而崎岖的路上，朝霞晚霞映在我们鲜艳的服装上。如果叫现在城市的人看到，一定要认为是奇装异服了。或者只看我的描写，以为我在有意歪曲、丑化八路军的形象。但那时山地群众并不以为怪，因为他们在村里村外常常看到穿这种便衣的工作人员。

路经盂县，正在那里下乡工作的一位同志，在一个要道口上迎接我，给我送行。初春，山地的清晨，草木之上，还有霜雪。显然他已经在那里等了很久，浓黑的鬓发上，也挂有一些白霜。他在我们行进的队伍旁边，和我握手告别，说了很简短的话。

应该补充，在我携带的行李中间，还有他的一件日本军用皮大衣，是他过去随军工作时，获得的战利品。在当时，这是很难得的东西，大衣做得坚实讲究：皮领，雨布面，上身是丝绵，下身是羊皮，袖子是长毛绒。羊皮之上，还带着敌人的血迹。原来坚壁在房东家里，这次出发前，我考虑到延安天气冷，去找我那件皮衣，找不到，就把他的拿起来。

初夏，我们到绥德，休整了五天。我到山沟里洗了个澡。

这是条向阳的山沟，小河的流水很温暖，水冲击着沙石，发出清越的声音。我躺在河中间一块平滑的大石板上，温柔的水，从我的头部胸部腿部流过去，细小的沙石常常冲到我的口中。我把女同学们给我做的衬衣，洗好晾在石头上，干了再穿。

我们队长到晋绥军区去联络，回来对我说：吕正操司令员要我到他那里去。一天上午，我就穿着这样一身服装，到了他那庄严的司令部。那件艰难携带了几千里路的大衣，到延安不久，就因为一次山洪暴发，同我所有的衣物，卷到延河里去了。

这次水灾以后，领导上给我发了新的装备，包括一套羊毛棉衣。这种棉衣当然不错，不过有个缺点，穿几天，里面的羊毛就往下坠，上半身成了夹的，下半身则非常臃肿。和我一同到延安去的一位同志，要随王震将军南下，他们发的是絮棉花的棉衣，他告诉我路过桥儿沟的时候，叫我披着我那件羊毛棉衣，在街口等他，当他在那里走过的时候，我们俩“走马换衣”，他把那件难得的真正棉衣换给了我。因为既是南下，越走天气越暖和的。

这年冬季，女同学们又把我的一条棉褥里的棉花取出来，把我的棉裤里的羊毛换进去，于是我又有了一条名副其实的棉裤。她们又给我打了一双羊毛线袜和一条很窄小的围巾，使我温暖愉快地过了这一个冬天。

这时，一位同志新从敌后到了延安，他身上穿的竟是我那件狗皮袄，说是另一位同志先穿了一阵，然后转送给他的。

一九四五年八月，日本投降，我们又从延安出发，我被派作前站，给女同志们赶了很长一段时间的毛驴。那些婴儿们，装在两个荆条筐里，挂在母亲们的两边。小毛驴一走一颠，母亲们的身体一摇一摆，孩子们像燕雏一样，从筐里探出头来，呼喊着，玩闹着，和母亲们爱抚的声音混在一起，震荡着漫长的欢乐的旅途。

冬季我们到了张家口，晋察冀的老同志们开会欢迎我们，穿戴都很整齐。一位同志看我还是只有一身粗布棉袄裤，就给我一些钱，叫我到小市去添补一些衣物。后来我回冀中，到了宣化，又从一位同志的床上，扯走一件日本军官的黄呢斗篷，走了整整十四天，到了老家，披着这件奇形怪状的衣服，与久别的家人见了面。这仅仅是记得起来的一些，至于战争年代里房东老大娘、大嫂、姐妹们为我做鞋做袜，缝缝补补，那就更是一时说不完了。

我们在和日本帝国主义、蒋帮作战的时候，穿的就是这样。但比起上一代的老红军战士，我们的物质条件就算好得多了。

穿着这些单薄的衣服，我们奋勇向前。现在，那些刺骨的寒风，不再吹在我的身上，但仍然吹过我的心头。其中有雁门关外挟着冰雪的风，在冀中平原卷着黄沙的风，有延河两岸虽是严冬也有些温暖的风。我们穿着这些单薄的衣服，在冰冻石滑的山路上攀登，在深雪中滚爬，在激流中强渡。有时夜雾四塞，晨霜压身，但我们方向明确，太阳一出，歌声又起。

童年漫忆

听说书

我的故乡的原始住户，据说是山西的移民，我幼小的时候，曾在去过山西的人家，见过那个移民旧址的照片，上面有一株老槐树，这就是我们祖先最早的住处。

我的家乡离山西省是很远的，但在我们那一条街上，就有好几户人家，以长年去山西做小生意，维持一家人的生活，而且一直传下好几辈。他们多是挑货郎担，春节也不回家，因为那正是生意兴隆的季节。他们回到家来，我记得常常是在夏秋忙季。他们到家以后，就到地里干活，总是叫他们的女人，挨户送一些小玩意儿或是蚕豆给孩子们，所以我的印象很深。

其中有一个人，我叫他德胜大伯，那时他有四十岁上下。

每年回来，如果是夏秋之间农活稍闲的时候，我们一条街上的人，吃过晚饭，坐在碾盘旁边去乘凉。一家大梢门两旁，有两个柳木门墩，德胜大伯常常被人们推请坐在一个门墩上面，给人们讲说评书，另一个门墩上，照例是坐一位年纪大辈数高的人，和他对称。我记得他在这里讲过《七侠五义》等故事，他讲得真好，就像一个专业艺人一样。

他并不识字，这我是记得很清楚的。他常年在外，他家的大娘，因为身材高，我们都叫她“大个儿大妈”。她每天挎着一个大柳条篮子，敲着小铜锣卖烧饼馃子。德胜大伯回来，有时帮她记记账，他把高粱的茎秆，截成笔帽那么长，用绳穿结起来，横挂在炕头的墙壁上，这就叫“账码”，谁赊多少谁还多少，他就站在炕上，用手推拨那些茎秆儿，很有些结绳而治的味道。

他对评书记得很清楚，讲得也很熟练，我想他也不是花钱到娱乐场所听来的。他在山西做生意，长年住在小旅店里，同住的人，干什么的人也有，夜晚没事，也许就请会说评书的人，免费说两段，为长年旅行在外的人们消愁解闷，日子长了，他就记住了全部。

他可能也说过一些山西人的风俗习惯，因为我年岁小，对这些没兴趣，都忘记了。

德胜大伯在做小买卖途中，遇到瘟疫，死在外地的荒村小店里。他留下一个独生子叫铁锤。前几年，我回家乡，见到铁锤，一家人住在高爽的新房里，屋里陈设，在全村也是最讲究的。他心灵手巧，能做木工，并且能在玻璃片上画花鸟和山水，大受远近要结婚的青年农民的欢迎。他在公社担任会计，算法精通。

德胜大伯说的是评书，也叫平话，就是只凭演说，不加伴奏。在乡村，麦秋过后，还常有职业性的说书人，来到街头。其实，他们也多半是业余的，或是半职业性的。他们说唱完了以后，有的由经管人给他们敛些新打下的粮食；有的是自己兼做小买卖，比如卖针，在他说唱中间，由一个管事人，在妇女群中，给他卖完那一部分针就是了。这一种人，多是说快书，即不用弦子，只用鼓板。骑着一辆自行车，车后座做鼓架。他们不说整本，只说小段。卖完针，就又到别的村庄去了。

一年秋后，村里来了弟兄三个人，推着一车羊毛，说是会说书，兼有擀毡条的手艺。第一天晚上，就在街头说了起来，老大弹弦，老二说《呼家将》，真正的西河大鼓，韵调很好。村里一些老年的书迷，大为赞赏。第二天就去给他们张罗生意，挨家挨户去动员：擀毡条。

他们在村里住了三四个月，每天夜晚说《呼家将》。冬天天冷，就把书场移到一家茶馆的大房子里。有时老二回老家运羊毛，就由老三代说，但人们对他的评价不高，另外，他也不会说《呼家将》。

眼看就要过年了，呼延庆的擂还没打成。每天晚上预告，明天就可以打擂了，第二天晚上，书中又出了岔子，还是打不成。人们盼呀，盼呀，大人孩子都在盼。村里娶儿聘妇要擀毡条的主，也差不多都擀了，几个老书迷，还在四处动员：

“擀一条吧，冬天铺在炕上多暖和呀！再说，你不擀毡条，呼延庆也打不了擂呀！”

老大弹弦，老二说《呼家将》，真正的西河大鼓，韵调很好。

直到腊月二十老几，弟兄三个看着这村里实在也没有生意可做了，才结束了《呼家将》。他们这部长篇，如果整理出版，我想一定也有两块大砖头那么厚吧。

第一个借给我《红楼梦》的人

我第一次读《红楼梦》，是十岁左右还在村里上小学的时候。我先在西头刘家，借到一部《封神演义》，读完了，又到东头刘家借了这部书。东西头刘家都是以屠宰为业，是一姓一家。刘姓在我们村里是仅次于我们姓的大户，其实也不过七、八家，因为这是一个很小的村庄。

从我能记忆起，我们村里有书的人家，几乎没有。刘家能有一些书，是因为他们所经营的近似一种商业。农民读书的很少，更不愿花钱去买这些“闲书”。那时，我只能在庙会上看到书，书摊小贩支架上几块木板，摆上一些石印的，花纸或花布套的，字体非常细小，纸张非常粗黑的《三字经》《玉匣记》，唱本、小说。这些书可以说是最普及的廉价本子，但要买一部小说，恐怕也要花费一、两天的食用之需。因此，我的家境虽然富裕一些，也不能随便购买。我那时上学念的课本，有的还是母亲求人抄写的。

东头刘家有兄弟四人，三个在少年时期就被生活所迫，下了关东。其中老二一直没有回过家，生死存亡不知。老三回过一次家，还是不能生活，只在家过了一个年，就又走了，听说他在关东，从事的是一种非常危险的勾当。

家里只留下老大，他娶了一房童养媳妇，算是成了家。他的女人，个儿不高，但长得颇为端正俊俏，又喜欢说笑，人缘很好，家里长年设着一个小牌局，抽些油头，补助家用。男的还是从事屠宰，但已经买不起大牲口，只能剥个山羊什么的。

老四在将近中年时，从关东回来了，但什么也没有带回来。这人长得高高的个子，穿着黑布长衫，走起路来，“蛇摇担晃”。他这种走路的姿势，常常引起家长们对孩子的告诫，说这种走法没有根柢，所以他会吃不上饭。

他叫四喜，论乡亲辈，我叫他四喜叔。我对他的印象很好。他从东头到西头，扬长地走在大街上，说句笑话儿，惹得他那些嫂子辈的人，骂他“贼兔子”，他就越发高兴起来。

他对孩子们尤其和气。有时，坐在他家那旷荡的院子里，拉着板胡，唱一段清扬悦耳的梆子，我们听起来很是入迷。他知道我好看书，就把他的一部《金玉缘》借给了我。

哥哥嫂子，当然对他并不欢迎，在家里，他已经无事可为，每逢集市，他就挟上他那把锋利明亮的切肉刀，去帮人家卖肉。他站在肉车子旁边，那把刀，在他手中熟练而敏捷地摇动着，那煮熟的牛肉、马肉或是驴肉，切出来是那样薄，就像木匠手下的刨花一样，飞起来并且有规律地落在那圆形的厚而又大的肉案边缘，这样，他在给顾客装进烧饼的时候，既出色又非常方便。他是远近知名的“飞刀刘四”。现在是英雄落魄，暂时又有用武之地。在他从事这种工作的时候，你可以看到，他高大的身材，在一层层顾客的包围下，顾盼神飞，谈笑自若。可以想到，如果一个人，能永远在这样一种状态中存在，岂不是很有意义，也很光荣？

等到集市散了，天也渐渐晚了，主人请他到饭铺吃一顿饱饭，还喝了一些酒。他就又挟着他那把刀回家去。集市离我们村只有三里路。在路上，他有些醉了，走起来，摇晃得更厉害了。

对面来了一辆自行车。他忽然对着人家喊：

“下来！”

“下来干什么？”骑自行车的人，认得他。

“把车子给我！”

“给你干什么？”

“不给，我砍了你！”他把刀一扬。

骑车子的人回头就走，绕了一个圈子，到集市上的派出所报了案。

他若无其事地回到家里，也许把路上的事忘记了。当晚睡得很香甜。第二天早晨，就被捉到县城里去。

那时正是冬季，农村很动乱，每天夜里，绑票的枪声，就像大年五更的鞭炮。专员正责成县长加强治安，县长不分青红皂白，就把他枪毙，作为成绩向上级报告了。他家里的人没有去营救，也不去收尸。一个人就这样完结了。

他那部《金玉缘》，当然也就没有了下落。看起来，是生活决定着他的命运，而不是书。而在我的童年时代，是和小小的书本同时，痛苦地看到了严酷的生活本身。

装书小记——关于《子夜》的回忆

最近，《人民文学》编辑部，赠送我一本新版的《子夜》，我就利用原来的纸封，给它包上新的书皮。这是童年读书时期养成的一种爱护书籍的习惯，一直没有改，遇到心爱的书，总得先把它保护好，然后才看着舒适放心。

前几年，当我的书籍发还以后，我发见其中现代和当代文艺作品，《辞源》和各种大辞典全部不见了，这是可以理解的。而有关书目的书，也全部丢失，这就使我颇为奇怪。难道在执事诸公中间，竟有人发思古之幽情，对这门冷僻的学科，忽然发生了学习的兴趣，想借此机会加以研究和探讨吗?

据一位当事人员对我说：你是书籍的大户，所以还能保留下这么多。那些零星小户，想找回一本也困难了。

对这些残存的书，我差不多无例外地给它们包裹了新装，也是利用一些旧封套，这种工作，几乎持续了两年之久。因为书籍在外播迁日久，不只蒙受了风尘，而且因为搬来运去，大部分也损伤了肌体。把它们修整修整，换件新衣，也是纪念它们经历一番风雨之后，面貌一新的意思。

每逢我坐在桌子前面，包裹书籍的时候，我的心情是非常平静，很是愉快的。一个女同志曾说，看见我专心致志地修补破书的样子，就和她织毛活、补旧衣一样，确实是很好的休息脑子的工作。

是这样。我对书有一种强烈的，长期积累的，职业性的爱好。一接触书，我把一切都会忘记，把它弄得整整齐齐，干干净净，我觉得是至上的愉快。现在，面对的是久别重逢的旧友，虽然也有石兄久违之叹，苦无绛芸警辟之词，只是包书皮而已。

至于《子夜》，我原来有一本初版本。这是在三十年代初很不容易才得到的。《子夜》的出版，是中国革命文坛上的一件大事。鲁迅先生很为这一重大收获高兴，在他的书信集中，我们可以看到，他当时写信给远在苏联的朋友说：我们有《子夜》，他们写不出。我们，是指左联；他们，是指国民党御用文人。

当时，我正在念高中，多么想得到这本书。先在图书馆借来看了，然后把读书心得写成一篇文章，投稿给开明书店办的《中学生》杂志。文章被采用了，登在年终增刊上，给了我二元钱的书券，正好，我就用这钱，向开明书店买了一本《子夜》。书是花布面黄色道林纸精装本，可以想象我是多么珍惜它。

越是珍惜的东西，越是容易失去。我的书，在抗日战争期间，全部损失。敌人对游击区的政策是“三光”，何况是书！

这且不去谈它。有些书，却是家人因为怕它招灾惹祸——可以死人，拿它来烧火做饭了。

胜利以后，我曾问过我的妻子：你拿我的书烧火，就不心疼吗？

她说：怎么不心疼？一是你心爱的东西；二是省吃俭用拿钱买来的。我把它们堆在灶火膛前，挑挑拣拣舍不得烧。但一想到上次被日本人发现的危险情景，就合眉闭眼把它扔进火里去了。有些书是布皮，我就撕下来，零碎用了。

我从她的谈话中，明白了《子夜》可能遭到的下场。

人类发明了文字，有了书籍以来，无论是策、札、纸、帛，抄写或印刷，书籍在赋予人类以知识与智慧的同时，它自己也不断遭遇着兴亡、成败、荣辱、聚散，存在或消失的两种极其相反的命运。但好的，对人类有用的书，是不会消灭的，总会流传下来，这是书籍的一种特殊天赋。

我初读《子夜》的时候，保定这个北方的古老城市，好像时时刻刻都在预报着时代的暴风雨。圣洁的祖国土地，已经遭受了日本帝国主义的两次凌暴，即九一八事变和一·二八事变。革命的书籍——新兴社会科学和十月革命以后的文学，在大大小小的书店里，无所顾忌地陈列着，有的就摆在街头地下出卖，非常齐全，价格便宜。在这一时期，我生吞活剥地读了几种马列主义的经典著作，初步得到了一些辩证法和唯物主义的知识。

二十年代和三十年代的交接期，是革命思想大传播的时代，茅盾同志创作《子夜》，也是在这种潮流下，想用社会分析的方法，反映中国社会的经济结构、阶级关系和阶级斗争，并力图以这部小说来推动这个伟大的潮流。我从这个想法出发，写了那篇读后感，文章很短。

在那一时期，假的马克思主义，即挂羊头卖狗肉的书籍也不少，青年人一时难以辨认，常常受骗上当。有些杂志，不只名字引人，封面都是深红色的，显得非常革命，里面马列主义的引文也不少，但实际上是反马列主义的，这是后来经鲁迅先生指出，我才得明白的。

但青年学生也究竟从马列主义的原著，从一些真正革命的作家那里，初步获得了正确的革命观点，运用到他们的创作和行动之中。

平原的觉醒

一九三七年冬季，冀中平原是动荡不安的。秋季，滹沱河发了一场洪水，接着，就传来日本人已攻到保定的消息。每天，有很多逃难的人，扶老携幼，从北面涉水而来，和站在堤上的人们，简单交谈几句，就又慌慌张张往南走了。

“就要亡国了吗?”农民们站在堤上，望着茫茫大水，唉声叹气地说。

国民党的军队放下河南岸的防御工事，往南逃，县政府也雇了许多辆大车往南逃。有一天，郎仁渡口，有一个国民党官员过河，在船上打着一柄洋伞，敌机当成军事目标，滥加轰炸扫射。敌机走后，人们拾到很多像蔓菁粗的子弹头和更粗一些的空弹壳。日本人真的把战争强加在我们的头上来了。

我原来在外地的小学校教书，七七事变，我就没有去。

这一年的冬季，我穿着灰色棉袍，经常往返于我的村庄和安平县城之间。由吕正操同志领导的人民自卫军司令部，就驻在县城里，我有几个过去的同事，在政治部工作。抗日人人有份，当时我虽然还没有穿上军衣，他们也分配我一些抗日宣传方面的工作。

我记得第一次是在家里编写了一本名叫《民族革命战争与戏剧》的小册子，政治部作为一个文件油印发行了。经过这些年的大动荡，居然保存下来一个复制本子。内容为：前奏。上篇：一、民族解放战争与艺术武器。二、戏剧的特殊性。三、中国劳动民众接近的戏剧。四、我们的口号。下篇：一、怎样组织剧团。二、怎样产生剧本。三、怎样演出。

接着，我还编了一本中外革命诗人的诗集，名叫《海燕之歌》，在县城铅印出版。厚厚的一本，紫红色的封面。因为印刷技术，留下一个螺丝钉头的花纹，意外地给阎素同志的封面设计，增加了一种有力的质感。

阎素同志是宣传部的干事，他从一个县城内的印字店找到一架小型简单的铅印机，还有一些零零散散大大小小的铅字。又找来几个从事过印刷行业的工人，就先印了这本，其实并非当务之急的书。经过“五一大扫荡”，我再没有发现过这本书。

与此同时，路一同志主编了《红星》杂志，在第一期上，发表了我的一篇论文，题为《现实主义文学论》。这谈不上是我的著作，可以说是我那些年，学习社会科学和革命文学理论的读书笔记。其中引文太多了，王林同志当时看了，客气地讽刺说：“你怎么把我读过的一些重要文章，都摘进去了。”

好大喜功、不拘小节的路一同志，却对这洋洋万言的“论文”，在他主编的刊物上出现，非常满意，一再向朋友们推荐，并说：“我们冀中真有人才呀！”

这篇论文，现在也不容易找到了。抗战刚刚胜利时，我在一家房东的窗台上翻了一次。虽然没有什么个人的独特见解，但行文叙事之间，有一股现在想来是难得再有的热情和泼辣之力。

《红星》是一种政治性刊物，这篇文章提出“现实主义”，有幸与“抗日民族统一战线”、“抗日游击战争”等等当前革命口号，同时提示到广大的抗日军民面前。

不久，我在区党委的机关报《冀中导报》，发表了《鲁迅论》，占了小报整整一版的篇幅。

青年时写文章，好立大题目，摆大架子，气宇轩昂，自有他好的一方面，但也有名不副实的一方面。后来逐渐知道扎实、委婉，但热力也有所消失。

一九三八年的春天，我算正式参加了抗日工作。那时冀中区成立一个统一战线的组织，叫人民武装自卫会。吕正操同志主持了成立大会，由史立德任主任，我当了宣传部长。会后，我和几个同志到北线蠡县、高阳、河间去组织分会，和新被提拔的在那些县里担任县政指导员的同志们打交道。这个会，我记得不久就为抗联所代替，七、八月间，我就到设在深县的抗战学院去教书了。

这个学院由杨秀峰同志当院长，分民运、军事两院，共办了两期。第一期，我在民运院教抗战文艺。第二期，在军事院教中国近代革命史。

民运院差不多网罗了冀中平原上大大小小的知识分子，从高小生到大学教授。它设在深县中学里，以军事训练为主，教员都称为“教官”。在操场，搭了一个大席棚，可容五百人。横排一条条杉木，就是学生的座位。中间竖立一面小黑板，我就站在那里讲课。这样大的场面，我要大声喊叫，而一堂课是三个小时。

中间竖立一面小黑板，我就站在那里讲课。这样大的场面，我要大声喊叫，而一堂课是三个小时。

我没有讲义，每次上课前，写一个简单的提纲。每周讲两次。三个月的时间，我主要讲了：抗战文艺的理论与实际，文学概论和文艺思潮；革命文艺作品介绍，着重讲了现实主义的创作方法。

不管我怎样想把文艺和抗战联系起来，这些文艺理论上的东西，无论如何，还是和操场上的实弹射击，冲锋刺杀，投手榴弹，很不相称。

和我同住一屋的王晓楼，讲授哲学，他也感到这个问题。

我们共同教了三个月的书以后，学员们给他的代号是“矛盾”，而赋予我的是“典型”，因为我们口头上经常挂着这两个名词。

杨院长叫我给学院写一个校歌歌词，我应命了，由一位音乐教官谱曲。现在是连歌词也忘记了，经过时间的考验，词和曲都没有生命力。

去文习武，成绩也不佳。深县驻军首长，赠给王晓楼一匹又矮又小的青马，他没有马夫，每天自己喂饮它。

有一天，他约我去秋郊试马。在学院附近的庄稼大道上，他先跑了一趟。然后，他牵马坠镫，叫我上去。马固然跑得不是样子，我这个骑士，也实在不行，总是坐不稳，惹得围观的男女学生拍手大笑，高呼“典型”。

在八年抗日战争和以后的解放战争期间，因为职务和级别，我始终也没有机会得到一匹马。我也不羡慕骑马的人，在不能称为千山万水，也有千水百山的征途上，我练出了两条腿走路的功夫，多么黑的天，多么崎岖的路，我也很少跌跤。

晓楼已经作古，我是很怀念他的，他是深泽人。阴历腊月，敌人从四面蚕食冀中，不久就占领了深县城。学院分散，我带领了一个剧团，到乡下演出，就叫流动剧团。我们现编现演，常常挂上幕布，就发现敌情，把幕拆下，又到别村去演。演员穿着服装，带着化装转移，是常有的事。这个剧团，活动时间虽不长，但它的基本演员，建国后，很多人成为名演员。

一九三九年春天，我就调到阜平山地去了。这个学院的学员，从那时起，转战南北，在部队，在地方，都建树了不朽的功勋。

一九三七年冬季，冀中平原是大风起兮，人民是揭竿而起。农民的爱国家、爱民族的观念，是非常强烈的。在敌人铁蹄压境的时候，他们迫切要求执干戈以卫社稷。他们苦于没有领导，他们终于找到共产党的领导。

文字生涯

二十年代中期，我在保定上中学。学校有一个月刊，文艺栏刊登学生的习作。

我的国文老师谢先生是海音社的诗人，他出版的诗集，只有现在的袖珍月历那样大小，诗集的名字已经忘记了。

这证明他是“五四”以后，从事新文学运动的人物，但他教课，却喜欢讲一些中国古代的东西。另有一个特别的地方，是他从预备室走出来，除去眼睛总是望着天空，就是夹着一大堆参考书。到了课室，把参考书放在教桌上，也很少看他检阅，下课时又照样搬走，直到现在，我也没想通他这是所为何来。

每次发作文卷子的时候，如果谁的作文簿中间，夹着几张那种特大的稿纸，就是说明谁的作业要被他推荐给月刊发表了，同学们都特别重视这一点。

那种稿纸足足有现在的《参考消息》那样大，我想是因为当时的排字技术低，稿纸的行格，必须符合刊物实际的格式。

在初中几年间，我有幸在这种大稿纸上抄写过自己的作文，然后使它变为铅字印成的东西。高中时反而不能，大概是因为换了老师的缘故吧。

学校毕业以后，我也曾有靠投稿维持生活的雄心壮志，但不久就证明是一种痴心妄想，只好去当小学教师。这样一日三餐，还有些现实可能性，虽然也很不保险。

生活在青年人的面前，总是要展开新的局面的。伟大的抗日战争爆发了，写作竟出乎意料地成为我后半生的主要职业。

抗日战争，在中国共产党领导之下，是有枪出枪，有力出力。我的家乡有些子弟就是跟着枪出来抗日的。至于我们，则是带着一支笔去抗日。没有朱砂，红土为贵。穷乡僻壤，没有知名的作家，我们就不自量力地在烽火遍野的平原上驰骋起来。

油印也好，石印也好，破本草纸也好，黑板土墙也好，都是我们发表作品的场所。也不经过审查，也不组织评论，也不争名次前后，大家有作品就拿出来。群众认为：你既不能打枪，又不能放炮，写写稿件是你的职责；领导认为：你既是文艺干部，写得越多越快越好。

现在回想起来，那时的写作，真正是一种尽情纵意，得心应手，既没有干涉，也没有限制，更没有私心杂念的，非常愉快地工作。这是初生之犊，又遇到了好的时候：大敌当前，事业方兴，人尽其才，物尽其用。

全国解放以后，则是另外一种情形。思想领域的斗争被强调了，文艺作品的倾向，常常和政治斗争联系起来，作家在犯错误后，就一蹶不振。在写作上，大家开始执笔踌躇，小心翼翼起来。

但在解放初，战争时期的余风犹烈，进城以后，我还是写了不少东西。一九五六年大病之后，就几乎没有写。加上一九六六年以后的十年，我在写作上的空白阶段，竟达二十年之久。

人被“解放”以后，仍住在被迫迁居的一间小屋里。没有书看，从一个朋友的孩子那里借来一册大学用的文学教材，内有历代重要作品及其作者的介绍，每天抄录一篇来诵读。

患难余生，痛定思痛。我居然发哲人的幽思，想到一个奇怪的问题：在历史上，这些作者的遭遇，为什么都如此不幸呢？难道他们都是糊涂虫？假如有些聪明，为什么又都像飞蛾一样，情不自禁地投火自焚？我掩卷思考。思考了很长时间，得出这样一个答案：这是由文学事业的特性决定的。是现实主义促使他们这样干，是浪漫主义感召他们这样干。说得冠冕一些，他们是为正义斗争，是为人生斗争。文学是最忌讳说诳话的。文学要反映的是社会现实。文学是要有理想的，表现这种理想需要一种近于狂放的热情。有些作家遇到的不幸，有时是因为说了天真的实话，有时是因为过于表现了热情。

按作品来说，天才莫过于司马迁。这样一个能把三皇五帝以来的，错综复杂的历史，勒成他一家之言，并评论其得失，成为天下定论的人，竟因一语之不投机，下于蚕室，身受腐刑。他描绘了那么多的人物，难道没有从历史上吸取任何一点可以用之于自身的经验教训吗？

班固完成了可与《史记》媲美的《汉书》，他特别评论了他的先驱者司马迁，保存了那篇珍贵的材料——《报任少卿书》，使司马迁的不幸遭遇留传后世。班固的评论，是何等高超，多么有见识，但是，他竟因为投身于一个武人的幕下，最后瘐死狱中。对于自己，又何其缺乏先见之明啊！

历史经验，历史教训，即使是前人真正用血写下的，也并不是一定就能接受下来。历史情况，名义和手法在不断变化。例如，在二十世纪之末，世界文明高度发展之时，竟会出现林彪、“四人帮”，梦想在社会主义的中国，建立封建王朝。在“文化革命”的旗帜之下，企图灭绝几千年的民族文化。遂使艺苑凋残，文士横死，人民受辱，国家遭殃。这一切，确非头脑单纯，感情用事的作家们所能预见得到的。

鲁迅说过，读中国旧书，每每使人意志消沉，在经历一番患难之后，尤其容易如此。我有时也想：恐怕还是东方朔说得对吧，人之一生，一龙一蛇。或者准声而歌，投迹而行，会减少一些危险吧？

这些想法都是很不健康，近于伤感的。一个作家，不能够这样，也不应该这样。如上所述，作家永远是现实生活的真美善的卫道士。他的职责就是向邪恶虚伪的势力进行战斗。

既是战斗，就可能遇到各色敌人，也可能遇到各种的牺牲。

在“四人帮”还没被揭露之前，有人几次对我说：写点东西吧，亮亮相吧。我说，不想写了，至于相，不是早已亮过了吗？在运动期间，我们不只身受凌辱，而且画影图形，传檄各地。老实讲，在这一时期，我不仅没有和那些帮派文人一较短长的想法，甚至耻于和他们共同使用那些铅字，在同一个版面上出现。

这时，我从劳动的地方回来，被允许到文艺组上班了。经过几年风雨，大楼的里里外外，变得破烂、凌乱、拥挤。但人们的精神面貌好像已经渐渐地从前几年的狂乱、疑忌、歇斯底里状态中恢复过来。一位调离这里的老同志留给我一张破桌子。据说好的办公桌都叫进来占领新闻阵地的人占领了。

我自己搬来一张椅子，在组里坐下来。组长向全组宣布了我的工作：登记来稿，复信；并郑重地说：不要把好稿退走了。

说良心话，组长对我还过得去。他不过是担心我受封资修的毒深而且重，不能鉴赏帮八股的奥秘，而把他们珍视的好稿遗漏。

我是内行人，我知道我现在担任的是文书或见习编辑的工作。我开始拆开那些来稿，进行登记，然后阅读。据我看，来稿从质量看，较之前些年，大大降低了。作者们大多数极不严肃，文字潦草，内容雷同。语言都是从报上抄来。遵照组长的意旨，我把退稿信写好后，连同稿件推给旁边一位同事，请他复审。

这样工作了一个时期，倒也相安无事。我只是感到，每逢我无事，坐在窗前一张破旧肮脏的沙发上休息的时候，主任进来了，就向我怒目而视，并加以睥睨。这也没什么，这些年我已经锻炼得对一切外界境遇，麻木不仁。我仍旧坐在那里。可以说既无戚容，亦无喜色。

同组有一位女同志，是熟人，出于好心，她把我叫到她的位置那里，对我进行帮助。她和蔼地说：

“你很长时间在乡下劳动，对于当前的文艺精神，文艺动态，不太了解吧？这会给工作带来很大困难。”

“唔。”我回答。

她桌子上放着一个小木匣，里面整整齐齐装着厚厚的一叠卡片。她谈着谈着，就拿出一张卡片念给我听，都是林彪和江青的语录。

现在，林彪和江青关于文艺的胡说八道，被当作金科玉律来宣讲。显然，他们比马克思和恩格斯还具有权威性，还受到尊重。他们的聪明才智，也似乎超过了古代哲人亚里士多德。我不知这位原来很天真的女同志，心里是怎样想的，她的表情非常严肃认真。

等她把所有的卡片，都讲解完了，我回到我的座位上去。

我默默地想：古代的邪教，是怎样传播开的呢？是靠教义，还是靠刀剑？世界第二次大战之初，为什么有那么多的人，跟着希特勒这样的流氓狂叫狂跑？除去一些不逞之徒，唯恐天下不乱之外，其余大多数人是真正地信服他，还是为了暂时求得活命？

中午，在食堂吃过饭，我摆好几张椅子，枕着一捆报纸，在办公室睡觉，这对几年来，过着非常生活的我，可以说是一种暂时的享受。天气渐渐冷了，我身上盖着一件破旧的抗日战争时期的战利品，日本军官的黄呢斗篷，触景伤情地想：

在那样残酷的年代，在野蛮的日本军国主义面前，我们的文艺队伍，我们的兄弟，也没有这几年在林彪、江青等人的毒害下，如此惨重的伤亡和损失。而灭绝人性的林彪竟说，这个损失，最小最小最小，比不上一次战役，比不上一次瘟疫。

吃粥有感

我好喝棒子面粥，几乎长年不断，晚上多煮一些，第二天早晨，还可以吃一顿。秋后，如果再加些菜叶、红薯、胡萝卜什么的，就更好吃了。冬天坐在暖炕上，两手捧碗，缩脖而啜之，确实像郑板桥说的，是人生一大享受。

有人向我介绍，胡萝卜营养价值很高，它所含的维生素，较之名贵的人参，只差一种，而它却比人参多一种胡萝卜素。

我想，如果不是人们一向把它当成菜蔬食用，而是炮制成为药物，加以装潢，其功效一定可以与人参旗鼓相当。

是一九四二年的冬天吧，日寇又对晋察冀边区进行“扫荡”，我们照例是化整为零，和敌人周旋。我记得我和诗人曼晴是一个小组，一同活动。曼晴的诗朴素自然，我曾写短文介绍过了。他的为人，和他那诗一样，另外多一种对人诚实的热情。那时以热情著称的青年诗人很有几个，陈布洛是最突出的一个，很久见不到他的名字了。

我和曼晴都在边区文协工作，出来打游击，每人只发两枚手榴弹。我们的武器就是笔，和手榴弹一同挂在腰上的，还有一瓶蓝墨水。我们都负有给报社写战斗通讯的任务。我们也算老游击战士了，两个人合计了一下，先转到敌人的外围去吧。

天气已经很冷了。山路冻冰，很滑。树上压着厚霜，屋檐上挂着冰柱，山泉小溪都冻结了。好在我们已经发了棉衣，穿在身上了。

一路上，老乡也都转移了。第一夜，我们两人宿在一处背静山坳拦羊的圈里，背靠着破木栅板，并身坐在羊粪上，只能避避夜来寒风，实在睡不着觉

冬天坐在暖炕上，两手捧碗，缩脖而啜之，确实像郑板桥说的，是人生一大享受。

的。后来，曼晴就用《羊圈》这个题目，写了一首诗。我知道，就当寒风刺骨、几乎是露宿的情况下，曼晴也没有停止他的诗的构思。

第二天晚上，我们游击到了一个高山坡上的小村庄，村里也没人，门子都开着。我们摸到一家炕上，虽说没有饭吃，却好好睡了一夜。

清早，我刚刚脱下用破军装改制成的裤衩，想捉捉里面的群虱，敌人的飞机就来了。小村庄下面是一条大山沟，河滩里横倒竖卧都是大顽石，我们跑下山，隐蔽在大石下面。飞机沿着山沟上空，来回轰炸。欺侮我们没有高射武器，它飞得那样低，好像擦着小村庄的屋顶和树木。事后传说，敌人从飞机的窗口，抓走了坐在炕上的一个小女孩。我把这一情节，写进一篇题为《冬天，战斗的外围》的通讯，编辑刻舟求剑，给我改得啼笑皆非。

飞机走了以后，太阳已经很高。我在河滩上捉完裤衩里的虱子，肚子已经辘辘地叫了。

两个人勉强爬上山坡，发现了一小片胡萝卜地。因为战事，还没有收获。地已经冻了，我和曼晴用木棍掘取了几个胡萝卜，用手擦擦泥土，蹲在山坡上，大嚼起来。事隔四十年，香美甜脆，还好像遗留在唇齿之间。

今晚喝着胡萝卜棒子面粥，忽然想到此事。即兴写出，想寄给自从一九六六年以来，就没有见过面的曼晴。听说他这些年是很吃了一些苦头的。

删去的文字

我在一九七七年一月间所写的回忆侯、郭的文章，现在看起来简直是空空如也，什么尖锐突出的内容也没有的。在有些人看来，是和他们的高大形象不相称的。这当然归罪于我的见薄识小。

就是这样的文章，在我刚刚写出以后，我也没有决定就拿去发表的。先是给自己的孩子看了看，以为新生一代是会有先进的见解的，孩子说，没写出人家的政治方面的大事情。

基于同样原因，又请几位青年同事看了，意见和我的孩子差不多，只是有一位赞叹了一下纪郭文章中提到的名菜，这也很使我不能“神旺”。春节到了，老朋友们或拄拐，或相扶，哼唉不停地来看我了，我又拿出这些稿子给他们看，他们看过不加可否，大概深知我的敝帚自珍的习惯心理。

不甘寂寞。过了一些日子，终于大着胆子把稿子寄到北京一家杂志社去了。过了很久，退了回来，信中说：关于他们，决定只发遗作，不发纪念文章。

我以为一定有“精神”，就把稿子放进抽屉里去了。

有一天，本地一个大学的学报来要稿，我就拿出稿子请他们看看，他们说用。我说北京退回来的，不好发吧，没有给他们。

等到我遇见了退稿杂志的编辑，他说就是个纪念规格问题，我才通知那个学报拿去。

你看，这时已经是一九七七年的春天了，揪出“四人帮”已经很久，我的精神枷锁还这样沉重。

尚不止此。稿子每经人看过一次，表现不满，我就把稿子再删一下，这样像砍树一样，谁知道我砍掉的是枝叶还是树干！

这样就发生了一点误会。学报的一位女编辑把稿子拿回去研究了一下，又拿回来了。领导上说，最好把纪侯文章中，提到的那位女的，少写几笔。她在传达这个意见的时候，嘴角上不期而然地带出了嘲笑。

她的意思是说：这是纪念死者的文章，是严肃的事。虽然你好写女人，已成公论，也得看看场合呀！

她没有这样明说，自然是怕我脸红。但我没有脸红，我惨然一笑。把她送走以后，我把那一段文字删除净尽，寄给《上海文艺》发表了。

在结集近作散文的时候，我把删去的文字恢复了一些。但这一段没有补进去。现在把有关全文抄录，另成一章。

在我养病期间，侯关照机关里的一位女同志，到车站接我，并送我到休养所。她看天气凉，还多带了一条干净的棉被。下车后，她抱着被子走了很远的路。休息下来，我只是用书包里的两个小苹果慰劳了她。在那几年里，我这样麻烦她，大概有好几次，对她非常感激。我对她说：我恳切地希望她能到天津玩玩，我要很好地招待她。她一直也没有来。

她爽朗而热情。她那沉稳的走路姿势，她在沉思中，偶尔把头一扬，浓密整齐的黑发向旁边一摆，秀丽的面孔，突然显得严肃的神情，给人留下特殊深刻的印象。

是一九六六年秋季吧。形势一天比一天紧张，我同中层以上干部，已经被集中到一处大院里去了。

这是一处很有名的大院，旧名张园，为清末张之洞部下张彪所建。宣统就是从这里逃去东北，就位“满洲国”“皇帝”的。孙中山先生从南方到北方来和北洋军阀谈判，也在这里住过。大楼堂皇富丽，有一间房子，全用团龙黄缎裱过，是皇帝的卧室。

一天下午，管带我们的那个小个子，通知我有“外调”。

这是我第一次接待外调。我向传达室走去，很远就望见，有一位女同志靠在大门旁的墙壁上，也在观望着我。我很快就认出是北京那位女同志。

我在她眼里变成了什么样子，我没有去想。她很削瘦，风尘仆仆，看见我走近，就转身往传达室走，那脚步已经很不像我们在公园的甬路上漫步时的样子了。同她来的还有一位男同志。

传达室里间，放着很多车子，有一张破桌，我们对面坐下来。她低着头，打开笔记本，用一只手托着脸，好像还怕我认出来。

他们调查的是侯。问我在和侯谈话的时候，侯说过哪些反党的话。我说，他没有说过反党的话，他为什么要反党呢？

不知是为什么情绪所激动，我回答问题的时候，竟然慷慨激昂起来。在以后，我才体会到：如果不是她对我客气，人家会立刻叫我站起来，甚至会进行武斗。几个月以后，我在郊区干校，就遇到两个穿军服的非军人，调查田的材料，因为我抄着手站着，不回答他们提出的问题，就把我的手抓破了，不得不到医务室进行包扎。

现在，她只是默默地听着，然后把本子一合，望望那个男的，轻声对我说：

“那么，你回去吧。”

当天下午，在楼房走道上，又遇到她一次，她大概是到专案组去，谁也没有说话。

在天津，我和她就这样见了一面，不能尽地主之谊。这可以说是近年来一件大憾事。她同别人一起来，能这样宽恕地对待我，是使我难忘的，她大概还记得我的不健康吧。

在我处境非常困难的时候，每天那种非人的待遇，我常常想用死来逃避它。一天，我又接待一位外调的，是歌舞团的女演员。她只有十七八岁，不只面貌秀丽，而且声音动听。

在一间小屋子里，就只我们两人，她对我很是和气。她调查的是方。我和她谈了很久，在她要走的时候，我竟恋恋不舍，禁不住问：

“你下午还来吗？”

回答虽然使我失望，但我想，像这位女演员，她以后在艺术上，一定能有很高的造诣。因为在这种非常时期，她竟然能够保持正常表情的面孔和一颗正常跳动的心，就证明她是一个非常不平凡的人物。

我也很怀念她。

或有人问：方彼数年间，林彪、“四人帮”倒行逆施，使夫妇生离，亲子死别者，以千万计。其所遭荼毒，与德高望重成正比例。你不从大处落笔，却喋喋于男女邂逅，朋友私情之间，所见不太渺小了吗？是的，林彪、“四人帮”伤天害理，事实今天自然已经大明。但在那些年月，我失去自由，处于荆天棘地之中，转身防有鬼伺，投足常遇蛇伤。昼夜苦思冥想：这是为了什么？为什么要这样做呢？这合乎马克思、恩格斯的阶级斗争学说吗？这是通向共产主义的正确途径吗？惶惑迷惘不得其解。深深有感于人与人关系的恶劣变化，所以，即使遇到一个歌舞演员的宽厚，也就像在沙漠跋涉中，遇到一处清泉，在噩梦缠绕时，听到一声鸡唱。感激之情，就非同一般了。

书的梦

到市场买东西，也不容易。一要身强体壮，二要心胸宽阔。因为种种原因，我足不入市，已经有很多年了。这当然是因为有人帮忙，去购置那些生活用品。夜晚多梦，在梦里却常常进入市场。在喧嚣拥挤的人群中，我无视一切，直奔那卖书的地方。

远远望去，破旧的书床上好像放着几种旧杂志或旧字帖。

顾客稀少，主人态度也很和蔼。但到那里定睛一看，却往往令人失望，毫无所得。

按照弗洛伊德的学说，这种梦境，实际上是幼年或青年时代，残存在大脑皮质上的一种印象的再现。

是的，我梦到的常常是农村的集市景象：在小镇的长街上，有很多卖农具的，卖吃食的，其中偶尔有卖旧书的摊贩。或者，在杂乱放在地下的旧货中间，有几本旧书，它们对我最富有诱惑的力量。

这是因为，在童年时代，常常在集市或庙会上，去光顾那些出售小书的摊贩。他们出卖各种石印的小说、唱本。有时，在戏台附近，还会遇到陈列在地下的，可以白白拿走的，宣传耶稣教义的各种圣徒的小传。

在保定上学的时候，天华市场有两家小书铺，出卖一些新书。在大街上，有一种当时叫作“一折八扣”的廉价书，那是新旧内容的书都有的，印刷当然很劣。

有一回，在紫河套的地摊上，买到一部姚鼐编的《古文辞类纂》，是商务印书馆的铅印大字本，花了一圆大洋。这在我是破天荒的慷慨之举，又买了二尺花布，拿到一家裱画铺去做了一个书套。但保定大街上，就有商务印书馆的分馆，到里面买一部这种新书，所费也不过如此，才知道上了当。

后来又在紫河套买了一本大字的夏曾佑撰写的《中国历史教科书》（就是后来的《中国古代史》），也是商务排印的大字本，共两册。

最后一次逛紫河套，是一九五二年。我路过保定，远千里同志陪我到“马号”吃了一顿童年时爱吃的小馆，又看了“列国”古迹，然后到紫河套。在一家收旧纸的店铺里，远买了一部石印的《李太白集》。这部书，在远去世后，我在他的夫人于雁军同志那里还看见过。中学毕业以后，我在北平流浪着。后来，在北平市政府当了一名书记。这个书记，是当时公务人员中最低的职位，专事抄写，是一种雇员，随时可以解职的，每月有二十元薪金。

在那里，我第一次见到了旧官场、旧衙门的景象。那地方倒很好，后门正好对着北平图书馆。我正在青年，富于幻想，很不习惯这种职业。我常常到图书馆去看书。到北新桥、西单商场、西四牌楼、宣武门外去逛旧书摊。那时买书，是节衣缩食，所购完全是革命的书。我记得买过六期《文学月报》，五期《北斗》杂志，还有其他一些革命文艺期刊，如《奔流》《萌芽》《拓荒者》《世界文化》等。有时就带上这些刊物去“上衙门”。我住在石驸马大街附近，东太平街天仙庵公寓。那里的一位老工友，见我出门，就如此恭维。好在科里都是一些混饭吃、不读书的人，也没人过问。

我们办公的地方，是在一个小偏院的西房。这个屋子里最高的职位，是一名办事员，姓贺。他的办公桌摆在靠窗的地方，而且也只有他的桌子上有块玻璃板。他的对面也是一位办事员，姓李，好像和市长有些瓜葛，人比较文雅。家就住在府右街，他结婚的时候，我随礼去过。

我的办公桌放在西墙的角落里，其实那只是一张破旧的板桌，根本不是办公用的，桌子上也没有任何文具，只堆放着一些杂物。桌子两旁，放了两条破板凳，我对面坐着一位姓方的青年，是破落户子弟。他写得一手好字，只是染上了严重的嗜好。整天坐在那里打盹，睡醒了就和我开句玩笑。

那位贺办事员，好像是南方人，一上班嘴里的话是不断的，他装出领袖群伦的模样，对谁也不冷淡。他见我好看小说，就说他认识张恨水的内弟。

很久我没有事干，也没人分配给我工作。同屋有位姓石的山东人，为人诚实，他告诉我，这种情况并不好，等科长来考勤，对我很不利。他比较老于官场，他说，这是因为朝中无人的缘故。我那时不知此中的利害，还是把书本摆在那里看。

我们这个科是管市民建筑的。市民要修房建房，必须请这里的技术员，去丈量地基，绘制蓝图，看有没有侵占房基线。然后在窗口那里领照。

我们科的一位股长，是一个胖子，穿着蓝绸长衫，和下僚谈话的时候，老是把一只手托在长衫的前襟下面，做撩袍端带的姿态。他当然不会和我说话的。

有一次，我写了一个请假条寄给他。我虽然看过《酬世大观》，在中学也读过陈子展的《应用文》，高中时的国文老师，还常常把他替要人们拟的公文，发给我们当作教材。但我终于在应用时把“等因奉此”的程式用错了。听姓石的说，股长曾拿到我们屋里，朗诵取笑。股长有一个干儿，并不在我们屋里上班，却常常到我们屋里瞎串。这是一个典型的京华恶少，政界小人。他也好把一只手托在长衫下面，不过他的长衫，不是绸的，而是蓝布，并且旧了。有一天，他又拿那件事开我的玩笑，激怒了我，我当场把他痛骂一顿，他就满脸赔笑地走了。

当时我血气方刚，正是一语不合拔剑而起的时候，更何况初入社会，就到了这样一处地方，满腹怨气，无处发作，就对他来了。

我是由志成中学的体育教师介绍到那里工作的。他是当时北方的体育明星，娶了一位宦门小姐。他的外兄是工务局的局长。所以说，我官职虽小，来头还算可以。不到一年，这位局长下台，再加上其他原因，我也就“另候任用”了。

我被免职以后，同事们照例是在东来顺吃一次火锅，然后到娱乐场所玩玩。和我一同免职的，还有一位家在北平附近的人，脸上有些麻子，忘记了他的姓。他是做外勤的，他的为人和他的破旧自行车上的装备，给人一种商人小贩的印象，失业对他是沉重的打击。走在街上，他悄悄地对我说：

“孙兄，你是公子哥儿吧，怎么你一点也不在乎呀！”

我没有回答。我想说：我的精神支柱是书本，他当然是不能领会的。其实，精神支柱也不可靠，我所以不在意，是因为这个职位，实在不值得留恋。另外，我只身一人，这里没有家口，实在不行，我还可以回老家喝粥去。

和同事们告别以后，我又一个人去逛西单商场的书摊。渴望已久的，鲁迅先生翻译的《死魂灵》一书，已经陈列在那里了。用同事们带来的最后一次薪金，购置了这本名著，高高兴兴回到公寓去了。

第二天清晨，夹着这本书，出西直门，路经海淀，到离北平有五、六十里路的黑龙潭，去看望在那里山村小学教书的一个朋友。他是我的同乡，又是中学同学。这人为人热情，对于比他年纪小的同乡同学，情谊很深。到他那里，正是深秋时节，黄叶飘落，潭水清冷，我不断想起曹雪芹在这一带著书的情景。住了两天，我又回到了北平。

我在朝阳大学同学处住几天，又到中国大学同学处住几天。后来，感到肚子有些饿，就写了一首诗，投寄《大公报》的《小公园》副刊。内容是：我要离开这个大城市，回到农村去了，因为我看到：在这里，是一部分人正在输血给另一部分人！

诗被采用，给了五角钱。

整理了一下，在北平一年所得的新书旧书，不过一柳条箱，就回到农村，去教小学了。

我的书籍，一损失于抗日战争之时，已在别一篇文章中略记，一损失于土地改革之时。

我的家庭成分是富农。按照当时党的政策，凡是有人在外参加革命，在政治上稍有照顾。关于书，是属于经济，还是属于政治，这是不好分的。贫农团以为书是钱买来的，这当然也是属于财产，他们就先后拿去了。其实也不看。当时，我们那里的农民，已普遍从八路军那里学会裁纸卷烟。在乡下，纸张较之布片还难得，他们是拿去卷烟了。

这时，我在饶阳县一个小区参加土改工作。大概是冀中区党委所在之地吧，发了一个通知，要各村贫农团，把斗争果实中的书籍，全部上缴小区，由专人负责清查保存。大概因为我是知识分子吧，我们的小区区长，把这个责任交给了我。

书籍也并不太多，堆在一间屋子的地下，而且多是一些古旧破书，可以用来卷烟的已经不多。我因家庭成分不好，又由于“客里空”问题，正在《冀中导报》受到公开批判，谨小慎微，对这些书籍，丝毫不敢染指，全部上缴县委了。

我的受批判，是因为那一篇《新安游记》。是个黄昏，我从端村到新安城墙附近绕了绕，那里地势很洼，有些雾气，我把大街的方向弄错了。回去仓促写了一篇抗日英雄故事，在《冀中导报》发表了。土改时被作为“客里空”典型。

在家乡工作期间，已经没有购买书籍的机会，携带也不方便。如果能遇到书本的话，只是用打游击的方式，走到哪里，就看到哪里。

但也有时得到书。我在蠡县工作时，有一次在县城大集上，从一个地摊上，买到一本商务印书馆出版的，铅印精装的《西厢记》。我带着看了一程子，后来送给蠡县一位书记了。

《冀中导报》在饶阳大张岗设立了一处造纸厂。他们收买一些旧书，用牲口拉的大碾，轧成纸浆。有一间棚子，堆放着旧书。我那时常到这家纸厂吃住。从棚子里，我捡到一本石印的《王圣教》和一本石印的《书谱》。

在河间工作的时候，每逢集日，在一处小树林里，有推着小车贩卖烂纸书本的。有一次，我从车上买到一部初版的《孽海花》。一直保存着，进城后，送给一位新婚燕尔、出国当参赞的同志了。

画的梦

在绘画一事上，我想，没有比我更笨拙的了。和纸墨打了一辈子交道，也常常在纸上涂抹，直到晚年，所画的小兔、老鼠等等小动物，还是不成样子，更不用说人体了。这是我屡屡思考，不能得到解答的一个谜。

我从小就喜欢画。在农村，多么贫苦的人家，在屋里也总有一点点美术。人天生就是喜欢美的。你走遍多少人家，便可以欣赏到多少形式不同的、零零碎碎、甚至残缺不全的画。

那或者是窗户上的一片红纸花，或者是墙壁上的几张连续的故事画，或者是贴在柜上的香烟盒纸片，或者是人已经老了，在青年结婚时，亲朋们所送的麒麟送子“中堂”。

这里没有画廊，没有陈列馆，没有画展。要得到这种大规模的，能饱眼福的欣赏机会，就只有年集。年集就是新年之前的集市，赶年集和赶庙会，是童年时代最令人兴奋的事。

在年集上，买完了鞭炮，就可以去看画了。那些小贩，把他们的画张挂在人家的闲院里，或是停放大车的门洞里。看画的人多，买画的人少，他并不见怪，小孩们他也不撵，很有点开展览会的风度。他同时卖神像，例如“天地”、“老爷”、“灶马”之类。神画销路最大，因为这是每家每户都要悬挂供奉的。

我在童年时，所见的画，还都是木板水印，有单张的，有联四的。稍大时，则有了石印画，多是戏剧，把梅兰芳印上去，还有娃娃京戏，精彩多了。等我离开家乡，到了城市，见到的多是所谓月份牌画，印刷技术就更先进了，都是时装大美人儿。

我在童年时，所见的画，还都是木板水印，有单张的，有联四的。稍大时，则有了石印画，多是戏剧，把梅兰芳印上去，还有娃娃京戏，精彩多了。

在年集上，一位年岁大的同学，曾经告诉我：“你如果去捅一下卖画人的屁股，他就会给你拿出一种叫作“手卷”的秘画，也叫“山西灶马”，好看极了。

我听来，他这些说法，有些不经，也就没有去尝试。

我没有机会欣赏更多的、更高级的美术作品，我所接触的，只能说是民间的、低级的。但是，千家万户的年画，给了我很多知识，使我知道了很多故事，特别是戏曲方面的故事。

后来，我学习文学，从书上，从杂志上，看到一些美术作品。就在我生活最不安定，最困难的时候，我的书箱里，我的案头，我的住室墙壁上，也总有一些画片。它们大多是我从杂志上裁下的。

对于我钦佩的人物，比如托尔斯泰、契诃夫、高尔基，比如鲁迅，比如丁玲同志，比如阮玲玉，我都保存了他们的很多照片或是画像。

进城以后，本来有机会去欣赏一些名画，甚至可以收集一些名人的画了。但是，因为我外行，有些吝啬，又怕和那些古董商人打交道，所以没有做到。有时花很少的钱，在早市买一两张并非名人的画，回家挂两天，厌烦了，就卖给收破烂的，于是这些画就又回到了早市去。

一九六一年，黄胄同志送给我一张画，我托人拿去裱好了，挂在房间里，上面是一个维吾尔族少女牵着一匹毛驴，下面还有一头大些的驴，和一头驴驹。一九六二年，我又转请吴作人同志给我画了三头骆驼，一头是近景，两头是远景，题曰《大漠》。也托人裱好，珍藏起来。

一九六六年，运动一开始，黄胄同志就受到“批判”。因为他的作品，家喻户晓，他的“罪名”，也就妇孺皆知。家里人把画摘下来了。一天，我出去参加学习，机关的造反人员来抄家，一见黄胄的毛驴不在墙上了，就大怒，到处搜索。搜到一张画，展开不到半截，就摔在地下，喊：“黑画有了！”其实，那不是毛驴，而是骆驼，真是驴唇不对马嘴。就这样把吴作人同志画的三头骆驼牵走了，三匹小毛驴仍留在家中。

运动渐渐平息了。我想念过去的一些友人。我写信给好多年不通音讯的彦涵同志，问候他的起居，并请他寄给我一张画。老朋友富于感情，他很快就寄给我那幅有名的木刻《老羊倌》，并题字用章。

我求人为这幅木刻做了一个镜框，悬挂在我的住房的正墙当中。

不久，“四人帮”在北京举办了别有用心的“黑画展览”，这是他们继小靳庄之后发动的全国性展览。机关的一些领导人，要去参观，也通知我去看看，说有车，当天可以回来。

我有十二年没有到北京去了，很长时间也看不到美术作品，就答应了。

在路上停车休息时，同去的我的组长，轻声对我说：“听说彦涵的画展出的不少哩!”我没有答话。他这是知道我房间里挂有彦涵的木刻，对我提出的善意警告。

到了北京美术馆门前，真是和当年的小靳庄一样，车水马龙，人山人海。“四人帮”别无能为，但善于巧立名目，用“示众”的方式蛊惑人心。人们像一窝蜂一样往里面拥挤。这种场合，这种气氛，我都不能适应。我进去了五分钟，只是看了看彦涵同志那些作品，就声称头痛，钻到车里去休息了。

夜晚，我们从北京赶回来，车外一片黑暗。我默默地想：彦涵同志以其天赋之才，在政治上受压抑多年，这次是应国家需要，出来画些画。他这样努力、认真、精心地工作，是为了对人民有所贡献，有所表现。“四人帮”如此对待艺术家的良心，就是直接侮辱了人民之心。回到家来，我面对着那幅木刻，更觉得它可珍贵了。上面刻的是陕北一带的牧羊老人。他手里抱着一只羊羔，身边站立着一只老山羊。牧羊人的呼吸，与塞外高原的风云相通。

这幅木刻，一直悬挂着，并没有摘下。这也是接受了多年的经验教训：过去，我们太怯弱了，太驯服了，这样就助长了那些政治骗子的野心，他们以为人民都是阿斗，可以玩弄于他们的股掌之上。几乎把艺术整个毁灭，也几乎把我们全部葬送。

我是好做梦的，好梦很少，经常是噩梦。有一天夜晚，我梦见我把自己画的一幅画，交给中学时代的美术老师，老师称赞了我，并说要留作成绩，准备展览。

那是一幅很简单的水墨画：秋风败柳，寒蝉附枝。

我很高兴，叹道：我的美术，一直不及格，现在，我也有希望当个画家了。随后又有些害怕，就醒来了。

其实，按照弗洛伊德学说，这不过是一连串零碎意识、印象的偶然的组合，就像万花筒里出现的景象一样。

戏的梦

大概是一九七二年春天吧，我“解放”已经很久了，但处境还很困难，心情也十分抑郁。于是决心向领导打一报告，要求回故乡“体验生活，准备写作”。幸蒙允准。一担行囊，回到久别的故乡，寄食在一个堂侄家里，乡亲们庆幸我经过这么大的“运动”，安然生还，亲戚间也携篮提壶来问。最初一些日子，心里得到不少安慰。

这次回老家，实际上是像鲁迅说的，有一种动物，受了伤，并不嚎叫，挣扎着回到林子里，倒下来，慢慢自己去舔那伤口，求得痊愈和平复。

老家并没有什么亲人，只有叔父，也八十多岁了。又因为青年时就远离乡土，村子里四十岁以下的人，对我都视若陌生。

这个小村庄，以林木著称，四周大道两旁，都是钻天杨，已长成材。此外是大片大片柳杆子地，以经营农具和编织副业。靠近村边，还有一些果木园。

侄子喂着两只山羊，需要青草。烧柴也缺。我每天背上一个柳条大筐，在道旁砍些青草，或是捡些柴棒。有时到滹沱河的大堤上去望望，有时到附近村庄的亲戚家走走。

又听到了那些小鸟叫；又听到了那些草虫叫；又在柳林里捡到了鸡腿蘑菇；又看到了那些黄色紫色的野花。

一天中午，我从野外回来，侄子告诉我，镇上传来天津电话，要我赶紧回去，电话听不清，说是为了什么剧本的事。

侄子很紧张，他不知大伯又出了什么事。我一听是剧本的事，心里就安定下来，对他说：

“安心吃饭吧，不会有什么变故。剧本，我又没发表过剧本，不会再受批判的。”

“打个电话去问问吗？”侄子问。

“不必了。”我说。

隔了一天，我正送亲戚出来，街上开来一辆吉普车，迎面停住了。车上跳下一个人，是我的组长。他说，来接我回天津，参加创作一个京剧剧本。各地都有样板戏了，天津领导也很着急。京剧团原有一个写抗日时期白洋淀的剧本，上不去。因我写过白洋淀，有人推荐了我。

组长在谈话的时候，流露着一种神色，好像是为我庆幸：领导终于想起你来了。老实讲，我没有注意去听这些。剧本上不去找我，我能叫它上去？我能叫它成了样板戏？

但这是命令，按目前形势，它带有半强制的性质。第二天我们就回天津了。

回到机关，当天政工组就通知我，下午市里有首长要来，你不要出门。这一通知，不到半天，向我传达三次。我只好在办公室呆呆坐着。首长没有来。

第二天。工作人员普遍检查身体。内、外科，脑系科，耳鼻喉科，楼上楼下，很费时间。我正在检查内科的时候，组里来人说：市文教组负责同志来了，在办公室等你。我去检查外科，又来说一次，我说还没检查牙。他说快点吧，不能叫负责同志久等。我说，快慢在医生那里，我不能不排队呀。

医生对我的牙齿很夸奖了一番，虽然有一颗已经叫虫子吃断了。医生向旁边几个等着检查的人说：

“你看，这么大的年岁，牙齿还这样整齐，卫生工作一定做得好。运动期间，受冲击也不太大吧？”

“唔。”我不知道牙齿整齐不整齐，和受冲击大小，有何关联，难道都要打落两颗门牙，才称得上脱胎换骨吗？我正惦着楼上有负责同志，另外，嘴在张着，也说不清楚。

回到办公室，组长已经很着急了。我一看，来人有四五位。其中有一个熟人老王，向一位正在翻阅报纸的年轻人那里努努嘴。暗示那就是负责同志。

他们来，也是告诉我参加剧本创作的事。我说，知道了。

过了两天，市里的女文教书记，真的要找我谈话了，只是改了地点，叫我到市委机关去。这当然是隆重大典，我们的主任不放心，亲自陪我去。

在一间不大不小的会议室里，我坐了下来。先进来一位穿军装的，不久女书记进来了。我和她在延安做过邻居，过去很熟，现在地位如此悬殊，我既不便放肆，也不便巴结。她好像也有点矛盾，架子拿得太大，固然不好意思，如果一点架子也不拿，则对于旁观者，起码有失威信。

总之，谈话很简单，希望我帮忙搞搞这个剧本。我说，我没有写过剧本。

“那些样板戏，都看了吗？”她问。

“唔。”我回答。其实，罪该万死，虽然在这些年，样板戏以独霸中夏的势焰，充斥在文、音、美、剧各个方面，直到目前，我还没有正式看过一出、一次。因为我已经有十几年不到剧场去了，我有一个收音机，也常常不开。这些年，我特别节电。

一天晚上，去看那个剧本的试演。见到几位老熟人，也没有谈什么，就进了剧场。剧场灯光暗淡，有人扶持了我。

这是一本写白洋淀抗日斗争的京剧。过去，我是很爱好京剧的，在北京当小职员时，经常节衣缩食，去听富连成小班。有些年，也很喜欢唱。

今晚的印象是：两个多小时，在舞台上，我既没有能见到白洋淀当年抗日的情景，也没有听到我所熟悉的京戏。

这是“京剧革命”的产物。它追求的，好像不是真实地再现历史，也不是忠实地继承京剧的传统，包括唱腔和音乐。

它所追求的，是要和样板戏“形似”，即模仿“样板”。它的表现特点为：追求电影场面，采取电影手法，追求大的、五光十色的、大轰大闹、大哭大叫的群众场面。它变单纯的音乐为交响乐队，瓦釜雷鸣。它的唱腔，高亢而凄厉，冗长而无味，缺乏真正的感情。演员完全变成了政治口号的传声筒，因此，主角完全是被动的，矫揉造作的，是非常吃力，也非常痛苦的。繁重的唱段，连续的武打，使主角声嘶力竭，假如不是青年，她会不终曲而当场晕倒。

戏剧演完，我记不住整个故事的情节，因为它的情节非常支离；也唤不起我有关抗日战争的回忆，因为它所写的抗日战争，完全不是那么回事，甚至可以说是不着边际。整个戏锣鼓喧天，枪炮齐鸣，人出人进，乱乱哄哄。不知其何以开始，也不知其何以告终。

第二天，在中国大戏院休息室，开座谈会，我准备了一个发言提纲。参加会的人很不少，除去原有创作组，主要演员，剧团负责人，还有文化局负责人，文化口军管负责人。《天津日报》还派去了一位记者。

我坐在那里，斟酌我的发言提纲。忽然，坐在我旁边的文化局负责人，推了我一下。我抬头一看，女书记进来了，全场的人都站了起来。我也跟着站了起来。女书记在我身边坐下，会议开始。

过去，我是很爱好京剧的，在北京当小职员时，经常节衣缩食，去听富连成小班。

在会上，我谈了对这个戏的印象，说得很缓和，也很真诚。并谈了对修改的意见，详细说明当时冀中区和白洋淀一带，抗日战争的形势，人民斗争的特点，以及敌人对这一地区残酷"扫荡"的情况。

大概是因为我讲的时间长了一些，别的人没有再讲什么，女书记做了一些指示，就散会了。

后来我才知道，昨天没有人讲话，并不是同意了我的意见。在以后只有创作组人员参加的讨论会上，旧有成员，开始提出了反对意见，并使我感到，这些反对意见，并不纯粹属于创作方面，而是暗示：一、他们为这个剧本，已经付出了很长的时间和很大的精力，如果按照我的主张，他们的剧本就要从根本上推翻。二、不要夺取他们创作样板戏可能得到的功劳。三、我是刚刚受过批判的人物，能算老几。

我从事文艺工作，已经有几十年。所谓名誉，所谓出风头，也算够了。这些年，所遭凌辱，正好与它们抵消。至于把我拉来写唱本，我也认为是修废利旧，并不感到委屈。因此，我对这些富于暗示性的意见，并不感到伤心，也不感到气愤。它使我明白了文艺创作的现状。使我奇怪的是，这个创作组，曾不只一次到白洋淀一带，体验生活，进行访问，并从那里弄来一位当年的游击队长，长期参与他们的创作活动。

为什么如此无视抗日战争的历史和现实呢？这位游击队长，战斗英雄，为什么也尸位素餐，不把当年的历史情况和自己的亲身经历，告诉他们呢？

后来我才明白，一些年轻人，一些"文艺革命"战士，只是一心要"革命"，一心创造样板，已经迷了心窍，是任何意见也听不进去的。

不知为了什么，军管人员在会上支持我的工作，因此，剧本讨论仍在进行。

这就是目前大为风行的集体创作：每天大家坐在一处开会，今天你提一个方案，明天他提一个方案，互相抵消，一事无成。积年累月，写不出什么东西，就不足为怪了。

夏季的时候，我们到白洋淀去。整个剧团也去，演出现在的剧本。

我们先到新安，后到王家寨，这是淀边上一个比较大的村庄。我住在村南头（也许不准确，因为我到了白洋淀，总是转向，过去就发生过方向错误）。一间新盖的、随时可以放眼水淀的、非常干净的小房里。

房东是个老实的庄稼人。他的爱人，比他年轻好多，非常精明。他家有几个女儿，都长得秀丽，又都是编席快手，一家人生活很好。但是，大姑娘已经年近三十，还没有订婚，原因是母亲不愿失去她这一双织席赚钱的巧手。大姑娘终日默默不语。她的处境，我想会慢慢影响下面那几个逐年长大的妹妹。母亲固然精明，这个决策，未免残酷了一点。

在这个村庄，我还认识了一位姓魏的干部。他是专门被派来招呼剧团的，在这一带是有名的“瞎架”。起先，我不知道这个词儿，后来才体会到，就是好摊事管事的人。凡是大些的村庄，要见世面，总离不开这种人。因为村子里的猪只到处跑，苍蝇到处飞，我很快就拉起痢来，他对我照顾得很周到。

住了一程子，我们又到了郭里口。这是淀里边的一个村庄，当时在生产上，好像很有点名气，经常有人参观。

在大队部，村干部为我们举行了招待会，主持会的是村支部宣传委员刘双库。这个小伙子，听说在新华书店工作过几年，很有口才，还有些派头。

当介绍到我，我说要向他学习时，他大声说：“我们现在写的白洋淀，都是从你的书上抄来的。”使我大吃一惊。后来一想，他的话恐怕有所指吧。

当天下午，我们坐船去参观了他们的“围堤造田”。现在，白洋淀的水，已经很浅了，湖面越来越小。芦苇的面积，也有很大缩减，荷花淀的规模，也大不如从前了。正是荷花开放的季节，我们的船从荷丛中穿过去。淀里的水，不像过去那样清澈，水草依然在水里浮荡，水禽不多，鱼也很少了。

确是用大堤围起了一片农场。据说，原是同口陈调元家的苇荡。

实际上是苇荡遭到了破坏。粮食的收成，不一定抵得上苇的收成，围堤造田，不过是个新鲜名词。所费劳力很大，肯定是得不偿失的。

随后，又组织了访问。因为剧本是女主角，所以访问了抗日战争时期的几位妇救会员，其中一位名叫曹真。她已经四十多岁了。她的穿着打扮，还是三十年代式：白夏布短衫，长发用一只卡子束拢，搭在背后。抗日时，她是一位十八九岁的姑娘，在芦苇淀中的救护船上，她曾多次用嘴哺养那些伤员。她的相貌，现在看来，也可以说是冀中平原的漂亮人物，当年可想而知。

她在二十岁时，和一个区干部订婚，家里常常掩护抗日人员。就在这年冬季，敌人抓住了她的丈夫，在冰封的白洋淀上，砍去了他的头颅。她，哭喊着跑去，收回丈夫的尸首掩埋了。她还是做抗日工作。

全国胜利以后，她进入中年，才和这村的一个人结了婚。

她和我谈过往事，又说：胜利以后，村里的宗派斗争，一直很厉害，前些年，有二十六名老党员，被开除党籍，包括她在内。现在，她最关心的，是什么时候才能解决他们的组织问题。她知道，我是无能为力的，她是知道这些年来老干部的处境的。但是，她愿意和我谈谈，因为她知道我曾经是抗日战士，并写过这一带的抗日妇女。

在她面前，我深感惭愧。自从我写过几篇关于白洋淀的文章，各地读者都以为我是白洋淀人，其实不是，我的家离这里还很远。

另外，很多读者，都希望我再写一些那样的小说。读者同志们，我向你们抱歉，我实在写不出那样的小说来了。这是为什么，我自己也说不出。我只能说句良心话，我没有了当年写作那些小说时的感情，我不愿用虚假的事情，去欺骗读者。那样，我就对不起坐在对面的曹真同志。她和她的亲人，在抗日战争时期，是流过真正的血和泪的。

这些年来，我见到和听到的，亲身体验到的，甚至刻骨镂心的，是另一种现实，另一种生活。它与抗日战争时期的现实生活，大不一样，甚至相反。抗日战争，是中国共产党领导的一种神圣的战争。人民做出了重大的牺牲。他们的思想、行动升到无比崇高的境界。生活中极其细致的部分，也充满了可歌可泣的高尚情操。

这些年来，林彪等人，这些政治骗子，把我们的党，我们的国家，我们的干部和人民，践踏成了什么样子！他们的所作所为，反映到我脑子里，是虚伪和罪恶。这种东西太多了，它们排挤、压抑，直至销毁我头脑中固有的，真善美的思想和感情。这就像风沙摧毁了花树，粪便污染了河流，鹰枭吞噬了飞鸟。善良的人们，不要再责怪花儿不开、鸟儿不叫吧！它受的伤太重了，它要休养生息，它要重新思考，它要观察气候，它要审视周围。

我重游白洋淀，当然想到了抗日战争。但是这一战争，在我心里好像是很久很久以前的事了。它好像是在前一生经历的，也好像是在昨夜梦中经历的。许多兄弟，在战争中死去了，他们或者要渐渐被人遗忘。另有一部分兄弟，是在前几年含恨死去的，他们临死之前，一定也想到过抗日战争。

世事的变化，常常是出于人们意料之外的。每个时代，有每个时代的血和泪。

坐在我面前的女战士，她的鬓发已经白了，她的脸上，有很深的皱纹，她的心灵之上，有很重的创伤。

假如我把这些感受写成小说，那将是另一种面貌，另一种风格。我不愿意改变我原来的风格，因此，我暂时决定不写小说。

但是现在，我身不由主，我不得不参加这个京剧脚本的讨论。我们回到天津，又讨论了很久，还是没有结果。我想出一个金蝉脱壳之计：自己写一个简单脚本，交上去，声明此外已无能为力。

我对京剧是外行，又从不礼拜甚至从不理睬那企图支配整个民族文化的样板戏，剧团当然一字一句也没有采用我的剧本。

乡里旧闻

梦中每迷还乡路，
愈知晚途念桑梓。
——书衣文录

度春荒

我的家乡，邻近一条大河，树木很少，经常旱涝不收。在我幼年时，每年春季，粮食很缺，普通人家都要吃野菜树叶。

春天，最早出土的，是一种名叫老鸹锦的野菜，孩子们带着一把小刀，提着小篮，成群结队到野外去，寻觅剜取像铜钱大小的这种野菜的幼苗。

这种野菜，回家用开水一泼，搀上糠面蒸食，很有韧性。

与此同时出土的是苣苣菜，就是那种有很白嫩的根，带一点苦味的野菜。但是这种菜，不能当粮食吃。

以后，田野里的生机多了，野菜的品种，也就多了。有黄须菜，有扫帚苗，都可以吃。春天的麦苗，也可以救急，这是要到人家地里去偷来。

到树叶发芽，孩子们就脱光了脚，在手心吐些唾沫，上到树上去。榆叶和榆钱，是最好的菜。柳芽也很好。在大荒之年，我吃过杨花。就是大叶杨春天抽出的那种穗子一样的花。这种东西，是不得已而吃之，并且很费事，要用水浸好几遍，再上锅蒸，味道是很难闻的。

在春天，田野里跑着无数的孩子们，是为饥饿驱使，也为新的生机驱使，他们漫天漫野地跑着，寻视着，欢笑并打闹，追赶和竞争。

春风吹来，大地苏醒，河水解冻，万物滋生，土地是松软的，把孩子们的脚埋进去，他们仍然欢乐地跑着，并不感到跋涉。

清晨，还有露水，还有霜雪，小手冻得通红，但不久，太阳出来，就感到很暖和，男孩子们都脱去了上衣。

为衣食奔波，而不大感到愁苦，只有童年。

我的童年，虽然也常有兵荒马乱，究竟还没有遇见大灾荒，像我后来从历史书上知道的那样。这一带地方，在历史上，特别是新旧五代史上记载，人民的遭遇是异常悲惨的。因为战争，因为异族的侵略，因为灾荒，一连很多年，在书本上写着：人相食；析骨而焚；易子而食。

战争是大灾荒、大瘟疫的根源。饥饿可以使人疯狂，可以使人死亡，可以使人恢复兽性。曾国藩的日记里，有一页记的是太平天国战争时，安徽一带的人肉价目表。我们的民族，经历了比噩梦还可怕的年月！

日本帝国主义的侵略，以战养战，三光政策，是很野蛮很残酷的。但是因为共产党记取历史经验，重视农业生产，村里虽然有那么多青年人出去抗日，每年粮食的收成，还是能得到保证。党在这一时期，在农村实行合理负担的政策。地主富农，占有大部分土地，虽然对这种政策，心里有些不满，他们还是积极经营的。抗日期间，我曾住在一家地主家里，他家的大儿子对我说："你们在前方努力抗日，我们在后方努力碾米。"

在八年抗日战争中，我们成功地避免了"大兵之后，必有凶年"的可怕遭遇，保证了抗日战争的胜利。

村　长

这个村庄本来很小，交通也不方便，离保定一百二十里，离县城十八里。它有一个村长，是一家富农。我不记得这村长是民选的，还是委派的。但他家的正房里，悬挂着本县县长一个奖状，说他对维持地方治安有成绩，用镜框装饰着。平日也看不见他有什么职务，他照样管理农事家务，赶集卖粮食。村里小学他是校董，县里督学来了，中午在他家吃饭。他手下另有一个"地方"，这个职务倒很明显，每逢征收钱粮，由他在街上敲锣呼喊。

这个村长个子很小，脸也很黑，还有些麻子。他的穿着比较讲究，在冬天，他有一件羊皮袄，在街上走路的时候，他的右手总是提起皮袄右面的开襟地方，步子也迈得细碎些，这样，他以为势派。

他原来和“地方”的老婆姘靠着。“地方”出外很多年，回到家后，村长就给他一面铜锣，派他当了“地方”。

在村子的最东头，有一家人卖油炸馃子，有好几代历史了。这种行业，好像并不成全人，每天天不亮，就站在油锅旁。男人们都得了痨病，很早就死去了。但女人就没事，因此，这一家有好几个寡妇。村长又爱上了其中一个高个子的寡妇，就不大到“地方”家去了。

可是，这个寡妇，在村里还有别的相好，因为村长有钱有势，其他人就不能再登上她家的门边。

一九三七年，七七事变，国民党政权南逃。这年秋季，地方大乱。一到夜晚，远近枪声如度岁。有绑票的，有自卫的。

一天晚上，村长又到东头寡妇家去，夜深了才出来，寡妇不放心，叫她的儿子送村长回家。走到东街土地庙那里，从庙里出来几个人，用撅枪把村长打死在地，把寡妇的儿子也打死了。寡妇就这一个儿子，还是她丈夫的遗腹子。把他打死，显然是怕他走漏风声。

村长头部中了数弹，但他并没有死，因为撅枪和土造的子弹，都没有准头和力量。第二天早上苏醒了过来。儿子把他送到县城医治枪伤，并指名告了村里和他家有宿怨的几个农民。当时的政权是维持会，土豪劣绅管事，当即把几个农民抓到县里，并戴了镣。八路军到了，才释放出来。

村长回到村里，五官破坏，面目全非。深居简出，常常把一柄大铡刀放在门边，以防不测。一九三九年，日本人占据县城，地方又大乱。一个夜晚，村长终于被绑架到村南坟地，割去生殖器，大卸八块。村长之死，从政治上说，是打击封建恶霸势力。这是村庄开展阶级斗争的序幕。

那个寡妇，脸上虽有几点浅白麻子，长得却有几分人才，高高的个儿，可以说是亭亭玉立。后来，村妇救会成立，她是第一任的主任，现在还活着。死去的儿子，也有一个遗腹子，现在也长大成人了。

村长的孙子孙女，也先后参加了八路军，后来都是干部。

凤池叔

凤池叔就住我家的前邻。在我幼年时，他盖了三间新的砖房。他有一个叔父，名叫老亭。在本地有名的联庄会和英法联军交战时，他伤了一只眼，从前线退了下来，小队英国兵追了下来，使全村遭了一场浩劫，有一名没有来得及逃走的妇女，被鬼子轮奸致死。这位妇女，死后留下了不太好的名声，村中的妇女们说：她本来可以跑出去，可是她想发洋人的财，结果送了命。其实，并不一定是如此的。

老亭受了伤，也没有留下什么英雄的称号，只是从此名字上加了一个字，人们都叫他瞎老亭。

瞎老亭有一处宅院，和凤池叔紧挨着，还有三间土坯北房。他为人很是孤独，从来也不和人们来往。我们住得这样近，我也不记得在幼年时，到他院里玩耍过，更不用说到他的屋子里去了。我对他那三间住房，没有丝毫的印象。

但是，每逢从他那低矮颓破的土院墙旁边走过时，总能看到，他那不小的院子里，原是很吸引儿童们的注意的。他的院里，有几棵红枣树，种着几畦瓜菜，有几只鸡跑着，其中那只大红公鸡，特别雄壮而美丽，不住声趾高气扬地啼叫。

瞎老亭总是一个人坐在他的北屋门口。他呆呆地直直地坐着，坏了的一只眼睛紧紧闭着，面容愁惨，好像总在回忆着什么不愉快的事。这种形态，儿童们一见，总是有点害怕的，不敢去接近他。

我特别记得，他的身旁，有一盆夹竹桃，据说这是他最爱惜的东西。这是稀有植物，整个村庄，就他这院里有一棵，也正因为有这一棵，使我很早就认识了这种花树。

村里的人，也很少有人到他那里去。只有他前邻的一个寡妇，常到他那里，并且半公开的，在夜间和他做伴。

这位老年寡妇，毫不隐讳地对妇女们说：

“神仙还救苦救难哩，我就是这样，才和他好的。”

瞎老亭死了以后，凤池叔以亲侄子的资格，继承了他的财产。拆了那三间土坯北房，又添上些钱，在自己的房基上，盖了三间新的砖房。那时，他的母亲还活着。

凤池叔是独生子，他的父亲是怎样一个人，我完全不记得，可能死得很早。凤池叔长得身材高大，仪表非凡，他总是穿着整整齐齐的长袍，步履庄严地走着。我时常想，如果他的运气好，在军队上混事，一定可以带一旅人或一师人。如果是个演员，扮相一定不亚于武生泰斗杨小楼那样威武。

可是他的命运不济。他一直在外村当长工。行行出状元，他是远近知名的长工：不只力气大，农活精，赶车尤其拿手。

他赶几套的骡马，总是有条不紊，他从来也不像那些粗劣的驭手，随便鸣鞭、吆喝，以至虐待折磨牲畜。他总是若无其事地把鞭子抱在袖筒里，慢条斯理地抽着烟，不动声色，就完成了驾驭的任务。这一点，是很得地主们的赏识的。

但是，他在哪一家也待不长久，最多二年。这并不是说他犯有那种毛病：一年勤，二年懒，三年就把当家的管。主要是他太傲慢，从不低声下气。另外，车马不讲究他不干，哪一个牲口不出色，不依他换掉，他也不干。另外，活当然干得出色，但也只是大秋大麦之时，其余时间，他好参与赌博，交结妇女。

因此，他常常失业家居。有一年冬天，他在家里闲着，年景又不好，村里的人都知道他没有吃的了，有些本院的长辈，出于怜悯，问他：

“凤池，你吃过饭了吗?”

“吃了!”他大声地回答。

“吃的什么?”

“吃的饺子!”

他从来也不向别人乞求一口饭，并绝对不露出挨饥受饿的样子，也从不偷盗，穿着也从不减退。

到过他的房间的人，知道他是家徒四壁，什么东西也卖光了的。

不知从哪里来了一个女的，藏在他的屋里，最初谁也不知道。一天夜间，这个妇女的本夫带领一些乡人，找到这里，破门而入。凤池叔从炕上跃起，用顶门大棍，把那个本夫，打了个头破血流，一群人慑于威势，大败而归，沿途留下了不少血迹。那个妇女也待不住，从此不知下落。

凤池叔不久就卖掉了他那三间北房。土改时，贫民团又把这房分给了他。在他死以前，他又把它卖掉了，才为自己出了一个体面的、虽属光棍但谁都乐于帮忙的殡，了此一生。

干　巴

在这个小小的村庄里，干巴要算是最穷最苦的人了。他的老婆，前几年，因为产后没吃的死去了，留下了一个小孩。

最初，人们都说是个女孩，并说她命硬，一下生就把母亲克死了。过了两三年，干巴对人们说，他的孩子不是女孩，是个男孩，并给他起了个名字，叫小变儿。

干巴好不容易按照男孩子把他养大，这孩子也渐渐能帮助父亲做些事情了。他长得矮弱瘦小，可也能背上一个小筐，到野地里去拾些柴禾和庄稼了。其实，他应该和女孩子们一块去玩耍、工作。他在各方面，都更像一个女孩子。但是，干巴一定叫他到男孩子群里去。男孩子是很淘气的，他们常常跟小变儿起哄，欺侮他：

“来，小变儿，叫我们看看，又变了没有？”

有时就把这孩子逗哭了。这样，他的性情、脾气，在很小的时候，就发生了变态：孤僻，易怒。他总是一个人去玩，到其他孩子不乐意去的地方拾柴、捡庄稼。

这个村庄，每年夏天，好发大水，水撤了，村边一些沟里、坑里，水还满满的。每天中午，孩子们好聚到那里凫水，那是非常高兴和热闹的场面。

每逢小变儿走近那些沟坑，在其中游泳的孩子们，就喊：

“小变儿，脱了裤子下水吧！来，你不敢脱裤子！”

小变儿就默默地离开了那里。但天气实在热，他也实在愿意到水里去洗洗玩玩。有一天，人们都回家吃午饭了，他走到很少有人去的村东窑坑那里，看看四处没有人，脱了衣服跳进去。这个坑的水很深，一下就灭了顶，他喊叫了两声，没有人听见，这个孩子就淹死了。

这样，干巴就剩下孤身一人，没有了儿子。

他现在什么也没有了，他没有田地，也可以说没有房屋，他那间小屋，是很难叫作房屋的。他怎样生活？他有什么职业呢？

冬天，他就卖豆腐，在农村，这几乎可以不要什么本钱。

秋天，他到地里拾些黑豆、黄豆，即使他在地头地脑偷一些，人们都知道他寒苦，也都睁一个眼，闭一个眼，不忍去说他。

他把这些豆子，做成豆腐，每天早晨挑到街上，敲着梆子，顾客都是拿豆子来换，很快就卖光了。自己吃些豆腐渣，这个冬天，也就过去了。

在村里，他还从事一种副业，也可以说是业余的工作。那时代，农村的小孩子，死亡率很高。有的人家，连生五、六个，一个也养不活。不用说那些大病症，比如说天花、麻疹、伤寒，可以死人；就是这些病症，比如抽风、盲肠炎、痢疾、百日咳，小孩子得上了，也难逃个活命。

母亲们看着孩子死去了，掉下两点眼泪，就去找干巴，叫他帮忙把孩子埋了去。干巴赶紧放下活计，背上铁铲，来到这家，用一片破炕席或一个破席锅盖，把孩子裹好，夹在腋下，安慰母亲一句：

“他婶子，不要难过。我把他埋得深深的，你放心吧！”

就走到村外去了。

其实，在那些年月，母亲们对死去一个不成年的孩子，也不很伤心，视若平常。因为她们在生活上遇到的苦难太多，孩子们累得她们也够受了。

事情完毕，她们就给干巴送些粮食或破烂衣服去，酬谢他的帮忙。

这种工作，一直到干巴离开人间，成了他的专利。

木匠的女儿

这个小村庄的主要街道，应该说是那条东西街，其实也不到半里长。街的两头，房舍比较整齐，人家过得比较富裕，接连几户都是大梢门。

进善家的梢门里，分为东西两户，原是兄弟分家，看来过去的日子，是相当势派的，现在却都有些没落了。进善的哥哥，幼年时念了几年书，学得文不成武不就，种庄稼不行，只是练就一笔好字，村里有什么文书上的事，都是求他。也没有多少用武之地，不过红事喜帖，白事丧榜之类。进善幼年就赶上日子走下坡路，因此学了木匠，在农村，这一行业也算是高等的，仅次于读书经商。

他是在束鹿旧城学的徒。那里的木匠铺，是远近几个县都知名的，专做嫁妆活。凡是地主家聘姑娘，都先派人丈量男家居室，陪送木器家具。只有内间的叫作半套；里外两间都有的，叫作全套。原料都是杨木，外加大漆。

学成以后，进善结了婚，就回家过日子来了。附近村庄人家有些零星木活，比如修整梁木，打做门窗，成全棺材，就请他去做，除去工钱，饭食都是好的，每顿有两盘菜，中午一顿还有酒喝。闲时还种几亩田地，不误农活。

可是，当他有了一儿一女以后，他的老婆因为过于劳累，得肺病死去了。当时两个孩子还小，请他家的大娘带着，过不了几年，这位大娘也得了肺病，死去了。进善就得自己带着两个孩子，这样一来，原来很是精神利索的进善，就一下变得愁眉不展，外出做活也不方便，日子也就越来越困难了。

女儿是头大的，名叫小杏。当她还不到十岁，就帮着父亲做事了，十四五岁的时候，已经出息得像个大人。长得很俊俏，眉眼特别秀丽，有时在梢门口大街上一站，身边不管有多少和她年岁相仿的女孩儿们，她的身条容色，都是特别引人注目的。

贫苦无依的生活，在旧社会，只能给女孩子带来不幸。越长得好，其不幸的可能就越多。她们那幼小的心灵，先是向命运之神应战，但多数终归屈服于它。在绝望之余，她从一面小破镜中，看到了自己的容色，她现在能够仰仗的只有自己的青春。

她希望能找到一门好些的婆家，但等她十七岁结了婚，不只丈夫不能叫她满意，那位刁钻古怪的婆婆，也实在不能令人忍受。她上过一次吊，被人救了下来，就长年住在父亲家里。

虽然这是一个不到一百户的小村庄，但它也是一个社会。

它有贫穷富贵，有尊荣耻辱，有士农工商，有兴亡成败。

进善常去给富裕人家做活，因此结识了那些人家的游手好闲的子弟。其中有一家在村北头开油坊的少掌柜，他常到进善家来，有时在夜晚带一瓶子酒和一只烧鸡，两个人喝着酒，他撕一些鸡肉叫小杏吃。不久，就和小杏好起来。赶集上庙，两个人约好在背静地方相会，少掌柜给她买个烧饼裹肉，或是买两双袜子送给她。虽说是少女的纯洁，虽说是廉价的爱情，这里面也有倾心相与，也有引诱抗拒，也有风花雪月，也有海誓山盟。

女人一旦得到依靠男人的体验，胆子就越来越大，羞耻就越来越少。就越想去依靠那钱多的，势力大的，这叫作一步步往上依靠，灵魂一步步往下堕落。

她家对门有一位在县里当教育局长的，她和他靠上了，局长回家，就住在她家里。

一九三七年，这一带的国民党政府逃往南方，局长也跟着走了。成立了抗日县政府，组织了抗日游击队。抗日县长常到这村里来，有时就在进善家吃饭住宿。日子长了，和这一家人都熟识了，小杏又和这位县长靠上，她的弟弟给县长当了通讯员，背上了盒子枪。

一九三八年冬天，日本人占据了县城。屯集在河南省的国民党军队张荫梧部，正在实行曲线救国，配合日军，企图消灭八路军。那位局长，跟随张荫梧多年了，有一天，又突然回到了村里。他回到村庄不多几天，县城的日军和伪军，“扫荡”了这个村庄，把全村的男女老少集合到大街上，在街头一棵槐树上，烧死了抗日村长。日本人在各家搜索时，在进善的女儿房中，搜出一件农村少有的雨衣，就吊打小杏，小杏说出是那位局长穿的，日本人就不再追究，回县城去了。日本人走时，是在黄昏，人们惶惶不安地刚吃过晚饭，就听见街上又响起枪来。随后，在村东野外的高沙岗上，传来了局长呼救的声音。好像他被绑了票，要乡亲们快凑钱搭救他。深夜，那声音非常凄厉。这时，街上有几个人影，打着灯笼，挨家挨户借钱，家家都早已插门闭户了。交了钱，并没得买下局长的命，他被枪毙在高岗之上。

有人说，日本这次“扫荡”，是他勾引来的，他的死刑是“老八”执行的。他一回村，游击组就向上级报告了。可是，如果他不是迷恋小杏，早走一天，可能就没事……

日本人四处安插据点，在离这个村庄三里地的子文镇，盖了一个炮楼，形势一天比一天紧张，我们的主力西撤了。汉奸活跃起来，抗日政权转入地下，抗日县长，只能在夜间转移。抗日干部被捕的很多，有的叛变了。有人在夜里到小杏家，找县长，并向他劝降。这位不到二十岁的县长，本来是个纨绔子弟，经不起考验，但他不愿明目张胆地投降日本，通过亲戚朋友，到敌占区北平躲身子去了。

小杏的弟弟，经过一些坏人的引诱怂恿，带着县长的两支枪，投降了附近的炮楼，当了一名伪军。他是个小孩子，每天在炮楼下站岗，附近三乡五里，都认识他，他却坏下去得很快，敲诈勒索，以至奸污妇女。他那好吃懒做的大伯，也仗着侄儿的势力，在村中不安分起来。在一九四三年以后，根据地形势稍有转机时，八路军夜晚把他掏了出来，枪毙示众。

小杏在二十几岁上，经历了这些生活感情上的走马灯似的动乱、打击，得了她母亲那样致命的疾病，不久就死了。她是这个小小村庄的一代风流人物。在烽烟炮火的激荡中，她几乎还没有来得及觉醒，她的花容月貌，就悄然消失，不会有人再想到她。

进善也很快就老了。但他是个乐天派，并没有倒下去。一九四五年，抗日战争胜利，县里要为死难的抗日军民，兴建一座纪念塔，在四乡搜罗能工巧匠。虽然他是汉奸家属，但本人并无罪行。村里推荐了他，他很高兴地接受了雕刻塔上飞檐门窗的任务。这些都是木工细活，附近各县，能有这种手艺的人，已经很稀少了。塔建成以后，前来游览的人，无不对他的工艺啧啧称赞。

工作之暇，他也去看了看石匠们，他们正在叮叮当当，在大石碑上，镌刻那些抗日烈士的不朽芳名。

回到家来，他孤独一人，不久就得了病，但人们还常见他拄着一根木棍出来，和人们说话。不久，村里进行土地改革，他过去相好那些人，都被划成地主或富农，他也不好再去找他们。又过了两年，才死去了。

老　刁

老刁，河北深县人，他从小在外祖父家长大，外祖父家是安平县。他在保定育德中学读书时，就把安平人引为同乡，我比他低两年级，他对幼小同乡，尤其热情。他有一条腿不大得劲，长得又苍老，那时人们就都叫他老刁。

他在育德中学的师范班毕业以后，曾到安新冯村，教过一年书，后来到北平西郊的黑龙潭小学教书。那时我正在北平失业，曾抱着一本新出版的《死魂灵》，到他那里住了两天。

有一年暑假，我们为了找职业都住在保定母校的招待楼里，那是一座碉堡式的小楼。有一天，他同另一位同学出去，回来时，非常张皇，说是看见某某同学被人捕去了。那时捕去的学生，都是共产党。

过了几年，爆发了抗日战争。一九三九年春天，我同陈肇同志，要过路西去，在安平县西南地区，遇到了他。当听说他是安平县的“特委”时，我很惊异。我以为他还在北平西郊教书，他怎么一下子弄到这么显赫的头衔。那时我还不是党员，当然不便细问。因为过路就是山地，我同老陈把我们骑来的自行车交给他，他给了我们一人五元钱，可见他当时经济上的困难。

那一次，我只记得他说了一句：

“游击队正在审人打人，我在那里坐不住。”

敌人占了县城，我想可能审讯的是汉奸嫌疑犯吧。

一九四一年，我从山地回到冀中。第二年春季，我又要过路西去，在七地委的招待所，见到了他。当时他好像很不得意，在我的住处坐了一会儿就走了。这也使我很惊异，怎么他一下又变得这么消沉？

一九四六年夏天，抗日战争早已结束，我住在河间临街的一间大梢门洞里。有一天下午，我正在街上闲立着，从西面来了一辆大车，后面跟着一个人，脚一拐一拐的，一看正是老刁。我把他拦请到我的床位上，请他休息一下。记得他对我说，要找一个人，给他写个历史证明材料。他问我知道不知道安志诚先生的地址，安先生原是我们在中学时的图书馆管理员。我说，我也不知道他的住处，他就又赶路去了，我好像也忘记问他，是要到哪里去？看样子，他在一直受审查吗？

又一次我回家，他也从深县老家来看我，我正想要和他谈谈，正赶上我母亲那天叫磨扇压了手，一家不安，他匆匆吃过午饭就告辞了。我往南送他二三里路，他的情绪似乎比上两次好了一些。他说县里可能分配他工作。后来听说，他在县公安局三股工作，我不知道公安局的分工细则，后来也一直没有见过他。没过两年，就听说他去世了。也不过四十来岁吧。

我的老伴对我说过，抗日战争时期，我不在家，有一天老刁到村里来了，到我家看了看，并对村干部们说，应该对我的家庭，有些照顾。他带着一个年轻女秘书，老刁在炕上休息，头枕在女秘书的大腿上。老伴说完笑了笑。一九四八年，我到深县县委宣传部工作。县里开会时，我曾托区干部，对老刁的家庭，照看一下。我还曾路过他的村庄，到他家里去过一趟。院子里空荡荡的，好像并没有找到什么人。

事隔多年，我也行将就木，觉得老刁是个同学又是朋友，常常想起他来，但对他参加革命的前前后后，总是不大清楚，像一个谜一样。

菜 虎

东头有一个老汉，个儿不高，膀乍腰圆，卖菜为生。人们都叫他菜虎，真名字倒被人忘记了。这个虎字，并没有什么恶意，不过是说他以菜为衣食之道罢了。他从小就干这一行，头一天推车到滹沱河北种菜园的村庄趸菜，第二天一早，又推上车子到南边的集市上去卖。因为南边都是旱地种大田，青菜很缺。

那时用的都是独木轮高脊手推车，车两旁捆上菜，青枝绿叶，远远望去，就像一个活的菜畦。

一车水菜分量很重，天暖季节他总是脱掉上衣，露着油黑的身子，把绊带套在肩上。遇见沙土道路或是上坡，他两条腿叉开，弓着身子，用全力往前推，立时就是一身汗水。但如果前面是硬整的平路，他推得就很轻松愉快了，空行的人没法赶过他去。也不知道他怎么弄的，那车子发出连续的有节奏的悠扬悦耳的声音，吱扭——吱扭——吱扭扭——吱扭扭。他的臀部也左右有节奏地摆动着。这种手推车的歌，在我幼年的记忆中，留下了深刻的印象。这是田野里的音乐，是道路上的歌，是充满希望的歌。有时这种声音，从几里地以外就能听到。他的老伴，坐在家里，这种声音从离村很远的路上传来。有人说，菜虎一过河，离家还有八里路，他的老伴就能听见他推车的声音，下炕给他做饭，等他到家，饭也就熟了。在黄昏炊烟四起的时候，人们一听到这声音，就说："菜虎回来了。"

有一年七月，滹沱河决口，这一带发了一场空前的洪水，庄稼全都完了，就是半生半熟的高粱，也都冲倒在地里，被泥水浸泡着。直到九、十月间，已经下过霜，地里的水还没有撤完，什么晚庄稼也种不上，种冬麦都有困难。这一年的秋天，颗粒不收，人们开始吃村边树上的残叶，剥下榆树的皮，到泥里水里捞泥高粱穗来充饥，有很多小孩到撤过水的地方去挖地梨，还挖一种泥块，叫作"胶泥沉儿"，是比胶泥硬，颜色较白的小东西，放在嘴里吃。这原是营养植物的，现在用来营养人。

人们很快就干黄干瘦了，年老有病的不断死亡，也买不到棺木，都用席子裹起来，找干地方暂时埋葬。

那年我七岁，刚上小学，小学也因为水灾放假了，我也整天和孩子们到野地里去捞小鱼小虾，捕捉蚂蚱、蝉和它的原虫，寻找野菜，寻找所有绿色的、可以吃的东西。常在一起的，就有菜虎家的一个小闺女，叫作盼儿的。因为她母亲有痨病，长年喘咳，这个小姑娘长得很瘦小，可是她很能干活，手脚利索，眼快；在这种生活竞争的场所，她常常大显身手，得到较多较大的收获，这样就会有争夺，比如一个蚂蚱、一棵野菜，是谁先看见的。

孩子们不懂事，有时问她：

“你爹叫菜虎，你们家还没有菜吃？还挖野菜？”

她手脚不停地挖着土地，回答：

“你看这道儿，能走人吗？更不用说推车了，到哪里去趸菜呀？一家人都快饿死了！”

孩子们听了，一下子就感到确实饿极了，都一屁股坐在泥地上，不说话了。

忽然在远处高坡上，出现了几个外国人，有男有女，男的穿着中国式的长袍马褂，留着大胡子，女的穿着裙子，披着金黄色的长发。

“鬼子来了。”孩子们站起来。

作为庚子年这一带义和团抗击洋人失败的报偿，外国人在往南八里地的义里村，建立了一座教堂，但这个村庄没有一家在教。现在这些洋人是来视察水灾的。他们走了以后，不久在义里村就设立了一座粥厂。村里就有不少人到那里去喝粥了。

又过了不久，传说菜虎一家在了教。又有一天，母亲回到家来对我说：

“菜虎家把闺女送给了教堂，立时换上了洋布衣裳，也不愁饿死了。”

我当时听了很难过，问母亲：

“还能回来吗？”

“人家说，就要带到天津去呢，长大了也可以回家。”母亲回答。

可是直到我离开家乡，也没见这个小姑娘回来过。我也不知道外国人一共收了多少小姑娘，但我们这个村庄确实就只有她一个人。

菜虎和他多病的老伴早死了。

现在农村已经看不到菜虎用的那种小车，当然也就听不到它那种特有的悠扬悦耳的声音了。现在的手推车都换成了胶皮轱辘，推动起来，是没有多少声音的。

光　棍

幼年时，就听说大城市多产青皮、混混儿，斗狠不怕死，在茫茫人海中成为谋取生活的一种道路。但进城后，因为革命声势，此辈已销声敛迹，不能见其在大庭广众之中，行施其伎俩。十年动乱之期，流氓行为普及里巷，然已经“发迹变态”，似乎与前所谓混混儿者，性质已有悬殊。

其实，就是在乡下，也有这种人物的。十里之乡，必有仁义，也必有歹徒。乡下的混混儿，名叫光棍。一般的，这类人幼小失去父母，家境贫寒，但长大了，有些聪明，不甘心受苦。他们先从赌博开始，从本村赌到外村，再赌到集市庙会。他们能在大戏台下，万人围聚之中，吆三喝四，从容不迫，旁若无人，有多大的输赢，也面不改色。当在赌场略略站住脚步，就能与官面上勾结，也可能当上一名巡警或是衙役。从此就可以包办赌局，或窝藏娼妓。这是顺利的一途。

其在赌场失败者，则可以下关东，走上海，甚至报名当兵，在外乡流落若干年，再回到乡下来。

我的一个远房堂兄，幼年随人到了上海，做织布徒工。失业后，没有饭吃，他趸了几个西瓜到街上去卖，和人争执起来，他手起刀落，把人家头皮砍破，被关押了一个月。出来后，在上海青红帮内，也就有了小小的名气。但他究竟是一个农民，家里还有一点点恒产，不到中年就回家种地，也娶妻生子，在村里很是安分。这是偶一尝试，又返回正道的一例，自然和他的祖祖辈辈的“门风”有关。

在大街当中，有一个光棍名叫老索，他中年时官至县城的巡警，不久废职家居，养了一笼画眉。这种鸟儿，在乡下常常和光棍做伴，可能它那种霸气劲儿，正是主人行动的陪衬。

老索并不鱼肉乡里，也没人去招惹他。光棍一般的并不在本村为非作歹，因为欺压乡邻，将被人瞧不起，已经够不上光棍的称号。但是，到外村去闯光棍，也不是那么容易。相隔一里地的小村庄，有一个姓曹的光棍，老索和他有些输赢账。有一天，老索喝醉了，拿了一把捅猪的长刀，找到姓曹的门上。声言：“你不还账，我就捅了你。”姓曹的听说，立时把上衣一脱，拍着肚脐说：“来，照这个地方。”老索往后退了一步，说：“要不然，你就捅了我。”姓曹的二话不说，夺过他的刀来就要下手。老索转身往自己村里跑，姓曹的一直追到他家门口。乡亲拦住，才算完事。从这一次，老索的光棍，就算“栽了”。

他雄心不死，他把希望寄托在下一代，他生了三个儿子，起名虎、豹、熊。姓曹的光棍穷得娶不上妻子，老索希望他的儿子能重新建立他失去的威名。

三儿子很早就得天花死去了，少了一个熊。大儿子到了二十岁，娶了一门童养媳，二儿子长大了，和嫂子不清不楚。

有一天，弟兄两个打起架来，哥哥拿着一根粗大杠，弟弟用一把小鱼刀，把哥哥刺死在街上。在乡下，一时传言，豹吃了虎。村里怕事，仓促出了殡，民不告，官不究，弟弟到关东去躲了二年，赶上抗日战争，才回到村来。他真正成了一条光棍。那时村里正在成立农会，声势很大，村两头闹派性，他站在西头一派，有一天，在大街之上，把新任的农会主任，撞倒在地。在当时，这一举动，完全可以说成是长地富的威风，但一查他的三代，都是贫农，就对他无可奈何。我们有很长时期，是以阶级斗争代替法律的。他和嫂嫂同居，一直到得病死去。他嫂子现在还活着，有一年我回家，清晨路过她家的小院，看见她开门出来，风姿虽不及当年，并不见有什么愁苦。

这也是一种门风，老索有一个堂房兄弟名叫五湖。我幼年时，他在街上开小面铺，兼卖开水。他用竹簪把头发盘在头顶上，就像道士一样。他养着一匹小毛驴，就像大个山羊那么高，但鞍镫铃铛齐全，打扮得很是漂亮。我到外地求学，曾多次向他借驴骑用。

面铺的后边屋子里，住着他的寡嫂。那是一位从来也不到屋子外面的女人，她的房间里，一点光线也没有。她信佛，挂着红布围裙的迎门桌上，长年香火不断。这可能是避人耳目，也可能是忏悔吧。

据老年人说，当年五湖也是因为这个女人把哥哥打死的，也是到关东躲了几年，小毛驴就是从那里骑回来的。五湖并不像是光棍，他一本正经，神态岸然，倒像经过修真养性的人。乡人尝谓：如果当时有人告状，五湖受到法律制裁，就不会再有虎豹间的悲剧。

外祖母家

外祖母家是彪冢村，在滹沱河北岸，离我们家有十四五里路。当我初上小学，夜晚温书时，母亲给我讲过这样一个故事：母亲姐妹四人，还有两个弟弟，母亲是最大的。外祖父和外祖母，只种着三亩当来的地，一家八口人，全仗着织卖土布生活。外祖母、母亲、二姨，能上机子的，轮流上机子织布。三姨、四姨，能帮着经、纺的，就帮着经、纺。人歇马不歇，那张停放在外屋的木机子，昼夜不闲着，这个人下来吃饭，那个人就上去织。外祖父除种地外，每个集日（郎仁镇）背上布去卖，然后换回线子或是棉花，赚的钱就买粮食。

母亲说，她是老大，她常在夜间织，机子上挂一盏小油灯，每每织到鸡叫。她家东邻有个念书的，准备考秀才，每天夜里，大声念书，声闻四邻。母亲说，也不知道他念的是什么书，只听着隔几句，就“也”一声，拉的尾巴很长，也是一念就念到鸡叫。可是这个人念了多少年，也没有考中。正像外祖父一家，织了多少年布，还是穷一样。

母亲给我讲这个故事，当时我虽然不明白，其目的是为了什么，但给我留下很深的印象，一生也没有忘记。是鼓励我用功吗？好像也没有再往下说；是回忆她出嫁前的艰难辛苦的生活经历吧。

这架老织布机，我幼年还见过，烟熏火燎，通身变成黑色的了。

外祖父的去世，我不记得。外祖母去世的时候，我记得大舅父已经下了关东。二舅父十几岁上就和我叔父赶车拉脚。

后来遇上一年水灾，叔父又对父亲说了一些闲话，我父亲把牲口卖了，二舅父回到家里，没法生活。他原在村里和一个妇女相好，女的见从他手里拿不到零用钱，就又和别人好去了。二舅父想不开，正当年轻，竟悬梁自尽。

大舅父在关东混了二十多年，快五十岁才回到家来。他还算是本分的，省吃俭用，带回一点钱，买了几亩地，娶了一个后婚，生了一个儿子。

大舅父在关外学会打猎，回到老家，他打了一条鸟枪，春冬两闲，好到野地里打兔子。他枪法很准，有时串游到我们村庄附近，常常从他那用破布口袋缝成的挂包里，掏出一只兔子，交给姐姐。母亲赶紧给他去做些吃食，他就又走了。

他后来得了抽风病。有一天出外打猎，病发了，倒在大道上，路过的人，偷走了他的枪支。他醒过来，又急又气，从此竟一病不起。

我记得二姨母最会讲故事，有一年她住在我家，母亲去看外祖母，夜里我哭闹，她给我讲故事，一直讲到母亲回来。

她的丈夫，也下了关东，十几年后，才叫她带着表兄找上去。

后来一家人，在那里落了户。现在已经是人口繁衍了。

瞎　周

我幼小的时候，我家住在这个村庄的北头。门前一条南北大车道，从我家北墙角转个弯，再往前去就是野外了。斜对门的一家，就是瞎周家。

那时，瞎周的父亲还活着，我们叫他和尚爷。虽叫和尚，他的头上却留着一个“毛刷”，这是表示，虽说剪去了发辫，但对前清，还是不能忘怀的。他每天拿一个小板凳，坐在门口，默默地抽着烟，显得很寂寞。

他家的房舍，还算整齐，有三间砖北房，两间砖东房，一间砖过道，黑漆大门。西边是用土墙围起来的一块菜园，地方很不小。园子旁边，树木很多。其中有一棵臭椿树，这种树木虽说并不名贵，但对孩子们吸引力很大。每年春天，它先挂牌子，摘下来像花朵一样，树身上还长一种黑白斑点的小甲虫，名叫“椿象”，捉到手里，很好玩。

听母亲讲，和尚爷，原有两个儿子，长子早年去世了。次子就是瞎周。他原先并不瞎，娶了媳妇以后，因为婆媳不和，和他父亲分了家，一气之下，走了关东。临行之前，在庭院中，大喊声言：

“那里到处是金子，我去发财回来，天天吃一个肉丸的、顺嘴流油的饺子，叫你们看看。”

谁知出师不利，到关东不上半年，学打猎，叫火枪伤了右眼，结果两只眼睛都瞎了。同乡们凑了些路费，又找了一个人把他送回来。这样来回一折腾，不只没有发了财，还欠了不少债，把仅有的三亩地，卖出去二亩。村里人都当做笑话来说，并且添油加醋，说哪里是打猎，打猎还会伤了自己的眼？是当了红胡子，叫人家对面打瞎的。这是他在家不行孝的报应，是生分畜类孩子们的样子！

为了生活，他每天坐在只铺着一张席子的炕上，在裸露的大腿膝盖上，搓麻绳。这种麻绳很短很细，是穿铜钱用的，就叫钱串儿。每到集日，瞎周拄上一根棍子，拿了搓好的麻绳，到集市上去卖了，再买回原麻和粮食。

他不像原先那样活泼了。他的两条眉毛，紧紧锁在一起，脑门上有一条直直立起的粗筋暴露着。他的嘴唇，有时咧开，有时紧紧闭着。有时脸上的表情像是在笑，更多的时候像是要哭。

他很少和人谈话，别人遇到他，也很少和他打招呼。

他的老婆，每天守着他，在炕的另一头纺线。他们生了一个男孩。岁数和我相仿。

我小时到他们屋里去过，那屋子里因为不常撩门帘，总有那么一种近于狐臭的难闻的味道。有个大些的孩子告诉我，说是如果在歇晌的时候，到他家窗前去偷听，可以听到他两口子“办事”。但谁也不敢去偷听，怕遇到和尚爷。

瞎周的女人，给我留下的印象，有些像鲁迅小说里所写的豆腐西施。她在那里站着和人说话，总是不安定，前走两步，又后退两步。所说的话，就是小孩子也听得出来，没有丝毫的诚意。她对人没有同情，只会幸灾乐祸。

和尚爷去世以前，瞎周忽然紧张了起来，他为这一桩大事，心神不安。父亲的产业，由他继承，是没有异议或纷争的。只是有一个细节，议论不定。在我们那里，出殡之时，孝子从家里哭着出来，要一手打幡，一手提着一块瓦，这块瓦要在灵前摔碎，摔得越碎越好。不然就会有许多说讲。管事的人们，担心他眼瞎，怕瓦摔不到灵前放的那块石头上，那会大煞风景，不吉利，甚至会引起哄笑。有人建议，这打幡摔瓦的事，就叫他的儿子去做。

瞎周断然拒绝了，他说有他在，这不是孩子办的事。这是他的职责，他的孝心，一定会感动上天，他一定能把瓦摔得粉碎。至于孩子，等他死了，再摔瓦也不晚。

他大概默默地做了很多次练习和准备工作，到出殡那天，果然，他一摔中的，瓦片摔得粉碎。看热闹的人们，几乎忍不住要拍手叫好。瞎周心里的扬扬得意，也按捺不住，形之于外了。

他什么时候死去的，我因为离开家乡，就不记得了。他的女人现在也老了，也糊涂了。她好贪图小利，又常常利令智昏。有一次，她从地里拾庄稼回来，走到家门口，遇见一个人，抱着一只鸡，对她说：

“大娘，你买鸡吗？”

“俺不买。”

“便宜呀，随便你给点钱。”

她买了下来，把鸡抱到家，放到鸡群里面，又撒了一把米。

等到儿子回来，她高兴地说：

“你看，我买了一只便宜鸡。真不错，它和咱们的鸡，还这样合群儿。”

儿子过来一看说：

“为什么不合群？这原来就是咱家的鸡么！你遇见的是一个小偷。”

她的儿子，抗日刚开始，也干了几天游击队，后来一改编成八路军，就跑回来了。他在集市上偷了人家的钱，被送到外地去劳改了好几年。她的孙子，是个安分的青年农民，现在日子过得很好。

楞起叔

楞起叔小时，因没人看管，从大车上头朝下栽下来，又不及时医治——那时乡下也没法医治，成了驼背。

他是我二爷的长子。听母亲说，二爷是个不务正业的人，好喝酒，喝醉了就搬个板凳，坐在院里拉板胡，自拉自唱。

他家的宅院，和我家只隔着一道墙。从我记事时，楞起叔就给我一个好印象——他的脾气好，从不训斥我们。不只不训斥，还想方设法哄着我们玩儿。他会捕鸟，会编鸟笼子，会编蝈蝈葫芦，会结网，会摸鱼。他包管割坟草的差事，每年秋末冬初，坟地里的草衰白了，田地里的庄稼早就收割完了，蝈蝈都逃到那混杂着荆棘的坟草里，平常捉也没法捉，只有等到割草清坟之日，才能暴露出来。这时的蝈蝈很名贵，养好了，能养到明年正月间。

他还会弹三弦。我幼小的时候，好听大鼓书，有时也自编自唱，敲击着破升子底，当作鼓，两块破犁铧片当作板。楞起叔给我伴奏，就在他家院子里演唱起来。这是家庭娱乐，热心的听众只有三祖父一个人。

因为身体有缺陷，他从小就不能掏大力气，但田地里的锄耪收割，他还是做得很出色。他也好喝酒，二爷留下几亩地，慢慢他都卖了。春冬两闲，他就给赶庙会卖豆腐脑的人家，帮忙烙饼。

这种饭馆，多是联合营业。在庙会上搭一个长洞形的席棚。棚口，右边一辆肉车，左边一个烧饼炉。稍近就是豆腐脑大铜锅。棚子中间，并排放着一些方桌、板凳，这是客座。

楞起叔工作的地方，是在棚底。他在那里安排一个锅灶，烙大饼。因为身残，他在灶旁边挖好一个二尺多深的圆坑，像军事掩体，他站在里面工作，这样可以免得老是弯腰。

帮人家做饭，他并挣不了什么钱，除去吃喝，就是看戏方便。这也只是看夜戏，夜间就没人吃饭来了。他懂得各种戏文，也爱唱。

因为长年赶庙会，他交往了各式各样的人。后来，他又“在了理”，听说是一个会道门。有一年，这一带遭了大水，水撤了以后，地变碱了，道旁墙根，都泛起一层白霜。他联合几个外地人，在他家院子里安锅烧小盐。那时烧小盐是犯私的，他在村里人缘好，村里人又都朴实，没人给他报告。就在这年冬季，河北一个村庄的地主家，在儿子新婚之夜，叫人砸了明火。报到县里，盗贼竟是住在楞起叔家烧盐的人们。

他们逃走了，县里来人把楞起叔两口子捉进牢狱。

在牢狱一年，他受尽了苦刑，冬天，还差点没有把脚冻掉。其实，他什么也没有得到，事前事后也不知情。县里把他放了出来，养了很久，才能劳动。他的妻子，不久就去世了。

他还是好喝酒，好赶集。一喝喝到日平西，人们才散场。

然后，他拿着他那条铁棍，踉踉跄跄地往家走。如果是热天，在路上遇到一棵树，或是大麻子棵，他就倒在下面睡到天黑。

逢年过节，要账的盈门，他只好躲出去。

他脾气好，又乐观，村里有人叫他老软儿，也有人叫他孙不愁。他有一个儿子，抗日时期参了军。全国解放以后，楞起叔的生活是很好的。他死在邢台地震那一年，也享了长寿。

根雨叔

根雨叔和我们，算是近枝。他家住在村西北角一条小胡同里，这条胡同的一头，可以通到村外。他的父亲弟兄两个，分别住在几间土甓北房里，院子用黄土墙围着，院里有几棵枣树，几棵榆树。根雨叔的伯父，秋麦常给人家帮工，是个老老实实的庄稼人，好像一辈子也没有结过婚。他浑身黝黑，又干瘦，好像古庙里的木雕神像，被烟火熏透了似的。根雨叔的父亲，村里人都说他脾气不好，我们也很少和他接近。听说他的心狠，因为穷，在根雨还很小的时候，就把他的妻子，弄到河北边，卖掉了。

民国六年，我们那一带，遭了大水灾，附近的天主教堂，开办了粥厂，还想出一种以工代赈的家庭副业，叫人们维持生活。清朝灭亡以后，男人们都把辫子剪掉了，把这种头发接结起来，织成网子，卖给外国妇女做发罩，很能赚钱。教会把持了这个买卖，一时附近的农村，几乎家家都织起网罩来。所用工具很简单，操作也很方便，用一块小竹片做"制板"，再削一支竹梭，上好头发，街头巷尾，年轻妇女们，都在从事这一特殊的生产。

男人们管头发和交货。根雨叔有十几岁了，却和姑娘们坐在一起织网罩，给人一种男不男女不女的感觉。

人家都把辫子剪下来卖钱了，他却逆潮流而动，留起辫子来。他的头发又黑又密，很快就长长了。他每天精心梳理，顾影自怜，真的可以和那些大辫子姑娘们媲美了。

每天清早，他担着两只水筲，到村北很远的地方去挑水。

一路上，他"咦——咦"地唱着，那是昆曲《藏舟》里的女角唱段。

不知为什么，织网罩很快又不时兴了。热热闹闹的场面，忽然收了场，人们又得寻找新的生活出路了。

村里开了一家面坊，根雨叔就又去给人家磨面了。磨坊里安着一座脚打罗，在那时，比起手打罗，这算是先进的工具。根雨叔从早到晚在磨坊里工作，非常勤奋和欢快。他是对劳动充满热情的人，他在这充满秽气，挂满蛛网，几乎经不起风吹雨打，摇摇欲坠的破棚子里，一会儿给拉磨的小毛驴扫屎填尿，一会儿拨磨扫磨，然后身靠南墙，站在罗床踏板上：踢踢跶，踢踢跶，踢跶踢跶踢踢跶……筛起面来。

他的大辫子摇动着，他的整个身子摇动着，他的浑身上下都落满了面粉。他踏出的这种节奏，有时变化着，有时重复着，伴着飞扬洒落的面粉，伴着拉磨小毛驴的打嚏喷、撒尿声，伴着根雨叔自得其乐的歌唱，飘到街上来，飘到野外去。

面坊不久又停业了，他又给本村人家去打短工，当长工。

三十岁的时候，他娶了一房媳妇，接连生了两个儿子。他的父亲嫌儿子不孝顺，忽然上吊死了。媳妇不久也因为吃不饱，得了疯病，整天蜷缩在炕角落里。根雨叔把大孩子送给了亲戚，媳妇也忽然不见了。人们传说，根雨叔把她领到远地方扔掉了。

从此，就再也看不见他笑，更听不到他唱了。土地改革时，他得到五亩田地，精神好了一阵子，二儿子也长大成人，娶了媳妇。但他不久就又沉默了。常和儿子吵架。冬天下雪的早晨，他也会和衣睡倒在村北禾场里。终于有一天夜里，也学了他父亲的样子，死去了，薄棺浅葬。一年发大水，他的棺木冲到下水八里外一个村庄，有人来报信，他的儿子好像也没有去收拾。

村民们说：一辈跟一辈，辈辈不错制儿。延续了两代人的悲剧，现在可以结束了吧？

吊挂及其他

吊　挂

每逢新年，从初一到十五，大街之上，悬吊挂。

吊挂是一种连环画。每幅一尺多宽，二尺多长，下面做牙旗状。每四幅一组，穿以长绳，横挂于街。每隔十几步，再挂一组。一条街上，共有十几组。

吊挂的画法，是用白布涂一层粉，再用色彩绘制人物山水车马等等。故事多取材于《封神演义》，《三国演义》，《五代残唐》或《杨家将》。其画法与庙宇中的壁画相似，形式与年画中的连环画一样。在我的记忆中，新年时，吊挂只是一种装饰，站立在下面的观赏者不多。因为妇女儿童，看不懂这些故事，而大人长者，已经看了很多年，都已经看厌了。吊挂经过多年风雪吹打，颜色已经剥蚀，过了春节，就又由管事人收起来，放到家庙里去了。吊挂与灯笼并称。年节时街上也挂出不少有绘画的纸灯笼，供人欣赏。杂货铺掌柜叫变吉的，每年在门前挂一个走马灯，小孩们聚下围观。

锣　鼓

村里人，从地亩摊派，置买了一套锣鼓铙钹，平日也放在家庙里，春节才取出来，放在十字大街动用。每天晚上吃过饭，乡亲们集在街头，各执一器，敲打一通，说是娱乐，也是联络感情。

其鼓甚大，有架。鼓手执大棒二，或击其中心，或敲其边缘，缓急轻重，以成节奏。每村总有几个出名的鼓手。遇有求雨或出村赛会，鼓载于车，鼓手立于旁，鼓棒飞舞，有各种花点，是最动人的。

小　戏

小康之家，遇有丧事，则请小戏一台，也有亲友送的。所谓小戏，就是街上摆一张方桌，四条板凳，有八个吹鼓手，坐在那里吹唱。并不化装，一人可演几个角色，并且手中不离乐器。桌上放着酒菜，边演边吃喝。有人来吊孝，则停戏奏哀乐。男女围观，灵前有戚戚之容，戏前有欢乐之意。中国的风俗，最通人情，达世故，有辩证法。

富人家办丧事，则有老道念经。念经是其次，主要是吹奏音乐。这些道士，并不都是职业性质，很多是临时装扮成的，是农民中的音乐爱好者。他们所奏为细乐，笙管云锣，笛子唢呐都有。

最热闹的场面，是跑五方。道士们排成长队，吹奏乐器，绕过或跳过很多板凳，成为一种集体舞蹈。出殡时，他们在灵前吹奏着，走不远农民们就放一条板凳，并设茶水，拦路请他们演奏一番，以致灵车不能前进，延误埋葬。经管事人多方劝说，才得作罢。在农村，一家遇丧事，众人得欢心，总是因为平日文化娱乐太贫乏的缘故。

大　戏

农村唱大戏，多为谢雨。农民务实，连得几场透雨，丰收有望，才定期演戏，时间多在秋前秋后。

我的村庄小，记忆中，只唱过一次大戏。虽然只唱了一次，却是高价请来的有名的戏班，得到远近称赞。并一直传说：我们村不唱是不唱，一唱就惊人。事前，先由头面人物去“写戏”，就是订合同。到时搭好照棚戏台，连夜派车去“接戏”。我们村庄小，没有大牲口（骡马），去的都是牛车，使演员们大为惊异，说这种车坐着稳当，好睡觉。

唱戏一般是三天三夜。天气正在炎热，戏台下万头攒动，尘土飞扬，挤进去就是一身透汗。而有些年轻力壮的小伙子，在此时刻，好表现一下力气，去“扒台板”看戏。所谓扒台板，就是把小褂一脱，缠在腰里，从台下侧身而入，硬拱进去。然后扒住台板，用背往后一靠。身后万人，为之披靡，一片人浪，向后拥去。戏台照棚，为之动摇。管台人员只好大声喊叫，要求他稳定下来。他却得意扬扬，旁若无人地看起戏来。出来时，还是从台下钻出，并夸口说，他看见坤角的小脚了。在农村，看戏扒台板，出殡扛棺材头，都是小伙子们表现力气的好机会。

唱大戏是村中的大典，家家要招待亲朋；也是孩子们最欢乐的节日。直到现在，我还记得一个歌谣，名叫《四大高兴》。其词曰：

新年到，搭戏台，先生（学校老师）走，媳妇来。

反之，为《四大不高兴》。其词为：

新年过，戏台拆，媳妇走，先生来。

可见，在农村，唱大戏和过新年，是同样受到重视的。

疤增叔

因为他生过天花，我们叫他疤增叔。堂叔一辈，还有一个名叫增的，这样也好区别。

过去，我们村的贫苦农民，青年时，心气很高，不甘于穷乡僻壤这种饥一顿饱一顿的生活，想远走高飞。老一辈的是下关东，去上半辈子回来，还是受苦，壮心也没有了。后来，是跑上海，学织布。学徒三年，回来时，总是穿一件花丝格棉袍，村里人称他们为上海老客。

疤增叔是我们村去上海的第一个人。最初，他也真的挣了一点钱，汇到家里，盖了三间新北屋，娶了一房很标致的媳妇。人人羡慕，后来经他引进，去上海的人，就有好几个。

疤增叔其貌不扬，幼小时又非常淘气，据老一辈说，他每天拉屎，都要到树杈上去。为人甚为精明，口才也好，见识又广。有一年寒假完了，我要回保定上学，他和我结伴，先到保定，再到天津，然后坐船到上海，这样花路费少一些。第一天，我们宿在安国县我父亲的店铺里。商店习惯，来了客人，总有一个二掌柜陪着说话。我在地下听着，疤增叔谈上海商业行情，头头是道，真像一个买卖人，不禁为之吃惊。

到了保定，我陪他去买到天津的汽车票，不坐火车坐汽车，也是为的省

我还记得一个歌谣，名叫《四大高兴》。其词曰：新年到，搭戏台，先生（学校老师）走，媳妇来。

钱。买了明天的汽车票，疤增叔一定叫汽车行给写个字据：如果不按时间开车，要加倍赔偿损失。那时的汽车行，最好坑人骗钱，这又是他出门多的经验，使我非常佩服。

究竟他在上海干什么，村里也传说不一。有的说他给一家纺织厂当跑外，有的说他自己有几张机子，是个小老板。后来，经他引进到上海去的一个本家侄子回来，才透露了一点实情，说他有时贩卖白面（毒品），装在牙粉袋里，过关口时，就叫这个侄子带上。

不久，他从上海带回一个小老婆，河南人，大概是跑到上海去觅生活的，没有办法跟了他。也有人说，疤增叔的二哥，还在打光棍，托他给找个人，他给找了，又自己霸占了，二哥并因此生闷气而死亡。

又有一年，他从河南赶回几头瘦牛来，有人说他把白面藏在牛的身上，牛是白搭。究竟怎样藏法，谁也不知道。

后来，他就没挣回过什么，一年比一年潦倒，就不常出门，在家里做些小买卖。有时还卖虾酱，掺上很多高粱糁子。

家里娶的老伴，已经亡故。在上海弄回的女人，给他生了一个儿子，中间一度离异，母子回了河南，后来又找回来，现在已长大成人，出去工作了。

原来的房子，被大水冲塌，用旧砖垒了一间屋子，老两口就住在里面，谁也不收拾，又脏又乱。

一年春节，人们夜里在他家赌钱。局散了以后，老两口吵了起来，老伴把他往门外一推，他倒在地下就死了。

秋喜叔

秋喜叔的父亲，是个棚匠。家里有一捆一捆的苇席，一团一团的麻绳，一根大弯针，每逢庙会唱戏，他就被约去搭棚。

这老人好喝酒，有了生意，他就大喝。而每喝必醉，醉了以后，他从工作的地方，摇摇晃晃地走回来，进村就大骂，一直骂进家里。有时不进家，就倒在街上骂，等到老伴把他扶到家里，躺在炕上，才算完事。人们说，他是装的，借酒骂人，但从来没有人去拾这个碴儿，和他打架。

他很晚的时候，才生下秋喜叔。秋喜叔并无兄弟姐妹，从小还算是娇生惯养的，也上了几年小学。

十几岁的时候，秋喜叔跟着一个本家哥哥去了上海，学织布。不愿意干了，又没钱回不了家，就当了兵，从南方转到北方。那时我在保定上中学，有一天，他送来一条棉被，叫我放假时给他带回家里。棉被里里外外都是虱子，这可能是他在上海学徒三年的唯一剩项。第二天，又来了两个军人找我，手里拿着皮带，气势汹汹，听他们的口气，好像是秋喜叔要逃跑，所以先把被子拿出来。他们要我到火车站他们的连部去对证。那时这种穿二尺半的丘八大爷们，是不好对付的，我没有跟他们走。好在这是学校，他们也无奈我何。

后来，秋喜叔终于跑回家去，结了婚，生了儿子。抗日战争时，家里困难，他参加了八路军，不久又跑回来。

秋喜叔的个性很强，在农村，他并不愿意一锄一镰去种地，也不愿推车担担去做小买卖。但他也不赌博，也不偷盗。

在村里，他年纪不大，辈分很高，整天道貌岸然，和谁也说不来，对什么事也看不惯。躲在家里，练习国画。土改时，他从我家拿去一个大砚台，我回家时，他送了一幅他画的“四破”，叫我赏鉴。

他的父亲早已去世，他这样坐吃山空，日子一天不如一天。家里地里的活儿，全靠他的老伴。那是一位任劳任怨，讲究三从四德的农村劳动妇女，整天蓬头垢面，钻在地里砍草拾庄稼。

秋喜叔也好喝酒，但是从来不醉。也好骂街，但比起他的父亲来，就有节制多了。

秋天，村北有些积水，他自制一根钓竿，从早到晚，坐在那里垂钓。其实谁也知道，那里面并没有鱼。

他的儿子长大了，地里的活也干得不错，娶了个媳妇，也很能劳动，眼看日子会慢慢好起来。谁知这儿子也好喝酒，脾气很劣，为了一点小事，砍了媳妇一刀，被法院判了十五年徒刑，押到外地去了。

从此，秋喜叔就一病不起，整天躺在炕上，望着挂满蛛网的屋顶，一句话也不说。谁也说不上他得的是什么病，三年以后才死去了。

大嘴哥

幼小时，听母亲说，“过去，人们都愿意去店子头你老姑家拜年，那里吃得好。平常日子都不做饭，一家人买烧鸡吃。十年河东，十年河西，现在，谁也不去店子头拜年了，那里已经吃不上饭，就不用说招待亲戚了。”

我没有赶上老姑家的繁盛时期，也没有去拜过年。但因为店子头离我们村只有三里地，我有一个表姐，又嫁到那里，我还是去玩过几次的。印象中，老姑家还有几间高大旧砖房，人口却很少，只记得一个疤眼的表哥，在上海织了几年布，也没有挣下多少钱，结不了婚。其次就是大嘴哥。

大嘴哥比我大不了多少，也没有赶上他家的鼎盛时期。他发育不良，还有些喘病，因此农活上也不大行，只能干一些零碎活。

在我外出读书的时候，我们家已经渐渐上升为富农。自己没有主要劳力，除去雇一名长工外，还请一两个亲戚帮忙，大嘴哥就是这样来我们家的。

他为人老实厚道，干活尽心尽力，从不和人争争吵吵。平日也没有花言巧语，问他一句，他才说一句。所以，我们虽然年岁相当，却很少在一块玩玩谈谈。我年轻时，也是世俗观念，认为能说会道，才是有本事的人；老实人就是窝囊人。

在大嘴哥那一面，他或者想，自己的家道中衰，寄人篱下，和我之间，也有些隔阂。

他在我们家，待的时间很长，一直到土改，我家的田地分了出去，他才回到店子头去了。按当时的情况，他是一个贫农，可以分到一些田地。不过他为人孱弱，斗争也不会积极，上辈的成分又不太好，我估计他也得不到多少实惠。

这以后，我携家外出，忙于衣食。父亲、母亲和我的老伴，又相继去世，没有人再和我念叨过去的老事。十年动乱，身心交瘁，自顾不暇，老家亲戚，不通音问，说实在的，我把大嘴哥差不多忘记了。

去年秋天，一个叔伯侄子从老家来，临走时，忽然谈到了大嘴哥。他现在是个孤老户。村里把我表姐的两个孩子找去，说："如果你们照顾他的晚年，他死了以后，他那间屋子，就归你们。"两个外甥答应了。

我听了，托侄子带了十元钱，作为对他的问候。那天，我手下就只有这十元钱。

今年春天，在石家庄工作的大女儿退休了，想写点她幼年时的回忆，在她寄来的材料中，有这样一段：

> 在抗战期间，我们村南有一座敌人的炮楼。日本鬼子经常来我们村"扫荡"，找事，查户口，每家门上都有户口册。有一天，日本鬼子和伪军，到我们家查问父亲的情况。当时我和母亲，还有给我家帮忙的大嘴大伯在家。
>
> 母亲正给弟弟喂奶，忽听大门给踢开了，把我和弟弟抱在怀里，吓得浑身哆嗦。一个很凶的伪军问母亲，孙振海（我的小名——犁注）到哪里去了？随手就把弟弟的被褥，用刺刀挑了一地。母亲壮了壮胆说，到祁州做买卖去了。日本鬼子又到西屋搜查。当时大嘴大伯正在西屋给牲口喂草，他们以为是我家的人。伪军问：孙振海到哪里去了？大伯说不知道。他们把大伯吊在房梁上，用棍子打，打得昏过

去了，又用水泼，大伯什么也没有说，日本鬼子走了以后，我们全家人把大伯解下来，母亲难过地说：叫你跟着受苦了。

大女儿幼年失学，稍大进厂做工，写封信都费劲。她写的回忆，我想是没有虚假的。那么，大嘴哥还是我们一家的救命恩人。抗战胜利，我回到家里，他从来没有提起过这件事。初进城那几年，我的生活还算不错，他从来没有找过我，也没有来过一次信。他见到和听到了，我和我的家庭，经过的急剧变化。他可能对自幼娇生惯养，不能从事生产的我，抱有同情和谅解之心。我自己是惭愧的。这些年，我的心，我的感情，变得麻痹，也有些冷漠了。

大　根

岳父只有两个女儿，和我结婚的，是他的次女。到了五十岁，他与妻子商议，从本县河北一贫家，购置一妾，用洋三百元。当领取时，由长工用粪筐背着银元，上覆柴草，岳父在后面跟着。到了女家，其父当场点数银元，并一一当当敲击，以视有无假洋。数毕，将女儿领出，毫无悲痛之意。岳父恨其无情，从此不许此妾归省。有人传言，当初相看时，所见者为其姐，身高漂亮，此女则瘦小干枯，貌亦不扬。村人都说：岳父失去眼窝，上了媒人的当。

婚后，人很能干，不久即得一子，取名大根，大做满月，全家欢庆。第二胎，为一女孩，产时值夜晚，仓促间，岳父被墙角一斧伤了手掌，染破伤风，遂致不起。不久妾亦猝死，祸起突然，家亦中落。只留岳母带领两个孩子，我妻回忆：每当寒冬夜晚，岳母一手持灯，两个小孩拉着她的衣襟，像扑灯蛾似的，在那空荡荡的大屋子出出进进，实在悲惨。

大根稍大以后，就常在我家。那时，正是抗日时期，他们家离据点近，每天黎明，这个七、八岁的孩子，牵着他喂养的一只山羊，就从他们村里出来到我们村，黄昏时再回去。

那时我在外面抗日。每逢逃难，我的老父带着一家老小，再加上大根和他那只山羊，慌慌张张，往河北一带逃去。在路上遇到本村一个卖烧饼馃子的，父亲总是说：“把你那柜子给我，我都要了！”这样既可保证一家人不致挨饿，又可以作为掩护。

平时，大根跟着我家长工，学些农活。十几岁上，他就努筋拔力，耕种他家剩下的那几亩土地了。岳母早早给他娶了一个比他大几岁，很漂亮又很能干的媳妇，来帮他过日子。

不久，岳母也就去世了。小小年纪，十几年间，经历了三次大丧事。

大根很像他父亲，虽然没念什么书，却聪明有计算，能说，乐于给人帮忙和排解纠纷，在村里人缘很好。土改时，有人想算他家的旧账，但事实上已经很穷，也就过去了。

他在村里，先参加了村剧团，演《小女婿》中的田喜，他本人倒是个地地道道的小女婿。

二十岁时，他已经有两个儿子，加上他妹妹，五口之家，实在够他巴结的。他先和人家合伙，在集市上卖饺子，得利有限。那些年，赌风很盛，他自己倒不赌，因为他精明，手头利索，有人请他代替推牌九，叫作枪手。有一次在我们村里推，他弄鬼，被人家看出来，几乎下不来台，念他是这村的亲戚，放他走了。随之，在这一行，他也就吃不开了。

他好像还贩卖过私货，因为有一年，他到我家，问他二姐有没有过去留下的珍珠，他二姐说没有。

后来又当了牲口经纪。他自己也养骡驹子，他说从小就喜欢这玩意儿。

“文革”前，他二姐有病，他常到我家帮忙照顾，他二姐去世，这些年就很少来了。

去年秋后，他来了一趟，也是六十来岁的人了，精神不减当年，相见之下，感慨万端。

他有四个儿子，都已成家，每家五间新砖房，他和老伴，也是五间。有八个孙子孙女，都已经上学。大儿子是大乡的书记，其余三个，也都在乡里参加了工作。家里除养一头大骡子，还有一台拖拉机。责任田，是他带着儿媳孙子们去种，经他传艺，地比谁家种得都好。一出动就是一大帮，过往行人，还以为是个没有解散的生产队。

多年不来，我请他吃饭。

“你还赶集吗？还给人家说合牲口吗？”席间，我这样问。

“还去。”他说，“现在这一行要考试登记，我都合格。”

“说好一头牲口，能有多大好处？”

“有规定。”他笑了笑，终于语焉不详。

“你还赌钱吗？”

“早就不干了。”他严肃地说，“人老了，得给孩子们留个名誉，儿子当书记，万一出了事，不好看。”

我说：“好好干吧！现在提倡发家致富，你是有本事的人，遇到这样的社会，可以大展宏图。”

他叫我给他写一幅字，裱好了给他捎去。他说：“我也不贴灶王爷了，屋里挂一张字画吧。”

过去，他来我家，走时我没有送过他。这次，我把他送到大门外，郑重告别。因为我老了，以后见面的机会，不会再多了。

刁　叔

刁叔，是写过的疤增叔的二哥。大哥叫瑞，多年跑山西，做小买卖，为人有些流氓气，也没有挣下什么，还把梅毒传染给妻子，妻女失明，儿子塌鼻破嗓，他自己不久也死了。

和我交往最多的，是刁叔。他比我大二十岁，但不把我当作孩子，好像我是他的一个知己朋友。其实，我那时对他，什么也不了解。

他家离我家很近，住在南北街路西。砖门洞里，挂着两块贞节匾，大概是他祖母的事迹吧。那时他家里，只有他和疤增婶子，他一个人住在西屋。

他没有正式上过学，但“习”过字。过去，村中无力上学，又有志读书的农民，冬闲时凑在一起，请一位能写会算的人，来教他们，就叫习字。

他为人沉静刚毅，身材高大强健。家里土地很少，没有多少活儿，闲着的时候多。但很少见到他，像别的贫苦农民一样，背着柴筐粪筐下地，也没有见过他，给别人家打短工。

他也很少和别人闲坐说笑，就喜欢看一些书报。

那时乡下，没有多少书，只有我是个书呆子。他就和我交上了朋友。他向我借书，总是亲自登门，讷讷启口，好像是向我借取金钱。

我并不知道他喜欢看什么书，我正看什么，就常常借给他什么。有一次，我记得借给他的是《浮生六记》。他很快就看完了，送回时，还是亲自登门，双手捧着交给我。书，完好无损。把书借给这种人，比现在借书出去，放心多了。

我不知道他能看懂这种书不能，也没问过他读后有什么感想。我只是尽乡亲之谊，邻里之间，互通有无。

他是一个光棍。旧日农村，如果家境不太好，老大结婚还有可能，老二就很难了。他家老三，所以能娶上媳妇，是因为跑了上海，发了点小财。这在另一篇文章中，已经提过了。

我现在想：他看书，恐怕是为了解闷，也就是消遣吧。目前有人主张，文学的最大功能，最高价值，就是供人消遣。这种主张，很是时髦。其实，在几十年前，刁叔的读书，就证实了这一点，我也很早就明白这层道理了。看来并算不得什么新理论，新学说。

刁叔家的对门，是秃小叔。秃小叔一只眼，是个富农，又是一家之主，好赌。他的赌，不是逢年过节，农村里那种小赌。是到设在戏台下面，或是外村的大宝局去赌。他为人，有些胆小，那时地面也确实不大太平，路劫、绑票的很多。每当他去赴宝局之时，他总是约上刁叔，给他助威仗胆。

那种大宝局的场合、气氛，如果没有亲临过，是难以想象的。开局总是在夜间，做宝的人，隐居帐后；看宝的人，端坐帐前。一片白布，作为宝案，设于破炕席之上，幺、二、三、四四个方位，都押满了银圆。赌徒们炕上炕下，或站或立，屋里屋外，都挤满了人。人人面红耳赤，心惊肉跳；烟雾迷蒙，汗臭难闻。胜败既分，有的甚至屁滚尿流，捶胸顿足。

“免三!”一局出来了，看宝的人把宝案放在白布上，大声喊叫。免三，就是看到人们押三的最多，宝盒里不要出三。

一个赌徒，抓过宝盒，屏气定心，慢慢开动着。当看准那个刻有红月牙的宝心指向何方时，把宝盒一亮，此局已定，场上有哭有笑。

秃小叔虽然一只眼，但正好用来看宝盒，看宝盒，好人有时也要眯起一只眼。他身后，站着刁叔。刁叔是他的赌场参谋，常常因他的运筹得当，而得到胜利。天明了，两个人才懒洋洋地走回村来。

这对刁叔来说，也是一种消遣。他有一个“木猫”，冬天放在院子里，有时会逮住一只黄鼬。有一回，有一只猫钻进去了，他也没有放过。一天下午，他在街上看见我，低声说：

“晚上到我那里去，我们吃猫肉。”

晚上，我真的去了，共尝了猫肉。我一生只吃过这一次猫肉。也不知道是家猫，还是野猫。那天晚上，他和我谈了些什么，完全忘记了。

听叔辈们说，他的水式还很好，会摸鱼，可惜我都没有亲眼见过。

刁叔年纪不大，就逝世了。那时我不在家，不知道他得的是什么病。在前一篇文章里，谈到他的死因，也不过是传言，不一定可信。我现在推测，他一定死于感情郁结。他好胜心强，长期打光棍，又不甘于偷鸡摸狗，钻洞跳墙。性格孤独，从不向人诉说苦闷。当时的农民，要改善自己的处境，也实在没有出路。这样就积成不治之症。

老焕叔

前几年，细读了沙汀同志所写，一九三八年秋季随一二〇师到冀中的回忆录。内记：一天夜晚，师部住进一个名叫辽城的小村庄（我的故乡）。何其芳同志去参加了和村干部的会见，回来告诉他，村里出面讲话的，是一个迷迷怔怔的人。

我立刻想到，这个人一定是老焕叔。

但老焕叔并不是村干部。当时的支部书记、农会主任、村长，都是年轻农民，也没有一个人迷迷怔怔。我想是因为，当时敌人已经占据安平县城，国民党的部队，也在冀南一带活动，冀中局面复杂。当一二〇师以正规部队的军容，进入村庄，服装、口音，和村民们日常见惯的土八路，又不一样。仓皇间，村干部不愿露面，又把老焕叔请了出来，支应一番。

老焕叔小名旦子，幼年随父亲（我们叫他胖胖爷），到山西做小买卖。后来在太原当了几年巡警和衙役。回到村里，游手好闲，和一个卖豆腐人家的女儿靠着，整天和村里的一些地主子弟浪当人喝酒赌博。他是第一个把麻将牌带进这个小村庄，并传播这种技艺的人。

读过了沙汀的回忆文章，我本来就想写写他，但总是想不起那个卖豆腐的人的名字。老家的年轻人来了，问他们，都说不知道。直到日前来了两位老年人，才弄清楚。

这个人叫新珠，号老体，是个邋邋遢遢的庄稼人。他的老婆，因为服装不整，人称“大裤腰”，说话很和气。他们只生一个女孩，名叫傻女儿。其实长得并不傻，很黑，身体很健壮。不知怎样，很早就和老焕叔靠上了，结婚以后，也不到婆家去，好像还生了一个男孩。老焕叔就长年住在她家，白天聚赌，抽些油头，补助她的家用。这种事，村民不以为怪，老焕婶是个顺从妇女，也不管他，靠着在上海学织布的孩子生活。

老焕叔的罗曼史，也就是这一些。

近读求恕斋丛书，唐晏所作《庚子西行记事》：乡野之民，不只怕贼，也怕官。听说官要来了，也会逃跑。我的村庄，地处偏僻，每逢兵荒马乱之时，总需要一个见过世面，能说会道的人，出来应付，老焕叔就是这种人选。

他长得高大魁梧，仪表堂堂。也并非真的迷迷怔怔，只是说话时，常常眯缝着眼睛，或是看着地下，有点大智若愚的样儿。

我长期在外，童年过后，就很少见到他了。进城以后，我回过一次老家，是在大病初愈之后，想去舒散一下身心。我坐在一辆旧吉普车上，途经保定，这是我上中学的地方；安国，是父亲经商，我上高级小学的地方。都算是旧地重游，但没有多走多看，也就没有引起什么感想。

下午到家。按照乡下规矩，我在村头下车，从村边小道，绕回叔父家去。吉普车从大街开进去。

村边有几个农民在打场，我和他们打招呼。其中一位年长的，问一同干活的年轻人：

“你们认识他吗？”

年轻人不答话。他就说：

“我认识他。”

当我走进村里，街上已经站满了人。大人孩子，熙熙攘攘，其盛况，虽说不上万人空巷，场面确是令人感动的。无怪古人对胜利后还乡，那么重视，虽贤者也不能免了。但我明白，自己并没有做官，穿的也不是锦绣。可能是村庄小，人们第一次看见吉普车，感到新鲜。过去回家时，并没有遇到过这样的场面。

走进叔父家，院里也满是人。老焕叔在叔父的陪同下，从屋里走了出来。他拄着一根棍子，满脸病容，大声喊叫我的小名，紧紧攥着我的手。人们都仰望着他，听他和我说话。

然后，我又把他扶进屋里，坐在那把唯一的木椅上。

我因为想到，自身有病，亲人亡逝，故园荒凉，心情并不好。他见我说话不多，坐了一会儿就走了。

他扶病来看我，一是长辈对幼辈的亲情，二是又遇到一次出头露面的机会。不久，他就故去了。他的一生，虽说有些不务正业，却也没做过什么对不起乡亲们的坏事。所以还是受到人们的尊重，是村里的一个人物。

附记：如写村史，老焕叔自当有传。其主要事迹，为从城市引进麻将牌一事。然此不足构成大过失，即使农村无麻将，仍有宝盒及骨牌、纸牌也。本村南头，有名曹老万者，幼年不耐农村贫苦，去安国药店学徒。学徒不成，乃流为当地混混儿。安国每年春冬，有药市庙会，商贾云集。老万初在南关后街聚赌，以其悍鸷，被无赖辈奉为头目。后又窝娼，并霸一河南女子回家，得一子。相传妓女不孕，此女盖新从农村，被拐骗出来者。为人勤劳敞快，颇安于室。附近有钱人家，生子恐不育者，争相认为干娘。

传说，小儿如认在此等人名下，神鬼即不来追索。此女亦有求必应，不以为迕。然老万中年以后，精神失常，四处狂走，不能言语，只呵呵作声，向人乞讨。余读医书，得知此病，乃因梅毒菌进入人脑所致。则曹氏从城市引进梅毒，其于农村之污染，后果更不堪言矣。

古人云：不耕之民，易与为非，难与为善。这句话，还是可以思考的。

成活的树苗

今夏，同院柳君，去承德，并至坝上，携回马尾松树苗共八株，分赠院中好花事者。余得其三，植于一盆，一月后，死二株，成活一株，值雨后，挺拔俊秀，生气四溢。同院诸老，甚为羡慕。

今晨，我正对它欣赏，柳君走过来说：

“带回八株，而你培养者，独能成活，望总结经验以告。”

我笑着说：

“这有什么经验，你给我三株，我同时把它们栽到一个盆里。死去两株，这一株活了，是赶对劲了吧。”

柳君说：

“不然，活一棵就了不起。我看见你常常给它松土，另外，这地方见太阳，而不太毒。太阳是好东西，但太毒则伤害万物。”

我不好再和他争辩，并说：

“种植时，我在下面还铺了一层沙子，我们院里的土太黏了。”

柳君的夫人在一旁说：

“这就是经验。”

我说：

“松土，加沙，不太毒的阳光，同施于三株，而此株独活。可能是它的根，在路上未受损伤，也可能是它的生命力特别强盛。我们还是不要贪天之功吧，什么事也不要贪天之功。”

大家一笑而散。

下午，鲍君来访。他要去石家庄开文艺座谈会，到那里将见到刘、从二君，我托他代为致问候之意，并向他们约稿。

谈话间，我说：

“近些日子，我常想这样一个问题：近几年，人们常说，什么刊物，什么人，培养出了什么成名的作家，这是不合事实的。比如刘、从二君，当初，人家稿子一来就好，就能用。刊物和编者，只能说起了一些帮忙助兴的作用，说是培养，恐怕是过重了些，是贪天之功，掠人之美。我过去写了一篇《论培养》，我想写一篇《再论培养》，说明我经历了几十年风尘，在觉悟方面的这一点微微的提高。”

鲍君说：

“我看你还是不要说得太绝对了。那样，人家会说你不想再干这方面的工作了，是撂挑子的话。”

鲍君聪颖，应对敏捷，他的话常常是一针见血的。

随之，大家又一笑而散。

夜晚，睡到一点钟醒来，忽然把这两次谈话联到一起，有所谓“创作”的冲动，遂披衣起床，记录如上。

同口旧事——《琴和箫》代序

一

我是一九三六年暑假后，到同口小学教书的。去以前，我在老家失业闲住。有一天，县邮政局，送来一封挂号信，是中学同学黄振宗和侯士珍写的。信中说：已经给我找到一个教书的位子，开学在即，希望刻日赴保定。并说上次来信，寄我父亲店铺，因地址不确被退回，现从同学录查到我的籍贯。

我于见信之次日，先到安国，告知父亲，又次日雇骡车赴保定，住在南关一小店内。当晚见到黄侯二同学。黄即拉我到娱乐场所一游，要我请客。

在保定住了两日，即同侯和他的妻子，还有新聘请的两位女教员，雇了一辆大车到同口。侯的职务是这个小学的教务主任，他的妻子和那两位女性，在同村女子小学教书。

二

黄振宗是我初中时同班，保定旧家子弟，长得白皙漂亮，人亦聪明。在学校时，常演话剧饰女角，文章写得也不错，有时在校刊发表。并能演说，有一次，张继到我校讲演，讲毕，黄即上台，大加驳斥，声色俱厉。他那时，好像已经参加共产党。有一天晚上，他约我到操场散步，谈了很久，意思是要我也参加。我那时觉悟不高，一心要读书，又记着父亲嘱咐的话：不要参加任何党派，所以没有答应，他也没有表示什么不满。又对我说，读书要读名著，不要只读杂志报刊，书本上的知识是完整的、系统的，而报张杂志上的文章，是零碎的、纷杂的。他的这一劝告，我一直记在心中，受到益处。当时我正埋头在报纸文学副刊和社会科学的杂志里。有一种叫《读书杂志》，每期都很厚，占去不少时间。

他毕业后，考入北平中国大学，住在西安门外一家公寓里面，我在东城象鼻子中坑小学当事务员，时常见面。他那时好喝酒，讲名士风流，有时喝醉了，居然躺在大街上，我们只好把他拉起来。大学没有毕业，他回到保定培德中学教国文，风流如故，除经常去妓院，还交接着天华商场说大鼓书的一位女艺人。

一九三九年，我在晋察冀通讯社工作。冬季，李公朴到边区参观，黄是他的秘书，骑着瞎了一只眼的日本大洋马，走在李公朴的前面。在通讯社我和他见了面。那时不知李公朴来意，机关颇有戒心，他也没有和我多谈。我见他口袋里插的钢笔不错，很想要了他的，以为他回到大后方，钢笔有的是。他却不肯给。下午，我到他的驻地看望他，他却自动把钢笔给了我。以后就没有见过面。

解放以后，我只是在一个京剧的演出广告上，见到他的笔名，好像是编剧。不知为什么，我现在总感觉他已经不在人世了。他体质不好，又很放纵。交游也杂乱。至于他当初不肯给我钢笔，那不能算吝啬，正如太平年月，千金之子，肥马轻裘之赠，不能算作慷慨一样。那时物质条件困难，为一支蘸水钢笔尖，或一个不漏水的空墨水瓶，也发生过争吵、争夺。

三

侯士珍，定县人，育德中学师范专修班毕业。在校时，任平民学校校长，与一女生恋爱结婚。毕业后，由育德中学校方介绍到保定第二女子师范当职员。后又到南方从军，不久回保定，失业，募捐办一小报。记得一年暑假，我们同住在育德中学的小招待楼里，他时常给我们唱《国际歌》和《少年先锋歌》。

到同口小学后，他兼音乐课和体操课。他在校外租了一间房，闲时就和同事们打小牌。他精于牌术，赢一些钱，补助家用。我是一次也没有参加过的。我住在校内，有一天中午，我从课堂上下来，在我的宿舍里，他正和一位常到学校卖书的小贩谈话。小贩态度庄严，侯肃然站立在他的面前聆听着。抗日以后，这位书贩，当了区党委的组织部长。使我想起，当时在我的屋子里，他大概是在向侯传达党的任务吧。

侯在同口有了一个女孩，要我给起个名儿，我查了查字典，取了“茜茜”二字。

侯为人聪明外露，善于交际，读书不求甚解，好弄一些小权术，颇得校长信任。一天夜里，有人在院中贴了一张大传单，说侯是共产党。侯说是姓陈的训育主任陷害他，要求校长召集会议，声称有姓陈的就没有姓侯的。我忘记校长是怎样处置这个事件的，好像是谁也没有离开吧。不知为什么，我当时颇有些不相信是那位姓陈的干的，倒觉得是侯的一种先发制人的权谋。不久，学校也就放暑假，卢沟桥事变也发生了。

暑假以后，因为天下大乱，家乡又发了大水，我就没有到学校去。侯在同口、冯村一带，同孟庆山，组织抗日游击队，成立河北游击军，侯当了政治部主任。听说他扣押了同口二班的一个地主，随军带着，勒索军饷。

冬季，由我县抗日政府转来侯的一封信，叫我去肃宁看看。家里不放心，叫堂弟同我去。我在安平县城，见到县政指导员李子寿，他说司令部电话，让我随新收编的杨团长的队伍去。杨系土匪出身，队伍更不堪言，长袍、袖手、无枪者甚众。杨团长给了我一匹马。一路上队伍散漫无章，至晚才到了肃宁，其实只有七十里路。司令部有令：杨团暂住城外。我只好只身进城，被城门岗兵用刺刀格住。经联系，先见到政治部宣传科刘科长。很晚才见到侯。那时的肃宁城内大街，灯火明亮，人来人往，抗日队伍歌声雄壮，饭铺酒馆，家家客满，锅勺相击，人声喧腾。

侯同他的爱人带着茜茜，住在一家地主很深的宅子里，他把盒子枪上好子弹，放在身边。

第二天，他对我说：“这里太乱，你不习惯。”正好有人民自卫军司令部的一辆卡车，要回安国，他托吕正操的阎参谋长，把我带去。上车时风很大，他又去取了一件旧羊皮军大衣，叫我路上御寒。到了安国，我见到阎素、陈乔、李之琏等过去的同学同事，他们都在吕的政治部工作。

一九三八年春天，人民自卫军司令部，驻扎安平一带，我参加了抗日工作。一天，侯同家属、警卫，骑着肥壮高大的马匹来到安平，说是要调到山里学习，我尽地主之谊，请他们到家里吃了一顿饭。侯没有谈什么，他的妻子精神有些不佳。

一九三九年，我调到山里，不久就听说，侯因政治问题，已经不在人间。详细情形，谁也说不清楚。

今年，有另一位中学同学的女儿从保定来，是为她的父亲谋求平反的。说侯的妻子女儿，也都不在了。他的内弟刘韵波，是在晋东南抗日战场上牺牲的。这人我曾在保定见过，在同口，侯还为他举行过音乐会，美术方面也有才能。

当时代变革之期，青年人走在前面，充当搏击风云的前锋。时代赖青年推动而前，青年亦乘时代风云冲天高举。从事政治、军事活动者，最得风气之先。但是，我们的国家，封建历史的黑暗影响，积压很重。患难相处时，大家一片天真，尚能共济，一旦有了名利权势之争，很多人就要暴露其缺点，有时就死非其命或死非其所了。热心于学术者，表现虽稍落后，但就保全身命来说，所处境地，危险还小些。当然遇到“文化大革命”，虽是不问政治的书呆子，也就难以逃脱其不幸了。

四

一九四七年，我又到白洋淀一行。我虽然在《冀中导报》吃饭，并不是这家报纸的正式记者。到了安新县，就没有按照采访惯例，到县委宣传部报到，而是住在端村冀中隆昌商店。商店的经理是刘纪，原是新世纪剧社的指导员，为人忠诚热情，是个典型的农村知识分子。在他那里，我写了几篇关于席民生活的文章，因为是商店，吃得也比较好。

刘纪在“三反”、“五反”运动中，受到批评，也受到一些委屈，精神有很长时间失常。现在完全好了，家在天津，还是不忘旧交，常来看我。他好写诗，有新有旧，订成许多大本子，也常登台朗诵。

他的记忆力，自从那次运动以来，显然是很不好，常常丢失东西。“文化大革命”后期，我在佟楼谪所，他从王林处来看我，坐了一会儿走了，随即有于雁军追来，说是刘纪错骑了她的车子。我说他已经走了老半天，你快去追吧。于雁军刚走，刘纪的儿子又来了，说他爸爸的眼镜丢了，是不是在我这里。我说：“你爸爸在我这里，他携带什么东西，走时我都提醒他，眼镜确实没丢在这里，你到王林那里去找吧！”他儿子说：“你提醒他也不解决问题，他前些日子去北京，住在刘光人叔叔那里，都知道他丢三落四，临走叔叔阿姨都替他打点什物，送他出门，在路上还不断问他落下东西没有，他说，这次可带全了，什么也没落下。到了车站，才发现他忘了带车票！”

我一直感念刘纪，对我那段生活和工作，热情的帮助和鼓励。那次在佟楼见面，我送了他三部书：一、石印《授时通考》，二、石印《南巡大典》，三、影印《云笈七签》。其实都不是什么贵重之物。那时发还了抄家物品，我正为书多房子小发愁，也担心火警。每逢去了抽烟的朋友，我总是手托着烟盘，侍立在旁边，以免火星飞到破烂的旧书上。送给他一些书，是减去一些负担，也减去一些担惊受怕。但他并不嫌弃这些东西，表示很高兴要。在那时，我的命运尚未最后定论，书也还被认为是四旧之一，我上赶送别人几本，有时也会遭到拒绝。所以我觉得刘确是个忠厚的人。

这就使我联想到另一个忠厚的人，刘纪的高小老师，名叫刘通庸。抗日时我认识了他，教了一辈子书，读了一辈子进步的书，教出了许多革命有为的学生，本身朴实得像个农民，对人非常热情、坦率。

我在蠡县的时候，常常路过他的家，他那时已经患了神经方面的病症，我每次去看他，他总不在家，不是砍草拾粪，就是放羊去了。他的书很多，堆放在东间炕头上，我每次去了，总要上炕去翻看一阵子，合适的就带走。他的老伴，在西间纺线，知道是我，从来也不闻不问，只管干她的活。

五

既然到了安新，我就想到同口去看看，说实在话，我想去那里，并不是基于什么怀旧之情。到了那里，也没有找过去的同事熟人，我知道很多人到外面工作去了。我投宿在老朋友陈乔的家里，这也是抗日战争期间养成的习惯，住在有些关系的户，在生活上可以得到一些特殊照顾。抗日期间，是统一战线政策，找房子住，也不注意阶级成分，住在地主、富农家里，房间、被褥、饮食，也方便些。

但这一次却因为我在《一别十年同口镇》这篇文章的结尾，说了几句朋友交情的话，其实也是那时党的政策，连同《安新游记》等篇，在同年冬季土地会议上，受到了批判。这两篇文章，前者的结尾，后者的开头，后来结集出版时，都做过修改。此次淮舟从报纸复制编入，一字未动，算是复其旧观。也看不出有什么问题，这是因为时过境迁，人的观点就随着改变了。当时弄得那么严重，主要是因为我的家庭成分，赶上了时候，并非文字之过。同时，山东师范学院，也发现了《冀中导报》上的批判文章，也函请他们复制寄来，以存历史实际。

我是老冀中，认识人也不少，那里的同志们，大体对我还算是客气的。有时受批，那是因为我不知趣。土改以后，我在深县工作半年，初去时还背着一点黑锅，但那时同志间，毕竟是宽容的，在我离开那里的时候，县委组织部长穆涛，给我的鉴定是：知识分子与工农干部相结合的模范！这绝不是我造谣，穆涛还健在。

当然，我不能承担这么高的评语。但我在战争年代，和群众相处，也确实还合得来。在那种环境，如果像目前这样生活，我就会吃不上饭，穿不上鞋袜，也保全不住性命。这么说，也有些可以总结的经验吗？有的。对工农干部的团结接近，我的经验有两条：一、无所不谈；二、烟酒不分。在深县时，县长、公安局长、妇联主任都和我谈得来。对于群众，到了一处，我是先从接近老太太们开始，一旦使她们对我有了好感，全村的男女老少，也就对我有了好感。直到现在，还有人说我善于拍老太太们的马屁。此外，因为我一向不是官儿，不担任具体职务，群众就会对我无所要求，也无所顾忌。对他们来说，我就像山水花鸟画一样，无益也无害。这样说个家常里短的，就很方便。此外，为人处世，就没有什么好的经验可以总结了。对于领导我的人，我都是很尊重的，但又不愿多去接近；对于和文艺工作有些关系的人，虽不一定是领导，文化修养也不一定高，却有些实权，好摆点官架，并能承上启下，汇报情况的人，我却常常应付不得其当。

六

话已经扯得很远，还是回到同口来吧。听说，我教书的那所小学校，楼房拆去了上层，下层现在是公社的仓库。当年同事，有死亡的，也有健在的。在天津，近几年，发现两个当年的学生，一个是六年级的刘学海，现任水利局局长，前几天给我送来一条很大的鱼。一个是五年级的陈继乐，在军队任通讯处长，前些时给我送来一瓶香油。刘学海还说，我那时教国文，不根据课本，是讲一些革命的文艺作品。对于这些，我听起来很新鲜，但都忘记了。查《善闇室纪年》，关于同口，还有这样的记载：“‘五四’纪念，作讲演。学生演出之话剧，系我所作，深夜突击，吃冷馒头、熬小鱼，甚香。”

淮舟在编我的作品目录时，忽然想编一本书，包括我写的关于白洋淀的全部作品。最初，我是一点兴趣也没有的，也不好打他的兴头。又要我写序，因此联想起很多旧事，写起来很吃力，有时也并不是很愉快的。因为对于这一带人民的贡献和牺牲来说，在文艺作品中的反映，是太薄弱了。

“古城会”

一九三八年初冬，敌人相继占领了冀中大部县城。我所在的抗战学院，决定分散。在这个时候，学院的总务科刘科长，忽然分配给我一辆新从敌占区买来的自行车。我一直没有一辆自行车，前二年借亲戚间的破车子骑，也被人家讨还了。得到一辆新车，心里自然很高兴，但在戎马倥偬、又多半是夜间活动的当儿，这玩意儿确实也是个累赘。再说质量也太次，骑上去，大梁像藤子棍做的，一颤一颤的。我还是收下了，虽然心里明白，这是刘科长在紧急关头，采取的人分散物资也分散的措施。

我带着一个剧团，各处活动了一阵子，就到了正在河间一带活动的冀中区总部。冀中抗联史立德主任接收了我们，跟着一百二十师行军，当天黄昏站队的时候，史主任指定我当自行车队的队长。当然，他的委任，并非因为我的德才资都高人一筹，而是因为我站在这一队人的前头，他临时看见了我。我虽然也算是受命于危难之时，但夜晚骑车的技术，实在不够格，经常栽跤，以致不断引起后面部属们的非议。说实在的，这个抗联属下的自行车中队，是一群乌合之众。他们都是些新参加的青年学生，他们顺应潮流，从娇生惯养的家里出来，原想以后有个比较好的出路。出来不多两天，就遇到了敌人的大进攻，大“扫荡”，他们思家心切，方寸已乱。这是我当时对我所率领的这支部队的基本估计，并非因为他们不服从或不尊重我的领导。

一百二十师，是来冀中和敌人周旋打仗的，当然不能长期拖着这个掉动不灵的尾巴，两天以后，冀中区党委，就下令疏散。我同老陈同志被指令南下，去一分区深县南部一带工作。

一天清早，我同老陈离开队伍往南走，初冬，田野里已经很荒凉，只有一堆堆的柴草垛。天晴得很好，远处的村庄上面，有一层薄薄的冬雾笼盖着，树林和草堆上，也都挂着一层薄薄的霜雪。路上没有一个行人，也遇不到一只野兔。四野像死去了一样沉寂，充满了无声的恐怖。我们一边走着，一边注视着前面的风吹草动，看有没有敌情。路过村庄，也很少见到人。狗吠叫着，有人从门缝中望望，就又转身走了。一路上都有惊魂动魄之感。

我和老陈，都是安平县人，路过安平境，谁也没想到回家去看看。天快黑的时候，我们到了深县境内。

"我们在哪里吃饭住宿呢？"一路上我同老陈计议着。

"我二兄弟国栋，听说在大陈村教武术，这里离大陈村不远了，要不我们去找找他吧！"老陈说。

老陈兄弟三人，他居长，自幼读书，毕业于天津第一师范，后在昌黎、庆云等处执教多年，今年回到家乡参加抗日，在抗战学院任音乐教官。

他的三弟，听说在南方国民党军队做事。他的二弟在家过日子，我曾见过，是个有些不幺不六的愣小伙子，常跟人打架斗殴，和老陈的温文尔雅的作风，完全不一样。

天很黑了，我们才到了这个村庄。这是个大村庄，我们顺南北大街往前走，没遇到一个人。我们也不敢高声喊问。走到路西一家大梢门前面，老陈张望了一下，说：

"我记得他就在这个院里，敲门问问吧！"

刚敲了两下门，就听得有几个人上了房，梢门上有像城墙垛口一样的建筑。

"什么人！"有人伸出头来问，同时听到拉枪栓的声音。

"我们找陈国栋，"老陈说，"我是他的大哥！"

听到房上的人嘀咕了几句，然后说：

"没有！"

紧接着就望天打了一枪。

我同老陈踉跄登上车子，弯腰往南逃跑，听到房上说：

"送送他们！"

接着就是一阵排枪，枪子从我们头上飞过去，不过打得比较高。我们骑到村南野外大道上，两旁都是荆子地，我倒在里面了。

我们只好连夜往深南赶，天明的时候，在一个村庄前面，见到了八路军的哨兵，才算找到了一分区。

在一家很好的宅院里，很暖和的炕头上，会见了一分区司令员和政委。并见到了深县县长张孟旭同志，张和老陈是同学，和我也熟。他交给我们一台收音机，叫我们每天收一些新闻，油印出来。

从此，我和老陈，就驮着这台收音机打游击，夜晚，就在老乡的土炕上，工作起来。

我好听京剧，有时抄新闻完了，老陈睡下，我还要关低声音，听唱一段京戏。老陈像是告诫我：

“不要听了，浪费电池。”

其实，那时还没有我们自己的电台，收到的不过是国民党电台广播的消息，参考价值并不大。我还想，上级给我们这台收音机，不过是叫我们负责保管携带，并不一定是为了听新闻。

老陈是最认真负责，奉公守法的人。

抗战胜利，我又回到冀中，有一次我在家里，陈国栋来找我，带着满脸伤痕，说是村里有人打了他。我细看他的伤，都是爪痕，我问：

“你和妇女打架了吗?”

“不是。有仇人打了我。”他吞吞吐吐地说。

我判定他是自己造的伤，想借此和人家闹事。我劝他要和睦邻里，好好过日子，不要给他哥哥找麻烦。最后，我问他：

“那次在大陈村，你在房上吗?”

“在!”他斩钉截铁地说。

“在，你为什么不让我们进去?”

“黑灯瞎火，我知道你们是什么人?”

“你哥哥的声音，你也听不出来吗?”

“兵荒马乱，听不出来。”

“唉!”我苦笑了一下说，“你和我们演了一出古城会!”

第一次当记者

一九三八年冬季，我和老陈，又在深县马庄隐蔽了一段时间，冀中区的形势越来越不佳。次年初，就奉命过平汉路西去工作了。

这是王林同志来传达的黄敬同志的命令。在驻定县境内七地委那里，开了简单的组织介绍信。同行的有《冀中导报》的董逸峰，还有安平县的一个到边区受训的区干部。我那时并非党员，除了这封信外，王林又用当时七地委书记张雪峰的名义，给我写了一封私函，详细说明我在冀中区的工作情况，其中不乏赞扬器重之词。这本来是老王的一番朋友之情。

但是我这个人很迂挚，我当时认为既是抗日工作，人人有份，何必做私人介绍？又没有盖章，是否合适？在路上，我把信扔了。不知道我在冀中工作，遇到的都是熟人，一切都有个看顾，自可不必介绍，而去阜平则是人地两生之处。果然，到了阜平，负责组织工作的刘仁同志，骑马来到我们的驻地，分别和我们谈了一次话。老陈很快就分配了。而我住在招待所，迟迟不得分配。每天饭后爬到山头上，东迎朝霞，西送落日，颇有些惆怅之感。后来还是冀中区过去了人，刘仁同志打听清楚，才把我分配到刚刚成立的晋察冀通讯社工作。

这还算万幸，后来才知道，当时有一批所谓“来路不明”的人，也被陆续送往边区。和我同来的那个区干部，姓安，在没分配之前，有一天就找到我说：“我和你们在路上说的话，可不能谈，我是个党员，你不是党员。”弄得我很纳闷，想了半天，也想不起在路上，他曾和我们说过什么不是党员应该说的话。我才后悔：千不该万不该把老王那封信撕掉。并从此，知道介绍信的重要性。还明白了，参加革命工作，并非像小说上说的，一进来，就大碗酒、大块肉，论套穿衣服，论秤分金银，还有组织审查这一道手续。

晋察冀通讯社设在阜平城南庄，主任是刘平同志。此人身材不高，仪表文雅，好抽烟斗，能写当时胡风体的文艺论文，据说刚从北平监狱放出不久。我分在通讯指导科，科长姓罗，是抗大毕业生，宁波人，青年学生。此人带有很大的洋场恶少成分，为人专横跋扈，记得一些革命和文艺的时髦名词，好给人戴大帽子。记得在边区记者协会成立时，我忘记说了一句什么话，他就说是周作人的理论。这种形左实右的人，在那时还真遇到不少，因为都是青年人。我置之不理。留下了非常不良的印象。他平时对我还算客气，这一是因为我年事较长，不与人争；二是因为我到社不久，就写了一本小册子，得到铅印，自己作品，封面上却写上集体创作，他以为我还算虚心，有可取之处。那时，因为伙食油水少，这位科长尤其嘴馋，我们在业余之暇，常到村外小河芦苇深处，掏些小沙鱼，回来用茶缸煮煮吃（那里的老乡，不叫用他们的锅煮这些东西，甚至鸡也不让煮。他们还不许在他们的洗脸盆里用肥皂。他们说，闻不惯这些味道。这是事实）。每次掏鱼，他都是站在干岸上，很少下水，而且不断指手画脚，嘴里不三不四，使人生厌，兴趣索然。

我和他睡在老乡家一条乌黑发亮、没有炕席、枕头和褥子的土炕上。我好失眠，有时半夜里，在月光之下，看见他睁大两只眼睛，也没有安睡。后来我才知道，他正在和社里一位胖胖的女同志，偷着谈恋爱。那时候，虽然没有明文规定，但恋爱好像是很不体面的事。罗后来终于和这位女同志结了婚，并一同调到平北游击区去工作。那里很残酷，礼拜六，罗骑马去接妻子，在路途遇见敌人，中弹牺牲。才华未展，深为可惜。

就在到通讯社的这年冬季，我有雁北之行。边区每年冬季，都遭敌人“扫荡”。因此派一些同志，到各分区采访，一是工作，二是疏散。罗科长在我们早晨出操的农民场院里，传达了主任的指示。

同行者三人：我，还有董逸峰，是从冀中和我一同过路来的。此人好像被列入“来路不明”的那一类，后来竟不知下落。另一人姓夏。此人广东籍，小有才气，写过一些通讯，常常占去当时《晋察冀日报》的整个四版。我现在想，通讯文章之长，在开天辟地之时，就发生了。那时报纸虽不大，但因消息来源小，下面来稿也少，所以就纵容这些记者们，去写长篇通讯。随后，就形成了一种风气，一直持续抗战八年，衍及现代。这是题外的话。夏好像已是党员，社长虽未公布他是我们的负责人，但我忖度形势，他是比我们更被信任的。

出发时，已发棉装，系中式土布土染袄裤，短小而不可体。另有一山西毡帽，形似未打气的球皮，剪开一半，翻过即可护耳，为山地防寒佳品。腰间结一布带（很少有人能结皮带）。当时如摄影留念，今日观之，自是寒碜，在当时和农民比较，却又优越得多了。

从阜平去雁北，路很难走，我们走的又多是僻路，登山涉水，自是平常，有时还要从两山挟持的罅缝中，相互推举牵拉，才能过去。详细沿途情形，现已记忆不清，走了几天，才到了雁北行署所在地。

当时的雁北地区，主要指应县、繁峙一带，我们活动的范围并不大，而敌人对此处，却很重视，屡次“扫荡”。行署主任是王斐然同志，王本是我在育德中学时的图书管理员，是接任安志诚先生的。我在学校时的印象，他好像是一九二七年大革命失败后，到学校任职的，整天穿一件不太干净的深蓝布大衫，走路有些蹒跚，给人一种有些潦倒的印象。他对校方有些不满，曾经和我谈过当时的一名被校长信任的会计，是“恨无媚骨，幸有长舌”的人物。在学校，他还曾送我一本不很流行的李守章的小说，名叫《跋涉》，使我长期记住这位昙花一现的作家的名字。

到了行署，王震的部队正在这一带活动，我同董逸峰跟随部队活动了一程子。在一次集合时，在山脚下遇到了两个小同乡：一个是东邻崔立国，他父亲是个商人；一个是同街道的孙建章，他父亲是个木匠。异地相逢，非常亲热，他们都是王震旅的战士。在山下，朔风呼啸，董逸峰把他穿的一件日本黄呢军大衣，脱下来叫我穿上，也使我一直感念不忘。

此人南方人，白皙，戴眼镜，说话时紧闭嘴唇，像轻蔑什么东西一样。能写些作品。

我跟随一个团活动。团政治主任，我忘记了他的姓名，每餐都把他饭盒里的菜，分一些给我吃。以后我到部队采访，经常遇到这种年轻好客的指挥人员。

敌人又进行扫荡，我回到行署，有些依赖思想，就跟随王斐然转移。有一天走到一个村庄，正安排着吃顿羊肉，羊肉没有熟，就从窗口望见进村的山头上，有了日本兵。我们放下碗筷，赶紧往后山上跑，下山后就是一条河，表面已经结了冰，王斐然穿着羊皮袍子，我穿着棉裤，蹚了过去。过了河，半截身子都是水，随即结成了冰，哗哗的响着，行走很不便。我发起高烧，王斐然给找了担架。夜晚到了一处高山，把我放在一家没有人住的农舍外屋，王与地委书记等人开会，地委书记说要高度疏散，问他还带着什么人，他说有一名记者。地委书记说，记者为什么不到前方去？他说，他病了。

在反“扫荡”时，王有时虽也因为有这样一个学生拖累，给他增添不少麻烦，曾有烦言。但在紧急关头，还是照顾了我。不然，战争年代，在那样人地两生的荒凉之地，加上饥寒疾病，我一个人活动，很可能遇到危险的，甚至可能叫野狼吃掉。所以也一直对他感念不尽。

接近旧历年关时，我们这个被称作记者团的三个人，回到了通讯社。我只交了一篇文艺通讯稿，即《一天的工作》。

夏一个人向领导做了汇报。刘平同志在开会时，委婉而严厉地对我们的这次出差，表示了不满。

后来，我知道夏这个人，本身散漫，不守纪律，对别人却好造作谎言，取悦领导。全国解放以后，他曾以经济问题，受到制裁。

我有这样的经验，有的人在战争打响时，先叫别人到前方去；打了胜仗慰问时，他再到前方去。对于这样的记者或作家，虽是领导，我是不信服，也不想听从的。

我虽在幼年就梦想当一名记者，此次出师失败，证明我不适宜当记者，一是口讷，二是孤僻。所以后来就退而当编辑了。

新年杂忆

一

新的一年又来到了。不免回顾一下去年，尽做了哪些工作，有什么经验教训可以吸取。想了一想，也不过是写了一些短文。其中散文部分，多数是回忆自己的过去，这是不会得罪于人的。但又写了一些读书的感想。这类文章，如果是评论古人的，不管我怎样说，古人是不会起来同我辩论的；如果是评论友朋故旧的作品，即便我说了些错话，也总是会得到原谅的。可虑的是，最近一个时期，有时不注意，也涉及了一些当代作家的作品，这是最容易招来是非的。

老实说，凡是我文章里提到的作家，都是我平日敬重的；凡是我论及的作品，都是我看过以后，感到喜欢的。读后高兴，写几句札记，作为纪念。反之，即使作品如何煊赫，我是不能也不肯赞一词的。这一点，我谈到的那些作家，是会一目了然的。对于他们，我并自以为有些知己之感。

我写这些文章时，字斟句酌，反复推敲。是出于至诚，发自热心。是谈我个人读书的感想，是从主观直感出发，我不去参考别的评论家所定的调子。这样，在评论的语气上，或是在评论的分寸上，只是发表我的见解，其中丝毫不存什么成见。

二

真是心猿意马。回顾着过去的一年，忽然想起了五十年前的一件事。

我二十岁的时候，在一个镇上，当小学教师，兼教一年级的自然课。那种生涯，回想起来，老年人是没法承担的。一进教室，孩子们乱乱哄哄，那且不谈。正上着课，有的孩子要撒尿，一时解不开裤带，或撒完尿回来，自己结不上裤带，我都要下讲台去亲自动手。有一次，坐在前排的一个孩子，非常顽皮，怎么说也不行，我烦躁起来，要证实师道尊严，就用教鞭在他的头上敲了两下。这孩子哭叫着走出校门，全体同学知道后都为之变色。原来，我打的这个孩子，是学校的董事，本村一个大军阀的爱子，而且是爱妾所生。

我这才知道闯了祸。但在旧社会，这也不过卷铺盖走人而已，构不成什么别的罪过。

并没有发生什么事变。第二天，孩子还是来校上课了。因为，就是在旧社会，即使军阀的爱妾，家长的观念仍然是：请来老师和请来保姆，其目的是不一样的。

三

现在，有些评论家，可以说，对于作品是爱护备至了。凡是他们说过好的，别人就不能说一点点错，不然就是苛求啊，嫉妒啊，站出来仗义执言了。

其实，如果仔细考察一下，其中有些人，原先并不这样慈善。有很长一段时间，他是提着棍棒生活的。形势一变，他放下了棍子，装扮成了保姆模样。他手里拿着一条花手绢，东张西望，看有孩子受了委屈没有。昔日隐身林密处，今天巡逻在花丛。其霸道之气，和拿棍子的时候，是毫无二致的。

第二天，孩子还是来校上课了。因为，就是在旧社会，即使军阀的爱妾，家长的观念仍然是：请来老师和请来保姆，其目的是不一样的。

新年悬旧照

我在年轻的时候，也是很爱照相的。中学读书时，同学同乡，每年送往迎来，总是要摄影留念。都是到照相馆去照，郑重其事，题字保存。

抗日战争时期，日本人一到村庄，对于学生，特别注意。凡是留有学生头，穿西式裤的人，见到就杀。于是保留了学生形象的相片，也就成了危险品。我参加了抗日，保存在家里的照片，我的妻，就都放进灶火膛里把它烧了。

我岳父家有一张我的照片，因为岳父去世，家里都是妇孺，没人知道外面的事，没有从墙上摘下来。叫日本鬼子看到，非要找相片上的人不可；家里找不到，在街上遇到一个和我容貌相仿的青年，不问青红皂白，打了个半死，经村里人左说右说，才算保住了一条性命。

这是抗战胜利以后，我刚刚到家，妻对我讲的一段使人惊心动魄的故事。她说："你在外头，我们想你。自从出了这件事，我就不敢想了，反正在家里不能待，不管到哪里去飞吧！"

一九八一年编辑文集，苦于没有早期的照片，李湘洲同志提供了他在一九四六年给我照的一张。当时，我从延安回到冀中，在蠡县下乡体验生活，是在蠡县县委机关院里照的。

我戴的毡帽系延安发给。棉袄则是到家以后，妻为我赶制的。

当时经过八年战争，家中又无劳力，家用已经很是匮乏，这件棉袄，是她用我当小学教员时所穿的一件大夹袄改制而成。里面的衬衣，则是我路过张家口时，邓康同志从小市上给我买的。时值严冬，我穿上这件新做的棉衣，觉得很暖和，和家人也算是团聚一起了。

晚年见此照相，心里有很多感触，就像在冬季见到了春草春花一样。这并非草木可贵，而是时不再来。妻亡故已有十年，今观此照，还隐约可以看见她的针线，她在深夜小油灯下，为我缝制冬装的辛劳情景。这不能不使我回忆起入侵敌寇的残暴，以及我们这一代人所度过的艰难岁月。

报纸的故事

一九三五年的春季，我失业家居。在外面读书看报惯了，忽然想订一份报纸看看。这在当时确实近于一种幻想，因为我的村庄，非常小又非常偏僻，文化教育也很落后。例如村里虽然有一所小学校，历来就没有想到订一份报纸。村公所就更谈不上了。而且，我想要订的还不是一种小报，是想要订一份大报，当时有名的《大公报》。这种报纸，我们的县城，是否有人订阅，我不敢断言，但我敢说，我们这个区，即子文镇上是没人订阅过的。

我在北京住过，在保定学习过，都是看的《大公报》。现在我失业了，住在一个小村庄，我还想看这份报纸。我认为这是一份严肃的报纸，是一些有学问的，有事业心的，有责任感的人，编辑的报纸。至于当时也是北方出版的报纸，例如《益世报》《庸报》，都是不学无术的失意政客们办的，我是不屑一顾的。

我认为《大公报》上的文章好。它的社论是有名的，我在中学时，老师经常选来给我们当课文讲。通讯也好，有长江等人写的地方通讯，还有赵望云的风俗画。最吸引我的还是它的副刊，它有一个文艺副刊，是沈从文编辑的，经常登载青年作家的小说和散文。还有小公园，还有艺术副刊。

说实在的，我是想在失业之时，给《大公报》投投稿，而投了稿子去，又看不到报纸，这是使人苦恼的。因此，我异想天开地想订一份《大公报》。

我首先，把这个意图和我结婚不久的妻子说了说。以下是我们的对话实录：

“我想订份报纸。”

“订那个干什么？”

"我在家里闲着很闷，想看看报。"

"你去订吧。"

"我没有钱。"

"要多少钱?"

"订一月，要三块钱。"

"啊!"

"你能不能借给我三块钱?"

"你花钱应该向咱爹去要，我哪里来的钱?"

谈话就这样中断了。这很难说是愉快，还是不愉快，但是我不能再往下说了。因为我的自尊心，确实受了一点损伤。

是啊，我失业在家里待着，这证明书就是已经白念了。白念了，就安心在家里种地过日子吧，还要订报。特别是最后这一句："我哪里来的钱?"这对于作为男子汉大丈夫的我，确实是千钧之重的责难之词!

其实，我知道她还是有些钱的，做个最保守的估计，她可能有十五元钱。当然她这十五元钱，也是来之不易的。是在我们结婚的大喜之日，她的"拜钱"。每个长辈，赏给她一元钱，或者几毛钱，她都要拜三拜，叩三叩。你计算一下，十五元钱，她一共要起来跪下，跪下起来多少次啊。

她把这些钱，包在一个红布小包里，放在立柜顶上的陪嫁大箱里，箱子落了锁。每年春节闲暇的时候，她就取出来，在手里数一数，然后再包好放进去。

在妻子面前碰了钉子，我只好硬着头皮去向父亲要，父亲沉吟了一下说：

"订一份《小实报》不行吗?"

我对书籍、报章，欣赏的起点很高，向来是取法乎上的。

《小实报》是北平出版的一种低级市民小报，属于我不屑一顾之类。我没有说话，就退出来了。

父亲还是爱子心切，晚上看见我，就说：

"愿意订就订一个月看看吧，集晌多粜一斗麦子也就是了。长了可订不起。"

在镇上集日那天，父亲给了我三块钱，我转手交给邮政代办所，汇到天津去。同时还寄去两篇稿子。我原以为报纸也像取信一样，要走三里路来自取的，过了不久，居然有一个专人，骑着自行车来给我送报了，这三块钱花得真是气派。

他每隔三天，就骑着车子，从县城来到这个小村，然后又通过弯弯曲曲的，两旁都是黄土围墙的小胡同，送到我家那个堆满柴草农具的小院，把报纸交到我的手里。上下打量我两眼，就转身骑上车走了。

我坐在柴草上，读着报纸。先读社论，然后是通讯、地方版、国际版、副刊，甚至广告、行情，都一字不漏地读过以后，才珍重地把报纸叠好，放到屋里去。

我的妻子，好像是因为没有借给我钱，有些过意不去，对于报纸一事，从来也不闻不问。只有一次，带着略有嘲弄的神情，问道：

“有了吗？”

“有了什么？”

“你写的那个。”

“还没有。”我说。其实我知道，她从心里是断定不会有的。

直到一个月的报纸看完，我的稿子也没有登出来，证实了她的想法。

这一年夏天雨水大，我们住的屋子，结婚时裱糊过的顶棚、壁纸，都脱落了。别人家，都是到集上去买旧报纸，重新糊一下。那时日本侵略中国，无微不至，他们的旧报，如《朝日新闻》《读卖新闻》，都倾销到这偏僻的乡村来了。妻子和我商议，我们是不是也把屋子糊一下，就用我那些报纸，她说：

“你已经看过好多遍了，老看还有什么意思？这样我们就可以省下块数来钱，你订报的钱，也算没有白花。”

我听她讲的很有道理，我们就开始裱糊房屋了，因为这是我们的幸福的窝巢呀。妻刷糨糊我糊墙。我把报纸按日期排列起来，把有社论和副刊的一面，糊在外面，把广告部分糊在顶棚上。

这样，在天气晴朗，或是下雨刮风不能出门的日子里，我就可以脱去鞋子，上到炕上，或仰或卧，或立或坐，重新阅读我所喜爱的文章了。

我们就开始裱糊房屋了，因为这是我们的幸福的窝巢呀。妻刷糨糊我糊墙。我把报纸按日期排列起来，把有社论和副刊的一面，糊在外面，把广告部分糊在顶棚上。

母亲的记忆

母亲生了七个孩子，只养活了我一个。一年，农村闹瘟疫，一个月里，她死了三个孩子。爷爷对母亲说：

“心里想不开，人就会疯了。你出去和人们斗斗纸牌吧！”

后来，母亲就养成了春冬两闲和妇女们斗牌的习惯；并且常对家里人说：

“这是你爷爷吩咐下来的，你们不要管我。”

麦秋两季，母亲为地里的庄稼，像疯了似的劳动。她每天一听见鸡叫就到地里去，帮着收割、打场。每天很晚才回到家里来。她的身上都是土，头发上是柴草。蓝布衣裤汗湿得泛起一层白碱，她总是撩起褂子的大襟，抹去脸上的汗水。

她的口号是：“争秋夺麦！”“养兵千日，用兵一时！”一家人谁也别想偷懒。

我生下来，就没有奶吃。母亲把馍馍晾干了，再粉碎煮成糊喂我。我多病，每逢病了，夜间，母亲总是放一碗清水在窗台上，祷告过往的神灵。母亲对人说：“我这个孩子，是不会孝顺的，因为他是我烧香还愿，从庙里求来的。”

家境小康以后，母亲对于村中的孤苦饥寒，尽力周济，对于过往的人，凡有求于她，无不热心相帮。有两个远村的尼姑，每年麦秋收成后，总到我们家化缘。母亲除给她们很多粮食外，还常留她们食宿。我记得有一个年轻的尼姑，长得眉清目秀。冬天住在我家，她怀揣一个蝈蝈葫芦，夜里叫得很好听，我很想要。第二天清早，母亲告诉她，小尼姑就把蝈蝈送给我了。

抗日战争时，村庄附近，敌人安上了炮楼。一年春天，我从远处回来，不敢到家里去，绕到村边的场院小屋里。母亲听说了，高兴得不知给孩子什么

麦秋两季，母亲为地里的庄稼，像疯了似的劳动。

好。家里有一棵月季，父亲养了一春天，刚开了一朵大花，她折下就给我送去了。父亲很心痛，母亲笑着说：“我说为什么这朵花，早也不开，晚也不开，今天忽然开了呢，因为我的儿子回来，它要先给我报个信儿！”

一九五六年，我在天津，得了大病，要到外地去疗养。那时母亲已经八十多岁，当我走出屋来，她站在廊子里，对我说：

“别人病了往家里走，你怎么病了往外走呢！”

这是我同母亲的永诀。我在外养病期间，母亲去世了，享年八十四岁。

青春余梦

我住的大杂院里，有一棵大杨树，树龄至少有七十年了。

它有两围粗，枝叶茂密。经过动乱、地震，院里的花草树木，都破坏了，唯独它仍然矗立着。这样高大的树木，在这个繁华的大城市，确实少见了。

我幼年时，我们家的北边，也有一棵这样大的杨树。我的童年，有很多时光是在它的下面、它的周围度过的。我不只在秋风起后，在那里捡过杨叶，用长长的柳枝穿起来，像一条条的大蜈蚣；在春天度荒年的时候，我还吃过杨树飘落的花，那可以说是最苦最难以下咽的野菜了。

现在我已经老了，蛰居在这个大院里，不能再向远的地方走去，高的地方飞去。每年冬季，我要生火炉，劈柴是宝贵的，这棵大杨树帮了我不少忙。霜冻以后，它要脱落很多干枝，这种干枝，稍稍晒干，就可以生火，很有油性，很容易点着。每听到风声，我就到它下面去捡拾这种干枝，堆在门外，然后把它们折断晒干。

在这些干枝的表皮上，还留有绿的颜色，在表皮下面，还有水分。我想：它也是有过青春的呀！正像我也有过青春一样。然而它现在干枯了，脱落了，它不是还可以帮助别人生起火炉取暖吗?

是为序。

我的青春的最早阶段，是在保定育德中学度过的。保定是一座古老的城市，荒凉的城市，但也是很便于读书的城市。

在这个城市，我待了六年时间。在课堂上，我念英语，演算术。在课外，我在学校的图书馆，领了一个小木牌，把要借的书名写在上面，交给在小窗口等待的管理员，就可以拿到要看的书。图书管理员都是博学之士。星期天，我到天华市场去看书，那里有一家卖文具的小铺子，代卖各种新书。我可以站在那里翻看整整半天，主人不会干涉我。我在他那里看过很多种新书，只买过一本。这本书，我现在还保存着。我不大到商务印书馆去，它的门半掩着，柜台很高，望不见它摆的书籍。

读书的兴趣是多变的，忽然想看古书了；又忽然想看外国文学了；又忽然想研究社会科学了，这都没有关系。尽量去看吧，每一种学科，都多读几本吧。

后来，我又流浪到北平去了。除了买书看书，我还好看电影，好听京戏，迷恋着一些电影明星，一些科班名角。我住在东单牌楼，晚上，一个人走着到西单牌楼去看电影，到鲜鱼口去听京戏。那时长安大街多么荒凉、多么安静啊！一路上，很少遇到行人。

各种艺术都要去接触。饥饿了，就掏出剩下的几个铜板，坐在露天的小饭摊上，吃碗适口的杂菜烩饼吧。

有一阵子，我还好歌曲，因为民族的苦难太深重了，我们要呼喊。

无论保定和北平，都曾使我失望过，痛苦过。但也都给过我安慰和鼓舞，留下的印象是深刻的。我在那里得到过朋友们的帮助，也爱过人，同情过人。写过诗，写过小说，都没有成功。我又回到农村来了，又听到杨树叶子，哗哗地响着。

后来，我参加了抗日战争，关于这，我写得已经很多了。

战争，充实了我的青春，也结束了我的青春。

我的青春，价值如何？是欢乐多，还是痛苦多？是安逸享受多，还是颠沛流离多？是虚度，还是有所作为，都不必去总结了。时代有总的结论，总的评价。个人是一滴水，如果滴落在江河，流向大海，大海是不会涸竭的。正像杨树虽有脱落的枝叶，它的本身是长存的。我祝愿它长存！

是为本文。

芸斋梦余

关于花

青年时的我，对花是没有什么感情的，心里只有衣食二字。童年的印象里没有花。十四岁上了中学，学校里有一座很小的校园，一个老园丁。校园紧靠图书馆，有点时间，我宁肯进图书馆，很少到校园。在上植物学课时，张老师（河南人）带领我们去看含羞草啊，无花果啊，也觉得实在没有意思。校园里有一棵昙花，视为稀罕之物，每逢开花，即使已经下了晚自习，张老师还要把我们集合起来，排队去观赏，心里更认为他是多此一举，小题大做。

毕业后，为衣食奔走，我很少想到花，即使逛花园，心里也是沉重的。后来，参加了抗日战争，大部分时间是在山里打游击。山里有很多花，村头，河边，山顶都有花。杏花，桃花，梨花，还有很多野花，我很少观赏。不但不观赏，行军时践踏它们，休息时把它们当坐垫，无情地、无意识地拔起身边的野花，连嗅一嗅的兴趣都没有，抛到远处去，然后爬起来赶路。

我，青春时代，对花是无情的，可以说是辜负了所有遇到的花。

写作时，我也没有用花形容过女人。这不只是因为有先哲的名言，也是因为那时的我，认为用花来形容什么，是小资产阶级意识的表现。

及至现在，我老了，白发疏稀，感觉迟钝，我很喜爱花了。我花钱去买花，用磁的花盆去栽种。然而花不开，它们干黄、枯萎，甚至不活。而在十年动乱时，造反派看中我的花盆，把花全部端走了。我对花的感情最浓厚，最丰盛，投放的精力也最大。然而花对我很冷漠，它们几乎是背转脸去，毫无笑模样，再也不理我。

这不能说是花对我无情，也不能怨它恨它，是它对我的理所当然的报复。

关于果

战争时期，我经常吃不饱。霜降以后我常到山沟里去，捡食残落的红枣、黑枣、梨子和核桃。树下没有了，我仰头望着树上，还有打不净的。稍低的用手去摘，再高的，用石块去投。常常望见在树的顶梢，有一个最大的、最红的、最引诱人的果子。这是主人的竿子也够不着，打不下来，才不得不留下来，恨恨地走去的。我向它瞄准，投了十下，不中。投了一百下，还是不中。我环绕着树身走着，望着，计划着。最后，我的脖颈僵了，筋疲力尽了，还是投不下来。我望着天空，面对四方，我希望刮起一股劲风，把它吹下来。但终于天气晴和，一丝风也没有。红果在天空摇曳着，讪笑着，诱惑着。

天晚了，我只好回去，我的肚子更饿了，这叫作得不偿失，无效劳动。我一步一回头，望着那颗距离我越来越远的红色果子。

夜里，我又梦见了它。第二天黎明，集合行军了，每人发了半个冷窝窝头。要爬上前面一座高山，我把窝窝头吃光了。还没爬到山顶，我饿得晕倒在山路上。忽然我的手被刺伤了，我醒来一看，是一棵酸枣树。我饥不择食，一把掳去，把果子、叶子，树枝和刺针，都塞到嘴里。

年老了，不再愿吃酸味的水果，但酸枣救活了我，我感念酸枣。每逢见到了酸枣树，我总是向它表示敬意。

关于河

听说，我家乡的滹沱河，已经干涸很多年了，夏天也没有一点水。我在一部小说里，对它做过详细的描述，现在要拍摄这些场面，是没有办法了。听说家乡房屋街道的形式，也大变了。

建筑是艺术的一种，它必然随着政治的变动，改变其形式。它的形式，是受经济基础决定的。

关于河流，就很难说了。历史的发展，可以引起地理环境的变动吗？大概是肯定的。

我对花的感情最浓厚，最丰盛，投放的精力也最大。然而花对我很冷漠，它们几乎是背转脸去，毫无笑模样，再也不理我。

这条河，在我的童年，每年要发水，泛滥所及，冲倒庄稼，有时还冲倒房子。它带来黄沙，也带来肥土，第二年就可以吃到一季好麦。它给人们带来很多不便，夏天要花钱过惊险的摆渡，冬天要花钱过摇摇欲坠的草桥。走在桥上，侧侧闪闪的，吱吱呀呀的，下面是围着桥桩堆积起来的坚冰。

童年，我在这里，看到了雁群，看到了鹭鸶。看到了对艚大船上的船夫船妇，看到了纤夫，看到了白帆。他们远来远去，东来西往，给这一带的农民，带来了新鲜奇异的生活感受，彼此共同的辛酸苦辣的生活感受。

对于这条河流，祖祖辈辈，我没有听见人们议论过它的功过。是喜欢它，还是厌恶它，是有它好，还是没有它好。人们只是觉得，它是大自然的一部分。而大自然总是对人们既有利又有害，既有恩也有怨，无可奈何。

河，现在干涸了，将永远不存在了。

火　炉

我有一个煤火炉，是进城那年买的，用到现在，已经三十多年了。它伴我度过了热情火炽的壮年，又伴我度过着衰年的严冬。它的容颜也有了很大的改变，它的身上长了一层红色的铁锈，每年安装时，我都要举止艰难地为它打扫一番。

我们可以说得上是经过考验的，没有发生过变化的。它伴我住过大屋子，也伴我迁往过小屋子，它放暖如故。大屋小暖，小屋大暖。小暖时，我靠它近些；大暖时，我离它远些。小屋时，来往的客人，少一些；大屋时，来往的客人，多一些。它都看到了。它放暖如故。

它看到，和我同住的人，有的死去了，有的离去了，有的买制了新的火炉，另外安家立业去了。它放暖如故。

我坐在它的身边。每天早起，我把它点着，每天晚上，我把它封盖。我坐在它身边，吃饭，喝茶，吸烟，深思。

我好吃烤的东西，好吃有些煳味的东西。每天下午三点钟，我午睡起来，在它上面烤两片馒头，在炉前慢慢咀嚼着，自得其乐，感谢上天的赐予。

对于我，只要温饱就可以了，只要有一个避风雨的住处就满足了。我又有何求！

看来，我们的关系，是不容易断的，只要我每年冬季，能有三十元钱，买两千斤煤球，它就不会冷清，不会无用武之地，我也就会得到温暖的！

火炉，我的朋友，我的亲密无间的朋友。我幼年读过两句旧诗：炉存红似火，慰情聊胜无。何况你不只是存在，而且确实在熊熊地燃烧着啊。

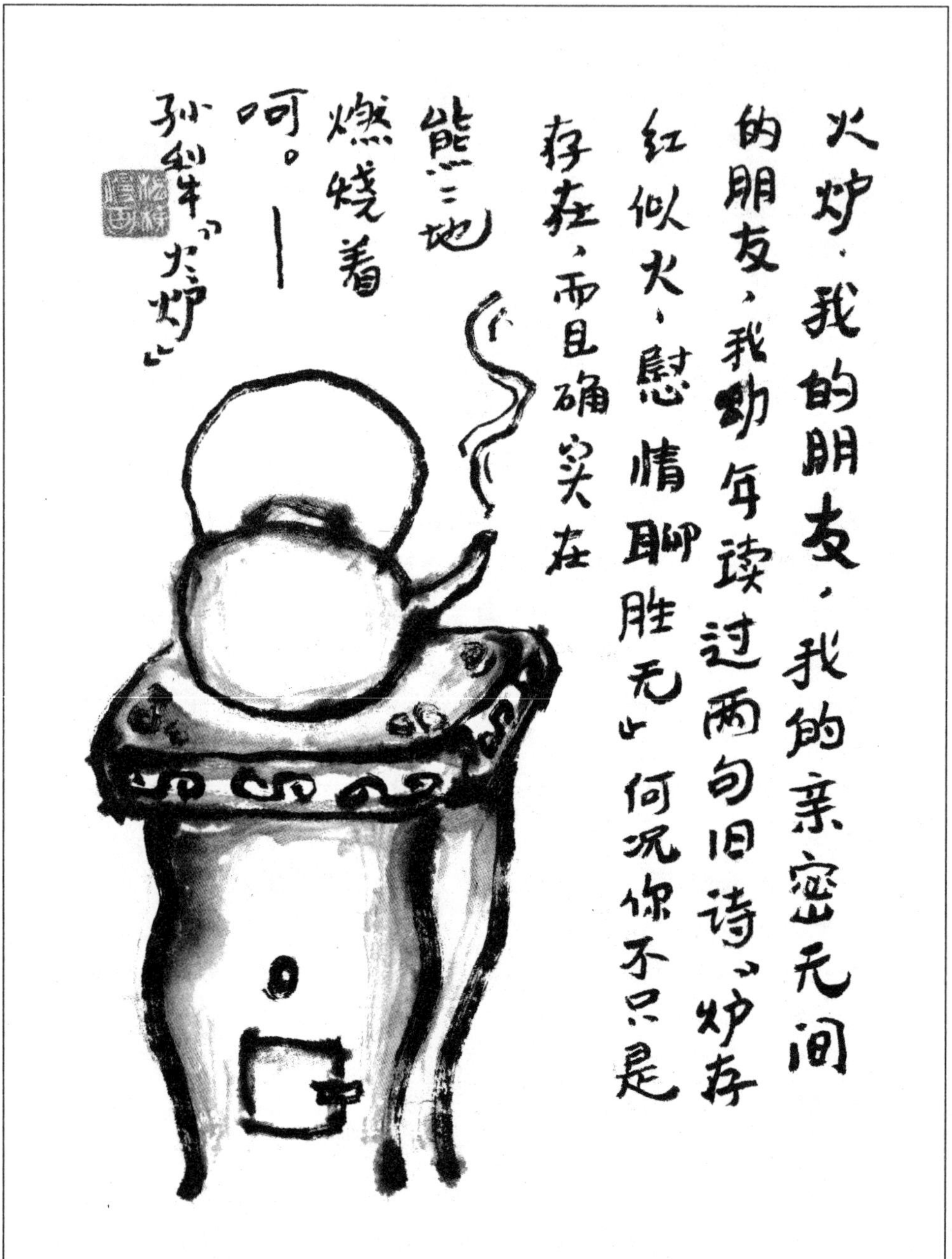

火炉，我的朋友，我的亲密无间的朋友。我幼年读过两句旧诗：炉存红似火，慰情聊胜无。何况你不只是存在，而且确实在熊熊地燃烧着啊。

牲口的故事

在我童年的记忆里，我们这个小小的村庄，饲养大牲口——即骡马的人家很少。除去西头有一家地主，其实也是所谓经营地主，喂着一骡一马外，就只有北头的一家油坊，喂着四五头大牲口，挂着两辆长套大车，做运输油和原料的工具。他家的大车，总是在人们还没有起床的时候，就从村里摇旗呐喊地出发了，而直到天黑以后，才从远远的地方赶回来，人喊马嘶的声音，送到每家每户正在灯下吃晚饭的人们耳中，人们心里都要说一句：

"油坊的车回来了！"

当我在村中念小学的时候，有几年的时间，我们家也挂了一辆大车，买了一骡一马，农闲时，由叔父赶着去做运输。

这时我们家已经上升为中农。但不久父亲就叫把骡马卖了，因为兵荒马乱，这种牲口是最容易惹事的。从此，我们家总是养一头大黄牛，有时再喂一匹驴，这是为的接送在外面做生意的父亲。

我小的时候，父亲或叔父，常常把我放在驴背的前面，一同乘骑。我记得有一匹大叫驴，夏天舅父牵着它过滹沱河，被船夫们哄骗，叫驴凫水，结果淹死了，一家人很难过了些日子。

后来，接送我父亲，就常常借用街上当牲口经纪的四海的小毛驴。他这头小毛驴，比大山羊高不了多少，但装饰得很漂亮，一串挂红缨的铜铃，鞍韂齐备。那时，当牲口经纪的都养一匹这样的小毛驴。每逢集日，清早骑着上市，事情完后，酒足饭饱，已是黄昏，一个个偏骑在小驴背上，扬鞭赶路，那种目空一切的神气，就是凯旋的将军，也难以比得的。

后来我到了山地，才知道，这种小毛驴，虽然谈不上名贵，用途却是很多的。它们能驮山果、木材、柴草，能往山上送粪，能往山下运粮，能走亲访友，能迎婚送嫁。它们负着比它身体还重的货载，在上山时，步步留神，在下山时，兢兢业业，不声不响，直到完成任务为止。

抗日战争时期，在军旅运输上，小毛驴也帮了我们不少忙。那时的交通站上，除去小孩子，就是小毛驴用处最大，也最活跃。战争后期，我们从延安出发去华北，我当了很长时间的毛驴队长。骑毛驴的都是身体不好的女同志。一天夜晚，偷越同蒲路，因为一位女同志下驴到高粱地去小便，以致与前队失了联络，铁路没有过成，又退回来。第二天夜里再过，我宣布：凡是女同志小便，不准远离队列，即在驴边解手。解毕，由牵驴人立即抱之上驴，在驴背上再系腰带。由于我这一发明，此夜得以胜利通过敌人的封锁线，直到现在，想起来，还觉得有些得意。

平分土地的同时，地主家的骡马，富农家的大黄牛，被贫农团牵走，贫农一家喂不起，几家合喂，没人负责，牲口糟蹋了不少。成立了互助组，小毛驴小牛时兴一阵。成立了合作社，骡马又有了用武之地。以后农村虽然有了铁牛，牲畜的用途还是很多，但喂养都不够细心，使用也不够爱惜。牲口饿跑了，被盗了的情况，时常发生。有一年我回到故乡，正值春耕之时，平原景色如故，遍地牛马，忽然见到一匹骆驼耕地。骆驼这东西，在我们这一带原很少见，是庙会上，手摇串铃的蒙医牵着的玩意。以它形状新奇，很能招揽观众。现在突然出现在平原上，高峰长颈，昂视阔步，像一座游动的小山，显得很不协调。我问乡亲们是怎么回事，有人告诉我：不知从哪里跑来这么一匹饿坏了的骆驼，一直跑到大队的牲口棚，抻脖子就吃草，把棚子里的一匹大骡子吓惊了断缰窜出，直到现在还没找回来。一匹骡子换了一匹骆驼，真不上算。大队试试它能拉犁不，还行！

很有些年，小毛驴的命运，甚是不佳。据说，有人从山西来，骑着一匹小毛驴，到了平原，把缰绳一丢，就不再要它，随它去了。其不值钱，可想而知。

但从农村实行责任制以后，小毛驴的身价顿增，何止百倍？牛的命运也很好了。

呜呼，万物兴衰相承，显晦有时，乃不易之理，而其命运，又无不与政治、政策相关也。

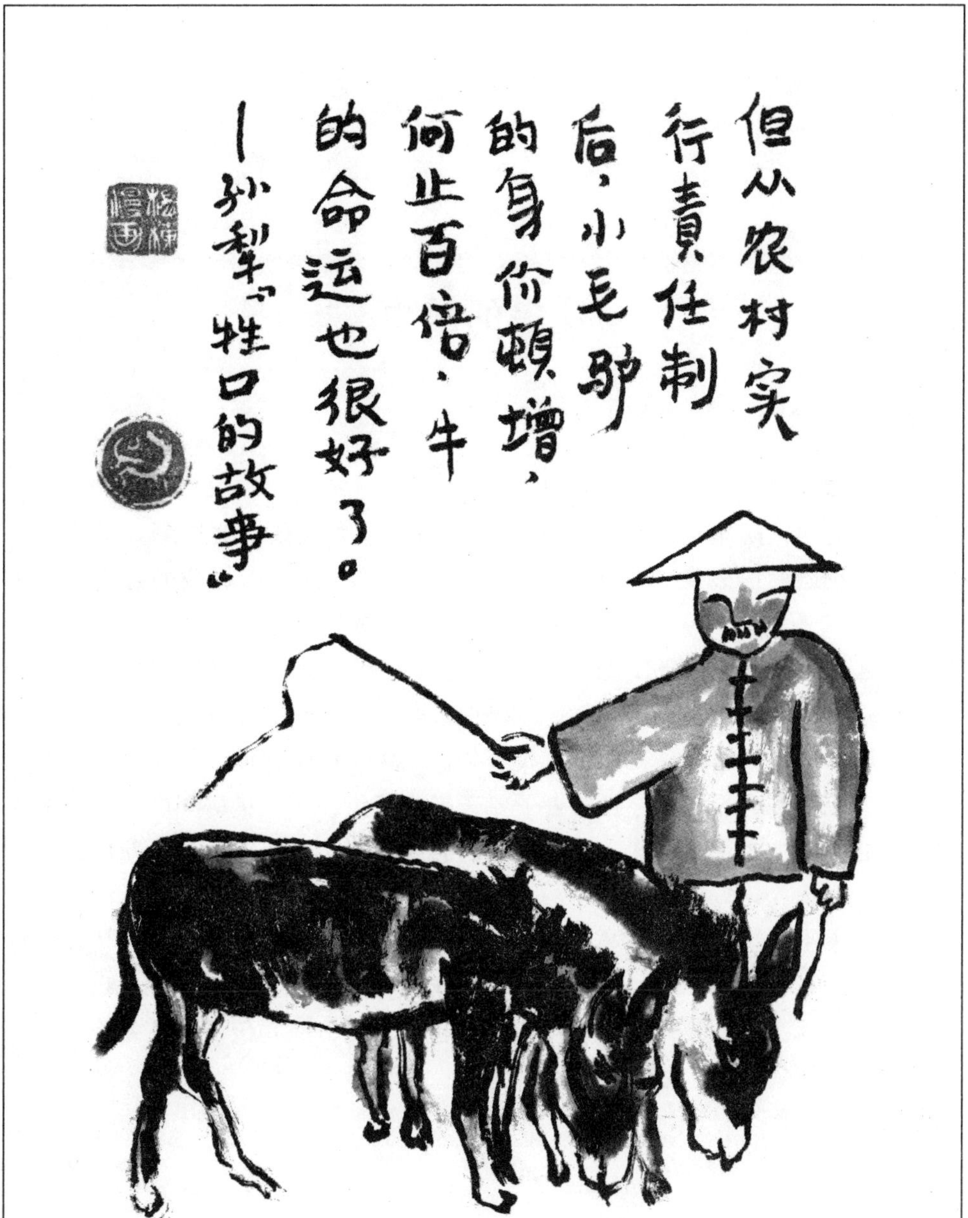

但从农村实行责任制以后，小毛驴的身价顿增，何止百倍？牛的命运也很好了。

住房的故事

春节前，大院里很多住户，忙着迁往新居。大人孩子笑逐颜开的高兴劲儿，和那锅碗盆勺，煤球白菜，搬运不完的忙乱劲儿，引得我的心也很不平静了。

人之一生，除去吃饭，恐怕就是住房最为重要了。在旧日农村，当父母的，勤劳一生，如果不能为子孙盖下几间住房，那是会死不瞑目的。

我幼年时，父亲和叔父分家，我家分了一块空场院，借住叔父家的三间破旧北房。在我结婚的那年，我的妻子要送半套嫁妆，来丈量房间的尺寸，有人就建议把隔山墙往外移一移，这样尺寸就会大一些，准备以后盖了新房，嫁妆放着就合适了。

墙山往外一移，房的大梁就悬空了，而大梁因为年代久远，已经朽败。这一年夏季，下了几场大雨。有一天中午，我在炕上睡觉，我的妻子也哄着我们新生的孩子睡着了。忽然大梁咯吱咯吱响起来，妻子抱起孩子就往外跑，跑到院里才喊叫我，差一点没有把我砸在屋里。

事后我问她：

“为什么不先叫我？”

她笑着说：

“我那时心里只有孩子。”

我们结婚不久，不能怀疑她对我的恩爱。但从此我悟出一个道理，对于女人来说，母子之爱像是超过夫妻之爱的。

从这以后，我们家每年就用秋收的秫秸和豆秸，从砖窑上换回几车砖来，

事后我问她：“为什么不先叫我？”她笑着说：“我那时心里只有孩子。”

垒在空院里存放着。今年添一根梁，明年买两条檩。这样一砖一瓦，一檩一椽地积累起来。然后填房基，预备粮食，动工盖房。

在农村，盖房是最操心的事，我见过不只一家，老人操劳着把房盖好，他也就不行了，很快死去。

但是，老人们仍然在竭尽心力为儿子盖房。今年先盖一座正房，再积攒二年，盖一座厢房。住房盖齐了，又筹划外院，盖一间牲口屋，一间草屋，一间碾棚，一间磨棚。然后圈起围墙，安上大梢门。作为一家富农的规模，这就算齐备了。很觉对得起儿子了。然而抗日战争开始了，我没有住进新房，就离家参军去了。

从此，我开始了四海为家的生活。我穿百巷住千家，每夜睡在别人家的炕上。当然也有无数陌生的战士，睡在我们家的炕上。我住过各式各样的房屋，交过各式各样的房东朋友。

一次战斗中，夜晚在荒村宿营。村里人都跑光了，也不敢打火点灯，我们摸进一间破房，同伴们挤在土炕上，我一摸墙边有一块平板，像搭好的一块门板似的，满以为不错，遂据为己有，倒身睡下。天亮起来，看出是停放的一具棺木，才为之一惊。直到现在，我也不知道其中是男是女，是老是少，我同一个死人，睡了一夜上下铺，感谢他没有任何抗议和不满。

抗战胜利后，我回到了家乡，不久父亲去世。根据地实行平分土地，我家只留了三间正房，其余全分给贫农，拆走了。随后，我的全家又迁来城市，那三间北房，生产队用来堆放一些杂物。年久失修，雨水冲刷，风沙淤填，原来是村里最高最新的房，现在变成最低最破旧的房了。

我也年老了，虽有思乡之念，恐怕不能回老家故屋去居住了。

回忆此生，在亲友家借住，有寄人篱下之感；住旅店公寓，为房租奔波；学校读书，黄卷青灯；寺院投宿，晨钟暮鼓。到了十年动乱期间，还被放逐荒陬，关进牛棚。

古之诗人，无一枝之栖，倡言广厦千万；浪迹江湖，以天地为逆旅。此皆放诞狂言，无补实际。人事无常，居无定所。为自身谋或为子孙谋，不及随遇而安为旷达也。

猫鼠的故事

目前，我屋里的耗子多极了。白天，我在桌前坐着看书或写字，它们就在桌下来回游动，好像并不怕人。有时，看样子我一跺脚就可以把它踩死，它却飞快跑走了。夜晚，我躺在床上，偶一开灯，就看见三五成群的耗子，在地板、墙根串游，有的甚至钻到我的火炉下面去取暖，我也无可奈何。

有朋友劝我养一只猫。我说，不顶事。

这个都市的猫是不拿耗子的。这里的人们养猫，是为了玩，并不是为了叫它捉耗子，所以耗子方得如此猖獗。这里养猫，就像养花种草、玩字画古董一样，把猫的本能给玩得无影无踪了。

我有一位邻居，也是老干部，他养着一只黄猫，据说品种花色都很讲究。每日三餐，非鱼即肉，有时还喂牛奶。三日一梳毛，五日一沐浴。每天抱在怀里抚摩着，亲吻着。夜晚，猫的窝里，有铺的，有盖的，都是特制的小被褥。

这样养了十几年，猫也老了，偶尔下地走走，有些蹒跚迟钝。它从来不知耗子为何物，更不用说有捕捉之志了。

我还是选用了我们原始祖先发明的捕鼠工具：夹子。支的得法，每天可以打住一只或两只。

我把死鼠埋到花盆里去。朋友问我为什么不送给院里养猫的人家。我说：这里的猫，不只不捉耗子，而且不吃耗子。

这是不久以前的经验教训。我打住了一只耗子，好心好意送给邻居，说：

“叫你家的猫吃了吧。”

主人冷冷地说：

"那上面有跳蚤，我们的猫怕传染。如果是吃了耗子药，那就更麻烦。"

我只好提了回来，埋在地里。

又过了不久，终于出现了以下如果不是我亲眼所见，一定有人会认为是造谣的场面。

有一家，在阳台上盛杂物的筐里，发见了一窝耗子，一群孩子呼叫着："快去抱一只猫来，快去抱一只猫来！"

正赶上老干部抱着猫在阳台上散步，他忽然动了试一试的兴致，自报奋勇，把猫抱到了筐前，孩子们一齐呐喊：

"猫来了，猫来捉耗子了！"

老人把猫往筐里一放，猫跳出来。再放再跳，三放三跳，终于逃回家去了。

孩子们大失所望，一齐喊："废物猫，猫废物！"

老人的脸红了。他跑到家里，又把猫抱回来，硬把它按进筐里，不松手。谁知道，猫没有去咬耗子，耗子却不客气，把老干部的手指咬伤，鲜血淋淋，只好先到卫生所，去进行包扎。

群儿大笑不止。其实这无足奇怪，因为这只老猫，从来不认识耗子，它见了耗子实在有些害怕。

十年动乱期间，我曾回到老家，住在侄子家里。那一年收成不好，耗子却很多，侄子从别人家要来一只尚未断奶的小猫，又舍不得喂它，小猫枯瘦如柴，走路都不稳当。有一天，我看见它从立柜下面，连续拖出两只比它的身体还长一段的大耗子，找了个背静地方全吃了。这就叫充分发挥了猫的本能。

其实，这个大都市，猫是很多的。我住的是个大杂院，每天夜里，猫叫为灾。乡下的猫，是二八月到房顶上交尾，这里的猫，不分季节，冬夏常青。也不分场合，每天夜里，房上房下，窗前门后，互相追逐，互相呼叫，那声音悲惨凄厉，难听极了：有时像狼，有时像枭，有时像泼妇刁婆，有时像流氓混混儿。直至天明，还不停息。早起散步，还看见一院子是猫，发情求配不已。

这样多的猫在院里，那样多的耗子在屋里，这也算是一种矛盾现象吧？

城狐社鼠，自古并称。其实，狐之为害，远不及鼠。鼠形体小，而繁殖众，又密迩人事，投之则忌器，药之恐误伤，遂使此蕞尔细物，子孙繁衍，为害无止境。幼年在农村，闻父老言，捕田鼠缝闭其肛门，纵入家鼠洞内，可尽除家鼠。但做此种手术，易被咬伤手指，终于未曾实验。

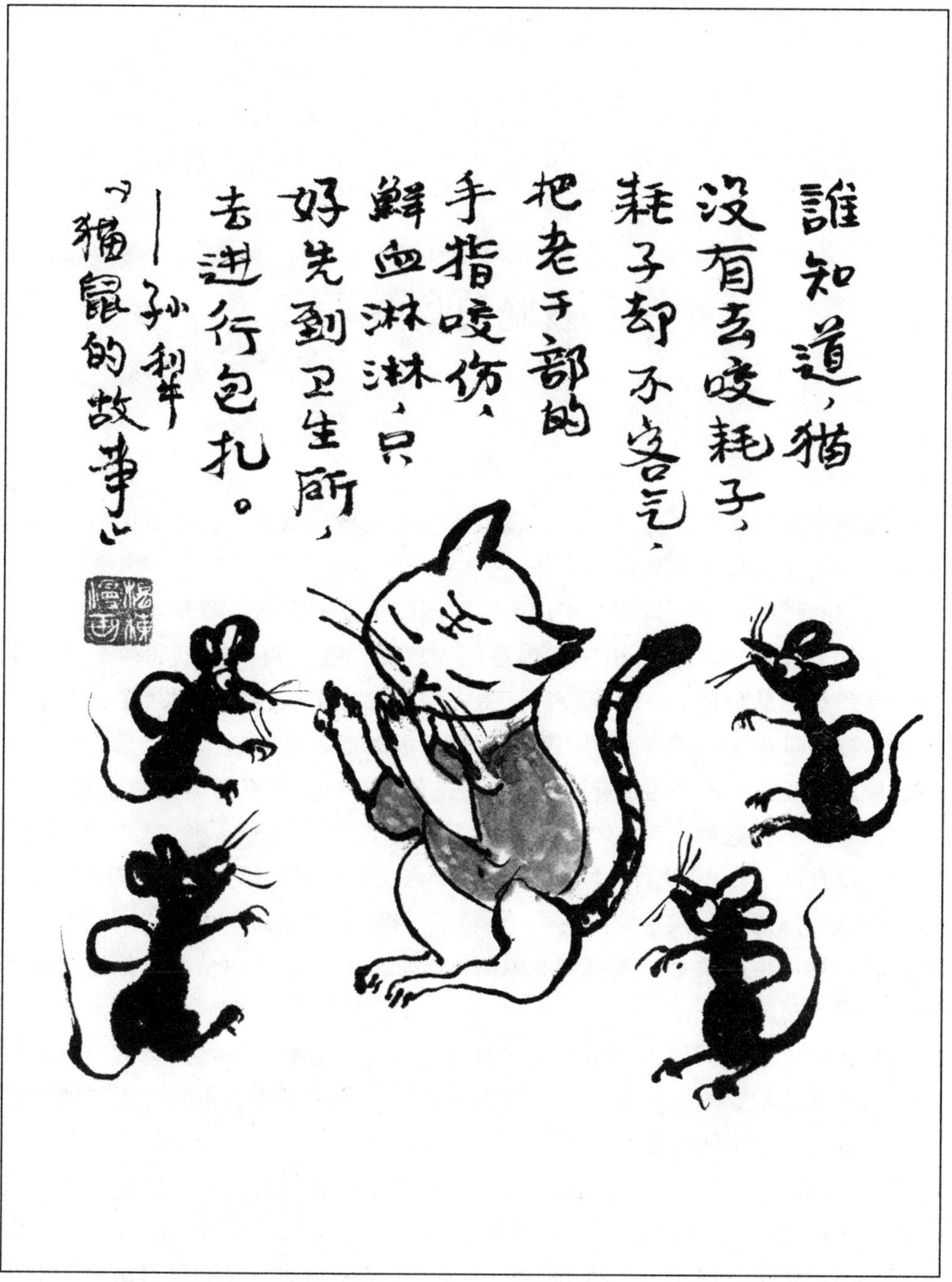

谁知道，猫没有去咬耗子，耗子却不客气，把老干部的手指咬伤，鲜血淋淋，只好先到卫生所，去进行包扎。

夜晚的故事

我幼年就知道，社会上除去士农工商、帝王将相以外，还有所谓盗贼。盗贼中的轻微者，谓之小偷。

我们的村庄很小，只有百来户人家。当然也有穷有富，每年冬季，村里总是雇一名打更的，由富户出一些粮食作为报酬。我记得根雨叔和西头红脸小记，专门承担这种任务。每逢夜深，更夫左手拿一个长柄的大木梆子，右手拿一根木棒，梆梆地敲着，在大街巡逻。平静的时候，他们的梆点，只是一下一下，像钟摆似的；如果他们发见什么可疑的情况，梆点就变得急促繁乱起来。

母亲一听到这种杂乱的梆点，就机警地坐起来，披上衣服，静静地听着。其实并没有发生什么事情，过了一会儿，梆点又规律了，母亲就又吹灯睡下了。

根雨叔打更，对我家尤其有个关照。我家住在很深的一条小胡同底上，他每次转到这一带，总是一直打到我家门前，如果有什么紧急情况，他还会用力敲打几下，叫母亲经心。

我在村里生活了那么多年，并没有发生过什么盗案，偷鸡摸狗的小事，地边道沿丢些庄稼，当然免不了。大的抢劫案件，整个县里我也只是听说发生过一次。县政府每年处决犯人，也只是很少的几个人。

这并不是说，那个时候，就是什么太平盛世。我只是觉得那时农村的民风淳朴，多数人有恒产恒心，男女老幼都知道人生的本分，知道犯法的可耻。

后来我读了一些小说，听了一些评书，看了一些戏，又知道盗贼之中也有所谓英雄，也重什么义气，有人并因此当了将帅，当了帝王。觉得其中也有很多可以同情的地方，有很多耸人听闻的罗曼史。

我一直是个穷书生，对财物看得也很重，一生之中，并没有失过几次盗。青年时在北平流浪，失业无聊，有一天在天桥游逛，停在一处放西洋景的摊子前面。那是夏天，我穿一件白褂，兜里有一个钱包。我正仰头看着，觉得有人触动了我一下，我一转脸，看见一个青年，正用手指轻轻夹我的钱包，知道我发见，他就若无其事地转身走了。当时感情旺盛，我还很为这个青年，为社会，为自身，感慨了一阵子。

直到现在，我对这个人印象很清楚，他高个儿，穿着破旧，满脸烟气，大概是个白面客。

另一次是在本县羽林村看大戏，也是夏天，皮包里有一块现洋叫人扒去了，没有发觉。

在解放区十几年，那里是没有盗贼的。初进城的几年，这个大城市，也可以说是路不拾遗的。

问题就出在“文化大革命”上。在动乱中，造反和偷盗分不清，革命和抢劫分不清。那些大的事件，姑且不论。单说我住的这个院子，原是吴鼎昌姨太太的别墅，日本人住过，国民党也住过，都没有多少破坏。房子很阔气，正门的门限上，镶着很厚很大的一块黄铜，足有二十斤重。动乱期间，附近南市的顽童进院造反，其著名的领袖，一个叫作三猪，一个叫作癞蛤蟆，癞蛤蟆喜欢铁器，三猪喜欢铜器。他把所有的铜门把，铜饰件，都拿走了，就是起不下这块铜门限来。他非常喜爱这块铜，因此他也就离不开这个院，这个院成了他的革命总部和根据地。他每天从早到晚坐在铜门限上，指挥他的群众。住户不能出门，只好请军管人员把他抱出去。三猪并不示弱，他听说解放军奉令骂不还口，打不还手，他就亲爹亲娘骂了起来。谁知这位农民出身的青年战士，受不了这种当众辱骂，不管什么最高指示，把三猪的头按在铜门限上，狠狠碰了几下，拖了出去。

城市里有些居民，也感染了三猪一类的习气，采取的手段比较和平，多是化公为私。比如说院墙，夜晚推倒一段，白天把砖抱回家来，盖一间小屋。院里的走廊，先把它弄得动摇了，然后就拆下木料，去做一件自用家具。这当然是物质不灭。不过一旦成为私有的东西，就倍加爱惜，也就成为神圣之物，不可侵犯了。

后来我到了干校。先是种地，公家买了很多农具，锄头，铁锹，小推车，都是崭新的。后来又盖房，砖瓦，洋灰，木料，也是充足的。但过了不久，就被附近农村的人拿走了大半。农民有一条谚语，道：“五七干校是个宝，我们缺什么就到里边找。”

这当然也可解释为：取之于民，用之于民。

现在，我们的院子，经过天灾人祸，已经是满目疮痍，不堪回首。大门又不严紧。人们还是争着在院里开一片荒地，种植葡萄或瓜果。秋季，当葡萄熟了，每天都有成群结伙的青少年在院里串游，垂涎架下，久久不肯离去。夜晚则借口捉蟋蟀，闯入院内，刀剪齐下，几分钟可以把一架葡萄弄得干干净净；手脚利索，架下连个落叶都没有。有一户种了一棵吊瓜，瓜色艳红，是我院秋色之冠，也被摘去了，为了携带方便，还顺手牵羊，拿走了另一户的一只新篮子。

我年老体弱，无力经营葡萄，也生不了这个气，就在自己窗下的尺寸之地，栽了一架瓜蒌。这是苦东西，没有病的人，是不吃的。另外养了几盆花，放置在窗台上，却接二连三被偷走了。

每天晚上，关灯睡下，半夜醒来，想到有一两名小偷就在窗前窥伺，虽然我是见过世面的人，也真的感到有些不安全了。

谚云：饥寒起盗心。国家施政，虽游民亦可得温饱，今之盗窃，实与饥寒无关也。或谓：偷花者出于爱美，尤为大谬不然矣！

一九五六年的旅行

一九五六年的三月间，一天中午，我午睡起来晕倒了，跌在书橱的把手上，左面颊碰破了半寸多长，流血不止。报社同人送我到医院，缝了五针就回来了。

我身体素质不好，上中学时，就害过严重的失眠症，面黄肌瘦，同学们为我担心。后来在山里，因为长期吃不饱饭，又犯了一次，中午一个人常常跑到村外大树下去静静地躺着。

但我对于这种病，一点知识也没有，也没有认真医治过。

这次跌了跤，同志们都劝我外出旅行。那时进城不久，我还不像现在这样害怕出门，又好一人孤行，请报社和文联给我打算去的地方，开了介绍信，五月初就动身了。

对于旅行，虽说我还有些余勇可贾，但究竟不似当年了。

去年秋天，北京来信，要我为一家报纸，写一篇介绍中国农村妇女的文章。我坐公共汽车到了北郊区。采访完毕，下了大雨，汽车不通了。我一打听，那里距离市区，不过三十里，背上书包就走了。过去，每天走上八九十里，对我是平常的事。谁知走了不到二十里，腿就不好使起来，像要跳舞。我以为是饿了，坐在路旁，吃了两口郊区老乡送给我的新玉米面饼子，还是不顶事。勉强走到市区，雇了一辆三轮，才回到了家。

这次旅行，当然不是徒步，而是坐火车，舒服多了，这应该说是革命所赐，生活条件，大为改善了。

济　南

第一个目标是济南。说也奇怪，从二十岁左右起，我对济南这个地方，就非常向往。在中学的国文课堂上，老师讲了一段《老残游记》，随后又说他幼小时跟着父亲在济南度过，那里的风景确实很好。还有一种好吃的东西，叫作小豆腐。这一段话，竟在我心里生了根。后来在北平当小学职员，不愿意干了，就对校长说：我要到济南去了，辞了职。当然没有去成。

在济南下车时，也就是下午一二点钟。雇了一辆三轮，投奔山东文联。那时王希坚同志在文联负责，我们是在北京认识的。

济南街上，还是旧日省城的样子，古老的砖瓦房，古老的石铺街道。文联附近，是游览区，更热闹一些，有不少小商小贩，摆摊叫卖。文联大院，就是名胜所在，有泉水，种植着荷花，每天清晨，人们就在清流旁盥洗。

王希坚同志给了我一间清静的房。他知道我的脾气，说：

“吃饭，愿意在食堂吃也可，愿意出去吃小馆，也方便。”

因为距离很近，当天我就观看了珍珠泉、趵突泉、黑虎泉。那时水系没遭到破坏，趵突泉的水，还能涌起三尺来高。

第二天，文联的同志，陪我去游了大明湖和千佛山，乘坐了彩船，观赏了文物。那时游人很少，在千佛山，我们几乎没遇到什么游人，像游荒山野寺一样。我最喜欢这样的游览，如果像赶庙会一样，摩肩接踵，就没有意思了。

我也到附近小馆去吃过饭，但没有吃到老师说的那种小豆腐。

另外，没有找到古旧书店，也是一大遗憾。我知道，济南的古书不少，而且比北京、天津，便宜得多。

南　京

第二站是南京。到南京已经是下午五六点钟了。我先赶到江苏省文联。那时的文联，多与文化局合署办公，文联与文化局电话联系，说来了一位客人，想找个住处。文化局好像推托了一阵子，最后说是可以去住什么酒家。

对于这种遭遇，我并不以为怪。我在南京没有熟人，还算是顺利地解决了食住问题。应该感谢那时同志们之间的正常的热情的关照。如果是目前，即使有熟人，恐怕也还要费劲一些。

此次旅行，我也先有一些精神准备。书上说：在家不知好宾客，出门方觉少知音，正好是对我下的评语。

在酒家住了一夜。第二天吃过早饭，我先去逛了明孝陵，陵很高很陡，在上面看到了朱元璋的一幅画像，躯体很高大，前额特别突出，像扣上一个小瓢似的。脸上有一连串黑痣。这种异相，史书上好像也描写过。

从孝陵下来，我去游览了中山陵，顺便又游了附近一处名胜灵谷寺。一路梧桐林荫路，枝叶交接如连理，真使人叫绝。

下午游了雨花台、玄武湖、鸡鸣寺、夫子庙。没有游莫愁湖，没有看到秦淮河。这样奔袭突击式的游山玩水，已经使我非常疲乏。为了休息一下，就去逛了逛南京古旧书店。书店内外，都很安静，好书也多，排列得很规则。惜天色已晚，未及细看，就回旅舍了。此后，我通过函购，从这里买了不少旧书，其中并有珍本。

第三天清晨，我离开南京去上海。

现在想来，像我这样的旅行，可以说是消耗战，还谈得上是怡情养病？到了一处，也只是走马观花，连凭吊一下的心情也没有。别处犹可，像南京这个地方，且不说这是龙盘虎踞的形胜之地，就是六朝烟粉，王谢风流，潮打空城，天国悲剧，种种动人的历史传说，就没有引起我的丝毫感慨吗？

确实没有。我太累了。我觉得，有些事，读读历史就可以了，不必想得太多。例如关于朱元璋，现在有些人正在探讨他的杀戮功臣，是为公还是为私？各有道理，都有论据。但可信只有一面，又不能起朱元璋而问之，只有相信正史。至于文人墨客，酒足饭饱，对历史事件的各种感慨，那是另一码事。我此次出游，其表现有些像凡夫俗子的所到一处，刻名留念。中心思想，也不过是为了安慰一下自己：我一生一世，毕竟到过这些有名的地方了。

上　海

很快就到了上海，作家协会介绍我住在国际饭店十楼。这是最繁华的地区，对我实在不利。即使平安无事，也能加重神经衰弱。尤其是一上一下的电梯，灵活得像孩子们手中的玩具，我还没有定下心来，十楼已经到了。

第二天上午，一个人去逛书店，雇了一辆三轮，其实一转弯就到了。还好，正赶上古籍书店开张，琳琅满目，随即买了几种旧书，其中有仰慕已久的戚蓼生序小字本《红楼梦》。

想很快离开上海，第二天就到了杭州。

杭　州

中午到了杭州，浙江省文联，也没有熟人。在那里吃了一碗面条，自己就到湖边去了。天气很好，又是春季，湖边的游人还算是多的。面对湖光山色，第一个感觉是：这就是西湖。因为旅途劳顿，接连几夜睡不好觉，我忽然觉得精神不能支持，脚下也没有准头，随便转了转，买了些甜食吃，就回来了。

第二天，文联通知我，到灵隐寺去住。在那里，他们新买到一处资本家的别墅，作为创作之家，还没有人去住过，我来了正好去试试。用三轮车带上一些用具，把我送了过去。

这是一幢不小的楼房，只楼下就有不少房间。楼房四周空旷无人，而飞来峰离它不过一箭之地。寺里僧人很少，住的地方离这里也很远。天黑了，我一度量形势，忽然恐怖起来。这样大的一个灵隐寺，周围是百里湖山，寺内是密林荒野，不用说别的，就是进来一条狼，我也受不了。我得先把门窗关好，而门窗又是那么多。关好了门窗，我躺在临时搭好的简易木板床上，头顶有一盏光亮微弱的灯，翻看新买的一本杭州旅行指南。

我想，什么事说是说，做是做。有时说起来很有兴味的事，实际一做，就会适得其反。比如说，我最怕嘈杂，喜欢安静，现在置身山林，且系名刹，全无干扰，万籁无声，就觉得舒服了吗？没有，没有。青年时，我也想过出世，当和尚。现在想，即使有人封我为这里的住持，我也坚决不干。我现在需要的是一个伴侣。

一夜也没有睡好，第二天清晨起来，在溪流中洗了洗脸，提上从文联带来的热水瓶，到门口饭店去吃饭。吃完饭，又到茶馆打一瓶开水提回来。

据说，西湖是全国风景之首，而灵隐又是西湖名胜之冠。真是名不虚传。自然风景，且不去说，单是寺内的庙宇建筑，宏美丰丽，我在北方，是没有见过的。殿内的楹联牌匾，佳作尤多。

在这里住了三天，西湖的有名处所，也都去过了，在小市自己买了一只象牙烟嘴，在岳坟给孩子们买了两对竹节制的小水桶。我就离开了杭州，又取道上海，回到天津。

此行，往返不到半月，对我的身体非常不利，不久就大病了。

跋

余之晚年，蛰居都市，厌见扰攘，畏闻恶声，足不出户，自喻为画地为牢。然当青壮之年，亦曾于燕南塞北，太行两侧，有所涉足。亦时见山河壮观，阡陌佳丽。然身在队列，或遇战斗，或值风雨，或感饥寒，无心观赏，无暇记述。但印象甚深至老不忘。

古人云，欲学子长之文，先学子长之游，此理固有在焉。

然柳柳州《永州八记》，所记并非罕遇之奇景异观也，所作文字乃为罕见独特之作品耳。范仲淹作《岳阳楼记》，本人实未至洞庭湖，想当然之，以抒发抱负。苏东坡《前赤壁赋》，所见并非周郎破曹之地，后人不以为失实。所述思绪，实通于古今上下也。

以此观之，游记之作，固不在其游，而在其思。有所思，文章能为山河增色，无所思，山河不能救助文字。作者之修养抱负，于山河于文字，皆为第一义，既重且要。余之作，不堪言此矣。

吃饭的故事

我幼小时，因为母亲没有奶水，家境又不富裕，体质就很不好。但从上了小学，一直到参加革命工作，一日三餐，还是能够维持的，并没有真正挨过饿。当然，常年吃的也不过是高粱小米，遇到荒年，也吃过野菜蝗虫，饽饽里也掺些谷糠。

一九三八年，参加抗日，在冀中吃得还是好的。离家近，花钱也方便，还经常吃吃小馆。后来到了阜平，就开始一天三钱油三钱盐的生活，吃不饱的时候就多了。吃不饱，就到野外去转悠，但转悠还是当不了饭吃。

菜汤里的萝卜条，一根赶着一根跑，像游鱼似的。有时是杨叶汤，一片追着一片，像飞蝶似的。又不断行军打仗，就是这样的饭食，也常常难以为继。

一九四四年到了延安，丰衣足食；不久我又当了教员，吃上小灶。

日本投降以后，我从张家口一个人徒步回家，每天行程百里，一路上吃的是派饭。有时夜晚赶到一处，桌上放着两个糠饼子，一碟干辣子，干渴得很，实在难以下咽，只好忍饥睡下，明天再碰运气。

到家以后，经过八年战争，随后是土地改革，家中又无劳动力，生活已经非常困难。我的妻子，就是想给我做些好吃的，也力不从心了。

此后几年，我过的是到处吃派饭的生活。土改平分，我跟着工作组住在村里，吃派饭。工作组走了，我想写点东西，留在村里，还是吃派饭。对给我饭吃，给我房住的农民，特别有感情，总是恋恋不舍，不愿离开。在博野的大西章村，饶阳的大张岗村，都是如此。在土改正在进行时，农民对工作组是很热情的；经过急风暴雨，工作组一撤，农民或者因为分到的东西少，或者因为怕翻天，心情就很复杂了。我不离开，房东的态度，已经有很大的不同，首先表现在饭食上。后来有人警告我：继续留在村里，还有危险。我当时确实没有想到。

有时为了减轻家庭负担，我还带上大女儿，到一个农村去住几天，叫她跟着孩子们到地里去捡花生，或是跟着房东大娘纺线。我则体验生活，写点小说。

这种生活，实际上也是饥一顿，饱一顿，持续了有二三年的时间。

进城以后，算是结束了这种吃饭方式。

一九五三年，我又到安国县下乡半年。吃派饭有些不习惯，我就自己做饭，每天买点馒头，煮点挂面，炒个鸡蛋。按说这是好饭食，但有时我嫌麻烦，就三顿改为两顿，有时还是饿着肚子，到沙岗上去散步。

我还进城买些点心、冰糖，放在房东家的橱柜里。房东家有两房儿媳妇，都在如花之年，每逢我从外面回来，就一齐笑脸相迎说：

“老孙，我们又偷吃你的冰糖了。”

这样，吃到我肚子里去的，就很有限了。虽然如此，我还是很高兴的。能得到她们的欢心，我就忘记饥饿了。

包袱皮儿

今年国庆节，在石家庄纺纱厂工作的大女儿来看望我。她每年来天津一次，总是选择这个不冷不热的季节。她从小在老家，跟着奶奶和母亲，学纺线织布，家里没有劳动力，她还要在田地里干活，到街上的水井去担水。十六岁的时候，跟我到天津，因为家里人口多，我负担重，把她送到纱厂。老家旧日的一套生活习惯，自从她母亲去世以后，就只有她知道一些了。

她问我有什么活儿没有，帮我做一做。我说："没有活儿。你长年在工厂不得休息，就在这里休息几天吧。"

可是她闲不住，闷得慌。新近有人给我买了两把藤椅，天气冷了，应该做个棉垫。我开开柜子给她找了些破布。我用的包袱皮儿，都是她母亲的旧物，有的是在"文化大革命"期间，被赶到小房子里，她带病用孩子们小时的衣服，拆毁缝成的。其中有一个白底紫花纹的，是过去日本的"人造丝"。

我问她："你还记得这个包袱皮吗?"

她说："记得。爹，你太细了，很多东西还是旧的，过去很多年的。"

"不是细。是一种习惯。"我说，"东西没有破到实在不能用，我就不愿意把它扔掉。我铺的褥子，还是你在老家纺的粗线，你母亲织的呢!"

我找出了一条破裤和一件破衬衫，叫她去做椅垫，她拿到小女儿的家里去做。小女儿说："我这里有的是新布，用那些破东西干什么?"

大女儿说："咱爹叫用什么，我就只能用什么。"

那里有缝纫机，很快她就把椅垫做好拿回来了。

夜晚，我照例睡不好觉。先是围绕着那个日本"人造丝"包袱皮儿，想了

我用的包袱皮儿，都是她母亲的旧物……

很久：年轻时，我最喜爱书，妻最喜爱花布。那时乡下贩卖布头的很多，都是大城市裁缝铺的下脚料。有一次，去子文镇赶集，我买了一部石印的小书，一棵石榴树苗，还买了这块日本人造丝的布头，回家送给了妻子。

她很高兴，说花色好看，但是不成材料，只能做包袱皮儿。她一直用着，经过抗日战争，解放战争，又带到天津，经过“文化大革命”，多次翻箱倒柜地抄家，一直到她去世。她的遗物，死后变卖了一些，孩子们分用了一些。眼下就只有两个包袱皮儿了。这一件虽是日本“人造丝”，当时都说不坚实耐用，经历了整整五十年，它只有一点折裂，还是很完好的。

而喜爱它、使用它的人，亡去已经有十年了。

我艰难入睡，梦见我携带妻儿老小，正在奔波旅行。住在一家店房，街上忽然喊叫，发大水了。我望见村外无边无际，滔滔的洪水。我跑到街上，又跑了回来，面对一家人发急，这样就又醒来了。

清晨，我对女儿叙述了这个梦境。女儿安慰我说：“梦见水了好，梦见大水更好。”

我说：“现在，只有你还能知道一些我的生活经历。”

书　信

自古以来书信作为一种文体，常常编入作家们的文集之中。书与信字相连，可知这一文体的严肃性。它的主要特点，是传达一种真实的信息。

古代的历史著作，也常常把一个人物的重要信件，编入他的传记之内。

古代，书信的名号很多，有上书，有启，有笺，有书……各有讲究。《昭明文选》用了几卷的篇幅收录了这些文章。历代文学总集，也无不如此。

如此说来，书信一体，实在是不可玩忽的一种文学读物了。过去书市中也有供人学习应酬文字的尺牍大观，那当然不在此列。

在中学读书时，我读过一本高语罕编的《白话书信》，内容已经记不清。还读过一本《八贤手札》，则是清朝咸同时期，镇压太平天国的那些大人物的往来信札，内容也记不清了。只记得那些信的称呼，很复杂也很难懂。

书信这一文体，我可以说是幼而习之的。在外面读书做事，总是要给家中写信的。所用的文字当然是解放了的白话。

这些家信无非是报告平安，没有什么特殊的内容。经过几次变乱，可以说是只字不存了。

在保定读书时，我认识了本城一个女孩子，她家住在白衣庵一个大杂院里。我每星期总要给她写一封信，用的都是时兴的粉色布纹纸信封。我的信写得都很长，不知道从哪里来的那么多热情的话。她家生活很困难，我有时还在信里给她附一些寄回信的邮票。但她常常接不到我寄给她的信，却常常听到邮递员对她说的一些不三不四的话。我并不了解她的家庭，我曾几次在那个大杂院的门口徘徊，终于没有进去。

我也曾到邮政局的无法投递的信柜里去寻找，也见不到失落的信件。我估计一定是邮递员搞的鬼。我忘记我给她写了多少封信，信里尽倾诉了什么感情。她也不会保存这些信。至于她的命运，她的生存，已经过去五十年，就更难推测了。

在晋察冀边区工作，我曾给通讯员和文学爱好者写过不少信，文字很大，数量很大，但现在一封也找不到了。

一九四四年秋天，我在延安窑洞里，用从笔记本撕下的一片纸，写了一封万金家书。我离家已经六七年了，听人说父亲健康情况不好，长子不幸夭折，我心里很沉重。家乡还被敌人占据着，寄信很危险。但我实在控制不住对家庭的思念，我在这片白纸的正面，给父亲写了一封短信；在背面，给妻子写了几句话。她不认识字，父亲会念给她听。

这封信我先寄给在晋察冀工作的周小舟同志，烦他转交我的家中。一九四六年，我回到家里，妻子告诉我，收到了这封信。在一家人正要吃午饭的时候收到的这封信，父亲站在屋门口念了，一家人都哭了。我很感谢我们的交通站和周小舟同志，我不知道千里迢迢，关山阻隔，敌人封锁得那么紧，他们怎样把这封信送到了我的家。

这封信的内容，我是记得的，它的每句话都是有用的，有千斤重量的，也没保存下来。

一九七〇年十月起，至一九七二年四月，经人介绍，我与远在江西的一位女同志通信。发信频繁，一天一封，或两天一封或一天两封。查记录：一九七一年八月，我寄出去的信，已达一百一十二封。信，本来保存得很好，并由我装订成册，共为五册。后因变故，我都用来生火炉了。

这些信件，真实地记录了我那几年动荡不安的生活，无法倾诉的悲愤，以及只能向尚未见面的近似虚无缥缈的异性表露的内心。一旦毁弃了是很可惜的，但当时也只有这样付之一炬，心里才觉得干净。潮水一样的感情，几乎是无目的地倾泻而去，现在已经无法解释了。

自从“文化大革命”开始，断绝了写作的机会，从与她通讯，才又开始了我的文字生活，这是可以纪念的。这些信，训练了我久已放下了的笔，使我后来能够写文章时，手和脑并没有完全生疏、迟钝。这也可以说是失之东隅，收之桑榆吧。至于解放前后，我写给朋友们的信件，经过“文化大革命”，已所剩无几。这很难怪，我向来也不大保存朋友们的来信，但在“文化大革命”以前，曾在书柜里保存康濯同志的来信，有两大捆，约二百余封。“文化大革命”期间，接连不断地抄家，小女儿竟把这些信件烧毁了。太平以后，我很觉得对不起康濯同志，把详情告诉了他。而我写给他的信，被抄走，又送了回来，虽略有损失，听说还有一百多封。这可以说是迄今保存的我的书信的大宗了。他怎样处理这些信件，因为上述原因，我一直不好意思去过问。

先哲有言，信件较文章更能传达人的真实感情，更能表现本来面目。看来，信件的能否保存，远不及文章可靠。文章如能发表，即使是油印、石印，也是此失彼存，有希望找到的。而信件寄出，保存与否，已非作者所能处置。遇有变故，最易遭灾，求其幸存，已经不易。况时过境迁，交游萍水，难以求其究竟乎！

戏的续梦

过去，我写过一篇《戏的梦》，现在写《戏的续梦》。

俗话儿说，“隔行如隔山”；又说，“这行看着那行高”。的确不错。比如说，我是写文章的，却很羡慕演员，认为他们的生活，他们的艺术，神秘无比。对话剧、电影演员，倒没有什么，特别羡慕京剧演员，尤其是女演员。在我童年的时候，乡下的戏班，已经有了坤角儿，她们的演出，确实是引人入迷的。在庙会大戏棚里，当坤角儿一上场，特别是当演小放牛这类载歌载舞的戏剧时，那真称得起万头攒动，如醉如狂。从这个印象出发，后来我就特别喜欢看花旦和武旦的戏，女扮男装的戏，比如《辛安驿》呀，《铁弓缘》呀，《虹霓关》呀等等。

三十年代初，我在北京当小职员，每月十八元钱，还要交六元钱的伙食费。但到了北京，如果不看戏，那不是大煞风景吗？因此，我每礼拜必定看一次京戏。那时北京名角很多，我不常去看，主要是看富连成和中华戏剧学校小科班的“日场戏”，每次花三四角钱，就可以了。

中华戏剧学校演出的地点，是东安市场的吉祥剧场。在这里，我看过无数次的戏，这个科班的“德和金玉”四班学生，我都看过。直到现在，还记得他们的名字。

每次散戏出场，我还恋恋不舍，余音缭绕在我的脑际。看到停放在市场大门一侧的、专为接送戏校演员的、那时还很少见到的、华贵排场的大轿车，对于演员这一行，就尤其感到羡慕不已了。

后来回到老家参加游击队打日本，就再也看不到京戏。庙会没有了，有时开会演些节目，都是外行强登台，文场没有文场，武场没有武场，实在引不起我这看过真正京戏的人的兴趣。

地方上原来也有几个京剧演员，其中也有女演员，凡有些名声的，这时都躲到大城市混饭吃去了。有一年春节，我们驻扎在保定附近一个村庄，听说这村里有一个唱花旦的女演员，从保定回来过节，我们曾想把她动员过来，给我们演几段戏。还没有计议好，人家就听到了风声，连夜逃回保定去了。

一九七二年春天，在一种特殊的情况下，我认识了一位演花旦和能反串小生的青年女演员。说是认识，也没有说过多少话。只是在去白洋淀体验生活时，我和她同坐一辆车。这可能是剧团对我们的优待，因为她是这个剧团的主要演员，我是新被任命的顾问，并被人称作首席顾问。虽然当了顾问，比过去当牛鬼蛇神稍微好听了一点，实际处境还是很糟。比如出发的这天早晨，家里有人还对我表示了极端的不尊重，我带着一肚子闷气上了车，我右边座位上就是这位女演员。

我上车来，她几乎没有任何表示，头一直望着窗外。我也没有说话，车就开动了。这是一辆北京牌吉普车，开车的是一位原来演武生，跌伤了腿，改学司机的青年。一路上，车开得很快，我不知道多么快，反正是风驰电掣、腾云驾雾一般。我想：不是改行，他满可以成为一名骆连翔式的“勇猛武生”。如果是现在，我一定要求他开慢一点，但在那个年月，我的经验是处处少开口为妙。另外，经过几年的摔打，什么危险，我也有些不在乎了。

路经保定，车辆到齐，要吃午饭，我提出开到一个好些的饭店门口，我请客。我觉得这是责无旁贷的事，却也没有人对我表示感谢。其实好些的饭店，也不过是卖炒饼，而饼又烙得厚，切得块大，炒得没滋味。饭后每人又喝了一碗所谓木樨汤。

然后又上路，到了新安县，天还早，在招待所休息一下，我们编剧组又一同绕着城墙，散步一番。我不记得当时这位女演员说过什么话。她穿得很普通，不上台，谁也看不出她是个演员来，这也是“文化革命”的结果。

听说，她刚刚休完产假。把孩子放在家里，有些不放心吧。她担任的那个主角，又不好演，唱段、武打很多，很是吃力。她虽然是主角，但她在台上，我看不到过去的花旦、武旦的可爱形象。她那一头短发，一身短袄裤，一顶戴在头上的破军帽，一支身上背的木制盒子枪，一举一动，都使旧有的京剧之美，女角之动人，在我的头脑里破灭了。可惜新的京剧之美，英雄之美，并没有在旧的基础上滋生出来。

在那些时候，我惊魂不定，终日迷迷惘惘，什么也不愿去多想，沉默寡言、应付着过日子。周围的人，安分守己的人，也都是这样过日子。不久，我得了痢疾，她和另外两位女演员，到我的住处看望我，这可能是奉领导之命，还提出要为我洗衣服，我当然不肯，向她们表示了谢意。

我们常常到外村体验生活，都是坐船去。有一次回来时天晚了，烟雾笼罩着水淀，我和这位演员坐在船头上，我穿着单衣，身上有些冷，从书包里取出一件棉背心，套在外面，然后又没精打采地蜷缩在那里。可能是这种奇怪的穿衣法，引起了她的兴致；也可能是想给她身边这位可怜的顾问增添点乐趣，提提精神，驱除寒冷，她忽然用京剧小生的腔调，笑了几声，使整个水淀都震荡，惊起几只水鸟，我才真正地欣赏了她的京剧才能，并感到了她对我的真诚的好意。

那些年月，对于得意或失意的人，成功或失败的人，造反或打倒的人，生者或死者，都算过去了，过去很久了。我也更衰老了，但心里保留了一幅那个年月人与人的关系的图表。因此，这些情景，还记得很清楚。

我十二岁的时候，父亲给我买了一本《京剧大观》，使我对京剧有了一些知识。在我流浪时，从军时，一个人苦闷或悲愤，徘徊或跋涉时，我都喊过几句京戏。在延安窑洞里，我曾请一位经过名师传授的同志去教我唱，因此对她产生了爱慕之情，并终于形成了痛苦的结果。在农村工作时，我常请一些民间乐手为我操琴，其实我唱得并不好。后来终于有机会和这个剧团的内行专家们，共同生活了几个月，虽然时候赶得不好，但也平平安安，相安无事。

今年春天，忽然有一位唱花脸的同志来看我，谈起了这段往事。我送给他一本书，随后又拿了一本，请他送给那位女演员。

昆虫的故事

人的一生，真正的欢乐，在于童年。成年以后的欢乐，则常带有种种限制。例如说：寻欢取乐；强作欢笑；甚至以苦为乐等等。

而童年的欢乐，又在于黄昏。这是因为：一天劳作之后，晚饭未熟之前，孩子们是可以偷一些空闲，尽情玩一会儿的。

时间虽短，其欢乐的程度，是大大超过青年人的人约黄昏后的情景的。

黄昏的欢乐，又多在春天和夏天，又常常和昆虫有关。

一是捉黑老婆虫。

这种昆虫，黑色，有硬壳，但下面又有软翅。当村边的柳树初发芽时，它们不知从何处飞来，群集在柳枝上。儿童们用脚一踢树干，它们就纷纷落地装死。儿童们争先恐后地把它们装入瓶子，拿回家去喂鸡。我们的童年，即使是游戏，也常常和衣食紧密相连。

二是摸爬爬儿。

爬爬儿是蝉的幼虫，黄昏时从地里钻出来，爬到附近的树上，或是篱笆上。第二天清晨，脱去一层黄色的皮，就变成了蝉。

摸蝉的幼虫，有两种方式。一是摸洞，每到黄昏，到场边树下去转悠，看到有新挖开的小洞，用手指往里一探，幼虫的前爪，就会钩住你的手指，随即带了出来。这种洞是有特点的，口很小，呈不规则圆形，边缘很薄。我幼年时，是察看这种洞的能手，几乎百无一失。另一种方式是摸树。这时天渐渐黑了，幼虫已经爬到树上，但还停留在树的下部，用手从树的周围去摸。这种方式，有点碰运气，弄不好，还会碰到别的虫子，例如蝎子，那就很倒霉了。而且这时母亲也就要喊我们回家吃饭了。

捉了蝉的幼虫，回家用盐水泡起来，可以煎着吃。

三是抄老道儿。

我们那里，沙地很多，都是白沙，一望无垠，洁白如雪，人们就种上柳子。柳子地，是我童年的一大乐园。玩累了，坐在沙地上，就会看见有很多小酒盅似的坑儿。里面光滑整洁，无声无息，偶尔有一个蚂蚁或是小飞虫，滑落到里面，很快就没有踪迹了。我们一边嘴里念念有词：“老道儿，老道儿，我给你送肉吃来了。”一边用手往沙地深处猛一抄，小酒盅就到了手掌，沙土从指缝里流落，最后剩一条灰色软体的，形似书鱼而略大的小爬虫在掌心。这种虫子就叫老道儿。它总是倒着走，把它放在沙地上，它迅速地倒退着，不久就又形成一个窝，它也不见了。

它的头部，有两只很硬的钳子。别的小昆虫一掉进它的陷阱，被它拉进土里吃掉，这就叫无声的死亡，或者叫莫名其妙的死亡。

现在想来：道家以清静无为、玄虚冲淡为教旨。导引吐纳、餐风饮露以延年。虫之所为，甚不类矣。何以千古相传，赐此嘉名？岂农民对诡秘之行，有所讽喻乎？

移家天津

一九四九年一月，我随《冀中导报》的人马，进入天津，在新办的《天津日报》工作。很多同志，都有眷属。过了春节，我也想回家去看看。还想像来时一样，骑那辆破自行车。

可是没走出南市，我就退回来了。一是我骑车技术不行，街上人太多，一时出不了城。二是我方向也弄不清，怕走错了路。我到长途汽车站买了一张去河间的票，第二天清晨上车，天黑了才到河间。河间是熟地方，我投宿在新华书店，先去雇了一辆大车。第二天车夫又变了卦，不愿去了。我只好步行到肃宁，那里有一个熟识的纸厂，住了一宿，再坐纸厂去安国的大车，半路下车，走回老家。

这次回家，为了减轻家里的负担，把二女儿带出。先由她舅父用牛车把我们送到安国县，再买长途汽车票。那时的长途汽车，都是破旧的大卡车，卖票又没限制，路上不断抛锚。二女儿因为从小没有跟过我，一路上很规矩，她坐在车边，碰掉一个牙齿，也不敢哭。

到了天津，孩子住在我那间小屋里，我白天上班，她一个人在屋里，闷了就睡觉，有一天真哭了。我带她去投考附近的一所小学，老师随便考试了一下，就录取了。

以后，母亲随一位要去上海的亲戚，来天津一次；大女儿也随她堂叔父从河道坐船来天津一次，都住在我那间小屋里，都是住上十天半月，就又回老家了。

第二年春天，才轮到我的妻子来。我先写了一封信，说是要坐火车，不要坐汽车。结果她还是跟一个来天津的亲戚，到安国上的长途汽车，也是由小孩的舅父套牛车去送。她带着两个孩子，一个会跑，一个还抱着。车上人很挤，她怕把孩子挤坏，车到任邱，她就下车了，也不知道，任邱离天津还有多远。

那个带她们的亲戚，到了天津，也不到我的住处，只是往办公室打了一个电话说：

“你的家眷来了。”

我问在哪里，他才说在任邱什么店里。

我一听就急了，一边听电话，一边请身边的同志，把店名记下来。当即找报社的杨经理去商议。老杨先给了我一叠钞票，然后又派了一辆双套马车，由车夫老张和我去任邱。

我焦急不安。我知道，她从来没出过远门。只是娘家到婆家，婆家到娘家，像拐线子一样，在那只有八里路程的道上，来回走过，身边还有两个小孩子。最使我担心的，是她身上没有多少钱。那时家里已经不名一文，因此，一位邻居，托我给他的孩子在天津买一本小字典，我都要把发票寄给人家，叫人家把钱还给家里用。她这次来得仓促，我也没有寄钱给她们，实在说，我手里也没有多少钱。

不管我多么着急，大车也只能明天出发，不能当晚出发。

第二天，车夫老张又要按部就班地准备，等到开车，已经是上午九点了。在路上打尖时，我迎住了一辆往南开的汽车，请司机带一个字条，到任邱交给店里。后来知道，人家也没照办。

第二天下午三点左右，才到了任邱，找到了那家店房。妻和两个孩子，住在店掌柜的家里。早有人送了信去，都过来了。我要了几碗烩饼，叫她们饱吃一顿。

妻一见我，就埋怨：为什么昨天还不来。我没有说话。她说已经有两顿不敢吃饭了，在街上买了一点棒子面，到野地去捡些树枝，给男孩子煮点粥。

她去和店家的女主人说了说，当晚我也和她们住在一起。

那时老区人和人的关系，还是很朴实的。

第二天一早，告别店主，一家人上车赶路，天晚宿在唐官屯店中，睡在只有一张破席的炕上。荒村野店，也有爱情。

她来时，家里只有一件她自己织的粗布小褂，也穿得半旧了。向邻家借了一件旧阴丹士林褂子，穿在身上。到了天津，我去买了两丈蓝布，她在我屋里缝制了一身新衣。

我每天上班，小屋里住了一家四五口人，不得安静。几口人吃公家的饭，

天晚宿在唐官屯店中，睡在只有一张破席的炕上。荒村野店，也有爱情。

也不合适，住了大约有半月时间，我就叫她回去。先是说跟报社一位同志坐火车走，我把她们送到车站，上车的人太多，太拥挤，怕她带不好孩子，又退票回来了。过了几天，有《河北日报》的汽车回去，她们跟人家的车，先到保定，在那里工作的熟人，照顾她们，给雇了一辆大车，回到家里，正是麦收时候。

又过了半年，报社实行薪金制，我的稿费收入也多些了，才又把她们接出。稍后又把母亲和大女儿接出，托报社老崔同志，买了米面炉灶，算是在天津安了家。

我对故乡的感情很深。虽然从十二岁起，就经常外出，但每次回家，一望见自己家里屋顶上的炊烟，心里就生起一种难以表达难以抑制的幸福感情。我想：我一定老死故乡，不会流寓外地的。但终于离开了，并且终于携家带口地离开了。

父亲的记忆

父亲十六岁到安国县（原先叫祁州）学徒，是招赘在本村的一位姓吴的山西人介绍去的。这家店铺的字号叫永吉昌，东家是安国县北段村张姓。

店铺在城里石牌坊南。门前有一棵空心的老槐树。前院是柜房，后院是作坊——榨油和轧棉花。

我从十二岁到安国上学，就常常吃住在这里。每天掌灯以后，父亲坐在柜房的太师椅上，看着学徒们打算盘。管账的先生念着账本，人们跟着打，十来个算盘同时响，那声音是很整齐很清脆的。打了一通，学徒们报了结数，先生把数字记下来，说：去了。人们扫清算盘，又聚精会神地听着。

在这个时候，父亲总是坐在远离灯光的角落里，默默地抽着旱烟。

我后来听说，父亲也是先熬到先生这一席位，念了十几年账本，然后才当上了掌柜的。

夜晚，父亲睡在库房。那是放钱的地方，我很少进去，偶尔从撩起的门帘缝望进去，里面是很暗的。父亲就在这个地方，睡了二十几年，我是跟学徒们睡在一起的。

父亲是一九三七年，七七事变以后离开这家店铺的，那时兵荒马乱，东家也换了年青一代人，不愿再经营这种传统的老式的买卖，要改营百货。父亲守旧，意见不合，等于是被辞退了。

父亲在那里，整整工作了四十年。每年回一次家，过一个正月十五。先是步行，后来骑驴，再后来是由叔父用牛车接送。我小的时候，常同父亲坐这个牛车。父亲很礼貌，总是在出城以后才上车，路过每个村庄，总是先下来，和

父亲很礼貌，总是在出城以后才上车，路过每个村庄，总是先下来，和街上的人打招呼，人们都称他为孙掌柜。

街上的人打招呼，人们都称他为孙掌柜。

父亲好写字。那时学生意，一是练字，一是练算盘。学徒三年，一般的字就写得很可以了。人家都说父亲的字写得好，连母亲也这样说。他到天津做买卖时，买了一些旧字帖和破对联，拿回家来叫我临摹，父亲也很爱字画，也有一些收藏，都是很平常的作品。

抗战胜利后，我回到家里，看到父亲的身体很衰弱。这些年闹日本，父亲带着一家人，东逃西奔，饭食也跟不上。父亲在店铺中吃惯了，在家过日子，舍不得吃些好的，进入老年，身体就不行了。见我回来了，父亲很高兴。有一天晚上，一家人坐在炕上闲话，我絮絮叨叨地说我在外面受了多少苦，担了多少惊。父亲忽然不高兴起来，说："在家里，也不容易！"

回到自己屋里，妻抱怨说："你应该先说爹这些年不容易！"

那时农村实行合理负担，富裕人家要买公债，又遇上荒年，父亲不愿卖地，地是他的性命所在，不能从他手里卖去分毫。他先是动员家里人卖去首饰、衣服、家具，然后又步行到安国县老东家那里，求讨来一批钱，支持过去。他以为这样做很合理，对我详细地描述了他那时的心情和境遇，我只能默默地听着。

父亲是一九四七年五月去世的。春播时，他去耪耧，出了汗，回来就发烧，一病不起。立增叔到河间，把我叫回来。

我到地委机关，请来一位医生，医术和药物都不好，没有什么效果。

父亲去世以后，我才感到有了家庭负担。我旧的观念很重，想给父亲立个碑，至少安个墓志。我和一位搞美术的同志，到店子头去看了一次石料，还求陈肇同志给撰写了一篇很简短的碑文。不久就土地改革了，一切无从谈起。

父亲对我很慈爱，从来没有打骂过我。到保定上学，是父亲送去的。他很希望我能成才，后来虽然有些失望，也只是存在心里，没有当面斥责过我。在我教书时，父亲对我说：

"你能每年交我一个长工钱，我就满足了。"我连这一点也没有做到。

父亲对给他介绍工作的姓吴的老头，一直很尊敬。那老头后来过得很不如人，每逢我们家做些像样的饭食，父亲总是把他请来，让在正座。老头总是一边吃，一边用山西口音说："我吃太多呀，我吃太多呀！"

唐官屯

虽然我在文章中，常常写到抗日战争和解放战争，实际上我并没有真正打过仗。我是一名文士，不是一名战士。我背过各式各样的小手枪，甚至背过盒子炮，但那都是装饰性的，为了好看。我没有放过一次枪，所以带上这种玩意儿，连自卫防身都说不上，有时还招祸。有一次离开队伍，一个人骑自行车走路，就因为腰里有一把撸子，差一点没被身后的歹人暗算。

所以说，我参加过战争，只是在战争的环境里，生活和工作过。或者说在战争的外围，战争的后方，转悠了那么十多年。

一九四八年初夏，我亲临了一次前线。那是解放战争中，青沧战役的攻取唐官屯战斗。我在抗日胜利后，回到了冀中区。区党委在一次会议中，号召作家们上前线，别人都没应声，我报了名。这并非由于我特别勇敢，或是觉悟比别人高。是因为我脸皮薄，上级一提及作家，我首先沉不住气。

我从河间骑自行车到青县，在一个村庄找到了军部，那里有我在抗日战争时期认识的一位诗人，是军的宣传部长。他又介绍我去找旅部，并把我送出村外，走了很远。他对我说：

“你没有打过仗，到那里又没有熟人，自己要特别注意。打起仗来，别人照顾不了你。”

他说得很恳切真诚，使我一直记得他当时的严肃神情和拳拳之意。

我到了旅部，旅政治部，有我在抗战学院时一个学生。这位学生，曾跟我在一个剧团里拉过胡琴。他向要去参加战斗的宣传科王科长介绍了我，要他在前方关照我。

第二天下午，王科长带着我参加了进攻唐官屯的战士行列。在路上，遇到一位也是来体验生活的同志，据说是茅盾的女婿，我和他一前一后走着。他牺牲在这次战斗里。

战斗开始后，王科长和我在唐官屯附近一个菜园里，菜园里有一间土屋，架有指挥部的电话。当战斗进行了十几分钟的时候，王科长带我去过河。河对岸的敌人碉堡，已经被摧毁。我不知道，战士们怎样过的河，很可能是涉水过去的。

我们却要在河边等待撑过来的一只大笸箩。我看到河边有几具战士的尸体，被帆布掩盖起来。这时有一发炮弹落到河边，我在沙地上翻滚了几下，然后上到笸箩里，到了对岸。

到了对岸，天已经黑下来，王科长带我进了街。街的那一头还在战斗，他把我安置在一家店铺，就到前面做他的工作去了。

我一个人在店铺黑洞洞的屋里，整整坐了一夜，听着稀稀拉拉的枪炮声。黎明时，王科长才回来，他告诉我已经开仓济贫，叫我去看看市民们领取粮食的场面。

不到中午，这次战争就算胜利结束了，我们来时过的那条河上，已经搭起了浮桥，我从上面走了回来。

在这次战斗中，我没有得到什么战利品，反倒丢失了一条皮带，还有原来挂在皮带上的一只小洋瓷碗，和一件毛背心。毛背心是用我年幼时一条大围巾，请一位女同志改织而成。这可能是遇到炮击时，我滚爬时失落的，也可能是丢在那家店铺里了。

直到现在，我还常常想起那位王科长。他高高的个儿，瘦瘦的脸上，流露着沉着机敏的神情。对我的负责照料，那就更不用说了。

关于这次到前线，我只是写了一篇简短的报导。

当然，没有打过仗的人，也可以把战争写得很生动很热闹，就像舞台上的武打一样，虽然绝对不是古代战争的真相，却能按照程式演得火炽非常。但我从来不敢吹牛，我在这方面有多少感受。因为我太缺乏战斗经验了。

两年以后，当我搬家来天津的时候，一天夜晚，全家人宿在唐官屯村头一家破败的大车店里。我又见到了那条河，想起了那用大帆布蒙盖着的战士尸体。但天色已经很暗，远处的景物，就都看不清楚了。说实在的，那时我正在为一家七口人的生活、衣食操劳焦心，再没有心情去详细回忆既往，观察目前。我甚至没有兴致向家人提说，过去我曾经跟着军队，在这里打过仗，差一点没有炸死在河边上。第二天黎明，就又登程赶路了。

病期经历

红十字医院

一九五六年秋天，我的病显得很重，就像一个突然撒了气的皮球一样，人一点精神也没有了，天地的颜色，在我的眼里也变暗了，感到自己就要死亡，悲观得很。其实这是长期失眠，神经衰弱到了极点的表现。家里人和同事们，都为我的身体担心，也都觉得我活不长了。康濯同志来天津看我，就很伤感地说："我给你编个集子，还要写一篇长一些的后记。唉，恐怕你是看不到了。"

在天津的医院，胡乱看了几个月，中药西药吃得也不少，并不见效。那时王亢之同志管文教，介绍的都是天津的名医。

为了静养，又从家里搬到睦南道招待所，住了几个月，也不见效。

到了第二年春天，我被送进了北京红十字医院。这是一家新建的医院，设备很好，还有宽敞的庭院。经郭春原同志介绍，在该院任总务处长的董廷璧同志给我办了住院手续。董同志是蠡县人，为人慷慨热情，他的很多同乡，包括郭春原同志，都是我的朋友，所以对我照顾得很周到。

我住在楼上靠边的一间单人病房里，有洗澡间。室内的陈设很讲究，光线很充足，周围很安静。吃饭时，有护士端来，饭菜很好。护士坐在一边，看着我吃，一边不断地称赞铜蒸锅里的菜，做得如何好，叫我多吃些。

可惜我那时什么也吃不下。护士长还指着那些护士对我说："喜欢谁，就叫谁陪你玩玩。"可惜我什么也不想玩。

每天晚上，叫我做松节油浴，白天有时还带我到大理疗室做水疗。

医院的护士，都是新从苏杭一带招来的南方姑娘。都穿着丝绸白衣，戴着有披肩的护士帽，走起路来，轻盈敏捷，真像天使一般。每天晚上我睡下后，床头柜上有一盏蓝色灯光的小灯，灯光照在白色的墙壁上和下垂的窗帘上，像是一种梦境。然而，我只能在吃过烈性的安眠药以后才得入睡。护士照顾我服药以后，还站在床边，给我做按摩，听着我呼吸匀称了，才轻轻地离去。其实，我常常并没有入睡。

医院为我想尽了办法，又叫我去做体疗。每个病人拿一根金箍棒似的棍子，在手里摆动着，大家环成一个圈，走一阵就完事。我觉得有些好笑，如果我早些时候知道要棍儿，我可能就不会得这种病了。现在要得晚了些。

应该补叙，在这一时期，北京所有的朋友，也都为我帮忙。中央宣传部的秘书长李之琏同志，北京市委的张青季同志，是我中学时的同学，抗日时期的战友，也都是蠡县人。他们为我请来北京市的名医会诊。丁玲同志那时处境已经不大好，叫葛文同志带信来看我，说是不是请湖南医学院的一位李大夫来给我看病。后来，这位大夫终于到了我的病房。他主要是给我讲解，例如神经系统怎样容易得病呀，应该如何医治呀，第一信号、第二信号呀。他讲话声音很高，有时脸涨得通红。他是哲学家、经济学家李达教授的儿子。

他给我讲了两三次，然后叫我吃一种药。据说是一种兴奋药，外国学生考试时常吃的。我吃过以后，觉得精神好了一些。后来医院认为这种病不宜长期住在医院，我就到小汤山疗养院去了。

我从来没住过医院，没有住过这样好的房间，没有吃过这样好的饭食。这次住进了这样高级的医院，还有这么多的人关心和服侍。在我病好以后，我常常想，这也是我跟着革命队伍跑了几年的结果，同志们给了我优惠的待遇；那时人和人的关系，也深深刻印在我的记忆中了。

小汤山

我从北京红十字医院出来，就到北京附近的小汤山疗养院去。报社派了一位原来在传达室工作的老同志来照顾我。

他去租了一辆车，在后座放上了他那一捆比牛腰还要粗得多的行李，余下的地方让我坐。老同志是个光棍汉，我想他把全部家当都随身带来了。出了城，车在两旁都是高粱地的狭窄不平的公路上行驶。现在是七月份，天气干燥闷热，路上也很少行人车辆。不久却遇上一辆迎面而来的拉着一具棺材的马车，有一群苍蝇追逐着前进，使我一路心情不佳，我的神经衰弱还没有完全好。

小汤山属昌平县，是京畿的名胜之一，有一处温泉，泉水形成了一个不小的湖泊，周围还有小河石桥等等景致。在湖的西边有一块像一座小平房的黑色巨石，人们可以上到顶上眺望。

湖旁有一些残碣断石，可以认出这里原是晚清民初什么阔人的别墅。解放以后，盖成一座规模很不小的疗养院。

我能来这里疗养，也是那位小时的同学李之琏同志给办的，他认识一位卫生部的负责人，正在这里休养和管事。疗养院是一排两层的楼房，头起有两处高级房间，带有会客室和温泉浴室。我竟然住进了楼上的一间。这也是我一生中难得的幸遇，所以特别在这里记一笔。

在小汤山，我学会了钓鱼和划船。每天从早到晚，呼吸从西北高山上吹来的，掠过湖面，就变成一种潮湿的、带有硫黄气味的新鲜空气。钓鱼的技术虽然不高，也偶然能从水面上钓起一条大鲢鱼，或从水底钓起一条大鲫鱼。

划船的技术也不高，姿态更不好，但在这个湖里划船，不会有什么风浪的危险，可以随心所欲，而且有穿过桥洞、绕过山脚的种种乐趣。温泉湖里的草，长得特别翠绿柔嫩，它们在水边水底摇曳，多情和妩媚，诱惑人的力量，在我现在的心目中，甚于西施贵妃。

我的病渐渐好起来了。证明之一，是我开始又有了对人的怀念、追思和恋慕之情。我托城里的葛文同志，给在医院细心照顾过我的一位护士，送一份礼物，她就要结婚了。证明之二，是我又想看书了。我在疗养院附近的小书店，买了新出版的《拍案惊奇》和《唐才子传》，又郑重地保存起来，甚至因为不愿意那位老同志拿去乱翻，惹得他不高兴。

这位老同志原来是赶大车的，我们傍晚坐在小山上，他给我讲过不少车夫进店的故事。我们还到疗养院附近的野地里去玩，那里有不少称之为公主坟的地方。

从公主坟地里游玩回来，我有时看看《聊斋志异》。这件事叫疗养院的医生知道了，对那位老同志说：

“你告他不要看那种书，也不要带他到荒坟野寺里去转悠！”

其实，神经衰弱是人间世界的疾病，不是狐鬼世界的疾病。

我的房间里，有引来的温泉水。有时朋友们来看我，我都请他们洗个澡。慷国家之慨，算是对他们的热情招待。女同志当然是不很方便的。但也有一位女同志，主动提出要洗个澡，使我这习惯男女授受不亲的人，大为惊异。

已经是十一月份了，天气渐渐冷了，湖里的水草，也不再像过去那样翠绿。清晨黄昏，一层蒸汽样的浓雾，罩在湖面上，我们也很少上到小山顶上去闲谈了。在医院时，我不看报，也不听广播，这里的广播喇叭，声音很大，走到湖边就可以听到，正在大张旗鼓地批判右派。有一天，我听到了丁玲同志的名字。

过了阳历年，我决定从小汤山转到青岛去。在北京住了一晚，李之琏同志来看望了我。他虽然还是坐了一辆小车来，也没有和我谈论什么时事，但我看出他的心情很沉重。不久，就听说他也牵连在所谓右派的案件中了。

青 岛

关于青岛，关于它的美丽，它的历史，它的现状，已经有很多文章写过了。关于海、海滨、贝壳，那写过的就更多，可以说是每天都可以从报刊见到。

我生在河北省中部的平原上，是一个常年干旱的地方，见到的是河水、井水、雨后积水，很少见到大面积的水，除非是滹沱河洪水暴发，但那是灾难，不是风景。后来到白洋淀地区教书，对这样浩渺的水泊，已经叹为观止。我从来也没有想过到青岛这类名胜之地，去避暑观海。认为这种地方，不是我这样的人可以去得的，去了也无法生存。

从小汤山，到青岛，是报社派小何送我去的。时间好像是一九五八年一月。

青岛的疗养院，地处名胜，真是名不虚传。在这里，我遇到了各界的一些知名人士，有哲学教授，历史学家，早期的政治活动家，文化局长，市委书记，都是老干部，当然有男有女。

这些人来住疗养院，多数并没有什么大病，有的却多少带有一点政治上的不如意。反右斗争已经进入高潮，有些新来的人，还带着这方面的苦恼。

一个市的文化局长，我们原来见过一面，我到那个市去游览时，他为我介绍过宿地。是个精明能干的人，现在得了病，竟不认识我了。他精神沉郁，烦躁不安。他结婚不久的爱人，是个漂亮的东北姑娘，每天穿着耀眼的红毛衣，陪着他，并肩坐在临海向阳的大岩石上。从背后望去，这位身穿高干服装的人，该是多么幸福，多么愉快。但他终日一句话也不说，谁去看他，他就瞪着眼睛问：

"你说，我是右派吗？"

别人不好回答，只好应酬两句离去。只有医生，是离不开的，是回避不了的。这是一位质朴而诚实的大夫，有一天，他抱着甘冒天下之大不韪的决心，对病人说：

“你不是右派，你是左派。”

病人当时脸上露出了一丝笑容，但这一保证，并没有能把他的病治好。右派问题越来越提得严重，他的病情也越来越严重。不久，在海边上就再也见不到他和他那穿红毛衣的夫人了。

我邻居的哲学教授，带来一台大型留声机，每天在病房里放贝多芬的唱片。他热情地把全楼的病友约来，一同欣赏。

但谁也不能去摸他那台留声机。留声机的盖子上，贴有他撰写的一张注意事项，每句话的后面，都用了一个大惊叹号，他写文章，也是以多用惊叹号著称的。

我对西洋音乐，一窍不通，每天应约听贝多芬，简直是一种苦恼。不久，教授回北京去，才免除了这个负担。

在疗养院，遇到我的一个女学生。她已进入中年，穿一件黑大衣，围一条黑色大围巾，像外国的贵妇人一样。她好到公园去看猴子，有一次拉我去，带了水果食物，站在草丛里，一看就是一上午。她对我说，她十七岁出来抗日，她的父亲，在土地改革时死亡。她没有思想准备，她想不通，她得了病。但这些话，只能向老师说，不能向别人说。

到了夏季，是疗养地的热闹时期，家属们来探望病人的也多了。我的老伴也带着小儿女来看我，见我确是比以前好多了，她很高兴。

每天上午，我跟着人们下海游泳，也学会了几招，但不敢到深处去。有一天，一位少年倜傥的“九级工程师”，和我一起游。他慢慢把我引到深水，我却差一点没喝了水，赶紧退了回来。这位工程师，在病人中间，资历最浅最年轻，每逢舞会，总是先下场，个人独舞，招徕女伴大众围观，扬扬自得。

这是病区，这是不健康的地方。有各种各样的人，各种各样的病。在这里，会养的人，可以把病养好，不会养的人，也可能把病养坏。这只是大天地里的一处小天地，却反映着大天地脉搏的一些波动。

疗养院的干部、医生、护理人员，都是山东人，很朴实，对病人热情，照顾得也很周到。我初来时，病情比较明显，老伴来了，都是住招待所。后来看我好多了，疗养院的人员都很高兴。冬天，我的老伴来看我，他们就搬来一张床，让我们夫妻同处，还叫老伴跟我一同吃饭。于是我的老伴，大开洋荤，并学会了一些烹饪技艺。她对我说：我算知道高汤是怎么个做法了，就是清汤上面再放几片菜叶。

护士和护理员，也都是从农村来的，农村姑娘一到大城市，特别是进了疗养院这种地方，接触到的，吃到的，看到的，都是新鲜东西。

疗养人员，没有重病，都是能出出进进，走走跳跳，说说笑笑的。疗养生活，说起来虽然好听，实际上很单调，也很无聊。他们每天除去打针散步，就是和这些女孩子打交道。

日子久了，也就有了感情。在这种情况下，两方面的感情都是容易付出的，也容易接受的。

我在这个地方，住了一年多。因为住的时间长了，在住房和其他生活方面，疗养院都给我一些方便。春夏两季，我差不多是自己住着一所小别墅。

小院里花草齐全，因为人烟稀少，有一只受伤的小鸟，落到院里。它每天在草丛里用一只腿跳着走，找食物，直到恢复了健康，才飞走了。

其实草丛里也不是太平的。秋天，一个病号搬来和我同住，他在小院散步时，发见一条花蛇正在吞食一只癞蛤蟆。他站在那里观赏两个小时，那条蛇才完全吞下了它的猎物。他对我说：有趣极了！并招呼我去看看，我没有去。

我正在怀疑，我那只小鸟，究竟是把伤养好，安全飞走了呢；还是遇到了蛇一类的东西，把它吞掉了？

我不会下棋、打扑克，也不像别人手巧，能把捡来的小贝壳，编织成什么工艺品，或是去照相。又不好和人闲谈，房间里也没有多少书。最初，就去海边捡些石头，后来石头也不愿捡了，只是在海边散步。晴天也去，雨天也去，甚至夜晚也去。夜晚，走在海岸上听海涛声，很雄壮也很恐怖。身与海浪咫尺之隔，稍一失足，就会掉下去。等到别人知道了，早已不知漂到何处。想到这里，夜晚也就很少出来了。

在这一年冬季，来了一位护理员，她有二十来岁，个子不高，梳两条小辫。长得也不俊，面孔却白皙，眼神和说话，都给人以妩媚，叫人喜欢。她正在烧锅炉，夜里又要去炼钢铁，还没有穿棉衣。慢慢熟识了，她送给我一副鞋垫。说是她母亲绣的，给她捎了几副来，叫她送给要好的“首长们”。

鞋垫用蓝色线绣成一株牡丹花，很精致，我收下了。我觉得这是一份情意，农村姑娘的情意，像过去在家乡时一样的情意。我把这份情意看得很重。我见她还没穿棉袄，就给她一些钱，叫她去买些布和棉花做一件棉袄，她也收下了。

这位姑娘，平日看来腼腼腆腆，总是低着头，遇到一定场合，真是嘴也来得，手也来得。后来调到人民大会堂去做服务员，在北京我见到她。她出入大会堂，还参加国宴的招待工作，她给我表演过给贵宾斟酒的姿势。还到中南海参加过舞会，真是见过大世面了。女孩子的青春，无价之宝，遇到机会，真是可以飞上天的。

这是云烟往事，是病期故事。是萍水相逢。萍水相逢，就是当水停滞的时候，萍也需要水，水也离不开萍。水一流动，一切就成为过去了。

我很寂寞。我有时去逛青岛的中山公园。公园很大，很幽静，几乎看不到什么游人。因为本地人，到处可以看到自然景物，用不着花钱来逛公园；外地人到青岛，主要是看海，不会来逛各地都有的公园的。但是，青岛的公园，对我来说，实在可爱。主要是人少，就像走入幽林静谷一样，不像别处的公园，像赶集上庙一样。公园里有很大的花房，桂花、茶花、枇杷果，在青岛都能长得很好，在天津就很难养活。公园还有一个鹿苑，我常常坐在长椅上看小鹿。

我有机会去逛了一次崂山。那时还没有通崂山的公共汽车，去一趟很不容易。夏天，刘仙洲教授来休养，想逛崂山，疗养院派了一辆吉普车，把我也捎上。刘先生是我上过的保定育德中学的董事，当时他的大幅照片，悬挂在校长室的墙壁上，看起来非常庄严，学生们都肃然起敬。现在看来，并不显老，走路比我还快。

车在崂山顶上行驶时，真使人提心吊胆。从左边车窗可以看到，万丈峭壁，下临大海，空中弥漫着大雾，更使人不测其深危。我想，司机稍一失手，车就会翻下去。还有几处险道，车子慢慢移动，车上的人，就越发害怕。

好在司机是有经验的。平安无事。我们游了崂山。

我年轻时爬山爬得太多了，后来对爬山没有兴趣，崂山却不同。印象最深的，是那两棵大白果树，真是壮观。看了蒲松龄描写过的地方，牡丹是重新种过的，耐冬也是。这篇小说，原是我最爱读的，现在身临其境，他所写的环境，变化并不太大。

中午，我们在面对南海的那座有名的寺里，吃午饭。饭是疗养院带来的面包、茶鸡蛋、酱肝之类，喝的也是带来的开水。把食物放在大石头上，大家围着，一边吃，一边闲话。

刘仙洲先生和我谈了关于育德中学老校长郝仲青先生的晚年。

一九五九年，过了春节，我离开青岛转到太湖去。报社派张翔同志来给我办转院手续。他给我买来一包点心，说是在路上吃。我想路上还愁没饭吃，要点心干什么，我把点心送给了那位护理员。她正在感冒，自己住在一座空楼里。临别的那天晚上，她还陪我到海边去转了转，并上到冷冷清清的观海小亭上。她对我说：

“人家都是在夏天晚上来这里玩，我们却在冬天。”

亭子上风很大，我催她赶紧下来了。

我把带着不方便的东西，赠给疗养院的崔医生。其中有两只龙凤洞箫，一块石砚，据说是什么美人的画眉砚。

半夜，疗养院的同志们，把我送上开往济南的火车。

太　湖

从青岛到无锡，要在济南换车，张翔同志送我。在济南下车后，我们到大众日报的招待所去休息。在街头，我看见凡是饭铺门前，都排着很长的队，人们无声无息地站在那里，表情都是冷漠的，无可奈何的。我问张翔：

“那是买什么?”

“买菜团子。”张翔笑着，并抱怨说，“你既然看见了，我也就不再瞒你。我事先给你买了一盒点心，你却拿去送了人。”

中午，张翔到报社，弄来一把挂面，给我煮了煮，他自己到街上，吃了点什么。

疗养院是世外桃源，有些事，因为我是病人，也没人对我细说，在青岛，我只是看到了一点点。比如说，打麻雀是听见看见了，落到大海里或是落到海滩上的，都是美丽嫩小的黄雀。这种鸟，在天津，要花一元钱才能买到一只，放在笼里养着，现在一片一片地摔死了。大炼钢铁，看到医生们把我住的楼顶上的大水箱，拆卸了下来，去交任务。可是，度荒年，疗养院也还能吃到猪杂碎。

半夜里，我们上了开往无锡的火车，我买的软卧。

当服务员把我带进车室的时候，对面一边的上下铺，已经有人睡下了，我在这一边的下铺，安排我的行李。

对面下铺，睡的是个外国男人，上面是个中国女人。

外国人有五十来岁，女人也有四十来岁了，脸上擦着粉，并戴着金耳环。

我向来动作很慢，很久，我才关灯睡下了。

对面的灯开了。女人要下来，她先把脚垂下，轻轻点着男人的肚子。我闭上了眼睛。

女人好像是去厕所，回来又是把男人作为阶梯，上去了。

我很奇怪，这个男人的肚子，为什么有这么大的负荷力和弹性。

男人用英语说：

“他没有睡着!”

天亮了，那位女人和我谈了几句话，从话中我知道男的是记者，要到上海工作。她是机关派来做翻译的。

男人又在给倚在铺上的女人上眼药。不知为什么，我对这两位同车的人很厌恶，我发见列车上的服务员，对他们也很厌恶。

离无锡还很远，我就到车廊里坐着去了。后来张翔告诉我，那女人曾问他，我会不会英语，我虽然用了八年寒窗，学习英语，到现在差不多已经忘光了。

张翔把我安排在太湖疗养院，又去上海办了一些事，回来和我告别。我们坐在太湖边上。不知为什么，我忽然感到特别的空虚和难以忍受的孤独。

最初，我在附近的山头转，在松树林里捡些蘑菇，有时也到湖边钓鱼。太湖可以说是移到内地的大海。水面虽然大，鱼却不好钓。有时我就坐在湖边一块大平石上，把腿盘起来，闭着眼睛听太湖的波浪声。

我的心安静不下来，烦乱得很。我总是思念青岛，我在那里，住的时间太长了，熟人也多。在那里我虽然也感到过寂寞，但还没有像现在这样可怕。

我非常思念那位女孩子。虽然我知道，这并谈不上什么爱情。对我来说，人在青春，才能有爱情，中年以后，有的只是情欲。对那位女孩子来说，也不会是什么爱情。在我们分别的时候，她只是说：

“到了南方，给我买一件丝绸衬衫寄来吧。”

这当然也是一种情意，但可以从好的方面去解释，也可以从不大好的方面去解释。

蛛网淡如烟，蚊蚋赴之；灯光小如豆，飞蛾投之。这可以说是不知或不察。对于我来说，这样的年纪，陷入这样的情欲之网，应该及时觉悟和解脱。我把她送我的一张半身照片，还有她给我的一幅手帕，从口袋里掏出来，捡了一块石头，包裹在一起，站在岩石上，用力向太湖的深处抛去。以为这样一来，就可以把所有的烦恼，所有的苦闷，所有的思念纠缠和忏悔的痛苦，统统扔了出去。情意的线，却不是那么好一刀两断的。夜里决定了的事，白天可能又起变化。断了的蛛丝，遇到什么风，可能又吹在一起，衔接上了。

在太湖遇到一位同乡，他也是从青岛转来的，在铁路上做政治工作多年。我和他说了在火车上的见闻。他只是笑了笑，没有回答。他可能笑我又是书呆子，少见多怪。这位同乡，看过我写的小说，他有五个字的评语：“不会写恋爱。”这和另一位同志的评语“不会写战争”正好成为一副对联。

在太湖，几乎没有什么可记的事。院方组织我们去游过蠡园、善卷洞。我自己去过三次梅园，无数次鼋头渚。有时花几毛钱雇一只小船，在湖里胡乱转。撑船的都是中年妇女。

鞋的故事

我幼小时穿的鞋，是母亲做。上小学时，是叔母做，叔母的针线活好，做的鞋我爱穿。结婚以后，当然是爱人做，她的针线也是很好的。自从我到大城市读书，觉得家做鞋土气，就开始买鞋穿了。时间也不长，从抗日战争起，我就又穿农村妇女们做的“军鞋”了。

现在老了，买的鞋总觉得穿着别扭。想弄一双家做鞋，住在这个大城市，离老家又远，没有办法。

在我这里帮忙做饭的柳嫂，是会做针线的，但她里里外外很忙，不好求她。有一年，她的小妹妹从老家来了。听说是要结婚，到这里置办陪送。连买带做，在姐姐家很住了一程子。有时闲下来，柳嫂和我说了不少这个小妹妹的故事。她家很穷苦。她这个小妹妹叫小书绫，因为她最小。在家时，姐姐带小妹妹去浇地，一浇浇到天黑。地里有一座坟，坟头上有很大的狐狸洞，棺木的一端露在外面，白天看着都害怕。天一黑，小书绫就紧抓着姐姐的后衣襟，姐姐走一步，她就跟一步，闹着回家。弄得姐姐没法干活儿。

现在大了，小书绫却很有心计。婆家是自己找的，订婚以前，她还亲自到婆家私访一次。订婚以后，她除拼命织席以外，还到山沟里去教人家织席。吃带沙子的饭，一个月也不过挣二十元。

我听了以后，很受感动。我有大半辈子在农村度过，对农村女孩子的勤快劳动，质朴聪明，有很深的印象，对她们有一种特殊的感情。可惜进城以后，失去了和她们接触的机会。城市姑娘，虽然漂亮，我对她们终是格格不入。

柳嫂在我这里帮忙，时间很长了。用人就要做人情。我说：“你妹妹结婚，我想送她一些礼物。请你把这点钱带给她，看她还缺什么，叫她自己去买吧！”

柳嫂客气了几句，接受了我的馈赠。过了一个月，妹妹的嫁妆操办好了，在回去的前一天，柳嫂把她带了来。

这女孩子身材长得很匀称，像农村的多数女孩子一样，她的额头上，过早地有了几条不太明显的皱纹。她脸面清秀，嘴唇稍厚一些，嘴角上总是带有一点微笑。她看人时，好斜视，却使人感到有一种深情。

我对她表示欢迎，并叫柳嫂去买一些菜，招待她吃饭，柳嫂又客气了几句，把稀饭煮上以后，还是提起篮子出去了。

小书绫坐在炉子旁边，平日她姐姐坐的那个位置上，看着煮稀饭的锅。我坐在旁边的椅子上。

“你给了我那么多钱。”她安定下来以后，慢慢地说，“我又帮不了你什么忙。”

“怎么帮不了？”我笑着说，“以后我走到那里，你能不给我做顿饭吃？”

“我给你做什么吃呀？”女孩子斜视了我一眼。

“你可以给我做一碗面条。”我说。

我看出，女孩子已经把她的一部分嫁妆穿在身上。她低头撩了撩衣襟说：

“我把你给的钱，买了一件这样的衣服。我也不会说，我怎么谢承你呢？”

我没有看准她究竟买了一件什么衣服，因为那是一件内衣。我忽然想起鞋的事，就半开玩笑地说：“你能不能给我做一双便鞋呢？”

这时她姐姐买菜回来了。她没有说行，也没有说不行，只是很注意地看了看我伸出的脚。

我又把求她做鞋的话，对她姐姐说了一遍。柳嫂也半开玩笑地说：

“我说哩，你的钱可不能白花呀！”

告别的时候，她的姐姐帮她穿好大衣，箍好围巾，理好鬓发。在灯光之下，这女孩子显得非常漂亮，完全像一个新娘，给我留下了容光照人，不可逼视的印象。

这时女孩子突然问她姐姐：“我能向他要一张照片吗？”我高兴地找了一张放大的近照送给他。

过春节时，柳嫂回了一趟老家，带回来妹妹给我做的鞋。

她一边打开包，一边说：

“活儿做得精致极了，下了功夫哩。你快穿穿试试。”

我喜出望外，可惜鞋做得太小了。我懊悔地说：

“我短了一句话，告诉她往大里做就好了。我当时有一搭没一搭，没想她真

这时她姐姐买菜回来了。她没有说行，也没有说不行，只是很注意地看了看我伸出的脚。

给做了。”

“我拿到街上，叫人家给拍打拍打，也许可以穿。”柳嫂说。

拍打以后，勉强能穿了。谁知穿了不到两天，一个大脚趾就瘀了血。我还不死心，又当拖鞋穿了一夏天。

我很珍重这双鞋。我知道，自古以来，女孩子做一双鞋送人，是很重的情意。

我还是没有合适的鞋穿。这二年柳嫂不断听到小书绫的消息：她结了婚，生了一个孩子，还是拼命织席，准备盖新房。柳嫂说：

“要不，就再叫小书绫给你做一双，这次告诉她做大些就是了。”

我说：“人家有孩子，很忙，不要再去麻烦了。”

柳嫂为人慷慨，好大喜功，终于买了鞋面，写了信，寄去了。

现在又到了冬天，我的屋里又生起了炉子。柳嫂的母亲从老家来，带来了小书绫给我做的第二双鞋，穿着很松快，我很满意。柳嫂有些不满地说：“这活儿做得太粗了，远不如上一次。”我想：小书绫上次给我做鞋，是感激之情。这次是情面之情。做了来就很不容易了。我默默地把鞋收好，放到柜子里，和第一双放在一起。

柳嫂又说：“小书绫过日子心胜，她男人整天出去贩卖东西。听我母亲说，这双鞋还是她站在院子里，一边看着孩子，一针一线给你做成的哩。眼前，就是农村，也没有人再穿家做鞋了，材料、针线都不好找了。”

她说的都是真情。我们这一代人死了以后，这种鞋就不存在了，长期走过的那条饥饿贫穷、艰难险阻、山穷水尽的道路，也就消失了。农民的生活变得富裕起来，小书绫未来的日子，一定是甜蜜美满的。

那里的大自然风光，女孩子们的纯朴美丽的素质，也许是永存的吧。

钢笔的故事

我在小学时，写字都是用毛笔。上初中时，开始用蘸水钢笔尖。到高中时，阔气一点的同学，已经有不少人用自来水笔，是从美国进口的一种黑杆自来水笔，买一支要五元大洋。我的家境不行，但年轻时，也好赶时髦。我有一个同班同学，叫张砚方，他的父亲是个军官，张砚方写得一手好魏碑字，这时已改用自来水笔，钢笔字还带有郑文公的风韵。他慷慨地借给了我五元钱，使我顺利地进入了使用自来水笔的行列。钢笔借款，使我心里很不安，又不敢向家里去要，直到张砚方大学毕业时，不愿写毕业论文，把我写的一篇《同路人文学论》拿去交卷，我才轻松了下来。其实我那篇文章，即使投稿，也不会中选，更不用说得什么评论奖了。

这支钢笔，作为宝贵财产，在抗日战争时期，家里人把它埋藏在草屋里。我已经离开家乡到山里去了。我家喂着一头老黄牛，有一天长工清扫牛槽时，发见了这支钢笔。因为是塑料制造，不是味道，老牛咀嚼很久，还是把它吐了出来。

在山里，我又用起钢笔尖，用秫秸做笔杆。那时就是钢笔尖，也很难买到，都是经过小贩，从敌占区弄来的。有一次，我从一个同志的桌上，拿了一个新钢笔尖用，惹得这个同志很不高兴。

就是用这种钢笔，在山区，我还是写了不少文章，原始工具，并不妨碍文思。

抗日战争胜利，我回到了冀中。先是杨循同志送我一支自来水笔，后来，邓康同志又送我一支。我把老杨送我的一支，送给了老秦。

不久，实行土改，我的家是富农，财产被平分。家里只有老母、弱妻和几个小孩子，没有劳力，生活很困难。我先是用自行车带着大女孩子下乡，住在老乡家里，女孩子跟老太太们一块纺线，有时还同孩子们到地里拾些花生、庄稼。后来，政策越来越严格，小孩子不能再吃公粮，我只好把她送回家去。因家庭成分不好，我有多半年不能回家。有一次回家，看见大女孩子，一个人站在屋后的深水里割高粱，我只好放下车子，挽起裤子，帮她去干活。

回到家里，一家人都在为今后的生活发愁。我告诉他们，周而复同志给我编了一本集子，在香港出版，托周扬同志给我带来了几十元稿费。现在我不能带钱回家，我已经托房东，粜了三斗小米，以后政策缓和了，可以运回来。这一番话，并不能解除家人的忧虑。妻说，三斗小米，够吃几天，哪里是长远之计？

我又说，我身上还有一支钢笔，这支钢笔是外国货，可以卖些钱，你们做个小本买卖，比如说卖豆菜，还可以维持一段时间。家人未加可否。

这都是杞人之忧，解放战争进行得出人意外地顺利，不久我就随军进入天津，忧虑也随之云消雾散。

进城以后，我买了一支大金星钢笔，笔杆很粗，很好用，用了很多年，写了不少字。稿费多了，有人劝我买一支美国派克笔。我这人经不起人劝说，就托机关的一位买办同志，去买了一支，也忘记花了多少钱。“文化大革命”，这是一条。群众批判说：国产钢笔就不能写字？为什么要用外国笔？我觉得说得也是，就检讨说：文章写得好不好，确实不在用什么笔。群众说检讨得不错。

其实，这支钢笔，我一直没有用过。我这个人小气，不大方，有什么好东西，总是放着，舍不得用。抄家时抄去了，后来又发还了，还是锁在柜子里。此生此世，我恐怕不会用它了。现在，机关每年要发一支钢笔，我的笔筒里已经存放着好几支了。

有一次回家，看见大女孩子，一个人站在屋后的深水里割高粱，我只好放下车子，挽起裤子，帮她去干活。

老　屋

今天上午，老樊同志来看我。他是初进城时，《天津日报》的经理。工人出身，为人热情爽朗，对知识分子，能一见如故。我们并非来自一个山头，我从冀中来，他从冀东来，不久他就到湖南去了，相处的时间并不长，但他给我留下了很好的印象。每次他来天津，总是来看望我。记得地震那年，他来了，仓促间，我请他吃了一碗小米粥，算是请了他的客。今天提到这件老事，还同声大笑起来。

我送给他一本新出的书，他很高兴。这也是我的一点世故；工人出身的同志，最看重知识分子送给他书。

我说："我们一块进城的同志，有的死了，有的病了。当然，就目前说，活着的还是比死去的数目大。不过，好像轮到我们这一拨了，我一见那印着黑体字的大白信皮，就害怕。所以送你一本书。留个纪念。"

他说："这比什么纪念都好。也因为这个原因，所以我每次来，一定看望你。"

我说："进城时，我们同在这个院里住，你是管分配房屋的。那时同住的人，现在就剩我一个了。别的人，都搬走了，有的是老人搬走，把房子留给孩子们。现在户主，都是第二代，院里跑的，都是第三代。院子外观有很大的变化，内观也有很大的变化。唯独我这里，还是抱残守缺，不改旧观。不过人老了，屋子也老了。"

老樊笑着说："不错，不错。听说你身体比过去好了，文章比过去写得也多了。"

我说："我知道你是个乐天派，从来不发愁。我管保你能长寿，这从你的眼里就能看出来。"

送走老樊，我环顾了一下这座老屋，却没有什么新的感想，近几年，关于这个大院，我已经不只一次在文章里描写过了。

小 贩

我在农村长大，没见过大杂院。后来在保定，到一个朋友家里，见到几户人家，同时在院子里生炉子做饭，乱哄哄的，才有了大杂院的印象。

我现在住的大杂院，有三十几户人家，一百多口人，其大其杂，和没有秩序，是可以想象的。每天还川流不息地有小贩进来，吆喝、转悠、窥探。不知别人怎样，我对这些人的印象，是不怎么好的。他们肆无忌惮，声音刺耳，心不在焉，走家串户，登堂入室。卖破烂的还好，在院里高声喊叫几声，游行一周，看看没有什么可图，就出去了。卖鸡蛋、大米、香油的，则常常探头探脑地到门口来问。最使人感到不安的，是卖菜刀的。青年人，长头发，短打扮，破书包里装着几把，手里拿着一把，不声不响地走进屋来，把手里的菜刀，向你眼前一亮：

"大爷来把刀吧！"

真把人冷不防吓一跳。并且软硬兼施，使孤身的老年人，不知如何应付，觉得最好的办法，还是言无二价地买他一把。

因为站在面前的，好像不是卖刀的杨志，倒是那个买刀的牛二。

虽然有人在大门上，用大字写上了"严禁小贩入内"。在目前这个情况下，也只能是：有禁不止。

据说，这些小贩，在经济基础上，还有许多区分：有全民的，有集体的，有个体的。总之，不管属于哪一类，我一听到他们的吆喝声，就进户关门。我老了，不想买什么，也不想卖什么，需要的是安静和安全。

老年人习惯回忆，我现在常常想起，我幼年时在乡村，或青年时在城市，

手里拿着一把，不声不响地走进屋来，把手里的菜刀，向你眼前一亮：“大爷来把刀吧！”真把人冷不防吓一跳。

见到的那些小贩。

我们的村子是个小村，只有一百来户人家。一年之内，春夏秋冬，也总有一些小贩，进村来做买卖。早晨是卖青菜的，卖豆腐的，卖馒头的，晚上是卖擀杂面的，卖牛肉包子的。闲时是打铁的，补锅的，锔碗的，甩绸缎的。年节时是耍猴，唱十不闲、独角戏的。如果打板算卦也可以算在内，还能给村民带来音乐欣赏。我记得有一个胖胖的身穿长袍算卦的瞎子，一进村就把竹杖夹在腋下。吹起引人入胜的笛子来，他自己也处在一种忘我的情态里，即使没有人招揽他做生意，他也心满意足，毫无遗憾，一直吹到街的那头，消失到田野里去。

这些小贩进村来卖针线的，能和妇女打交道，卖玩具的，能和小孩打交道，都是规规矩矩，语言和气，不管生意多少，买卖不成人情在，和村民建立了深厚的感情。再进村，就成了熟人、朋友。如果有的年轻人调皮，年老的就告诫说，小本买卖，不容易，不要那样。

我在保定上中学时，学校门口附近有一个摊贩。他高个子，黑脸膛，沉静和气，从不大声说话，称呼我们为先生。在马路旁，搭了一间小棚，又用秫秸纸墙隔开，外面卖花生糖果，烧饼猪肉。纸墙上开一个小口，卖馄饨。当炉的是他的老婆，年纪不大，长得十分俊俏，从来不说话，也没有一点声响。只是听男人说一声，她就从小窗口，送出一碗馄饨来。

我去得多了，和她丈夫很熟，可以赊账，也只是从小窗口偶尔看见过她的容颜。

学校限制学生吃零食，但他们的生意很好，我上学六年，他们一直在那里。听人说，他们是因为桃色事件，从山东老家逃到这里来的。夜晚，他们就睡在那间小小的棚子里，靠做这个小买卖，维持生活，享受幸福。

小棚子也禁受风吹雨打，夜晚，他们做的是什么样的梦，我有时想写一篇小说。又觉得没有意思。写成了，还不是一篇新的文君当垆的故事。

不过，我确是常常想，他们为什么能那样和气生财，那样招人喜爱，那样看重自己的职业，也使得别人看重自己。他们不是本小利薄吗？不是早出晚归吗？劳累一年，才仅仅能养家糊口吗？

晚秋植物记

白蜡树

庭院平台下，有五株白蜡树，五十年代街道搞绿化所植，已有碗口粗。每值晚秋，黄叶飘落，日扫数次不断。余门前一株为雌性，结实如豆荚，因此消耗精力多，其叶黄最早，飘落亦最早，每日早起，几可没足。清扫落叶，为一定之晨课，已三十余年。幼年时，农村练武术者，所持之棍棒，称作白蜡杆。即用此树枝干做成，然眼前树枝颇不直，想用火烤制过。如此，则此树又与历史兵器有关。揭竿而起，殆即此物。

石　榴

前数年买石榴一株，植于瓦盆中。树渐大而盆不易，头重脚轻，每遇风，常常倾倒，盆已有裂纹数处，然尚未碎也。

今年左右系以绳索，使之不倾斜。所结果实为酸性，年老不能食，故亦不甚重之。去年结果多，今年休息，只结一小果，南向，得阳光独厚。其色如琥珀珊瑚，晶莹可爱，昨日剪下，置于橱上，以为观赏之资。

丝　瓜

我好秋声，每年买蝈蝈一只，挂于纱窗之上，以其鸣叫，能引乡思。每日清晨，赴后院陆家采丝瓜花数枚，以为饲料。

今年心绪不宁，未购养。一日步至后院，见陆家丝瓜花，甚为繁茂，地下萎花亦甚多。主人问何以今年未见来采，我心有所凄凄。陆，女同志，与余同从冀中区进城，亦同时住进此院，今皆衰老，而有旧日感情。

瓜　蒌

原为一家一户之庭院，解放后，分给众家众户。这是革命之必然结果。原有之花木山石，破坏糟蹋完毕，乃各占地盘，经营自己之小房屋，小菜园，小花圃，使院中建筑地貌，犬牙交错，形象大变。化整为零，化公为私，盖非一处如此，到处皆然也。工人也好，干部也好，多来自农村，其生活方式，经营思想，无不带有农民习惯，所重者为土地与砖瓦，观庭院中之竞争可知。

我体弱，无力与争。房屋周围之隙地，逐渐为有劳力、有心计者所侵占。唯窗下留有尺寸之地。不甘寂寞，从街头购瓜蒌籽数枚，植之。围以树枝，引以绳索，当年即发蔓结果矣。

幼年时，在乡村小药铺，初见此物。延于墙壁之上，果实垂垂，甚可爱，故首先想到它。当时是独家经营的新品种，同院好花卉者，也竞相种植。

东邻李家，同院中之广种博收者也。好施肥，每日清晨从厕所中淘出大粪，倾于苗圃，不以为脏。从医院要回瓜蒌秧，长势颇壮，绿化了一个方面。他种的瓜蒌，迟迟不结果，其花为白绒状，其叶亦稍不同，众人嘲笑。李家坚信不移，请看来年，而来年如故。一王姓客人过而笑曰：此非瓜蒌，乃天花粉也。药材在根部。此客号称无所不知。

我所植，果实逐年增多，李家仍一个不结。我甚得意，遂去破绳败枝，购置新竹竿搭成高大漂亮架子，使之向空中发展，炫耀于众。出乎意外，今年亦变为李家形状，一个果也没有结出。

幸有一部《本草纲目》，找出查看。好容易才查到瓜蒌条，然亦未得要领，不知其何以有变。是肥料跟不上，还是日光照射不足？是种植几年，就要改种，还是有什么剪枝技术？书上都没有记载。只是长了一些知识：瓜蒌也叫天花粉，并非两种。王客所言，也是只知其一，不知其二。

然我之推理，亦未必全中。阳光如旧并无新的遮蔽。肥料固然施得不多，证之李家，亦未必因此。如非修剪无术，则必是本身退化，需要再播种一次新的种子了。

种植几年，它对我不再是新鲜物，我对它也有些腻烦。现在既不结果，明年想拔去，利用原架，改种葡萄。但书上说拔除甚不易，其根直入地下，有五六尺之深。这又不是我力所能及的了。

灰 菜

庭院假山，山石被人拉去，乃变为一座垃圾山。我每日照例登临，有所凭吊。今年，因此院成为脏乱死角，街道不断督促，所属机关，才拨款一千元，雇推土机及汽车，把垃圾运走。光滑几天，不久就又砖头瓦块满地，机关原想在空地种些花木，花钱从郊区买了一车肥料，卸在大门口。除院中有心人运些到自己葡萄架下外，当晚一场大雨，全漂到马路上去了。

有一户用碎砖围了一小片地，扬上一些肥料。不知为什么没有继续经营。雨后野草丛生，其中有名灰菜者，现在长到一人多高，远望如灌木。家乡称此菜为“落绿”，煮熟可作菜。余幼年所常食。其灰可浣衣，胜于其他草木灰。故又名灰菜。生命力特强，在此院房顶上，可以长到几尺高。

风烛庵杂记

一

五十年代末，一位姓王的文教书记，几次对我说：“你身体不好，不要写了，休息休息吧！”我当时还不能完全领会他的好意，以为只是关心我的身体。按照他的职务，他本应号召、鼓励我们多写，但他却这样说，当然是在私下。我后来才体会到，在那一时期，这是对我真正的关心和爱护。

这位书记，已经在“文化大革命”中惨死。他自然也不是完人，也给我留下过不太好的印象。但总起来说，他是个好人。古人称这样的人为君子，君子爱人以德。

二

有那么很多年，谁登台发言，或著文登报，“批判”了什么人，就会升官晋爵。批判的对象越大越重要，升的官位就越高。这种先例一开，那些急功好利之徒，谁不眼红心热？流风所及，斯文扫地。

一九四八年，我当记者时，因为所谓的“客里空”错误，受到一次批判。我的分量太轻，批判者得到的好处，也不大，但还是高升了一步。

冤家路窄，进城以后，我当记者，到南郊区白塘口一带采访时，又遇到了这位同志。他在那里搞“四清”，是工作组的成员。他特别注意我的采访，好像是要看看，经过他的批判，我在工作上有没有进步。有一次，我到食堂去喝水，正和人们闲聊，他严肃地对我说：

“到北屋去，那里正在汇报！”

我没有去。因为我写的文章，需要的是观察体验，并不只是汇报材料。

“文化大革命”期间，这位同志，和我同住一间牛棚。一同推粪拉土，遭受斥责辱骂，共尝一勺烩的滋味，往事已不堪回首矣。

三

凡能厚着脸皮批判别人的人，他在接受别人对他的批判时，脸皮也很厚。“文化大革命”初期，我和一位同志同受批判，台上发言者嗷嗷，台下群众滔滔，他不动声色地坐在那里，光着的两只脚，互相摩擦着，表现得非常悠闲自然。后来“造反派”不断对他进行武斗，又把他关了起来，他才表示屈服。

四

“文革”那几年，编报也真难。每天有领袖像，而且越来尺寸越大。不只前后左右，要注意有无不好的字眼，就是像的背面，也要留心。只要有人指出，有什么坏字坏词，挨上了相片，那就不得了。那时报纸上，咒骂和下流的话语又很多，防不胜防。每日报样印出，必经多人审查，并映日光而照视。虽然“造反派”掌握了新闻大权，也是终日战战兢兢，不知什么时候，成为现行反革命。

五

“文革”时，我们这些“走资派”搞卫生，照例是把纸篓里的脏纸，倒进院里的大铁桶，以备拉走。有一次，不知是谁那么眼尖，看到了从报纸上撕下的一片领袖像。那时，每天的报上，都有大幅领袖像，恐怕是谁一时不留心用了，随手倒进去也就算了。他却捡出来，报告了造反总部。一经报告，又有物证，必须查处。一阵人慌马乱，还终于查出来了。

据说是传达室值夜班的一位女同志。这位年纪轻轻的女同志，从此患了神经病，两年以后，投河自尽。

六

现在，我想，人是有君子、小人之别的。古代的哲人，很早就发现了这种区别，并描绘了他们的基本特征。有关小人特征的古语是：见利忘义。势利小人。近之则不逊，远之则怨。小人得势，不可一世，等等。

人，成为君子，或成为小人，有先天的，即遗传的因素，也有后天的，即环境的因素。文化教养，也有影响。古代和近代，都曾有人主张经过教育，可使人成为君子，失去教育的机会，乃成为小人。实际上，一般文化教育，起不到这样的作用。法律和法制，却可以起到这种作用。所以，历代都重视“律”。

抗日战争是一种神圣的民族解放战争，在当时，舍身卫国，志士仁人，到处都可以遇到，人人思义，人人忘利，人人都有可能成为好人。“文化大革命”期间，及其以后若干年，为何随时随地都可以遇到不折不扣的小人之行呢？显然不单单是教育或文化的问题，而是当时的环境，政治土壤，培育了君子之心，或是助长了小人之志的结果。古语说：“小人唯恐天下不乱。”“文化大革命”取消了作为国家命脉的法制，使那些小人真的变得“无法无天”了。

老　家

前几年，我曾诌过两句旧诗："梦中每迷还乡路，愈知晚途念桑梓。"最近几天，又接连做这样的梦：要回家，总是不自由；请假不准，或是路途遥远。有时决心起程，单人独行，又总是在日已西斜时，迷失路途，忘记要经过的村庄的名字，无法打听。或者是遇见雨水，道路泥泞；而所穿鞋子又不利于行路，有时鞋太大，有时鞋太小，有时倒穿着，有时横穿着，有时系以绳索。种种困扰，非弄到急醒了不可。

也好，醒了也就不再着急，我还是躺在原来的地方，原来的床上，舒一口气，翻一个身。

其实，"文化大革命"以后，我已经回过两次老家，这些年就再也没有回去过，也不想再回去了。一是，家里已经没有亲人，回去连给我做饭的人也没有了。二是，村中和我认识的老年人，越来越少，中年以下，都不认识，见面只能寒暄几句，没有什么意思。

前两次回去：一次是陪伴一位正在相爱的女人，一次是在和这位女人不睦之后。第一次，我们在村庄的周围走了走，在田头路边坐了坐。蘑菇也采过，柴禾也拾过。第二次，我一个人，看见亲人丘陇，故园荒废触景生情，心绪很坏，不久就回来了。

现在，梦中思念故乡的情绪，又如此浓烈，究竟是什么道理呢？实在说不清楚。

我是从十二岁，离开故乡的。但有时出来，有时回去，老家还是我固定的窠巢，游子的归宿。中年以后，则在外之日多，居家之日少，且经战乱，行居无定。及至晚年，不管怎样说和如何想，回老家去住，是不可能的了。

是的，从我这一辈起，我这一家人，就要流落异乡了。

人对故乡，感情是难以割断的，而且会越来越萦绕在意识的深处，形成不断的梦境。

那里的河流，确已经干了，但风沙还是熟悉的；屋顶上的炊烟不见了，灶下做饭的人，也早已不在。老屋顶上长着很高的草，破漏不堪；村人故旧，都指点着说："这一家人，都到外面去了，不再回来了。"

我越来越思念我的故乡，也越来越尊重我的故乡。前不久，我写信给一位青年作家说："写文章得罪人，是免不了的。但我甚不愿因为写文章，得罪乡里。遇有此等情节，一定请你提醒我注意！"

最近有朋友到我们村里去了一趟，给我几间老屋，拍了一张照片，在村支书家里，吃了一顿饺子。关于老屋，支书对他说："前几年，我去信问他，他回信说：也不拆，也不卖，听其自然，倒了再说。看来，他对这几间破房，还是有感情的。"

朋友告诉我：现在村里，新房林立；村外，果木成林。我那几间破房，留在那里，实在太不调和了。

我解嘲似的说："那总是一个标志，证明我曾是村中的一户。人们路过那里，看到那破房，就会想起我，念叨我。不然，就真的会把我忘记了。"

但是，新的正在突起，旧的终归要消失。

朋友告诉我：现在村里，新房林立；村外，果木成林。我那几间破房，留在那里，实在太不调和了。

木棍儿

崇公道对苏三说："三条腿走路，总比两条腿走路，省些力气。"此话当真不假。抗日战争期间，我在山地工作近七年，每逢行军，手里总离不开一根棍子，有时是六道木，有时是山桃木。棍子的好处，还在夜间，可作探路之用。那样频繁的夜行军，我得免于跌落山涧，丧身溪流，不能不归功伴随我的那些木棍。

形象是不大雅观的：小小年纪，破衣烂裳，鞋帽不整。左边一个洋瓷碗，右边一个干粮袋，手里一根木棍。如果走在本乡本土的道路上，我心里是会犯些嘀咕的。但那时我是离家千里之外，而从事的是神圣的抗日工作，人皆以我为战士，绝不会把我当成乞儿。

抗战胜利，回到家乡平原，我就把棍子放下了。

棍子作为文学用语，曾是恶称。自我反思：虽爱此物，颂其功能，本身并非棒喝之徒，所以放下它，也无缘歌喉一转，另作梵呗之声。至于他人曾以此物，加于自己的头上，也会长时间念念不忘，不能轻易冰释于怀，形成谅解宽松的心态。乃修行不到之过。

现在老了，旧性不改，还是喜爱一些木棍。儿女所买，友朋所赠，竹、木、藤制，各色手杖，也有好几条了。其实，我还没有到非杖不行，或杖而后起的程度，手里拿着一根木棍，一是当作玩意儿，一是回忆一些远远逝去的生活。

棍子有多条，既是玩意儿，就轮流着拿，以图新鲜。既不问其新老，也不问其质地。现在手里拿的，是一根山荆木棍，上雕小龙头，并非工艺品。

此杖乃时达同志所赠。时达系军人，一九四二年，我回冀中时认识。他那时任冀中七分区作战科长，爱文艺，作一稿投《冀中一日》，为我选用。时达幼年在旧军队干过，后上抗大，分配到我的家乡。官级不高，派头很大，服装整齐，身后总有一个勤务兵。老伴生前告我：日寇“五一大扫荡”时，一天黄昏，她在场院抱柴，时达骑着一匹高头大马，闯入场院，把一个绿色大褥套推落在地，就急急上马奔驰而去，一句话也没说。褥套里都是书。我妻当天把书埋在地里，连夜把褥套拆了，染成黑色。

时达后来担任空军师长。“文化大革命”时，被林彪诱捕入狱。出狱后流放到长白山。无事可干，他就上山砍柴，选一些木棍，削制成手杖，托人捎到天津，送给王林和我。附言说：这种木棍，寒地所产，质坚而轻，并可暖手，东北老年人多用之。

时达前几年逝世了，讣告来得晚，我连个花圈，也没得送到他的灵前。现在手里，摆弄着他十年前送给我的一根棍子。

一九八六年十月十七日下午，寒流至，不能外出，作此消遣。

附记：进城以后，时达曾到天津来过几次：一次，我同王林陪他到干部俱乐部，遇有舞会，他遂下场不出，乐而忘返。我因不会跳，也不愿看，乃先归。此次，我送他日本小瓷器数件，还有一幅董寿平画的杏花。据说，他视如珍宝。一次，是我在病中，他陪我到水上公园钓鱼。他不耐那里的寂寞，我劝他先回，他又不好意思。两个人胡乱玩了一会儿，就一同回来了。最后一次，是“文化大革命”结束，他当了长白山自然保护区的主任，回河南探亲路过。自己已非军人，还是从当地驻军，借了一个长得很漂亮的小孩，当他的勤务兵。到舍下时，天色已晚，我送他到机关招待所，他看了看，嫌设备不好，坚决不住。只好托人给他联系了一处高级招待所，派汽车送去。此次，他给我带来长白山的松子，蘑菇，还有几种不知名的野菜，他都用破布缝制的小袋装好，并附以纸片说明。还送我一袋浮石，即澡堂用的擦脚石。

时达前几年逝世了，讣告来得晚，我连个花圈，也没得送到他的灵前。现在手里，摆弄着他十年前送给我的一根棍子。

告别——新年试笔

书 籍

我同书籍，即将分离。我虽非英雄，颇有垓下之感，即无可奈何。

这些书，都是在全国解放以后，来到我家的。最初零零碎碎，中间成套成批。有的来自京沪，有的来自苏杭。最初，我囊中羞涩，也曾交臂相失。中间也曾一掷百金，稍有豪气。

总之，时历三十余年，我同它们，可称故旧。

十年浩劫，我自顾不暇，无心也无力顾及它们。但它们辗转多处，经受折磨、潮湿、践踏、撞破，终于还是回来了。

失去了一些，我有些惋惜，但也不愿再去寻觅它们，因为我失去的东西，比起它们，更多也更重要。

它们回到寒舍以后，我对它们的情感如故。书无分大小、贵贱、古今、新旧，只要是我想保存的，因之也同我共过患难的，一视同仁。洗尘，安置，抚慰，唏嘘，它们大概是已经体味到了。

近几年，又为它们添加了一些新伙伴。当这些新书，进入我的书架，我不再打印章，写名字，只是给它们包裹一层新装，记下到此的岁月。

这是因为，我意识到，我不久就会同它们告别了。我的命运是注定了的。但它们各自的命运，我是不能预知，也不能担保的。

字　画

我有几张字画，无非是吴、齐、陈的作品，也即近代世俗之所爱，说不上什么稀世的珍品。这些画，是六十年代初，我心血来潮，托陈乔同志在北京代购的，那时他任中国历史博物馆副馆长，据说是带了几位专家到画店选购的，当然是不错的了。去年陈乔来家，还问起这几张画来。我告诉他“文化大革命”时，抄是抄去了，但人家给保存得很好，值得感谢。这些年一直放在柜子里，也不知潮湿了没有，因为我对这些东西，早已经一点兴趣也没有了。陈说：不要糟蹋了，一幅画现在要上千上万啊！我笑了笑。什么东西，一到奇货可居，万人争购之时，我对它的兴趣就索然了。我不大看洛阳纸贵之书，不赴争相参观之地，不信喧嚣一时之论。

当代画家，黄胄同志，送给过我两张毛驴，吴作人同志给我画过一张骆驼，老朋友彦涵给我画了一张朱顶红，是因为我请他向画家们求画，他说，自从批“黑画展”以后，画家们都搁笔不画了，我给你画一张吧。近些年，因为画价昂贵，我也不敢再求人作画，和彦涵的联系也少了。

值得感谢的，是许麟庐同志，他先送我一张芭蕉，“四人帮”倒台以后，又主动给我画了一张螃蟹、酒壶、白菜和菊花。不过那四只螃蟹，形象实在丑恶，肢体分解，八只大腿，画得像一群小雏鸡。上书：孙犁同志，见之大笑。

天津画家刘止庸，给我写了一副对联，虽然词儿高了一些，有些过奖，我还是装裱好了，张挂室内，以答谢他的厚意。

我向字画告别，也就意味着，向这些书画家告别。

瓶　罐

进城后，我在早市和商场，买了不少旧瓷器，其中有一些是日本瓷器。可能有些假古董，真古董肯定是没有的。因为经过抄家，经过专家看过，每个瓶底上，都贴有鉴定标签，没有一件是古瓷。

不过，有一个青花松竹的瓷罐，原是老伴外婆家物，祖辈相传，搬家来天津时，已为叔父家拿去，后来听说我好这些东西，又给我送来了。抄家时，它装着糖，放在橱架上，未被拿走。经我鉴定，虽然无款，至少是一件明瓷。可惜盖子早就丢失了。

这些瓶瓶罐罐，除去孩子们糟蹋的以外，尚有两筐，堆放在闲屋里。

字　帖

原拓只有三希堂。丙寅岁拓，并非最佳之本。然装潢华贵，花梨护板，樟木书箱，似是达官或银行家物。尚有写好的洒金题签，只贴好一张，其余放在箱内。我买来也没来得及贴好，抄家时丢失了。此外原拓，只有张猛龙碑、龙门二十品等数种，其余都是珂罗版。

汉碑、魏碑。我是按照《艺舟双楫》和《广艺舟双楫》介绍购置的，大体齐备。此外有淳化阁贴半套及晋唐小楷若干种。唐隶唐楷及唐人写经若干种。

罗振玉印的书，我很喜欢，当作字帖购买的有：祝京兆法书，水拓鹤铭，世说新书，智永千文，六朝墓志菁华等。以他的六朝墓志，校其他六朝帖，就会发见，因墓志字小形微，造假者多有。

我本来不会写字，近年也为人写了不少，现在很后悔。愿今后一笔一画，规规矩矩，写些楷字，再有人要，就给他这个，以示真相。他们拿去，会以为是小学生习字，不屑一顾，也就不再来找我了。人本非书家，强写狂乱古怪字体，以邀书家之名；本来写不好文章，强写得稀奇荒诞，以邀作家之名；本来没有什么新见解，故作高深惊人之词，以邀理论家之名，皆不足取。时运一过，随即消亡。一个时代，如果艺术，也允许作假冒充，社会情态，尚可问乎？

印　章

还有印章数枚，且有名家作品。一名章，阳文，钱君匋刻，葛文同志代求，石为青田，白色，马纽。一名章，阴文，金禹民作，陈肇同志代求，石为寿山；一藏书章，大卣作，陈乔同志代求，石为青田，酱色。

近几年，一些青年篆刻爱好者，也为我刻了一些图章。

其实，我除了写字，偶尔打个印，壮壮门面外，在书籍上，是很少盖印了，前面已经提到。古人达观者，用“曾在某斋”等印，其实还有恋恋之意，以为身后，还是会有些影响，这同好在书上用印者，只有五十步之差。不过，也有一点经验。在“文化大革命”时，我有一部《金瓶梅》被抄去，很多人觊觎它，终于是归还了，就是因为每本封面上，都盖有我的名章。印之为物，可小觑乎？

镇　纸

我还有几件镇纸。其中，张志民送我一副人造大理石的，色彩形制很好。柳溪送我一只大理出的，很淡雅。最近杨润身又送我一只，是他的家乡平山做的，很朴厚。

我自己有一副旧玉镇纸，是用六角钱从南市小摊上得到的。每只上刻四个篆字，我认不好。陈乔同志描下来，带回北京，请人辨认。说是：“不惜寸阴，而惜尺璧”八个字。陈说，不要用了。

其实，我也很少用这些玩意儿，都是放在柜子里。写字时，随便用块木头，压住纸角也就行了。我之珍惜东西，向有乡下佬吝啬之誉。凡所收藏，皆完整如新，如未触手。后人得之，可证我言。所以有眷恋之情，意亦在此。

以上所记，说明我是玩物丧志吗？不好回答。我就是喜爱这些东西，它们陪伴我几十年。一切适情怡性之物，非必在大而华贵也。要在主客默契，时机相当。心情恶劣，虽名山胜水，不能增一分之快，有时反更添愁闷之情。心情寂寞，虽一草一木也可破闷解忧，如获佳侣。我之于以上长物，关系正是如此。现在分别了，不是小别，而是大别，我无动于衷吗？也不好回答。“文化大革命”时，这些东西，被视为“四旧”，扫荡无余。近年，又有废除一切旧传统之论，倡言者，追随者，被认为新派人物。后果如何，临别之际，也就顾不得那么许多了。

鸡 叫

在这个大杂院里，总是有人养鸡。我可以设想：在我们进城以前，建筑这座宅院的主人吴鼎昌，不会想到养鸡；日本占领时期，驻在这里的特务机关，也不会想到养鸡。

其实，我们接收时，也没有想到养鸡。那时院里的亭台楼阁，山石花木，都保留得很好，每天清晨，传达室的老头，还认真地打扫。

养鸡，我记得是“大跃进”以后的事，那时机关已经不在这里办公，迁往新建的大楼，这里相应地改成了“十三级以上”的干部宿舍。这个特殊规定，只是维持了很短的时间，就被打破了，家数越住越多，人也越来越杂。

但开始养鸡的时候，人家还是不多的，确是一些“负责同志”。这些负责同志，都是来自农村，他们的家属，带来一套农村生活的习惯，养鸡当然是其中的一种。不过，当年养起鸡来，并非习惯使然，而是经济使然。“大跃进”，使一个鸡蛋涨价到一元人民币，人们都有些浮肿，需要营养，主妇们就想：养只母鸡，下个蛋吧！

我们家，那时也养鸡，没有喂的，冬天给它们剁白菜帮，春天就给它们煮蒜辫——这是我那老伴的发明。

总之，养鸡在那一定的历史条件下，是权宜之计。不过终于流传下来了，欲禁不能。就像院里那些煤池子和各式各样的随便搭盖的小屋一样。

过去，每逢“五一”或是“十一”，就会有街道上的人，来禁止养鸡。有一次还很坚决，第一天来通知，有些人家还迟迟不动；第二天就带了刀来，当场宰掉，把死鸡扔在台阶上。这种果断的禁鸡方式，我也只见过这一回。

有鸡就有鸡叫。我现在老了，一个人睡在屋子里，又好失眠，夜里常常听到后边邻居家的鸡叫。人家的鸡养在什么地方，是什么毛色，我都没有留心过，但听这声音，是很熟悉的，很动人的。说白了，我很爱听鸡叫，尤其是夜间的鸡叫。我以为，在这昼夜喧嚣，人海如潮的大城市，能听到这种富有天籁情趣的声音，是难得的享受。

美中不足的是：这里的鸡叫，没有什么准头。这可能是灯光和噪音干扰了它。鸡是司晨的，晨鸡三唱。这三唱的顺序，应是下一点，下三点，下五点。鸡叫三遍，人们就该起床了。

我十二岁的时候，就在外地求学。每逢假期已满，学校开课之日，母亲总是听着窗外的鸡叫。鸡叫头遍，她就起来给我做饭，鸡叫二遍再把我叫醒。待我长大结婚以后，在外地教书做事，她就把这个差事，交给了我的妻子。一直到我长期离开家乡，参加革命。

乡谚云：不图利名，不打早起。我在农村听到的鸡叫，是伴着晨星，伴着寒露，伴着严霜的。伴着父母妻子对我的期望，伴着我自身青春的奋发。

现在听到的鸡叫，只是唤起我对童年的回忆，对逝去的时光和亲人的思念。

彩云流散了，留在记忆里的，仍是彩云。莺歌远去了，留在耳边的还是莺歌。

我在农村听到的鸡叫，是伴着晨星，伴着寒露，伴着严霜的。伴着父母妻子对我的期望，伴着我自身青春的奋发。

黄　叶

又届深秋，黄叶在飘落。我坐在门前有阳光的地方。邻居老李下班回来，望了望我。想说什么，又走过去。但终于转回来，告诉我：一位老朋友，死在马路上了。很久才有人认出来，送到医院，已经没法抢救了。

我听了很难过。这位朋友，是老熟人，老同事。一九四六年，我在河间认识他。

他原是一个乡村教师，爱好文学，在《大公报》文艺版发表过小说。抗战后，先在冀中七分区办油印小报，负责通讯工作。敌人“五一大扫荡”以后，转入地下。白天钻进地道里，点着小油灯，给通讯员写信，夜晚，背上稿件转移。

他长得高大、白净，作风温文，谈吐谨慎。在河间，我们常到野外散步。进城后，在一家报社共事多年。

他喜欢散步。当乡村教师时，黄昏放学以后，他好到田野里散步。抗日期间，夜晚行军，也算是散步吧。现在年老退休，他好到马路上散步，终于跌了一跤，死在马路上。

马路上车水马龙，行人熙熙攘攘，但没有人认识他。不知他来自何方，家在何处？躺了很久，才有一个认识他的人。

那条马路上树木很多，黄叶也在飘落，落在他的身边，落在他的脸上。

他走的路，可以说是很多很长了，他终于死在走路上。这里的路好走呢，还是夜晚行军时的路好走呢？当然是前者。这里既平坦又光明，但他终于跌了一跤。如果他是一个舞场名花，或是时装模特，早就被人认出来了。可惜他只是一个离休老人，普普通通，已经很少有人认识他了。

我很难过。除去悼念他的死，我对他还有一点遗憾。

他当过报社的总编，当过市委的宣传部长，但到老来，他愿意出一本小书——文艺作品。老年人，总是愿意留下一本书。一天黄昏，他带着稿子到我家里，从纸袋里取出一封原已写好的，给我的信。然后慢慢地说：

“我看，还是亲自来一趟。”

这是表示郑重。他要我给他的书，写一篇序言。

我拒绝了。这很出乎他的意料，他的脸沉了下来。

我向他解释说：我正在为写序的事苦恼，也可以说是正在生气。前不久，给一位诗人，也是老朋友，写了一篇序。结果，我那篇序，从已经铸版的刊物上，硬挖下来。而这家刊物，远在福州，是我连夜打电报，请人家这样办的。因为那位诗人，无论如何不要这篇序。

其实，我只是说了说，他写的诗过于雕琢。因此，我已经写了文章声明，不再给人写序了。

对面的老朋友，好像并不理解我的话，拿起书稿，告辞走了。并从此没有来过。

而我那篇声明文章，在上海一家报社，放了很长时间，又把小样，转给了南方一家报社，也放了很久。终于要了回来，在自家报纸发表了。这已经在老朋友告辞之后，所以还是不能挽回这一点点遗憾。

不久，出版那本书的地方，就传出我不近人情，连老朋友的情面都不顾的话。

给人写序，不好。不给人写序，也不好。我心里很别扭。

我终觉是对不起老朋友的。对于他的死，我倍觉难过。

北风很紧，树上的黄叶，已经所剩无几了。太阳转了过去，外面很冷，我掩门回到屋里。

菜　花

每年春天，去年冬季贮存下来的大白菜，都近于干枯了，做饭时，常常只用上面的一些嫩叶，根部一大块就放置在那里。一过清明节，有些菜头就会鼓胀起来，俗话叫作菜怀胎。

慢慢把菜帮剥掉，里面就露出一株连在菜根上的嫩黄菜花，顶上已经布满像一堆小米粒的花蕊。把根部铲平，放在水盆里，安置在书案上，是我书房中的一种开春景观。

菜花，亭亭玉立，明丽自然，淡雅清净。它没有香味，因此也就没有什么异味。色彩单调，因此也就没有斑驳。平常得很，就是这种黄色。但普天之下，除去菜花，再也见不到这种黄色了。

今年春天，因为忙于搬家，整理书籍，没有闲情栽种一株白菜花。去年冬季，小外孙给我抱来了一个大旱萝卜，家乡叫作灯笼红。鲜红可爱，本来想把它雕刻成花篮，撒上小麦种，贮水倒挂，像童年时常做的那样。也因为杂事缠身，胡乱把它埋在一个花盆里了。一开春，它竟一枝独秀，拔出很高的茎子，开了很多的花，还招来不少蜜蜂儿。

这也是一种菜花。它的花，白中略带一点紫色，给人一种清冷的感觉。它的根茎俱在，营养不缺，适于放在院中。正当花开得繁盛之时，被邻家的小孩，揪得七零八落。花的神韵，人的欣赏之情，差不多完全丧失了。

今年春天风大，清明前后，接连几天，刮得天昏地暗，厨房里的光线，尤其不好。有一天，天晴朗了，我发现桌案下面，堆放着蔬菜的地方，有一株白菜花。它不是从菜心那里长出，而是从横放的菜根部长出，像一根老木头长出的直立的新枝。有些花蕾已经开放，耀眼地光明。我高兴极了，把菜帮菜根修了修，放在水盂里。

我的案头，又有一株菜花了。这是天赐之物。

家乡有句歌谣：十里菜花香。在童年，我见到的菜花，不是一株两株，也不是一亩二亩，是一望无边的。春阳照拂，春风吹动，蜂群轰鸣，一片金黄。那不是白菜花，是油菜花。花色同白菜花是一样的。

一九四六年春天，我从延安回到家乡。经过八年抗日战争，父亲已经很见衰老。见我回来了，他当然很高兴，但也很少和我交谈。有一天，他从地里回来，忽然给我说了一句待对的联语：丁香花，百头，千头，万头。他说完了，也没有叫我去对，只是笑了笑。父亲做了一辈子生意，晚年退休在家，战事期间，照顾一家大小，艰险备尝。对于自己一生挣来的家产，爱护备至，一点也不愿意耗损。那天，是看见地里的油菜长得好，心里高兴，才对我讲起对联的。我没有想到这些，对这副对联，如何对法，也没有兴趣，就只是听着，没有说什么。当时是应该趁老人高兴，和他多谈几句的。

没等油菜结籽，父亲就因为劳动后受寒，得病逝世了。临终，告诉我，把一处闲宅院卖给叔父家，好办理丧事。

现在，我已衰暮，久居城市，故园如梦。面对一株菜花，忽然想起很多往事。往事又像菜花的色味，淡远虚无，不可捉摸，只能引起惆怅。

人的一生，无疑是个大题目。有不少人，竭尽全力，想把它撰写成一篇宏伟的文章。我只能把它写成一篇小文章，一篇像案头菜花一样的散文。菜花也是生命，凡是生命，都可以成为文章的题目。

我的案头，又有一株菜花了。这是天赐之物。

转 移

我终于要离开这个大院了。

一九五一年，从天津山西路移居此院。先住后面小屋，又搬到后院楼上，再搬到正房中间，又搬到正房西侧。除去“文革”三年，没有离开过。

三十七年间，私人之事有：我之得病，母亲去世。“文革”中，白昼轮番抄家，黄夜聚众入室。限两小时，扫地出门，流放到佟楼去等等。国家之事有：反胡风，反丁陈，三年困难，“文化革命”，大地震等等。他人之事，亦变幻百端，不及详记。

人们都说我不愿搬家。人的感情是复杂的，这也很难说清楚。我之迟迟不搬，实由于惰性，并非因为这里是宝地。

大院之变化，乃时代之缩影。在这里，静观默察，确实看到了，近似沧海桑田的自然景观；也体会到了，无数翻云覆雨的人情世态。很多是过去不能懂得的。

十年动乱，大地震，是人性的大呈现。小人之用心，在于势利，多起自嫉妒。卑鄙阴毒，出人意表。平时闷闷，唯恐天下不乱。一遇机会，则乘国家之危，他人之不幸，刀砍斧劫，什么事都干得出来。几年以前，一位老同事，曾对我说：再遇大乱，还有老百姓，像根据地那样，掩护我们吗？我笑而不答。心想：不出大门，五步之内，会遇到什么人，什么事，都很难说。这位同事有心脏病。“文化大革命”时，因为他老婆的关系，有一派人保他，没有受过什么罪，所以还会有以上想法。他好像有什么预感，很快就搬走了。

青年作家某，曾对我感叹说：人，不怕贼偷，就怕贼琢磨。我以为是名言，深记不忘。

在这里，我是最老的住户，人熟地熟，都是好事。但这个地方，常常引起我不愉快的回忆，和对未来的恐惧。我实在不愿再看到一些人的面孔，不愿再听到一些人的声音。见到或听到，都能使我在白天五内不安，在夜间辗转反侧。这次搬家，与其说是搬开环境，不如说是搬开视听，求得耳目一新。

这种感情，过去也是没有的，天实为之。

青年时出来抗日革命，是两袖清风，一无所有的。及至晚年，无甲可解，无田可归。国家给安排一套四居室的住房，虽挤于楼群之中，四方干扰，也算不错了。

笨鸟先飞，从春节以后，就开始整理东西，今已初步就绪。计书籍二十一箱，书画一箱，瓷器五筐，文具一筐，衣服被褥五箱，破鞋烂袜一筐。其他生活用品，如锅碗盆勺，尚未收拾。

行李之大，长物之众，我自己也感到吃惊和厌烦了。奇怪的是，什么东西也不肯丢，舍不得处理。很多都是过时、破旧、无用之物，如一针一线也不放弃，搬过去，将无处堆放。

书籍，“文革”时是四旧之长。现在，有好几位过去的造反者，恭维地对我说：你那些书，都是无价之宝呀！这又使我为之不安，认为是一大隐患。就像过去，他们传说我有多少古董一样。

老屋，已经没有什么可留恋之处。门窗都坏了，没有一扇关得严实，冬天很冷。房顶每年漏雨，房子周围，盖满了小屋。连放个梯子上去修理，都遇到困难。前些日子，天花板的一角，已经塌落，幸未伤人。

另外，这次搬家，比“文革”时那次搬家，体面多了。孩子们给买了新灯，新窗帘，张挂起来，到时一定有一番红花热闹的。

杨栋 插图

孙犁散文经典 下

北方联合出版传媒（集团）股份有限公司
春风文艺出版社
·沈　阳·

吃菜根

人在幼年，吃惯了什么东西，到老年，还是喜欢吃。这也是一种习性。

我在幼年，是吃五谷杂粮长大的，是吃蔬菜和野菜长大的。如果说，到了现在，身居高楼，地处繁华，还不忘糠皮野菜，那有些近于矫揉造作；但有些故乡的食物，还是常常想念的，其中包括“甜疙瘩”。

甜疙瘩是油菜的根部，黄白色，比手指粗一些，肉质松软，切断，放在粥里煮，有甜味，也有一些苦味，北方农民喜食之。

蔓菁的根部，家乡也叫“甜疙瘩”。两种容易相混，其食用价值是一样的。

母亲很喜欢吃甜疙瘩，我自幼吃的机会就多了，实际上，农民是把它当作粮食看待，并非佐食材料。妻子也喜欢吃，我们到了天津，她还在菜市买过蔓菁疙瘩。

我不知道，当今的菜市，是否还有这种食物，但新的一代青年，以及他们的孩子，肯定不知其为何物，也不喜欢吃它的。所以我偶然得到一点，总是留着自己享用，绝不叫他们尝尝的。

古人常用嚼菜根，教育后代，以为菜根不只是根本，而且也是一种学问。甜味中略带一种清苦味，其妙无穷，可以著作一本“味根录”。其作用，有些近似忆苦思甜，但又不完全一样。

事实是：有的人后来做了大官，从前曾经吃过苦菜。但更多的人，吃了更多的苦菜，还是终身受苦。叫吃巧克力奶粉长大的子弟“味根”，子弟也不一定能领悟其道；能领悟其道的，也不一定就能终身吃巧克力和奶粉。

我的家乡，有一种地方戏叫“老调”，也叫“丝弦”。其中有一出折子戏叫

古人常用嚼菜根，教育后代，以为菜根不只是根本，而且也是一种学问。

教学。演的是一个教私塾的老先生，天寒失业，沿街叫卖，不停地吆喝："教书！""教书！"最后，抵挡不住饥肠辘辘，跑到野地里去偷挖人家的蔓菁。

这可能是得意的文人，写剧本奚落失意的文人。在作者看来，这真是斯文扫地了，必然是一种"失落"。因为在集市上，人们只听见过卖包子、卖馒头的吆喝声，从来没有听见过卖"教书"的吆喝声。

其实，这也是一种没有更新的观念，拿到商业机制中观察，就会成为宏观的走向。

今年冬季，饶阳李君，送了我一包油菜甜疙瘩，用山西卫君所赠棒子面煮之，真是余味无穷。这两种食品，用传统方法种植，都没有使用化肥，味道纯正，实是难得的。

拉洋片

劳动、休息、娱乐，构成了生活的整体。人总是要求有点娱乐的。

我幼年的时候，每逢庙会，喜欢看拉洋片。艺人支架起一个用蓝布围绕的镜箱，留几个眼孔，放一条板凳，招揽观众。他自己站在高凳上，手打锣鼓，口唱影片的内容情节，给观众助兴。同时上下拉动着影片。

也就是五、六张画片，都是彩画，无非是一些戏曲故事，有一张惊险一些，例如人头落地之类。最后一张是色情的，我记得题目叫《大闹瓜园》。

每逢演到这一张的时候，艺人总是眉飞色舞，唱词也特别朦胧神秘，到了热闹中间，他喊一声："上眼！"然后在上面狠狠盖上一块木板，影箱内顿时漆黑，什么也看不见了。

他下来一一收钱，并做鬼脸对我们说：

"怎么样小兄弟，好看吧？"

这种玩意儿，是中国固有，可能在南宋时就有了。

以后，有了新的洋片。这已经不是拉，而是推。影架有一面影壁墙那么大，有两个艺人，各站一头，一个人把一张张的照片推过去，那一个人接住，放在下一格里推回。镜眼增多了，可容十个观众。

他们也唱，但没有锣鼓。照片的内容，都是现实的，例如天津卫的时装美人，杭州的风景等等。

可惜我没有坐下来看过，只看见过展露的部分。

后来我在北平，还在天桥拉洋片的摊前停留，差一点叫小偷把钱包掏去。

其实，称得起洋字的，只是后一种。不只它用的照片，与洋字有关，照片的内容，也多见于十里洋场的大城市。它更能吸引观众，敲锣打鼓的那一种，确是相形见绌了。

有了电影以后，洋片也就没有生意了。

影视二字，包罗万象，妙不可言。如果说是窗口，则窗口越大，看得越远，越新奇越好。

有一个村镇，村民这些年收破烂，炼铝锭、铜锭，发了大财，盖起新房，修了马路，立集市，建庙会，请了两台大戏来演唱，热闹非凡。一天夜里，一个外地人，带了一台放像机来，要放录像。消息传开，戏台下的青年人，一哄而散，都看录像去了。台下只剩几个老头老婆，台上只好停演。

一部不声不响进村的录像，立刻夺走了两台紧锣密鼓的大戏，就因为它是外来的，新奇的，神秘的。

我想，那几个老头老婆，如果不是观念还没有更新，碍于情面，一定也跟着去开眼了。

理论界从此再也不争论，现代派和民族派，究竟谁能战胜谁的问题了。

看 电 视

从去年八月间，迁入新居以后，我有了一台电视机。

搬入新居，不同旧地，要有一个人做伴，小孙子来了。他在我身边，很拘束，也很闷，不大安心，我的女儿就把她家换下来的，一台黑白十二英寸电视，搬来放在小孙子的房间。

后来，小孙子终于走了，我搬到他的房间睡觉，就享有了这台电视机。

多少年来，我一直没有购置这种玩意儿，也没有正式看过。

现在，一个人坐在屋里，暖气烧得很旺，太阳照满全屋，窗明几净，粉壁无瑕，抚今思昔，顿时有一种苦尽甘来，晚景如春之感。这正是需要锦上添花之时，按照小孙子教给我的做法，随手就拉开了电视。

有一个大圆球显示在我的眼前，里面在放送音乐。音乐我也听。这二年，我每天晚上听流行音乐；每天早上听西洋名曲。时间长了，还真是听出了一些味道。

听完音乐，不久就是电大的植物学课程，我接着看。这位教授很有学者风度，讲得也好。我在中学就喜欢植物学，考试成绩不错。现在一听这个科，那个目，还是很有兴趣。听着这种课程，我的心情总是非常平静，走进忘我的境界。它不同于看报纸、读文件、听广播。这里没有经济问题，也没有政治问题。没有历史，也没有现实。它不会引起思想波动，思想斗争。它只是说明自然界的进化现象，花和叶的生长规律。没有新观念和旧观念的冲突，意识形态的混乱，以及修辞造句的胡说八道。

植物学，今天就讲到这里。下面是动物世界。以前很多朋友劝我买电视机，都说：别的不看，《新闻联播》和《动物世界》，还是可以看看的。先是海底世界，大鱼吃小鱼；陆上，弱肉强食，有的生角才能保护自己，有的生刺才能得安生。寻食、追逐、交配，赤裸裸的一种凶残、贪婪之象，充满画面。讲解员说：大鱼吃小鱼，是为了自然界的生态平衡，不然小鱼就会臭在海底，对人类不利。既是动物世界，看着看着，就不能不联想到人类：战争、饥荒、洪水、蝗虫，加上地震、人为的灾难，是否也是大自然在冥冥之中，为了生态平衡，而不得不采取的措施？

这是哲学，不愿想，电视也不愿看了。刚要关上，荧光屏上出现了一个白胡子老头。在童年，每逢听故事遇到难题时，就会出现一个白胡子老头。

这是名人名言节目，泰戈尔说：把友谊献给别人，是本身的一种快乐。

我上中学时，就不喜欢动物学，但对文学家的话，还是相信的。

下面是英语教学，这位外国女教师，教得多么好。我从十二岁学习英文，学了整整八年。经历的英文教师，男的女的，有十几位，谁也没有这位女士教得好。我聚精会神地听着，看着。我没有别的野心，不想出国留学，也不想交外国朋友。我只是想证实一下，当初废寝忘食学了那么多年的英文，我现在还记得多少。

各地风光，我也爱看。现在正介绍五台山和尚们的生活。

五台山，和尚们，久违了。抗日战争期间，我曾在北台顶一家大寺院，和僧人们睡在一条烧得很暖的炕上，和他们交了朋友，至今念念不忘。

一位故去的女作家曾说：看破红尘的人，是世界上最自私的人。但在逝世前，她又说：她要去成仙成佛了。这使我迷惑不解。据我想：在家出家，做官为民，都要吃饭。庙宇成为旅游圣地之后，香火虽多，却已不是静修之处。

在南北朝时出家，是最阔气的了，那时，不管南方北方，都崇尚佛教，寺庙盖得最讲究，皇帝皇太后都支持。僧尼吃的穿的，实非现在所能比拟。古今僧尼的心态，恐怕也有些不同吧。

当前有一种新口号，叫“迎接挑战”。有的人喊着这种口号，官品越来越高，待遇越来越丰厚，叫的劲头也就越大。他养尊处优，一点战斗的气息也没有，一点危险也没有。这只能看作是时代英雄的“口头禅”，远没有僧尼的呢喃可信。

孩子们看见我这样入迷，都很高兴，说：“早就劝你买一台，你就是不买，你看多好，回头换一台彩色的吧！”

孩子们看见我这样入迷，都很高兴，说：“早就劝你买一台，你就是不买，你看多好，回头换一台彩色的吧！”

记春节

如果说我也有欢乐的时候，那就是童年，而童年最欢乐的时候，则莫过于春节。

春节从贴对联开始。我家地处偏僻农村，贴对联的人家很少。父亲在安国县做生意，商家讲究对联，每逢年前写对联时，父亲就请写好字的同事，多写几副，捎回家中。

贴对联的任务，是由叔父和我完成。叔父不识字，一切杂活：打糨糊、扫门板、刷贴，都由他做。我只是看看父亲已经在背面注明的“上、下”两个字，告诉叔父，他按照经验，就知道分左右贴好，没有发生过错误。我记得每年都有的一副是：荆树有花兄弟乐，砚田无税子孙耕。这是父亲认为合乎我家情况的。

以后就是竖天灯。天灯，村里也很少人家有。据说，我家竖天灯，是为父亲许的愿。是一根大杉木，上面有一个三角架，插着柏树枝，架上有一个小木轮，系着长绳。竖起以后，用绳子把一个纸灯笼拉上去。天灯就竖在北屋台阶旁，村外很远的地方，也可以望见。母亲说：这样行人就不迷路了。

再其次就是搭神棚。神棚搭在天灯旁边，是用一领荻箔。

里面放一张六人桌，桌上摆着五供和香炉，供的是全神，即所谓天地三界万方真宰。神像中有一位千手千眼佛，幼年对她最感兴趣。人世间，三只眼，三只手，已属可怕而难斗。她竟有如此之多的手和眼，可以说是无所不见，无所不可捞取，能量之大，实在令人羡慕不已。我常常站在神棚前面，向她注视，这样的女神，太可怕了。

五更时，母亲先起来，把人们叫醒，都跪在神棚前面。院子里撒满芝麻秸，踩在上面，吧吧作响，是一种吉利。由叔父捧疏，疏是用黄表纸，叠成一个塔形，其中装着表文，从上端点着。母亲在一旁高声说："保佑全家平安。"然后又大声喊："收一收!"这时那燃烧着的疏，就一收缩，噗的响一声，"再收一收!"疏可能就再响一声。响到三声，就大吉大利。这本是火和冷空气的自然作用，但当时感到庄严极了，神秘极了。

最后是叔父和我放鞭炮。我放的有小鞭，灯炮，墊子鼓。

春节的欢乐，达到高潮。

这就是童年的春节欢乐。年岁越大，欢乐越少。二十五岁以后，是八年抗日战争的春节，枪炮声代替了鞭炮声。再以后是三年解放战争、土地改革的春节。以后又有"文化大革命"隔离的春节，放逐的春节，牛棚里的春节等等。

前几年，每逢春节，我还买一挂小鞭炮，叫孙儿或外孙儿，拿到院里放放，我在屋里听听。自迁入楼房，连这一点高兴，也没有了。每年春节，我不只感到饭菜、水果的味道，不似童年，连鞭炮的声音也不像童年可爱了。

今年春节，三十晚上，我八点钟就躺下了。十二点前后，鞭炮声大作，醒了一阵。欢情已尽，生意全消，确实应该振作一下了。

新居琐记

锁　门

过去，我几乎没有锁门的习惯。年幼时在家里，总是母亲锁门，放学回来，见门锁着进不去，在门外多玩一会儿就是了，也不会着急。以后在外求学，用不着锁门；住公寓，自有人代锁。再后，游击山水之间，行踪无定，抬屁股一走了事，从也没有想过，哪里是自己的家门，当然更不会想到上锁。

进城以后，我也很少锁门，顶多在晚上把门插上就是了。

去年搬入单元房，锁门成了热话题。朋友们都说：

“千万不能大意呀，要买保险锁，进出都要碰上呀！”

劝告不能不听，但习惯一下改不掉。有一次，送客人，把门碰上了，钥匙却忘在屋里。这还不要紧，厨房里正在蒸着米饭，已有二十分钟之久，再过二十分就有饭煳、锅漏，并引起火灾的危险，但无孔可入。门外彷徨，束手无策，越想越怕，一身大汗。

后来，一下想起儿子那里还有一副钥匙，求人骑车去要了来。万幸，儿子没有外出，不然，必会有一场大难。

“把钥匙装在口装里！”朋友们又告诫说。

好，装在裤子口袋里。有一天起床，钥匙滑出来，落在床上，没有看见，就碰上门出去了。回来一摸口袋，才又傻了眼。好在这回，屋里没有点着火，不像上次那么着急，再求人去找找儿子就是了。

"用绳子把钥匙系在腰带上!"朋友们又说。

从此，我的腰带上，就系上了一串钥匙，像传说中的齐白石一样。

每一看到我腰里拖下来的这条绳子，我就哭笑不得。我为此，着了两次大急，现在又弄成这般状态，究竟是为了什么。是因为我有了一所房子，有了自己的家门。我的家里，到底有什么宝贵的东西，值得如此戒备森严呢?不就是那些破旧衣服，破旧家具，破旧书画吗?这些东西，也并不是新近置买，不是多年就有了吗?"环境不同了，时代不同了。"朋友们说。我觉得是自己和过去不同了，心理上有些变化了。

我已经停止了云游的生活，我已经失去了四大皆空的皈依，我已经返回人间世俗。总之，一把锁把我的心紧紧锁起，使它同以往的大自然，大自由，大自在，都断绝了关系。

我曾经打断身上的桎梏，现在又给自己系上了绳索。

我曾经从这里出走，现在又回到这里来了。

民　工

搬到新住宅里，常常遇到所谓民工。他们成群结队，或是三三两两，在我住的楼下走过。其中有不少乡音，他们多是来自河北省。他们有的是建筑业，盖高楼大厦；也有的做临时小工。在旧社会，农民是很少进城市的，他们不是不想进城，是进城找不到活干。只能死守在家里，而家里又没有地种。因此，酿成种种悲剧。这是我在农村时，经常见到的。

现在城市，各行各业，都愿意用民工：听话，态度好，昼夜苦干。听说，每年挣钱不少，不少人在家里，盖了新房，娶了媳妇。

农民的活路有了，多了，我心里很高兴。

但我很少和他们交谈。因为我老了。另外，现在的农民，也不会听到乡音，就停下来，和你打招呼，表示亲近，他们已经见过大世面了。

我不常下楼，在楼上见到的，多是那些做临时活儿的民工。

他们在楼下栽了很多树，铺了大片草地，又搭了一个藤萝架，竖了山石。树，都是名贵树种，山石也很讲究，这都要花很多钱。

正在炎夏，民工们浇水很用心，很长的胶皮水管，扯来扯去。

其中有一个民工，还带着家眷。民工，四十来岁，黑红脸膛，长得粗壮，看见生人，还有些羞怯。他爱人，长得也很结实，却大方自然，什么也不在乎的样子。小男孩有六七岁了。

最初，只是民工一个人干活，老婆不是守在他的身边，就是在附近捡些破烂，例如铁丝、塑料、废纸等物。收买这些废品的小贩，也是川流不息的，她捡到一些，随手就可以换钱，给孩子买冰棍吃。那小孩却有时帮他父亲浇浇花。

我有些旧想法，原以为这个农民，可能在村里出了什么事，待不住才携家带口，来到城市的。有一天清晨，我在马路上遇到他们，男的扛着一把铁锨走在前面，母子两人，紧跟在后，说说笑笑，上工去了。

他们睡在哪里，我不知道，夏天在这里随便就可以找到栖身之地的。中午，妇女找一片破席子，铺在马路边新栽的垂柳下面，买来几个面包，两瓶汽水，一家人吃喝休息，也是表现得很快活的。面对如流的豪华车辆，各路的人物精英，无动于衷，甚至是不屑一顾。他们是真正的自食其力者。

我想，这也是家庭，这也是天伦之乐，也不一定就比这些高楼里的住户，更多一些烦恼愁苦。

过了些日子，农妇也上班了，是拔草，提着一个破筐，把草地里的杂草拔掉，放在里面，半天也装不满一筐，这活儿是够轻松的了。

但秋天来了，我就见不到他们了，可能回家去了，也可能到别的地方干活儿去了。

装 修

早起，黄昏，我在楼群散步时，就常常联想起，当年走在深山峡谷的情景。那时中间是流水，周围是鸟语花香，一片寂静。现在是如流的汽车，排放着废气，此起彼落，是电焊电钻的噪声。不禁喟然叹道：毕竟是现代化了啊！

过去住大杂院，所谓干扰，不过是邻居盖小房，做家具，小孩子哭闹，都属于传统性质，是习惯了的。

我不怕自然界的声响，我认为：无论雷电轰鸣，狂风怒吼，洪水暴发，山崩地裂，都是一种天籁，一种自然景观。我唯怕恶人恶声，每听到见到，必掩耳而走，退避三舍。这次搬家，有一个原因，就在于此。现在电焊电钻的声音，还有凿洋灰地的声音，一户动工，万家震动，也令人不安。

然而这是没法躲避的。人们都在装修自己的住宅。里里外外，都要装修。家家户户，都要装修。其范围甚广，其时间不一，其爱好不同。然要现代化，如装太阳能、热水器、排风扇、电话、闭路电视，则无一项不需要焊、钻。且住户是陆续搬来，人手和材料的配备有先后，有人预计：全楼群安装妥帖，定在两年以后了。

我于是大恐。春节，有一位现代化友人来访，曾与他就此事交谈，兹录其要：

主：这房不是很好吗，这不都是公产吗，为什么还要这样折腾？

客：为的住着舒适阔气啊。现在分什么公私，公也是私，私也是公。

主：过去，有很多同志，放弃瓦舍千间，奔走革命，露宿荒野，住的是泥房、草屋、山洞、地洞。现在年近就木，又何必在这低矮狭窄的小天地里，费如此大的心思呢？

客：人各有志，志有多变。不能强求。且系新潮，势难阻挡。

主：为什么在盖房时，不预先把这些东西安装好？

客：这是国情。即使都安装好，他还是要鼓捣。现代化是不断更新，无止无休的呀！

主：这里住的不都是老年人吗？如果有人患心脏病，这种声音，他受得了吗？

客：老年人在这里，究竟还是少数，子女们多。至于患病的，那就更是个别的了。不会有人去注意。

我们的谈话，实际是不得要领。但客人说的“新潮”二字，最有启发性。新潮的到来，绝不是空谷穴风，总是有它到来的道理的。潮，总是以相反的形式，互相替代的。

明白人总是顺应新潮。弄潮儿之可贵，就在于此。苏子曰：

> 夫时有可否，物有废兴。方其所安，虽暴君不能废；及其既厌，虽圣人不能复。故风俗之变，法制随之。譬如江河之徙移，强而复之，则难为力。

反复斯言，我当有所醒悟了。

楼居随笔

观垂柳

农谚："七九、八九，隔河观柳。"身居大城市，年老不能远行，是享受不到这种情景了。但我住的楼后面，小马路两旁，栽种的却是垂柳。

这是去年春季，由农村来的民工经手栽的。他们比城里人用心、负责，隔几天就浇一次水。所以，虽说这一带土质不好，其他花卉，死了不少。这些小柳树，经过一个冬季，经过儿童们的攀折，汽车的碰撞，骡马的啃噬，还算是成活了不少。两场春雨过后，都已经发芽，充满绿意了。

我自幼就喜欢小树。童年的春天，在野地玩，见到一棵小杏树，小桃树，甚至小槐树，小榆树，都要小心翼翼地移到自家的庭院去。但不记得有多少株成活、成材。

柳树是不用特意去寻觅的。我的家乡，多是沙土地，又好发水，柳树都是自己长出来的，只要不妨碍农活，人们就把它留了下来，它也很快就长得高大了。每个村子的周围，都有高大的柳树，这是平原的一大奇观。走在路上，四周观望，看不见村庄房舍，看到的，都是黑压压、雾沉沉的柳树。平原大地，就是柳树的天下。

柳树是一种梦幻的树。它的枝条叶子和飞絮，都是轻浮的，柔软的，缭绕、挑逗着人的情怀。

这种景象，在我的头脑中，就要像梦境一样消失了。楼下的小垂柳，只能引起我短暂的回忆。

观藤萝

楼前的小庭院里，精心设计了一个走廊形的藤萝架。去年夏天，五六个民工，费了很多时日，才算架起来了。然后运来了树苗，在两旁各栽种一排。树苗很细，只有筷子那样粗，用塑料绳系在架上，及时浇灌，多数成活了。

冬天，民工不见了，藤萝苗又都散落到地上，任人践踏。

幸好，前天来了一群园林处的妇女，带着一捆别的爬蔓的树苗，和藤萝埋在一起，也和藤萝一块儿又系到架上去了。

系上就走了，也没有浇水。

进城初期，很多讲究的庭院，都有藤萝架。我住过的大院里，就有两架，一架方形，一架圆形，都是钢筋水泥做的，和现在观看到的一样，藤身有碗口粗，每年春天，都开很多花，然后结很多果。因为大院，不久就变成了大杂院，没人管理，又没有规章制度，藤萝很快就被作践死了，架也被人拆去，地方也被当作别用。

当时建造、种植它的人，是几多经营，藤身长到碗口粗细，也确非一日之功。一旦根断花消，也确给人以沧海桑田之感。

一件东西的成长，是很不容易的，要用很多人工、财力。

一件东西的破坏，只要一个不逞之徒的私心一动，就可完事了。他们对于“化公为私”，是处心积虑的，无所不为的，办法和手段，也是很多的。

近些年，有人轻易地破坏了很多已经长成的东西。现在又不得不种植新的、小的。我们失去的，是一颗道德之心。再培养这颗心，是更艰难的。

新种的藤萝，也不一定乐观。因为我看见：养苗的不管移栽，移栽的又不管死活，即使活了，又没有人认真地管理。

公家之物，还是没有主儿的东西。

听乡音

乡音，就是水土之音。

我自幼离乡背井，稍长奔走四方，后居大城市，与五方之人杂处，所以，对于谁是什么口音，从来不大注意。自己的口音，变了多少，也不知道。只是对于来自乡下，却强学城市口音的人，听来觉得不舒服而已。

这个城市的土著口音，说不上好听，但我也习惯了。只是当“文革”期间，我们迁移到另一个居民区时，老伴忽然对我说：

“为什么这里的人，说话这样难听?”

我想她是情绪不好，加上别人对她不客气所致，因此未加可否。

现在搬到新居，周围有很多老干部，散步时，常常听到乡音。但是大家相忘江湖，已经很久了，就很少上前招呼的热情了。

我每天晚上，八点钟就要上床，其实并睡不着，有时就把收音机放在床头。有一次调整收音机，河北电台，忽然传出说西河大鼓的声音，就听了一段，说的是《呼家将》。

我幼年时，曾在本村听过半部《呼延庆打擂》，没有打擂，说书的就回家过年去了。现在说的是打擂以后的事，最热闹的场面，是命定听不到了。西河大鼓，是我们那里流行的一种说书，它那鼓、板、三弦的配合音响，一听就使人入迷，这也算是一种乡音。说书的是一位女艺人。

最难得的，是书说完了，有一段广告，由一位女同志广播。她的声音，突然唤醒我对家乡的迷恋和热爱。虽然她的口音，已经标准化，广告词也每天相同。她的广告，还是成为我一个冬季的保留欣赏节目，每晚必听，一直到《呼家将》全书完毕。

这证明，我还是依恋故土的，思念家乡的，渴望听到乡音的。

听风声

楼居怕风，这在过去，是没有体会的。过去住老旧的平房，是怕下雨。一下雨，就担心漏房。雨还是每年下，房还是每年漏。就那么夜不安眠地，过了好些年。

现在住的是新楼，而且是墙壁甫干，街道未平，就搬进来住了。又住中层，确是不会有漏房之忧了，高枕安眠吧。谁知又不然，夜里听到了极可怕的风声。

春季，尤其厉害。我们的楼房，处在五条小马路的交叉点，风无论往哪个方向来，它总要迎战两个或三个风口的风力。加上楼房又高，距离又近，类似高山峡谷，大大增加了风的威力。其吼鸣之声，如惊涛骇浪，实在可怕，尤其是在夜晚。

可怕，不出去也就是了，闭上眼睡觉吧！问题在于，如果有哪一个门窗，没有上好，就有被刮开的危险。而一处洞开，则全部窗门乱动，披衣去关，已经来不及，摔碎玻璃事小，极容易伤风感冒。

所以，每逢入睡之前，我必须检查全部门窗。

我老了，听着这种风声，是难以入睡的。

其实，这种风，如果放到平原大地上去，也不过是春风吹拂而已。我幼年时，并不怕风，春天在野地里砍草，遇到顶天立地的大旋风过来，我敢迎着上，钻了进去。

后来，我就越来越怕风了。这不是指风的实质，而是指风的象征。

在风雨飘摇中，我度过了半个世纪。风吹草动，草木皆兵。这种体验，不只在抗日，防御残暴的敌人时有，在“文革”，担心小人的暗算时也有。

我很少有安眠的夜晚，幸福的夜晚。

觅 哲 生

一九四四年春天，有一支身穿浅蓝色粗布便衣、男女混杂的小队伍，走在从阜平到延安、山水相连、风沙不断、漫长的路上。

这是由华北联大高中班的师生组成的队伍。我是国文教师，哲生是一个男生，看来比我小十来岁。哲生个子很高，脸很白。他不好说话，我没见过他和别的同学说笑，也不记得，他曾经和我谈过什么。我不知道他的籍贯、学历，甚至也不知道他确切的年龄。

我身体弱，行前把棉被拆成夹被，书包也换成很小的，单层布的。但我“掠夺”了田间的一件日军皮大衣，以为到了延安，如果棉被得不到补充，它就能在夜晚压风，白天御寒。

路远无轻载。我每天抱着它走路，从左手换到右手，又从右手换到左手。这时，就会有一个青年走上来，从我手里把大衣接过去，又回到他的队伍位置，一同前进。他身上背的东西，已经不少，除去个人的装备，男生还要分背一些布匹和粮食。到了宿营地，他才笑一笑，把皮大衣交给我。在行军路上，有时我回头望望，哲生总是沉默地走着，昂着头，步子大而有力。

到了延安，我们就分散了。我在鲁艺，他好像去了自然科学院。我不记得向他表示过谢意，那时，好像没有这些客套。不久，在一场水灾中，大衣被冲到延河里去了。

解放以后，我一直记着哲生。见到当时的熟人，就打听他。

越到晚年，我越想：哲生到哪里去了呢？有时也想：难道他牺牲了吗？早逝了吗？

在行军路上，有时我回头望望，哲生总是沉默地走着，昂着头，步子大而有力。

朋友的彩笔

老季，是我在土改期间结识的朋友。我把这些已经为数不多的朋友，称作进城以前的朋友，对他们有一种较深的感情。因为虽不能说都共过患难，但还是共过艰苦的。

我在饶阳县某村做土改工作时，常到村里的小学校去玩。

老季，我不清楚，他那时在做什么，也好到学校去。他穿着军装，脾气憨厚，像个农民，好写东西，因此接近。

进城以后，他是作家，在几家出版社当过编辑，也经受过政治上的坎坷。

我对他的印象加深，是在“文革”以后。他不断写一些关于我的文章，在征求我的意见时，我总对他说：

“不要写成报告文学，更不要写成小说，不要添枝加叶，不要吹捧。”

老季都同意，态度是很诚实的。但他写出东西来，我一看，总是觉得路子不对头。第一次是他写到我写小说时，我的老伴，如何给我端茶水、送牛奶，如何在夜深时，在我身上加一件衣服。

那时，我们还都没有老，说话没顾忌，我说：“老季，这些情景，你都看见了吗？怎么有这么多的描写呢？那时，我同老伴，并不住在一处，她也没有这种习惯，虽然她对我很有感情。你这些描写，用到电影、戏剧的表演上去，是很合适的。用到我身上，我就觉得别扭，因为我实际上，没有享受过这种福分。”

老季只是笑笑完事，也不反驳。我以为我的劝告会奏效，其实不然。

他不断在报刊上写这类文字，甚至在题为写别人的文章里，也总是写到我，叫人看了以后，不知他到底在写谁。能够叫我心折的，实在不多。另外，大家都老了，我说话，也不能像过去那样直率了。最近一次，我是这样和他谈的："老季，读了你写的关于我的文章，总有这样一种感觉：说它没有根据吧，根据还是有的；说它真实吧，里面又总有一些地方不那么真实。举个例子吧，比如你在日报写的文章，说我在长仕下乡的时候，与一匹马同住一个屋子，其实，是一匹驴。和马同住一个屋子，是在于村的时候。"

"有机会，我可以改正。"老季说。

我说："这不是什么大问题，改不改没有关系，我是告诉你当时真实的情况。"

过了不久，我又在晚报上看到他写的一篇，还是日报上那个内容，故事里讲的还是马，结尾处，马却变作驴。

我叹息一声：这就是老季改过的文章了，还不如不改。这一改，真成了驴唇不对马嘴。

我有些后悔和他谈这些琐事了。

还有，就是他在每篇文章里，都提到我在喝粥，在纵情大笑，并推演到医学上去，说这是我的养生之道。他把稿子投给老年人的刊物。

我能活到现在，难道是因为喝粥？是因为乐观？是因为会养生？这真有天知道了。

老季的一片热心，我是领会的。唯有他这种创作方法，我很不同意。他好像也不认真、仔细地去读我的自述。自己的材料写完了，就用别人谈的材料，道听途说。

就在上面提到的那篇文章里，他还写道：在长仕，我见朋友问尼姑的年纪，就大笑起来。并告诫朋友，尼姑是最忌讳别人问她的年岁的，等等。先不用说，这种作风，非敝人所有，就是这点知识，也是看了他这篇文章才有的，过去并无所知。

前几天，他陪另一位朋友来看我。那天，我想到自己来日无多，这两位朋友，虽也是因时而交，来往至今，实属不易，动了感情。我说的话很多。其中也说到老季写的这种文章，大大小小，重复的，不重复的，都能发出去，不简单。

那位朋友说："老季人缘好。再说，别人也写不出来呀！"

芸斋曰：庸材劣质，忧患余生。蒙新旧友人不弃，每每以如椽之笔，对单薄之躯，施加重彩，以冀流传。稍知人情，理应感奋。然此交友之道也。如论艺术，当更有议。

艺术所重，为真实。真实所存，在细节。无细节之真实，即无整体之真实。今有人，常常忽视细节真实，而侈论“大体真实”，此空谈也，伪说也。

每一时代，有其风尚，人物言论随之。魏晋风度，存于《世说新语》。以后之作，多为模仿，失其精神，强作可人。此无他，非其时代，而强求其人，不可得也。

今春无事，曾作《读史记记》长文一篇，反复议论此旨，惜季君未曾读，或读之而未得其意也。

我想得到的，只是一幅朴素的，真实的，恰如其分的炭笔素描。

老同学

赵县邢君，是我在保定育德中学上高中时的同班同学。当时，他是从外地中学考入，我是从本校初中毕业后，直接升入的。他的字写得工整，古文底子很好，为人和善。高中二年同窗，我们感情不错。

毕业后，他考入北京大学中文系，我则因为家贫，无力升学，在北平流浪着。我们还是时有过从，旧谊未断。为了找个职业，他曾陪我去找过中学时的一位国文老师。事情没有办成，我就胡乱写一些稿子，投给北平、天津一些报纸。文章登不出来，我向他借过五元钱。后来，实在混不下去，我就回老家去了。

他家境虽较我富裕，也是在求学时期。他曾写信给我，说他心爱的二胡，不慎摔碎了，想再买一把，手下又没钱。意思是叫我还账。我回信说，我实在没钱，最近又投寄一些稿件，请他星期日到北京图书馆，去翻翻近来的报纸，看看有登出来的没有。如果有，我的债就有希望还了。

他整整用了半天时间，在图书馆翻看近一个月的平津报纸，回信说：没有发见一篇我的文章。

这些三十年代初期的往事，可以看出我们那时都是青年人，有热情，但不经事，有一些天真的想法和做法。

从此以后，我们就没有再见过面，那五元钱的债，也一直没得偿还。

前年春夏之交，忽然接到这位老同学的信，知道他已经退休，回到本县，帮助编纂地方志。他走过的是另一条路：大学毕业后，就在国民党政权下做事。目前处境不太好，又是孤身一人。

我叫孩子给他寄去二百元钱，也有点还债的意思。这是解决不了多少问题的。我又想给他介绍一些事做，也一时没有结果。最后，我劝他写一点稿子。

因为他曾经在旧中华戏曲学校任过职，先写了一组谈戏的文章寄来。我介绍给天津的一家报纸，只选用了两篇。当时谈京剧的文章很多，有些材料是重复了。

看来投稿不顺利，他兴趣不高，我也有点失望。后来一想：老同学有学识，有经历，文字更没问题，是科班出身。可能就是没有投过稿，摸不清报纸副刊的脾气，因此投中率不高。而我给报纸投稿，不是自卖自夸，已有半个世纪以上的历史，何不给他出些主意，以求改进呢？从报上看到钱穆教授在台湾逝世，我就赶紧给老同学写信，请他写一篇回忆文字寄来，因为他在北大听过钱的课。

这篇文章，我介绍给一家晚报，很快就登出来了。老同学兴趣高涨，接连寄来一些历史方面的稿件，这家报纸都很快刊登，编辑同志并向我称赞作者笔下干净，在目前实属难得。

这样，一个月能有几篇文章发表，既可使他老有所为，生活也不无小补，我心中是非常高兴的。每逢把老同学的稿子交到报社，我便计算时日，等候刊出。刊出以后，我必重读一遍，看看题目有无变动，文字有无修改。

这也是一种报偿，报偿三十年代，老同学到北京图书馆，为我查阅报纸的劳绩。不过，这次并不是使人失望，而是充满喜悦，充满希望的。老同学很快就成为这家报纸的经常撰稿人了。

老同学在旧官场，混了十几年，路途也是很坎坷的，过去，恐怕从没有想过投稿这件事。现在，踏入这个新门坎，也会耕之耘之，自得其乐的吧。

芸斋曰：余之大部作品，最早均发表在报纸副刊。晚年尤甚，所作难登大雅之堂，亦无心与人争锋争俏，遂不再向大刊物投稿，专供各地报纸副刊。朋友或有不解，以为如此做法，有些自轻趋下。余以为不然。向报纸投稿，其利有三：

一为发表快；二为读者面广；三为防止文章拉长。况余初起步时，即视副刊为圣地，高不可攀，以文章能被采用为快事、幸事！至老不疲，亦完其初衷，示不忘本之意也。唯投稿副刊，必有三注意：一、了解编辑之立场，趣味；二、不触时忌而能稍砭时弊；三、文字要短小精悍而略具幽默感。书此，以供有志于进军副刊者参考。鲁迅文学事业，起于晨报副刊，迄于申报副刊，及至卧床不起，仍呼家人："拿眼镜来，拿报纸来！"此先贤之行谊，吾辈所应借鉴者也。

鲁迅文学事业，起于晨报副刊，迄于申报副刊，及至卧床不起，仍呼家人：“拿眼镜来，拿报纸来！”

暑期杂记

思念文会

近日，时常想念文会，他逝世已有数年。想打听一下他的家属近状，也遇不到合适的人。

文会少年参军，不久任连队指导员。“文革”后期，我托他办事，已知他当年的连长，任某省军区司令。他如不转到地方工作，生前至少已成副军级无疑。

可惜他因爱好文艺，早早转业，到了地方文艺团体，这不是成全人的所在，他又多兼行政职务，写作上没有什么成绩。

文会进城不久就结了婚，妻子很美。家务事使他分心不小。老母多年卧床不起。因受刺激，文会神经曾一度失常。

文会为人正直热情，有指导员作风。外表粗疏，内心良善，从不存害人之心，即此一点，已属难得。

他常拿稿子叫我看。他的文字通顺，也有表现力。只是在创作上无主见，跟着形势走，出手又慢，常常是还没定稿，形势已变，遂成废品。此例甚多，成为他写作的一个特点。

但他的用心是好的，出发点是真诚的，费力不讨好，也是真的。那时创作，都循正途——即政治，体验，创作。全凭作品影响，成功不易。

今天则有种种捷径，如利用公款，公职，公关，均可使自己早日成名。广交朋友，制造舆论，也可出名。其中高手，则交结权要、名流，然后采取国内外交互哄抬的办法，大出风头。作品如何，是另外一回事。

“文革”以后，文会时常看望我。我想到他读书不多，曾把发还书中的多种石印本送给他，他也很知爱惜。

文会先得半身不遂，后顽强锻炼，恢复得很好。不久又得病，遂不治，年纪不大，就逝去了。那时我心情不好，也没有写篇文章悼念他。现在却越来越觉得文会是个大好人，这样的朋友，已经很难遇到。

胡家后代

我从十二岁到十四岁，同母亲、表姐，借住在安国县西门里路南胡姓干娘家。那时胡家长子志贤哥管家，待我很好。

志贤嫂好说好笑，对人也很和善。他们有一个女儿，名叫俊乔，正在上小学，是胡家最年幼的一代。

天津解放以后，志贤哥曾到我的住处，说俊乔在天津护士学校读书。但她一直没有找过我，当时我想，可能是因为我在她家时，她年纪小，和我不熟，不愿意来。后来，我事情多，也就把她忘记了。

前几天，有人敲门，是一位老年妇女。进屋坐下以后，她自报姓名胡俊乔，我惊喜地站起来，上前紧紧拉住她的手。

我非常兴奋，问这问那。从她口中得知，她家的老一辈人都去世了，包括她的祖母、父母、叔婶、二姑。我听完颓然坐在椅子上。我想到：那时同住的人，在我家，眼前就剩下了我；在她家，眼前就只剩下她了。她现在已经六十七岁，在某医院工作。

她是来托我办事的。我告诉她，我已经多年不出门，和任何有权的人，都没有来往。我介绍她去找我的儿子，他认识人多一些，看看能不能帮她解决问题。她对我不了解，我找了几本我写的书送给她。

芸斋曰：我中年以后，生活多困苦险厄，所遇亦多不良。

故对过去曾有恩善于我者，思有所报答。此种情感，近年尤烈。然已晚矣。一九五二年冬，我到安国县下乡，下车以后，即在南关买了一盒点心，到胡家去看望老太太，见到志贤兄嫂。当时土改过后，他家生活已很困难，我留下了一点钱。以后也就没有再去过。如无此行，则今日遗憾更深矣。

捐献棉袄

报社来人，为灾民捐钱捐物。我捐了二百元钱，捐了一件大棉袄。

这件棉袄，原是“文革”开始，老伴给我购置，去劳动时穿的。当时还是新式样，棉花很厚，能御寒，脱穿也方便。

她不知道，那时已经不能穿新衣，那会引起“革命群众”的不满。所以在机关劳动时，我只是披着它劈过几次柴。到干校后，也只是在午间休息时，搭在身上，当被子盖。

因此，当干校结束，回到家中时，它还完整如新。因为在干校养成了以衣当被的习惯，每当春秋季节，我还是把它放在床头；到了冬季，就是外出的大衣。

我自幼珍惜衣物，穿用了这么些年，它只拆洗过一次，是我最实用，最爱惜的一件衣服。这不只因为它，曾经伴我度过那一段苦难的岁月，也使我怀念当时细心照料自己的亲人。

时间是最有效的淡忘剂。“文革”一难，当时使人痛苦轻生。现在想来，它不过是少数人，对我们的民族，对我们的后代，最后是对他们本人开了一次大玩笑。但它产生的灾害，比洪水大得多，是没法弥补的。

这件棉袄，将带着我蒙受的灾难风尘，和我多余的忧患意识，交到灾民手中。老年的农民，也许会喜欢穿它，并能嗅到这种气味，同意我这种意识。

这件衣服，伴随我二十五年，但它并非破烂。我每年晾晒多次，长毛绒领子，一点没有缺损，只是袖头掉了一个装饰性纽扣。它放在手下，因此，我随手把它捐出。我把它叠好捆好，然后才交给报社来的同志。

也有人说：“这是你还活着。如果‘文革’时真的死了，它也早已当作破烂处理了。”

他说的自然也有道理。

分发书籍

因为不在一起住，也不知第三代，好看什么书。有一次，郑重其事地把我珍藏的几部外国古典名著，送给已经考入中学的外孙女儿。一家人视为重典，女儿说：

“姥爷的书，可不是轻易能得到的，我都不敢去动。现在破格给了你，你要好好读。”

可是，过了几天，外孙女对我说，那些书都是繁体字，她看不了。这使我大失所望，还不知道有繁体字这一麻烦。

孙子，看来不喜欢读书。他好摆弄家用电器，对小卧车的牌号，分别记得很清楚。还有些官迷。有一次，穿一身笔挺的西装，跷起一条腿，坐在我的藤椅上，把头微微一偏，问我：

“爷爷，你看我像个局长吗?”

我未置可否。又一次，他说他做了一个梦，代替了某某人的角色，使我不禁大笑起来。当然，这都是那几年的事，他还在上小学。另外，少年有大志，也不能说是坏事。

现在考上了中专。暑假期间，我问他在看什么书。

“爷爷，你有马克·吐温的书吗?”他这一问，使我大吃一惊，心里非常高兴。赶紧说：

“好！马克·吐温是大作家，他的作品读起来，很有趣味。我一定给你找一本。你怎么知道他的?”

他答：“我们的语文课本上，有他的文章。”

最近，人民文学出版社，和我订合同，带来四大本中国古典小说作礼物。这是豪华印本，很久不见这样纸张好，油墨、铅字好，装订好的书了。我很喜爱，并对儿子和女儿说了这件事。

不久，孙子和外孙子都来对我说，想看中国古典小说，街上买不到。我想，看中国古典小说，总比看流行小说好，就找出前些年人文送我的普及本《三国演义》和《西游记》，分给他们。《三国演义》还是简化字。他们好像兴趣不大。

后来我想，他们也不一定是想看，可能是他们的父母，叫他们来要我那豪华本。儿女们都不大爱读书，但都喜欢把一些豪华本名著，放在他们的组合书柜中。

我的习惯是，有了好书就藏起来。

残瓷人

这是一个小女孩的白瓷造像。小孩梳两条小辫，只穿一条黄色短裤。她一手捧着一只小鸟，一手往小鸟的嘴中送食，这样两手和小鸟，便连成了一体。

这是我一九五一年，从国外一个小城市买回的工艺品。那时进城不久，我住在一个大院后面，原来是下人住的小屋，房间里空空，我把它放在从南市旧货摊上买回的一个樟木盒子里。后来，又放进一些也是从旧货摊上买来的小玩意儿，成了我的百宝箱。

有一年，原在冀中的一位老战友来看我。我想起在抗日战争时期，我过封锁线，他是军分区的作战科长，常常派一个侦察员护送我，对我有过好处，一时高兴，就把百宝箱打开，请他挑几件玩意儿。他选了一对日本烧制的小花瓶，当他拿起这个小瓷人的时候，我说："这一件不送，我喜欢。"

他就又放下了。为了表示歉意，我送了他一张董寿平的杏花立轴。他高兴极了。

后来我的瓷器多了，买了一个玻璃柜，专放瓷器，小瓷人从破木盒升格，也进入里面。"文化大革命"，全被当作四旧抄走了。其实柜子里，既没有中国古董，更没有外国古董。它不过是一件哄小孩的瓷器，底座上标明定价，十六个卢布。

落实政策，瓷器又发还了。这真是有组织有计划的抄家，东西保存得很好，一件也没有损失，小瓷人也很好。

我已经没有心情再玩弄这些东西，我把它们放在一个稻草编的筐子里。一九七六年大地震，我屋里的瓷器，竟没有受损，几个放在书柜上的瓶子，只是倒在柜顶上，并没有滚落下来。小瓷人在草筐里，更是平安无事。

但地震震裂了屋顶。这是旧式房，天花板的装饰很重，一天夜里下雨，屋漏，一大块天花板的边缘部分，坠落下来，砸倒了草筐，小瓷人的两只手都断了。

我几经大劫，对任何事物，都没有了惋惜心情。但我不愿有残破的东西，放在眼前身边。于是，我找了些胶水，对着阳光，很仔细地把它的断肢修复，包括几片米粒大小的瓷皮，也粘贴好了。这些年，我修整了很多残书，我发现自己在修修补补方面，很有一些天赋。如果不是现在老眼昏花，我真想到国家的文物部门，去谋个差事。

搬家后，我把小瓷人带入新居，放在书案上。不知为什么，我忽然有些伤感了。我的一生，残破印象太多了，残破意识太浓了。大的如“九一八”以后的国土山河的残破，战争年代的城市村庄的残破。“文化大革命”的文化残破，道德残破。个人的故园残破，亲情残破，爱情残破……我想忘记一切。我又把小瓷人放回筐里去了。

司马迁引老子之言：美好者不祥之器。我曾以为是哲学之至道，美学的大纲。这种想法，当然是不完整的，很不健康的。

我的一生，残破印象太多了，残破意识太浓了。大的如“九一八”以后的国土山河的残破，战争年代的城市村庄的残破。“文化大革命”的文化残破，道德残破。个人的故园残破，亲情残破，爱情残破……我想忘记一切。我又把小瓷人放回筐里去了。

新春怀旧

东宁姨母

昨晚看电视，《神州风采》节目，介绍东北边陲小城东宁县。这个地名，我从小就知道。但究竟在哪里？离我的家乡到底有多远？是个什么地方，什么样子？我全都茫然。我细心地观看了电视上的介绍，感到在那熙熙攘攘的人流中，一定有我二姨母家的后代子孙。

外祖父家很贫苦，二姨母嫁给北黄城杜姓。姨父结婚不久，就下了关东。姨母生下一个男孩，叫书田，婆家不好住，姨母就带着孩子，住在娘家，有时住在我家，寄人篱下，生活很苦。这样一直到书田表哥十来岁上，姨父才来信，叫她到东北去，就是东宁县。

姨母在我家住时，常给我讲故事。她博通戏文，记忆力也很好。另外，她曾送给我二十四个铜钱，说上面的字，连起来是一首诗。我也忘记是些什么铜钱，当姨母启程时，母亲对我说，这些铜钱可以镇邪，乘车车不翻，乘舟舟不漏，叫我还给姨母了。

姨母到了东北以后，母亲常叫我给姨母写信。有一次我把省份弄错了，镇上的邮政代办所叫另写，母亲知道后，狠狠骂了我一顿，说我白念了书。一个小镇的代办人员，能对东宁这个边远小县，记得如此清楚，可见当年我们那一带，有多少人流浪在那里，有多少信件往来了。

姨母到了那里，又生了一个男孩，取名东转。听母亲说，姨父原来不务正业，下关东后，原先在赌场，给人家“跑合”。姨母去了以后，才回心转意，往正道上奔。加上姨母很能干，这样每年可以积攒一些钱，寄到我家，代买了几亩地。先由我家代种，后改由三姨母家代种。

书田表哥也大了，在东宁县开了一个小杂货店，我常常见到他写给我父亲的信，每次都通报那里粮食的价格。

东转表弟，不大安分。日军侵占东北以后，他当了伪军。“五一大扫荡”时，家乡传说他曾到冀中，但谁也没有亲眼见过他。

全国解放以后，书田表哥不知怎么弄到一本我写的小说，他给我写信说，已告知姨母，并说“这是一段佳话”。

“文革”时，我在报社大院劳动，书田哥的一个儿子来看我，在院里说了几句话，知道姨母，早已去世，书田哥的老伴，也故去了。小杂货铺已关闭，书田哥现在一家饭馆当会计。

后来，我的工资恢复，我的老伴也死去，很是苦闷孤独，思念远亲，我给书田哥寄去三十元钱，想换回些同情和安慰。没想到，他来了封回信，问起他家那几亩地，有些和我算账的意思。我真有些不愉快了。他老糊涂了，连老区的土改都不知道。后来，我没有再给他写过信。他也早已去世了。

从电视上，我知道东宁是中国、俄国、朝鲜，多民族聚居的地方，看起来，是很繁华热闹的。我幼年时，除去东宁，还知道一个地名叫黑河，是我大舅父去过的地方，前些日子，《神州风采》节目中，也介绍过。

那时人们想赚钱，都往东北跑，现在是奔东南。都是在春节过后，告别故乡。过去是背着简单的行李，徒步赶路。现在是携家带口，挤上火车。

同乡鲁君

抗战前，我有一个既是同乡又是同学的朋友，他姓鲁。他的家，离我们村十几里地，每年春节，他都骑车到我家拜年，一见我母亲就问：“伯母好！”这在今天，本是一句普通话，但在那时的农村，却显得特别文明、洋气。所以我的乡下老伴，一直记得，还有时模仿他的鞠躬动作。

旧社会，封建观念重，中学里也有同乡会。都是高年级的学生主持。我升到高中时，也担任这种角色。鲁比我小三岁，把我看作兄长。

七七事变，有办法和有钱的学生，纷纷南逃，鲁有一个做官的伯父，也南下了。我没有办法，也没有钱，就在本地参加抗日工作。

从那时起，一直到前年，没有鲁的音讯，我总以为他到了台湾。忽然有一天，出版社转来一封他写给我的信，才知道他在重庆当教授，并创办了一所大学。现已退休。

从此就书信不断，听说我心脏不好，他给我寄红参，又寄人参。去年到北京开会，又专门来看我一次，住了一夜。我记得，我们是六十年不见了。他说是五十六年。他是学数学的，是测绘专家，当然记得准确。

这些年我很少招待亲朋。他以前表示要来，我也没有做过积极的反应。我以为少年之交，如同朝霞。多年不见，风轻云淡，经历不同，性格各异，最好以通信方式，保持友谊，不一定聚会多谈。实际上，在通过几次信件以后，各人的大体情况，都互相知道得差不多了，见面之后，也不一定有多少话好说。

但像鲁这样的朋友，他要来，我是不好拒绝的，也是希望见见的。因为这不只是多年不见，也恐怕是最后一面了。我珍惜我们少年时的友谊。

他是中午打电话来，告诉我到天津的时间的。整个下午，我都在紧张，一听见楼梯响，就开门看看。但直到六点，他还没有来。做饭的人，到时要下班，我只好先吃饭。刚拿起筷子，他就来了。

他是下了火车，坐公共汽车来的，身上还带着很多雪花。这使我很过意不去。我原想他会租一辆车来的。

我们一起，吃了一顿便饭。

晚上，我破例陪他说了很长时间的话，都是重复在信上说过的话。一边说话，少年时天真相聚的景象，一边在我脑子里闪现，越发增加了我伤逝的惆怅情绪。

我不愿重会多年不见的朋友，还有一个原因。就是相互之间的隔膜和不了解。人家以为我参加工作早，老干部，生活条件一定如何好，办法一定如何多。其实完全不是那么回子事。一见面会使老朋友失望，甚至伤心。

好在鲁的性格还没有变，还是那样乐观。能够体谅我，也敢于规劝我。他会中医，给我诊了脉，说心脏没有大问题。第二天，又帮做饭的包饺子，细细了解了我的生活习性和现状。他放心了。

在此以前，我把我所写的书，全寄给他了。这次来，知道他在练字，又没有好字帖，又送给他一部北京日报社印的《三希堂字帖》四厚册，书是全新的，也太笨重，我已无力给他包裹，他自己捆了捆，手也不好用了。看来他很喜欢。

他对我说，我高中毕业时，把所有的英文书籍：《莎氏乐府本事》《泰西五十轶事》《林肯传》，都留给了他。又说，他从来不看小说，在他主办的大学里，图书馆也不买文艺书。但我的书，他都读了，主要是从中了解我的生活和经历。

我也想起不少往事。我曾经向他家要过一对大白鹅，鲁特意叫人给我送到家里。他家深宅大院，养鹅可以，我家是农舍小院，养这个并不适宜。我年轻好事，养在场院里，鹅仰头一叫，声震四邻。抗日期间，根据地打狗，家里怕惹事，就把鹅宰了。这是妻子后来告诉我的。

走时，我叫儿子借了一辆车，送他到车站，并扶他上了火车。

庸庐闲话

我的起步

我初学写作时，在农家小院。耳旁是母亲的纺车声和妻子的机杼声，是在一种自食其力的劳动节奏中写作的。在这种环境里写作，当然我就想到了衣食，想到了人生。想到了求生不易，想到了养家糊口。

所以，我的文学的开始，是为人生的，也是为生活的。想有一技之长，帮助家用。并不像现代人，把创作看得那么神圣，那么清高。因此，也写不出出尘超凡，无人间烟火气味的文字。

大的环境是：帝国主义侵略，国家危亡，政府腐败，生民疾苦。所以，我的创作生活一开始，就带有浓重的苦闷情绪和忧患意识，以及强烈的革命渴望和新生追求。

我的戒条

写小说，不能不运用现实材料。为了真实，又多运用亲眼所见的材料。不可避免，就常常涉及到熟人或是朋友。需要特别注意。

不要涉及人事方面的重大问题，或犯忌讳的事。此等事，耳闻固不可写，即亲见亦不可写。

不写伟人。伟人近于神，圣人不语。不写小人。小人心态，圣人已尽言之。如舞台小丑，演来演去，无非是那个样儿。且文章为赏心悦目之事，尽写恶人，于作者，是污笔墨；于读者，是添堵心。写小人，如写得过于真实，尤易结怨。“宁得罪君子，不得罪小人。”在生活中，对待小人的最好办法，是不与计较，而远避之。写文章，亦应如此。

我的自我宣传

按道理说，什么事，都应该雪中送炭，不应该锦上添花。但雪中送炭，鲜为人知，是寂寞事。而锦上添花，则是热闹场中事，易为人知，便于宣传。

我是小学教师出身，一切事情，欲从根柢培养。后从事文艺工作，此心一直未断，写了不少辅导、入门一类的文字。当时初建根据地，一切人才，皆需开发，文艺亦在初创之列。

我做的这方面的工作，鲜为文艺界所知。一位领导同志，直到有人送了他一部我的文集，才对我说：“你过去写了那么多辅导文章，我不知道。”

我在延安时，只发表小说，领导同志就以为我只会写点小说。“文化大革命”以后，他来我家，问我在写什么，我说在写“理论”文章，他听了，表情颇为惊异。还有些不以为然的样子，大概是认为我不务正业吧。

到了晚年，遇有机会，我就自我宣传一下，我在这方面，曾经做过的工作。理论文章的字数，实际上，和我创作的字数差不了多少。

西安事变时，我有一位朋友，写了一个剧本，演出以后，自己又用化名写了长篇通讯，在上海刊物上发表，对剧本和演出大加吹捧。抗战时，我们闲谈，有人问他：你怎么自吹自擂呢？他很自然地回答：因为没有别人给宣传！

我最佩服的人

要问我现在最佩服哪一个，我最佩服的是一位老作家。此公为人老实，文章平易，从不得罪人。记忆又好，能背写《金瓶梅补遗》。一生平平安安，老来有些名望，住在高层，儿孙满堂，同老伴享受清福。还不断写些歌颂城市建设的散文。环顾文坛，回首往事，能弄成像他这样光景的，能有几人？

听说他在“文化大革命”时，给机关的两个造反派卖小报。左右手分拿，一家十份，不偏不倚。后来，他又把自己默写的“补遗”，分送给“核心”成员。这些成员，如获至宝，昼夜讽诵，竟忘记了红宝书语录。这一举，可谓大胆。如果当时有人揭发，他的罪名岂止“瓦解斗志，破坏革命”？这样老实人，敢这样做，是他心里有数。他看准这些“核心”，都是外强中干，表里不一的卑琐之徒，是不堪糖衣炮弹一击的。从这里也看出，此公外表憨厚，内心是极度聪明的。

我与官场

我自幼腼腆，怕见官长。参加革命工作后，见了官长，总是躲着。如果是在会场里，就离得远些，散会就赶紧走开。一次，在冀中区党委开会，宣传部长主持。他是我中学时同学，又是抗战学院同事。他一说散会，我就往外走。他忽然大声叫我，我只好遵命站住。

因为很少见到别的官，所以见宣传部的官，就成了我的苦事。很长时间，人们传说我最怕宣传部。有一次朋友给我打电话，怕我不接，就冒充宣传部。结果我真地去接了，他一笑。我恼羞成怒，他说是请我去陪客吃饭，我也没去。

我也不愿见名人。凡首长请文艺界名人吃饭，叫我去，我都不去。后来也就没人再叫我了，因此也没有吃好东西的机会。

有一次，什么市的作协，来了一个副主席。本市作协的秘书长来请我去陪客。因为和那个副主席熟识，我就去了。后来，秘书长告诉我：叫我去，是对口，因为我是本市作协的副主席。我一想，这太无聊了，从此就再也不去“对口”。

文艺界变为官场，实在是一大悲剧。我虽官运不佳，也挂过几次职称。比如一家文艺刊物的编委。今天是一批，明天又换一批，使人莫名其妙。编委成了“五日京兆”，不由自主地浮沉着。我是在和什么人，争这个编委吗？仔细一想，真有点受到侮辱的感觉。以后，再有人约我，说什么也不干了。当然，也不会再有这种运气。

文艺受政治牵连，已经是个规律。进城后，我在一家报社工作。社长后来当了市委书记，科长当了宣传部长。我依然如故，什么也不是。“文化大革命”，我却成了他们的“死党”。这显然是被熟人朋友出卖了（被出卖这一感觉，近年才有）。要说“死党”，这些出卖人的，才货真价实。后来，为书记平反，祭墓，一些熟人朋友，争先恐后地去了。我没有去。他生前，我也没有给他贴过一张大字报。

文人与官员交好，有利有弊。交往之机，多在文人稍有名气之时。文人能力差，生活清苦，结交一位官员，可得到一些照顾。且官员也多是文人的领导，工作上也方便一些。这是文人一方的想法。至于官员一方，有的只是慕名，附会风雅，愿意交个文化界的朋友；有的则可得到重视知识分子的美名。在平常日子里，也确能给予文人一些照顾，文人有些小的毛病，经官员一说话，别人对他的误会，也可随之打消。但遇到像“文化大革命”这样的运动，则对两方都没有好处。官员倒霉，则文人倒霉更大。文人受批，又常常殃及与他“过从甚密”的官员。结果一齐落水，谁也顾不了谁。然在政治风浪中，官员较善游，终于能活，而文人则多溺死了。

至于所交官员，为风派人物，遇有风吹草动，便迫不及待地把“文友”抛出去，这只能说是不够朋友了。

总之，文人与官员交，凶多吉少，已为历史所证明。至于下流文人，巴结权要，以求显达，那又是另外一回事了。

我的仗义

三年前，搬到新居，住在三层。每逢有挂号信件到来，投递员在楼下高声呼叫，我就心惊肉跳，腿也不好用，下楼十分艰难。投递员见我这样，有时就把信给我送上来，我当然表示感谢，说几句客气话。

过了一些时候，投递员对邻居抱怨说：“这位大爷，太不仗义了。”邻居转告我，我一时明白不过来。邻居说：“送他点东西吧，上楼送信，是份外劳动。”过年时，我就送了他一份年历，小伙子高兴了，我也仗义了。

其实，我青年时很热情，对朋友也是一片赤诚，是后来逐渐消磨，才变成现在这样不“仗义”。

我曾两次为朋友仗义执言。一次是“胡风事件”时，为诗人鲁君，好像已经谈过，不再详记。另一次是为作家秦君，当时他不在场，事后我也没有和他谈过。

一九四六年，我回到我的家乡工作。有一次区党委召集会议，很是隆重，军区司令员、区党委组织部长，都参加了。在会上，一个管戏剧的小头头，忘记了他姓什么，只记得脸上有些麻子，忽然提出：“秦某反对演京剧，和王实味一样！”

我刚从延安来，王实味是什么“问题”，心里还有余悸。一听这话，马上激动起来，往前走了两步，扶着司令员的椅背，大声说：

“怎么能说反对唱京戏，就是王实味呢，能这样联系吗？”

我的出人意外的举动，激昂的语气，使得司令员回头望了望，他并不认识我。组织部长和我有一面之交，替我圆了圆场，没有当场出事，但后来在土地会议时，还是发生了。

仗义，仗义，有仗才有义。如果说第一次仗义，是因为我自觉与胡风素不相识，毫无往来，这第二次，则自觉是本地人，不会被见外。

现在，我可以说，当时有些本地人是排外的。秦是外来人。他到冀中，我那时住在报社，也算客人。秦来了，要吃要住，找到我，我去找报社领导，结果碰了钉子。

在秦以前，戏剧家崔君，派来当剧团团长，和本地人处得不好。结果，在一次夜间演出时，被群化了装的警卫人员，哄打一顿，又回了原单位。

文艺界，也有山头，也怕别人抢他的官座。这是我后来慢慢悟出的道理。

秦后来帮我编《平原杂志》，他也会画。有一期封面，他画的是一个扎白头巾的农民，在田间地头，用铁铲戳住一条蛇。当时，我并没有看出他有什么寓意。很多年以后，我才悟出，这是他对地头蛇的痛恨。好在当时地方上，也没有人注意到这一点。不然，那还了得。

自秦以后，我处境越来越不好，也就再也不能仗义了。

排外的又一例是：写小说的孔君，夫妻俩来这里下乡、写作。土地会议时，三言两语，还没说清楚罪名，组长就宣布：开除孔的党籍。我坐在同一条炕上，没有说一句话。前几天，我已经被“搬了石头”。

其实，外地人到这里来，如果能和这里的同行，特别是宣传干部，处得好，说得来，就不会出这种事。无奈这些文艺工作者，都不善于交际，便被说成自高自大。随后又散布流言，传给领导。遇到时机，就逃不脱。因为领导对这些外来者，并不了解，只听当地人汇报。

我的绿色书

我自幼喜欢植物，不喜欢动物。进入学校，也是对植物学有兴趣。在我的藏书中，有不少是关于植物的书，如《群芳谱》、《广群芳谱》、《花镜》、《花经》。其中《植物名实图考长编》，是一部大著作；它的姊妹篇，是《植物名实图考》，都是图，白描工笔，比看植物标本，还有味道，就不用说照片了。

我喜欢植物，和我的生活经历有关：我幼年在农村庄稼地里度过，后来又在山林中，游击八年。那时，农村的树木很多，村边，房后，农民都栽树。旧戏有段念白：看前边，黑压压，雾沉沉，不是村庄，便是庙宇。最能形容过去农村树木繁盛的景象。

幼年时，我只有看见农民种植树木，修剪树木的印象，没有看见有人砍伐树木的印象。

“文化大革命”以后，我曾亲眼看到一个花园式庭院毁灭的经过：先是私人，为了私利，把院中名贵的、高大的花木砍伐了；然后是公家，为了方便，把假山、小河，夷为平地，抹上洋灰，使它寸草不生，成了停车场。

在“干校”劳动时，那里是个农场，却看不到一棵成材的树。村边有一棵孤零零的小柳树，我整天为它的前途担心，结果，长到茶杯粗，夜里就叫人砍去，拴栅栏门了。

我的家乡，也不再是村村杨柳围绕，一眼望去，赤地千里，成了无遮拦的光杆村庄。

这是怎么回事？

有人说，这是素质不高；有人说，这是道德欠缺；有人说是因没有文化；

有人说是因为穷。

当然，这都是前些年的事，现在的景象如何，我不得而知，因为我已经很久不出门了。

但从楼上往下看，还到处是掀下的柳枝、踏平的草地。藤萝种了多年，爬不到架上去，蔷薇本来长得很好，不知为什么，又被住户铲去了。

有人说这是管理不善；有人说这是法制观念淡薄；有人说，如果是私人的，就不会是这样了。这问题更难说清楚了。

我不知道，我过去走过的山坡、山道，现在的情景如何，恐怕也有很大变化吧！泉水还那样清吗？果子还那样甜吗？花儿还那样红吗？

见不到了，也不想再去打游击了。闭门读书吧。这些植物书，特别是其中的各种植物图，的确给老年人，增添无限安静的感觉。

秋凉偶记

扁 豆

北方农村，中产以下人家，多以高粱秸秆，编为篱笆，围护宅院。篱笆下则种扁豆，到秋季开花结豆，罩在篱笆顶上，别有一番风情。

扁豆分白紫两种，花色亦然，相间种植，花分两色，豆各有形，引来蜂蝶，飞鸣其间，又添景色不少。

白扁豆细而长，紫扁豆宽而厚，收获以后者为多。

我自幼喜食扁豆，或炒或煎。煎时先把扁豆蒸一下，裹上面粉，谓之扁豆鱼。

吃饭是一种习性，年幼时好吃什么，到老年还是好吃什么。现在农贸市场，也有扁豆上市。

每逢吃扁豆，我就给家人讲下面一个故事：

一九三九年秋季，我在阜平县打游击，住在神仙山顶上。这座山很高很陡，全是黑色岩石，几乎没有人行路，只有牧羊人能上去。

山顶的背面，却有一户人家。他家依山盖成，门前有一小片土地，种了烟草和扁豆。

他种的扁豆，长得肥大出奇，我过去没有见过，后来也没有见过。

扁豆耐寒，越冷越长得多。扁豆有一种膻味，用羊油炒，加红辣椒，最是好吃。我在他家吃到的，正是这样做的扁豆。

他的家，其实就是他一个人。他已经四十开外，还是独身。身材高大，皮肤的颜色，和他身边的岩石，一般无二。

他也是一个游击队员。

每天天晚，我从山下归来，就坐在他的已经烧热的小炕上，吃他做的玉米面饼子，和炒扁豆。

灶上还烤好了一片绿色烟叶，他在手心里揉碎了，我们俩吸烟闲话，听着外面呼啸的山风。

芸斋曰：此时同志，利害相关，生死与共，不问过去，不计将来，可谓一心一德矣。甚至不问乡里，不记姓名，可谓相见以诚矣。而自始至终，能相信不疑，白发之时，能记忆不忘，又可谓真交矣。后之所谓同志，多有相违者矣。

再观藤萝

楼下小花园，修建了一座藤萝架。走廊形，钢筋水泥，涂以白漆。下面还有供游人小憩的座位。但藤萝种了四五年，总爬不到架上去。原因是人与花争位，藤萝一爬到座位那里，妨碍了人，人就把它扒拉到地上去，再爬上来，就把它的尖子揪断。所以直到现在，藤条已经长到拇指那样粗，还是东一条，西一条，胡乱趴在地上。

藤萝这种花也怪，不上架不开花，一上架就开了。去年冬天，有一个老年人，好到这里休息晒太阳，他闲着没事，随手捡了一条塑料绳子，把头起的一枝藤条系到架上去，今年开春，它就开了一簇花，虽然一枝独秀，却非常鲜艳。

正当藤萝花开的时候，有几位年轻母亲，带孩子来这里坐。有一个女青年，听口音，看穿衣打扮，好像是谁家的保姆，也带着一个小孩，来架下玩耍。这位小保姆，个儿比较高，长得又健康俊俏，她站在架下，藤萝花正开在她的头上，在早晨的阳光照耀下，就好像谁给她插上去的。

自从改革开放以来，妇女服饰大变，心态也大变。只要穿上一件新潮衣裙，理上一个新潮发型，就是东施嫫母，也自我感觉良好，忽然变成了天仙。她们听着脚下高跟的响声，闻着脸上粉脂的香味，飘飘然地找到了自己的位置和价值。

这位农村来的女青年，站在这些人中间，显得超凡出众。她的美，是一种自然美，包括大自然的水土，也包括大自然的陶冶。她的美，是天生的，不是人为的，更没有描眉画眼的作假。她好像自觉到了这一点，所以她站在这些大城市时

她的美，是天生的，不是人为的，更没有描眉画眼的作假。她好像自觉到了这一点……

髦妇女中间，丝毫没有“不如人家”的感觉。她谈笑从容，对答如流，使得这些青年主妇们，也不能轻视她的聪明美丽。她成了谈话的中心，鹤立鸡群。

藤萝架旁边，每天还有一些老年妇女练功。教她们的，是一位带有江湖气味的中年人。这是一位热心公益的人，见到藤条散落地下，在他的学生们到来之前，他就找些绳索，把它们一一系到架上去。估计明年春季，藤萝架上，真的要繁花似锦了。

后富的人

这是一处高级住宅区。早晨八点以后，下午五时左右，接送厂长、经理、处长、局长的汽车，川流不息，不过时间不会太长，一会儿就过去了。下午的汽车，一到门口，尾巴就翘了起来。于是主人、司机以及家里人，把带回的大小纸袋子，大小纸箱子，搬到楼上去。

带回的东西，吃过用过以后，包装没处存放，就往垃圾道里丢。因此，第二天天还不亮，就有川流不息的捡破烂的人，来到楼群，逐楼寻找，垃圾间的铁门，响声不断。

过去，干这种营生的都是本市人，现在都是外地人。他们男男女女，老老少少，破衣烂裳，囚首垢面。背着一个大塑料口袋，手里拿一个铁钩子，急急忙忙地走着，因为就是早晨东西好捡。但时间也不会长，等到接人的汽车来时，他们就都消失了。

帮我做饭的妇人，熟于此道。我曾问她：

“前边一个刚从垃圾间出来，后面一个紧跟着就进去，哪里有那么多东西？”

她说：“一幢楼上，住这么多人家，倒垃圾的习惯也不一样，你知道他什么时候往下倒？也许他刚走，上面就掉下个大纸盒子来，你不是就可以捡到了吗？”

她并且告诉我，干这个，只要手脚勤快，一天的收入，是很可观的。就是刚从外地来，一无所有，衣食住行，都可以从中解决：例如破衣服、破鞋帽、干面包、烂水果，可以吃穿；破席子，可以铺用；甚至有药片，可以服。如果胆大些，边旁的破车子，可以骑上；过些日子，再换一个三轮……

关于住，她没有讲。我清晨散步的时候，的确遇到过一个外地来的小姑娘，手里提着一个破布包，满身满脸是黑灰。她问我，什么地方可以洗洗脸？我问她为什么弄得这样，她没有说。但我看见她是从一幢楼房的垃圾间出来。

国家已经有不少人，先富了起来。这些从农村来城市觅生活的，可以说是后富起来的人吧。

回忆沙可夫同志

沙可夫同志逝世，已经很久了。从他逝世那天，我就想写点什么，但是，心情平静不下来，也不知道该从哪里说起。

我对沙可夫同志有两点鲜明印象：第一，他的作风非常和蔼可亲，从来没有对他领导的这些文艺干部疾言厉色；第二，他很了解每个文艺干部的长处，并能从各方面鼓励他发挥这个专长。遇到有人不了解这个同志的优点所在的时候，他就尽心尽力地替这个干部进行解释。

这好像是很简单的事，但沙可夫同志是坚持不懈，并且是非常真诚、非常热心地去做的。

当时，晋察冀边区是一个战斗非常紧张，生活非常艰苦的地区。但就在这里，聚集了不少从各路而来，各自抱负不凡的文艺青年。

在这些诗人、小说家、美术家、音乐家和戏剧家的队伍前面，走着沙可夫同志。他的生活和他的作风一样，非常朴素。他也有一匹马吧，但在我的印象里，他很少乘骑，多半是驮东西。更没有见过，当大家都艰于举步的时刻，他打马飞驰而过的场面。饭菜和大家一样。只记得有一个时期，因为他有胃病，管理员同志缝制了一个小白布口袋，装上些稻米，塞到我们的小米锅里，煮熟了倒出来送给他吃。我所以记得这点，只是因为觉得这种"小灶"太简单，它反映了我们当时的生活，实在困难。

这些琐事，是他到边区文联工作以后，我记得的。文联刚刚成立的时候，他住在华北联大，我那时从晋察冀通讯社调到文联工作，最初和他见面的机会很少。事隔几年之后，有一次在冀中，据一位美术理论家提供材料，说沙可夫同志当时关心我，就像关心一个“贵宾”一样。我想这是不合事实的，因为我从来也没有当“贵宾”的感觉。但我相信，沙可夫同志是关心我的。因为在和他认识以后，给人的这种印象是很深刻的。

当然，沙可夫同志也很关心这位美术理论家。他在那时负责的工作相当重要。

我很明白：领导文艺队伍和从事文艺创作是两回事。从事创作不妨有点洁癖，逐字逐句，进行推敲，但领导文艺工作，就得像大将用兵一样。因此，任用各种各样的人，我从来也不把它看作是沙可夫同志的缺点，这正是他的优点。在当时，人才很缺，有一技之长，就是财宝。而有些青年，在过去或是现在，确实是发挥了很大作用的。

我只是说，当时沙可夫同志领导的这个队伍，真是像俗话所说“宁带千军万马，不带十样杂耍”，是很复杂的，很难带好的，并且是常常发生“原则的分歧”的。什么理论问题，都曾经有过一番争论。在争论的时候，大都是盛气凌人，自命高深的。我记得，有一次是关于民族形式之争。在文联工作的一些同志，倾向于“新酒新瓶”，在另外一处地方，则倾向于“旧瓶新酒”。我是倾向于“新酒新瓶”的，在《晋察冀日报》上，写了一篇短文，其中有一句大意是：“有过去的遗产，还有将来的遗产。”这竟引起了当时两位戏剧家的气愤，在开会以前，主张先不要进行讨论，以为“有很多人连文艺名词还没弄清”，坚持“应该先编印一本文艺词典”。事隔二十年，不知道这两位同志编纂出这部词书没有？我当时的意思只是说，艺术形式是逐渐发展的，遗产也是积累起来的。

周围站立着这样多的怒目金刚，沙可夫同志总是像慈悲的菩萨一样坐在那里，很少发言，甚至在面部表情上，也很难看出他究竟左袒哪一方。他叫大家尽量把意见说出来。他明白：现在这些青年，都只是在学习的路上工作，也可以说是在工作的路上学习。谁的意见也不会成为定论，谁的文章也不会成为经典的。但在他做结论的时候，却会使人感到：这次会确实开得有收获，使持各种意见的同志都心平气和下来，走到团结的道路上去，正确执行着党在当时规定的政策。

沙可夫同志在发言的时候，既无锋利惊人之词，也无叱咤凌厉之态，他只是平平淡淡地讲着，忠实地简直是没有什么发挥地反复说明党的政策。他在文艺问题上，有一套正确的、系统的见解，从不看风使舵。总结工作中的成绩和缺点的时候，实事求是。每次开会，我都有这样一个感觉：他传达着党的文艺方针和政策，就像他从事翻译那样忠实。

是的，沙可夫同志是把他从事翻译的初心，运用到工作里来的。他对文艺干部的领导，是主张多让他们学习。在边区，他组织多次大型的、古典话剧的演出。凡是真正有价值的文学作品，不分古今中外，不管是什么流派，他都帮助大家学习。有些同志，一时爱上了什么，他也不以为怪，他知道这是会慢慢地充实改变的。实际也是这样。例如故去的邵子南同志，当时是以固执欧化著称的，但后来他以同样固执的劲头，又爱上了中国的“三言”。此外，当时对《草叶集》爱不释手的人，后来也许会主张“格律”；喜欢马雅可夫斯基跳动短句的人，也许后来又喜欢了字句的修长和整齐。

在当时那种一切都是从困难中产生的环境里，他珍爱同志们的哪怕是小小的成果。凡有创作，很少在他那里得不到鼓励，更谈不到什么“通不过”了。当然，那时文艺和战争、生产密切结合，好像也很少出现什么有害的作品。当时文联出版一种油印的刊物，叫作《山》，版本的大小和厚薄，就像最早期的《译文》一样，用洋粉连纸印刷。编辑部设在牛栏村东头，一间长不到一丈，宽不到四尺，堆满农具，只有个一尺见方的小窗子的房子里。编辑和校对就是我一个人。沙可夫同志领导这个刊物，真是“放手”，我把稿子送给他看，很少有不同的意见。他不但为这刊物写发刊词，翻译了重要的理论文章，为了鼓励我们创作，他还写了新诗。

我已经忘记这刊物出了多少期，但它确实曾经刊登了一些切实的理论和作品，著名作家梁斌同志的纸贵洛阳的《红旗谱》的前身，就曾经连续在这个刊物上发表。那时冀中平原的战斗，尤其频繁艰苦，同志们得不到休息的机会和学习的机会，有时到山里来开会，沙可夫同志总是很好地招待，给他们学习的时间和写作的时间。他们有些作品，也发表在这个刊物上。

我和沙可夫同志虽然相处有一二年的时间，但接触和谈话并不很多。我只是一个普通的干部，有些会议并不一定要我去参加。加以我的习性孤独，也很少主动到他那里闲谈。最初，我只知道他在七七事变以前，翻译过很多文学作品，在当时起了很大的革命和文学的推动作用，至于他学过戏剧，是到山里以后，才知道一些。关于他曾经学过音乐，并从事革命工作那么长久，是他死后从讣文上我才知道。这当然是由于我的孤陋寡闻，但也证明沙可夫同志，不只在仪表上，非常温文儒雅，在内心里也是非常谦虚谨慎。他好像从来也没有对人夸耀：他做过什么，或是学过什么，或是什么比你们知道得多……

是一九四二年吧，文联的机关取消，分配我到《晋察冀日报》社去工作，当时，我好像不愿去当编辑，愿意下乡。我记得在街上遇到沙可夫同志，我把这个意见提了，那一次他很严肃地只说了三个字：“工作么！”我没有再说，就背上背包走了。这时我已入了党。

从此以后，好像就很少见到他。一九四四年，我们先后到了延安，有一天，他来到鲁艺负责同志的窑洞里，把我叫去，把我在敌后的工作情况，向那位负责同志谈了。送出我来，还问我：是不是把家眷接到延安来？这或者是因为他看到在那里工作的同志，差不多都有配偶，觉得我生活得有些寂寞吧。

全国胜利以后，在一次文艺大会上，休息时我到他的座位那里，谈了几句。他问我近几年写了什么东西，又劝我注意身体，这或者是因为他看出我的身体已经不大好了吧。

一九五九年夏天，我养病到北戴河，一天黄昏，我在海边散步，看见他站在一块岩石上钓鱼，我跑了过去。他一边钓着鱼，一边问了问我的病的情形。当时我看他精神很好，身体外表也很好。在他脚下有处水槽，里面浮动着两只海蟹。但他说的话很少，我就告辞走了。这或者是因为他正在集中精神钓鱼，也或者是因为他自己知道自己的病情，不愿意多说话耗费精神吧。

从此，就再没见过面。

关于沙可夫同志，在他生前，既然接近比较少，多少年来我也没有从别人那里打听过他的生平。关于他的工作，事实和成效俱在，也无庸我在这里称道。关于他的著述，以后自然有地方要编辑出版。我对于他的记述，真是大者不知，小者不详。整理几点印象，就只能写成这样一篇短文。

清明随笔——忆邵子南同志

邵子南同志死去有好几年了。在这几年里，我时常想起他，有时还想写点什么纪念他，这或者是因为我长期为病所困苦的缘故。

实际上，我和邵子南同志之间，既谈不上什么深久的交谊，也谈不上什么多方面的了解。去年冯牧同志来，回忆那年鲁艺文学系，从敌后新来了两位同志，他的描述是："邵子南整天呱啦呱啦，你是整天一句话也不说……"

我和邵子南同志的性格、爱好，当然不能说是完全相反，但确实有很大的距离，说得更具体一些，就是他有些地方，实在为我所不喜欢。

我们差不多是同时到达延安的。最初，我们住在鲁艺东山紧紧相邻的两间小窑洞里。每逢夜晚，我站在窑洞门外眺望远处的景色，有时一转身，望见他那小小的窗户，被油灯照得通明。我知道他是一个人在写文章，如果有客人，他那四川口音，就会声闻户外的。

后来，系里的领导人要合并宿舍，建议我们俩合住到山下面一间窑洞里，那窑洞很大，用作几十人的会场都是可以的，但是我提出了不愿意搬的意见。

这当然是因为我不愿意和邵子南同志去同住，我害怕受不了他那整天的聒噪。领导人没有勉强我，我仍然一个人住在小窑洞里。我记不清邵子南同志搬下去了没有，但我知道，如果领导人先去征求他的意见，他一定表示愿意，至多请领导人问问我……我知道，他是没有这种择人而处的毛病的。并且，他也绝不会因为这些小事，而有丝毫的芥蒂，他也是深知道我的脾气的。

所以，他有些地方，虽然不为我所喜欢，但是我很尊敬他，就是说，他有些地方，很为我所佩服。

印象最深的是他那股子硬劲，那股子热情，那说干就干、干脆爽朗的性格。

我们最初认识是在晋察冀边区。边区虽大，但同志们真是一见如故，来往也是很频繁的。那时我在晋察冀通讯社工作，住在一个叫三将台的小村庄，他在西北战地服务团工作，住在离我们三四里地的一个村庄，村名我忘记了，只记住如果到他们那里去，是沿着河滩沙路，逆着淙淙的溪流往上走。

有一天，是一九四〇年的夏季吧，我正在高山坡上一间小屋里，帮着油印我们的刊物《文艺通讯》。他同田间同志来了，我带着两手油墨和他们握了手，田间同志照例只是笑笑，他却高声地说："久仰——真正的久仰！"

我到边区不久，也并没有什么可仰之处，但在此以前，我已经读过他写的不少诗文。所以当时的感觉，只是：他这样说，是有些居高临下的情绪的。从此我们就熟了，并且相互关心起来。那时都是这样的，特别是做一样工作的同志们，虽然不在一个机关，虽然有时为高山恶水所阻隔。

我有时也到他们那里去，他们在团里是一个文学组。四五个人住在一间房子里，屋里只有一张桌子，放着钢板蜡纸，墙上整齐地挂着个人的书包、手榴弹。炕上除去打得整整齐齐准备随时行动的被包，还放着油印机，堆着刚刚印好还待折叠装订的诗刊。每逢我去了，同志们总是很热情地说："孙犁来了，打饭去！"还要弄一些好吃的菜。他们都是这样热情，非常真挚，这不只对我，对谁也是这样。他们那个文学组，给我留下了非常好的印象。主要是，我看见他们生活和工作得非常紧张，有秩序，活泼团结。他们对团的领导人周巍峙同志很尊重，相互之间很亲切，简直使我看不出一点"诗人"、"小说家"的自由散漫的迹象。并且，使我感到，在他们那里，有些部队上的组织纪律性——在抗日战争期间，我很喜欢这种味道。

我那时确实很喜欢这种军事情调。我记得：一九三七年冬季，冀中区刚刚成立游击队。有一天，我在安国县，同当时在政治部工作的阎、陈两位同志走在大街上。对面过来一位领导人，小阎整整军装，说："主任！我们给他敬个礼。"临近的时候，素日以吊儿浪当著称的小阎，果然郑重地向主任敬了礼。这一下，在我看来，真是给那个县城增加了不少抗日的气氛，事隔多年，还活泼地留在我的印象里。

因此，在以后人们说到邵子南同志脾气很怪的时候，简直引不起我什么联想，说他固执，我倒是有些信服。

那时，他们的文学组编印《诗建设》，每期都有邵子南同志的诗，那用红绿色油光纸印刷的诗传单上，也每期有他写的很多街头诗。此外，他写了大量的歌词，写了大型歌剧《不死的人》。战斗，生产他都积极参加，有时还登台演戏，充当配角，帮助布景卸幕等等。

我可以说，邵子南同志在当时所写的诗，是富于感觉，很有才华的。虽然，他写的那个大型歌剧，我并不很喜欢。但它好像也为后来的一些歌剧留下了不小的影响，例如过高的调门和过多的哭腔。我所以不喜欢它，是觉得这种形式，这些咏叹调，恐怕难为群众所接受，也许我把群众接受的可能性估低和估窄了。

当时，邵子南同志好像是以主张"化大众"，受到了批评，详细情形我不很了解。他当时写的一些诗，确是很欧化的。据我想，他在当时主张"化大众"，恐怕是片面地从文艺还要教育群众这个性能上着想，忽视了群众的斗争和生活，他们的才能和创造，才是文艺的真正源泉这一个主要方面。不久，他下乡去了，在阜平很小的一个村庄，担任小学教师。在和群众一同战斗一同生产的几年，并经过学习党的文艺政策之后，邵子南同志改变了他的看法。我们到了延安以后，他忽然爱好起中国的旧小说，并发表了那些新"三言"似的作品。

据我看来，他有时好像又走上了一个极端，还是那样固执，以致在作品表现上有些摹拟之处。而且，虽然在形式上大众化了，但因为在情节上过分喜好离奇，在题材上多采用传说，从而减弱了作品内容的现实意义。这与以前忽视现实生活的"欧化"，势将异途而同归。如果再过一个时期，我相信他会再突破这一点，在创作上攀登上一个新的境界。

他的为人，表现得很单纯，有时甚至叫人看着有些浅薄而自以为是，这正是他的可爱、可以亲近之处。他的反映性很锐敏很强烈，有时爱好夸夸其谈，不叫他发表意见是很困难的。他对待他认为错误和恶劣的思想和行动，不避免使用难听刺耳的语言，但在我们相处的日子，他从来也没有对同志或对同志写的文章，运用过虚构情节或绕弯暗示的"文艺"手法。

在延安我们相处的那一段日子里，他很好说这样两句话："你走你的阳关道，我走我的独木桥。"有时谈着谈着，甚至有时是什么也没谈，就忽然出现这么两句。邵子南同志是很少坐下来谈话的，即使是闲谈，他也总是在屋子里来回走动着。这两句话他说得总是那么斩钉截铁，说时的神气也总是那么趾高气扬。说完以后，两片薄薄的缺乏血色的嘴唇紧紧一闭，简直是自信到极点了。

我不知道他为什么好说这样两句话，有时甚至猜不出他又想到什么或指的是什么。作为警辟的文学语言，我也很喜欢这两句话。在一个问题上，独抒己见是好的，在一种事业上，勇于尝试也是好的。但如果要处处标新立异，事事与众不同，那也会成为一种虚无吧。邵子南同志特别喜爱这两句话，大概是因为它十分符合他那一种倔强的性格。

他的身体很不好，就是在我们都很年轻的那些年月，也可以看出他的脸色憔悴，先天的营养不良和长时期神经的过度耗损，但他的精神很焕发。在那年夏天，我们初次见面的时候，他留给我的印象是：挺直的身子，黑黑的头发，明朗的面孔，紧紧闭起的嘴唇。灰军装，绿绑腿，赤脚草鞋，走起路来，矫健而敏捷。这种印象，直到今天，在我眼前，还是栩栩如生。他已经不存在了。

关于邵子南同志，我不了解他的全部历史，我总觉得，他的死是党的文艺队伍的一个损失，他的才华灯盏里的油脂并没枯竭，他死得早了一些。因为我们年岁相当，走过的路大体一致，都是少年贫困流浪，苦恼迷惑，后来喜爱文艺，并由此参加了革命的队伍，共同度过了不算短的那一段艰苦的岁月。在晋察冀的山前山后，村边道沿，不只留有他的足迹，也留有他那些热情的诗篇。村女牧童也许还在传唱着他写的歌词。在这里，我不能准确估量邵子南同志写出的相当丰富的作品对于现实的意义，但我想，就是再过些年，也不见得就人琴两无音响。而他那从事文艺工作和参加革命工作的初心，我自认也是理解一些的。他在从事创作时，那种勤勉认真的劲头，我始终更是认为可贵，值得我学习的。在这篇短文里，我回忆了他的一些特点，不过是表示希望由此能“以逝者之所长，补存者之不足”的微意而已。

今年春寒，写到这里，夜静更深，窗外的风雪，正在交织吼叫。记得那年，我们到了延安，延安丰衣足食，经常可以吃到肉，按照那里的习惯，一些头蹄杂碎，是抛弃不吃的。

有一天，邵子南同志在山沟里拾回一个庞大的牛头，在我们的窑洞门口，架起大块劈柴，安上一口大锅，把牛头原封不动地煮在里面，他说要煮上三天，就可以吃了。

我不记得我和他分享过这顿异想天开的盛餐没有。在那黄昏时分，在那寒风凛冽的山头，在那熊熊的火焰旁边，他那兴高采烈的神情，他那高谈阔论，他那爽朗的笑声，我好像又看到听到了。

远的怀念

一九三八年春天，我在本县参加抗日工作，认识了人民自卫军政治部的宣传科长林扬。他是七七事变后，刚刚从北平监狱里出来，就参加了抗日武装部队的。他很弱，面色很不好，对人很和蔼。他介绍我去找路一，说路正在组织一个编辑室，需要我这样的人。路住在侯町村，初见面，给我的印象太严肃了：他坐在一张太师椅上，冬天的军装外面，套了一件那时乡下人很少见到的风雨衣，腰系皮带，斜佩一把大盒子枪，加上他那黑而峻厉的面孔，颇使我望而生畏。我清楚地记得，第一次和诗人远千里见面，是在他那里，由他介绍的。

远高个子，白净文雅，书生模样，这种人我是很容易接近的，当然印象很好。

第二年，我转移到山地工作。一九四一年秋季，我又跟随路从山地回到冀中。路是很热情爽快的人，我们已经很熟很要好了。

在我县郝村，又见到了远，他那时在梁斌领导的剧社工作，是文学组长，负责几种油印小刊物的编辑工作。我到冀中后，帮助编辑《冀中一日》，当地做文艺工作的同志，很多人住在郝村，在一个食堂吃饭。

这样，和远见面的机会就很多。他每天总是笑容满面的，正在和本剧团一位高个的女同志恋爱。每次我给剧团团员讲课的时候，他也总是坐在地下，使我深受感动并且很不安。

就在这个秋天，冀中军区有一次反“扫荡”。我跟随剧团到南边几个县打游击，后又回到本县。滹沱河发了水，决定暂时疏散，我留本村。远要到赵庄，我给他介绍了一个亲戚做堡垒户，他把当时穿不着的一条绿色毛线裤留给了我。

一九四五年，日本投降后，我从延安回到冀中，在河间又见到了远。他那时拄着双拐，下肢已经麻痹了。精神还是那样好，谈笑风生。我们常到大堤上去散步，知道他这些年的生活变化，如不坚强，是会把他完全压倒的。“五一大扫荡”以后，他在地洞里坚持报纸工作，每天清晨，从地洞里出来，透透风。洞的出口在野外，他站在园田的井台上，贪馋地呼吸着寒冷新鲜的空气。看着阳光照耀的、尖顶上挂着露珠的麦苗，多么留恋大地之上啊！

我只有在地洞过一夜的亲身体验，已经觉得窒息不堪，如同活埋在坟墓里。而他是要每天钻进去工作，在萤火一般的灯光下，刻写抗日宣传品，写街头诗，一年，两年。后来，他转移到白洋淀水乡，长期在船上生活战斗，受潮湿，得了全身性的骨质增生病。最初是整个身子坏了，起不来，他很顽强，和疾病斗争，和敌人斗争，现在居然可以同我散步，虽然借助双拐，他也很高兴了。

他还告诉我：他原来的爱人，在“五一大扫荡”后，秋夜蹚水转移，掉在旷野一眼水井里牺牲了。

我想起远留给我的那条毛线裤，是件女衣，可能是牺牲了的女同志穿的，我过路以前扔在家里。第二年春荒，家里人拿到集上去卖，被一群汉奸女人包围，几乎是讹诈了去。

她的牺牲，使我受了启发，后来写进长篇小说的后部，作为一个人物的归结。

进城以后，远又有了新的爱人。腿也完全好了，又工作又写诗。有一个时期，他是我的上级，我私心庆幸有他这样一个领导。一九五二年，我到安国县下乡，路经保定，他住在旧培德中学的一座小楼上，热情地组织了一个报告会，叫我去讲讲。

我爱人病重，住在省医院的时候，他曾专程去看望了她，惠及我的家属，使她临终之前，记下我们之间的友谊。

听到远的死耗，我正在干校的菜窖里整理白菜。这个消息，在我已经麻木的脑子里，沉重地轰击了一声。夜晚回到住处，不能入睡。

后来，我的书籍发还了，所有现代的作品，全部散失，在当作文物保管的古典书籍里，却发见了远的诗集《三唱集》。

这部诗集出版前，远曾委托我帮助编选，我当时并没有认真去做。远明知道我写的字很难看，却一定要我写书面，我却兴冲冲写了。现在面对书本，既惭愧有负他的嘱托，又感激他对旧谊的重视。我把书郑重包装好，写上了几句话。

远是很聪明的，办事也很干练，多年在政治部门工作，也该有一定经验。他很乐观，绝不是忧郁病患者。对人对事，有相当的忍耐力。他的记忆力之强，曾使我吃惊，他能够背诵“五四”时代和三十年代的诗，包括李金发那样的诗。远也很爱惜自己的“羽毛”，但他终于被林彪、“四人帮”迫害致死。

他在童年求学时，后来在党的教育下，便为自己树立人生的理想，处世的准则，待人的道义，艺术的风格等等。循规蹈矩，孜孜不倦，取得了自己的成就。我没有见过远当面骂人，训斥人；在政治上、工作上，也看不出他有什么非分的想法，不良的作风。我不只看见他的当前，也见过他的过去。

他在青年时是一名电工，我想如果他一直爬在高高的电线杆上，也许还在愉快勤奋地操作吧。

现在，不知他魂飞何处，或在丛莽，或在云天，或徘徊冥途，或审视谛听，不会很快就随风流散，无处召唤吧。历史和事实都会证明：这是一个美好的，真诚的，善良的灵魂。

他无负于国家民族，也无负于人民大众。

伙伴的回忆

忆侯金镜

一九三九年，我在阜平城南庄工作。在一个初冬的早晨，我到村南胭脂河边盥洗，看见有一支队伍涉水过来。这是一支青年的、欢乐的、男男女女的队伍。是从延安来的华北联大的队伍，侯金镜就在其中。

当时，我并不认识他。我也还不认识走在这个队伍中间的许多戏剧家、歌唱家、美术家。

一九四一年，晋察冀文联成立以后，我认识了侯金镜。他是联大文艺学院文学系的研究人员。他最初给我的印象是：老成稳重，说话洪亮而短促。脸色不很好，黄而有些浮肿。和人谈话时，直直地站在那里，胸膛里的空气总好像不够用，时时在倒吸着一口凉气。

这个人可以说是很严肃的，认识多年，我不记得他说过什么玩笑话，更不用说相互之间开玩笑了。这显然和他的年龄不相当，很快又结了婚，他就更显得老成了。

他绝不是未老先衰，他的精力很是充沛，工作也很热心。在一些会议上发言，认真而有系统。他是研究文艺理论的，但没有当时一些青年理论家常有的、那种飞扬专断的作风，也不好突出显示自己。这些特点，给我留下了好的印象，觉得他是可以亲近的。但接近的机会究竟并不太多，所以终于也不能说是我在晋察冀时期的最熟识的朋友。

然而，友情之难忘，除去童年结交，就莫过于青年时代了。晋察冀幅员并不太广，我经常活动的，也就是几个县，如果没有战事，经常往返的，也就是那几个村庄，那几条山沟。

各界人士，我认识得少；因为当时住得靠近，文艺界的人，却几乎没有一个陌生。阜平号称穷山恶水，在这片炮火连天的土地上，汇集和奔流着来自各方的，兄弟般的感情。

以后，因为我病了，有好些年，没有和金镜见过面。一九六〇年夏天，我去北京，他已经在《文艺报》和作家协会工作，他很热情，陪我在八大处休养所住了几天，又到颐和园的休养所住了几天。还记得他和别的同志曾经陪我到香山去玩过。这当然是大家都知道我有病，又轻易不出门，因此牺牲一点时间，同我到各处走走看看的。

这样，谈话的机会就多了些，但因为我不善谈而又好静，所以金镜虽有时热情地坐在我的房间，看到我总提不起精神来，也就无可奈何地走开了。只记得有一天黄昏，在山顶，闲谈中，知道他原是天津的中学生，也是因为爱好文艺，参加革命的。他在文学事业上的初步尝试，比我还要早。另外，他好像很受“五四”初期启蒙运动的影响，把文化看得很重。他认为现在有些事，所以做得不够理想，是因为人民还缺乏文化的缘故。当时我对他这些论点，半信半疑，并且觉得是书生之见，近于迂阔。他还对我谈了中央几个文艺刊物的主编副主编，在几年之中，有几人犯了错误。因为他是《文艺报》的副主编，担心犯错误吧，也只是随便谈谈，两个人都一笑完事。我想，金镜为人既如此慎重老练，又在部队做过政治工作，恐怕不会出什么娄子吧。

在那一段时间，他的书包里总装着一本我写的《白洋淀纪事》。他几次对我说：“我要再看看。”那意思是，他要写一篇关于这本书的评论，或是把意见和我当面谈谈。他每次这样说，我也总是点头笑笑。他终于也没有写，也没有谈。这是我早就猜想到的。对于朋友的作品，是不好写也不好谈的。

过誉则有违公论，责备又恐伤私情。

他确实很关心我，很细致。在颐和园时，我偶然提起北京什么东西好吃，他如果遇到，就买回来送给我。有时天晚了，我送客人，他总陪我把客人送到公园的大门以外。在夜晚，公园不只道路曲折，也很空旷，他有些不放心吧。

此后十几年，就没有和金镜见过面。

最后听说：金镜的干校在湖北。在炎热的夏天，他划着小船在湖里放鸭子，他血压很高，一天晚上，劳动归来，脑溢血死去了。他一直背着“反党”的罪名，因为他曾经指着在“文化大革命”期间报刊上经常出现的林彪形象，说了一句："像个小丑！"金镜死后不久，林彪的问题就暴露了。

我没有到过湖北，没有见过那里的湖光山色，只读过范仲淹描写洞庭湖的文章。我不知道金镜在的地方，是否和洞庭湖一水相通。我现在想到：范仲淹所描写的，合乎那里天人的实际吗？他所倡导的先忧后乐的思想，能对在湖滨放牧家禽的人，起到安慰鼓舞的作用吗？金镜曾信服地接受过他那不以物喜，不以己悲的劝诫吗？

在历史上，不断有明哲的语言出现，成为一些人立身的准则，行动的指针。但又不断有严酷的现实，恰恰与此相反，使这些语言，黯然失色，甚至使提倡者本身头破血流。然而人民仍在觉醒，历史仍在前进，炎炎的大言，仍在不断发光，指引先驱者的征途。我断定，金镜童年，就在纯洁的心灵中点燃的追求真理的火炬，即使不断遇到横加的风雨，也不会微弱，更不会熄灭的。

忆郭小川

一九四八年冬季，我在深县下乡工作。环境熟悉了，同志们也互相了解了，正在起劲，有一天，冀中区党委打来电话，要我回河间，准备进天津。我不想走，但还是骑上车子去了。

我们在胜芳集中，编在《冀中导报》的队伍里。从冀热辽的《群众日报》社也来了一批人，这两家报纸合起来，筹备进城后的报纸出刊。小川属于《群众日报》，但在胜芳，我好像没有见到他。早在延安，我就知道他的名字，因为我交游很少，也没得认识。

进城后，在伪《民国日报》的旧址，出版了《天津日报》。小川是编辑部的副主任，我是副刊科的副科长。我并不是《冀中导报》的人，在冀中时，却常常在报社住宿吃饭，现在成了它的正式人员，并且得到了一个官衔。

编辑部以下有若干科，小川分工领导副刊科，是我的直接上司。小川给我的印象是：一见如故，平易坦率，热情细心，工作负责，生活整饬。这些特点，在一般文艺工作者身上是很少见的。所以我对小川很是尊重，并在很长时间里，我认为小川不是专门写诗，或者已经改行，是能做行政工作，并且非常老练的一名干部。

在一块工作的时间很短，不久他们这个班子就原封转到湖南去了。小川在《天津日报》期间，没有在副刊上发表过一首诗，我想他不是没有诗，而是谦虚谨慎，觉得在自己领导下的刊物上发表东西，不如把版面让给别人。他给报社同志们留下的印象，是很好的，很多人都不把他当诗人看待，甚至不知道他能写诗。

后来，小川调到中国作家协会工作。在此期间，我病了几年，联系不多。当我从外地养病回来，有一次到北京去，小川和贺敬之同志把我带到前门外一家菜馆，吃了一顿饭。其中有两个菜，直到现在，我还认为，是我有生以来，吃到的最适口的美味珍品。这不只是我短于交际，少见世面，也因为小川和敬之对久病的我，无微不至的关怀照顾，才留下了如此难以忘怀的印象。

我很少去北京，如果去了，总是要和小川见面的，当然和他的职位能给予我种种方便有关。

我时常想，小川是有作为的，有能力的。一个诗人，担任这样一个协会的秘书长，上上下下，里里外外都来得，我认为是很难的。小川却做得很好，很有人望。

我平素疏忽，小川的年龄，是从他逝世后的消息上，才弄清楚的。他参加革命工作的时候，还不到二十岁。他却能跋山涉水，入死出生，艰苦卓绝，身心并用，为党为人民做了这样多的事，实事求是评定起来，是非常有益的工作。他的青春，可以说是没有虚掷，没有浪过。

他的诗，写得平易通俗，深入浅出，毫不勉强，力求自然，也是一代诗风所罕见的。

很多年没有见到小川，大家都自顾不暇。后来，我听说小川发表了文章，不久又听说受了“四人帮”的批评。我当时还怪他，为什么在这个时候，急于发表文章。

前年，有人说在辉县见到了他，情形还不错，我很高兴。

我觉得经过这么几年，他能够到外地去做调查，身体和精神一定是很不错的了。能够这样，真是幸事。

去年，粉碎了“四人帮”，大家正在高兴，忽然传来小川不幸的消息。说他在安阳招待所听到好消息，过于兴奋，喝了酒，又抽烟，当夜就出了事。起初，我完全不相信，以为是传闻之误，不久就接到了他的家属的电报，要我去参加为他举行的追悼会。

我没有能够去参加追悼会。自从一个清晨，听到陈毅同志逝世的广播，怎么也控制不住热泪以后，一听到广播哀乐，就悲不自胜。小川是可以原谅我这体质和神经方面的脆弱性的。但我想如果我不写一点什么纪念他，就很对不起我们的友情。我已经有十几年没有写作的想法了，现在拿起笔来，是写这样的文字。

我对小川了解不深，对他的工作劳绩，知道得很少，对他的作品，也还没有认真去研究，深怕伤害了他的形象。

一九五一年吧，小川曾同李冰、俞林同志，从北京来看我，在我住的院里，拍了几张照片。这一段胶卷，长期放在一个盒子里。前些年，那么乱，却没人过问，也没有丢失。去年，我托人洗了出来，除了我因为不健康照得不好以外，他们三个人照得都很好，尤其是小川那股英爽秀发之气，现在还跃然纸上。

啊，小川，
你的诗从不会言不由衷，
而是发自你肺腑的心声。
你的肺腑，
像高挂在树上的公社的钟，
它每次响动，
都为的是把社员从梦中唤醒，
催促他们拿起铁铲锄头，
去到田地里上工。
你的诗篇，长的或短的，
像大大小小的星斗，
展布在永恒的夜空，
人们看上去，它们都有一定的光亮，
一定的方位，
就是儿童，
也能指点呼唤它们的可爱的名称。
它们绝不是那转瞬即逝的流星——
乡下人叫作贼星，
拖着白色的尾巴，从天空划过，
人们从不知道它的来路，
也不关心它的去踪。
你从不会口出狂言，欺世盗名，
你的诗都用自己的铁锤，
在自己的铁砧上锤炼而成。
雨水从天上落下，

种子用两手深埋在土壤中。
你的诗是高粱玉米，
它比那伪造的琥珀珊瑚贵重。
你的诗是风，
不是转蓬。
泉水呜咽，小河潺潺，大江汹涌！

回忆何其芳同志

在三十年代初，当我开始写作的时候，何其芳同志在文学方面，已经有了一定的成就。他经常在北方的著名文艺刊物上发表文章，在风格上，有自己独特的地方。他的散文集《画梦录》，还列入当时《大公报》表扬的作品之中。但是，我对他这一时期作品的印象，已经很淡漠，那时文艺界有所谓京派海派之分，我当时认为他的作品属于京派，即讲求文字，但没有什么革命性，我那时正在青年，向往的是那些热辣辣的作品。

一九三八年秋冬之间，我在冀中军区举办的抗战学院担任文艺教官——那是一个军事性质的学院，所以这样称呼。我参加抗日工作不久，家庭观念还很深，这个学院设在深县旧州，离我家乡不远，有时就骑上车子回家看看，那时附近很多县城还在我们手中，走路也很安全。

在进入冬季的时候，形势就紧张起来，敌人开始向冀中进攻，有些县城，已被占领。那时冀中的子弟兵，刚刚建立不久，在武器上，作战经验上，甚至队伍成分上，一时还不能适应这种紧急的局面，学院已经准备打游击。我回家取些衣物，天黑到家不久，听说军队要在我家的房子招待客人，我才知道村里驻有队伍。

第二天上午，有一群抗战学院的男女同学，到我家里来看望，我才知道，所谓军队的客人就是他们，他们是来慰问一百二十师的。

这真使我喜出望外。一百二十师，是我向往已久的英雄队伍，是老八路、老红军，而更使我惊喜不已的是我们村里驻的就是师部，贺龙同志就住在西头。我听了后，高兴得跳起来，说：

"我能跟你们去看看吗?"

"可以。"带队的男同学说,"回头参谋长给我们报告目前形势,你一同去听听吧。"

我跟他们出来,参谋长就住在我三祖父家的南屋里。那是两间很破旧的土坯房,光线也很暗,往常过年,我们是在这里供奉家谱的。参谋长就是周士第同志,他穿一身灰色棉军装,英俊从容。地图就挂在我们过去悬挂家谱那面墙壁上,周士第同志指着地图简要地说明了敌人的企图,和我军的对策。然后,我的学生,向他介绍了我。参谋长高兴地说:

"啊,你是搞文艺的呀,好极了,我们这里有两位作家同志呢,我请他们来你们见见。"

在院子里,我见到了当时随一百二十师出征的何其芳同志和沙汀同志。

他两位都是我景仰已久的作家,沙汀同志的《法律外航线》,是我当时喜爱的作品之一。

他们也都穿着灰布军装,风尘仆仆。因为素不相识,他们过去也不知道我的名字,我记得当时谈话很少。给我的印象,两位同志都很拘谨,也显得很劳累,需要养精蓄锐,准备继续行军,参谋长请他们回去休息,我们就告辞出来了。

周士第同志是那样热情,他送我们出来,我看到,这些将军们,对文艺工作很重视,对从事这种工作的人,是非常喜欢和爱护的。在短短的时间里,给我留下深刻的印象。他请两位作家来和我们相见,不仅因为我们是同行,在参谋长的心中,对于他的部队中有这样两个文艺战士,一定感到非常满意。他把两位请出来,就像出示什么珍藏的艺术品一样,随后就又赶快收进去了。

我回到学院,学院已经开始疏散,打游击。我负责一个流动剧团,到乡下演出几次,敌人已经占了深县县城,我们就编入冀中区直属队里。我又当了一、两天车子队长,因为夜间骑车不便,就又把车子坚壁起来,徒步行军。

这样,我们才真正开始了游击战争的生活。首先是学习走路的本领,锻炼这两条腿——革命的重要本钱。每天,白天进村隐蔽,黄昏集合出发。于是十里,五十里,一百里,最多可以走一百四十里。有时走在平坦的路上,有时走在结有薄冰的河滩上。我们不知道,我们前边有多少人,也不知道后边有多少人,在黑夜中,我们只是认准前边一个人绑在背包后面的白色标志,认准设在十字路口的白色路标。行军途中,不准吸烟,不准咳嗽,紧紧跟上。路过村庄,有狗的吠叫声,不到几天,这点声音也消灭了,群众自动把狗全部打死,以利我们队伍的转移前进。

我们与敌人周旋在这初冬的、四野肃杀的、广漠无边的平原之上，而带领我们前进、指挥我们战斗的，是举世闻名、传奇式的英雄贺龙同志。他曾为国家立下汗马功劳，我们对他向往已久。我刚进入革命行列，就能得到他的领导，感到这是我终生的光荣。所以，我在《风云初记》一书中，那样热诚地向他歌颂。

这次行军，对于冀中区全体军民，都是一次大练兵，教给我们在敌人后方和敌人作战的方法。特别是对冀中年轻的子弟兵，是一种难得的宝贵的言传身教。

何其芳和沙汀同志当然也在队伍中间。不过，他们一定在我们的前面，他们更靠近贺龙同志。最近，读到沙汀同志一篇文章，其中说到当时硝烟弥漫的冀中区，我们是一同经受了这次极其残酷、极其英勇、极其光荣的战斗洗礼。

一九四四年夏天，我从晋察冀边区到了延安，在鲁迅艺术学院文学系工作和学习，当时，何其芳同志也在那里，他原是文学系的主任，现在休养，由舒群同志代理主任。所以我和他谈话的机会还不是很多。他显然已记不得我们在冀中的那次会见，我也没有提过。我住在东山顶上一排小窑洞里，他住在下面一层原天主教堂修筑的长而大的砖石窑洞里，距离很近，见面的机会是很多的。

在敌后，我已经有机会读到他参加革命以后的文章，是一篇他答《中国青年》社记者的访问。文字锋利明快，完全没有了《画梦录》那种隐晦和梦幻的风格。在过去，我总以为他是沉默寡言的，到了延安一接近，才知道他是非常健谈的，非常热情的，他是个典型的四川人。并且像一位富有粉笔生涯的教师，对问题是善于争论的，对学生是诲人不倦的，对工作是勇于任事的。所以，并未接触，而从一时的文章来判定一个人，常常是不准确的。

在全国解放以后，有些老熟人，反而很少见面了。我和何其芳同志就是这样，相忘于江湖。最近读了他的两篇遗作，深深感到：他确是一个真正的书生，也是一个真正的学者。他的工作，他的文字，我是很难赶得上，学得来的。他既有很深的基本功，一生又好学不倦，为革命做了很多很好的工作。

悼画家马达

听到马达终于死去了，脑子又像被击中一棒，半夜醒来，再也不能入睡了。青年时代结交的战斗伙伴，相继凋谢，实在使人感怆不已。

只是在今年初，随着党中央不断催促落实政策，流落在西郊一个生产大队的马达，被记忆了起来。报社也三番两次去找他采访，叫他写些受“四人帮”迫害的材料。报社同志回来对我说：马达住在那个生产大队临大道的尘土飞扬、人声嘈杂、用破席支架起来的防震棚里，另有一间住房，也很残破。客人们去了，他只有一个小板凳，客人照顾他年老有病，让他坐着，客人们随手拾块破砖坐下来。

马达用两只手抱着头，半天不说话。最后，他说：

“我不能说话，我不能激动，让我写写吧。”

在临分别的时候，他问起了我：

“他还在原来的地方住吗？我就是和他谈得来，我到市里要去看他。”

我在延安住的时间很短，也就是一年半的时间。原来是调去学习的，很快日本投降了，就又随着工作队出来。在延安，我在鲁艺做一点工作，马达在美术系。虽说住在一个大院落里，我不记得到过他的窑洞，他也没有到过我的窑洞。听说他的窑洞修整得很别致，他利用土方，削成了沙发、茶几、盆架、炉灶等等。可是同在一个小食堂里吃饭，每天要见三次面，有什么话也可以说清楚的。马达沉默寡言，认识这么些年，他没有什么名言谠论、有风趣的话或生动的表情，留在我的印象里。

从延安出发，到张家口的路上，我和马达是一个队。我因为是从敌后来的，被派作了先遣，每天头前赶路。我有一双从晋察冀穿到延安去的山鞋，现在又把它穿上，另外，还拿上我从敌后山上砍伐来的一根六道木棍。

这次行军，非常轻松，除去过同蒲路，并没有什么敌情。

后来，我又兼给女同志们赶毛驴，每天跟在一队小毛驴的后面，迎着西北高原的瑟瑟秋风，听着骑在毛驴背上的女歌手们的抒情，可以想见我的心情之舒畅了。

我在延安是单身，自己生产也不行，没有任何积蓄。有些在延安住久的同志，有爱人和小孩，他们还自备了一些旅行菜。我在延安遇到一次洪水暴发，把所有的衣被，都冲到了延河里去，自己如果不是攀住拴马的桩子，也险些冲进去。

组织上照顾我，发给我一套单衣。第二天早晨，水撤了，在一辆大车的车脚下，发见了我的衣包，拿到延河边一冲洗，这样我就有了两套单衣。行军途中，我走一程，就卖去一件单衣，补充一些果子和食物。这种情况当然也是一时的权宜之计，不很正规的。

中午到了站头，我们总是蹲在街上吃饭。马达也是单身，但我不记得和他蹲在一起、共进午餐的情景。只有要在一个地方停留几天，要休整了，我才有机会和他见面，留有印象的，也只有一次。

在晋、陕交界，是个上午，我从住宿的地方出来，要经过一个磨棚，我看到马达正站在那里，聚精会神地画速写。有两位青年妇女在推磨，我没有注意她们推磨的姿态，我只是站在马达背后，看他画画。马达用一支软铅笔在图画纸上轻轻地、敏捷地描绘着，只有几笔，就出现了一个柔婉生动，非常美丽的青年妇女形象。这是素描，就像在雨雾里见到的花朵，在晴空里望到的钩月一般。我确实惊叹画家的手艺了。

我很爱好美术，但手很笨，在学校时，美术一课，总是勉强交卷。从这一次，使我对美术家，特别是画家，产生了肃然起敬的感情。

马达最初，是在上海搞木刻的。那一时代的木刻，是革命艺术的一支突出的别动队。我爱好革命文学，也连带爱好了木刻，青年时曾买了不少这方面的作品。我一直认为在《鲁迅全集》里，鲁迅同一群青年木刻家的照相中，排在后面，胸前垂着西服领带，面型朴实厚重的，就是马达。但没有当面问过他。马达那时已是一个革命者，而那时的革命，并不是在保险柜里造反，是很危险的生涯。关于他那一段历史，我也没有和他谈起过。

行军到了张家口，我和一群画家，住在一个大院里。我因为一路赶驴太累了，有时间就躺下来休息。忽然有人在什么地方发见了一堆日本人留下的烂纸，画家们蜂拥而出，去捡可以用来画画的纸片。在延安，纸和颜料的困难，给画家带来了很大的不便。我写文章，也是用一种黄色的草纸。他们只好拿起木刻刀对着梨木板干，木刻艺术就应运而生地得到了长足的发展。他们见到了纸张，这般兴奋，正是表现了他们为了革命工作的热情。

在张家口住了几天，我就和在延安结交的文艺界的朋友们分道扬镳，回到冀中去了。

进天津之初，我常在多伦道一家小饭铺吃饭，在那里有时遇到马达。后来我的家口来了，他还到我住的地方来访一次，从那时起，我觉得马达，在交际方面，至少比我通达一些。又过了那么一段时间，领导上关心，在马场道一带找了一处房，以为我和马达性格相近，职业相当，要我们搬去住在一起。这一次，因为我犹豫不决，没有去成。不久，在昆明路，又给我们找了一处，叫我住楼上，马达住楼下。这一次，他先搬了进去。我的老伴把厨房厕所都打扫干净了，顺路去看望一个朋友，听到一些不利的话，回来又不想搬了。为了此事，马达曾找我动员两次，结果我还是没搬，他就和别人住在一起了。

我是从农村长大的，安土重迁。主要是我的惰性大，如果不是迫于形势，我会为自己画地为牢，在那里站着死去的。

马达是在上海混过的，他对搬家好像很有兴趣。

从这一次，我真切地看到，马达是诚心实意愿意和我结为邻居的。古人说，百金买房，千金买邻，足见择邻睦邻的重要性。但是，马达对我恐怕还是不太了解，住在一起，他或者也会大感失望的。我在一切方面，主张调剂搭配。比如，一个好动的，最好配上一个好静的，住房如此，交朋友也是如此。如果两个人都好静，都孤独，那不是太寂寞了吗？当然这也只是我个人的看法。

他搬进新居，我没有到他那里去过。据老伴说，他那屋里尽是一些奇奇怪怪的东西，他也穿着奇怪的衣服，像老和尚一样。他那年轻的爱人，对我老伴称赞了他的画法。这可能是我老伴从农村来，少见多怪。她大概是走进了他的工作室，那种奇异的服装，我想是他的工作服吧。

在刚刚进城那些年，劝业场楼上还有很多古董铺，我常常遇见马达坐在里面。后来听说他在那里买了不少乌漆八黑的，确实说，是人弃我取，一般人不愿意要的东西。他花大价钱买了来。屋里摆满了这种什物，加上一个年老沉默的人，在其中工作，的确会给人一种不太爽朗的感觉。

在艺术风格上，进城以后，他爱上了砖刻。我外行地想，至少在工作材料上，比起木刻更原始一层。他刻出的一些人物形象，信而好古，好像并不为当代的广大群众所喜闻乐见。

他很少出来活动。从红尘十丈的长街上，退避到笼子一样的房间里，这中间，可能有他力不从心的难言之隐吧。对现实生活越来越陌生，越陌生就越不习惯。以为生活像田园诗似的，人都像维娜斯似的，笑都像蒙娜丽莎似的，一接触实际，就要碰壁。他结婚以后，青春做伴，可能改变了生活的气氛。

古往今来，一些伟大的画师，以怪僻的习性，伴随超人的成绩。但是，所谓独善其身或是洁身自好，只能说是一句空话，是与现实生活矛盾的，也是不可能的。你脱离现实，现实会去接近你。

一九六六年冬季，有一群人，闯进了他的住宅，翻箱倒柜。马达俯在他出生不久的儿子身上，安静地对进来的人说：

“你们，什么东西也可以拿去，不要吓着我的小孩！”

他在六十多岁时，才有了这个孩子。

接着说是全家被迫迁往郊区。“四人帮”善于巧立名目，借刀杀人，加给他的罪名是：资产阶级反动权威。

这十几年，当然我们没有见过面。就是最近，他也没得到我这里来过，市里的房子迟迟解决不了，他来办点事，还要赶回郊区。我因为身体不好，也没有能到医院看望他。这都算不得什么，谈不上什么遗憾的。

我一直相信，马达在郊区，即使生活多么困难和不顺利，他是可以过得去的。因为，他曾经长时期度过更艰难困苦的生活。听说他在农村教了几个徒弟，这些徒弟帮他做一些他力所不及的劳动。当然，他遭遇的是精神上的折磨和人格的被侮辱。我也断定，他可以活下来，因为他是能够置心澹定，自贵其生的。他确实活过来了，在农村画了不少画，并见到了“四人帮”及其体系的可耻破灭。

谈赵树理

山西自古以来，就是多才多艺之乡。在八年抗日战争期间，作为敌后的著名抗日根据地，在炮火烽烟中，绽放了一枝奇异的花，就是赵树理的小说创作。

赵树理的小说，以其故事的通俗性，人物性格的鲜明，特别是语言的地方色彩，引起了各个抗日根据地军民的注意。他的几种作品，不胫而走，油印、石印、铅印，很快传播。

抗日战争刚刚结束，我在冀中区读到了他的小说：《小二黑结婚》《李有才板话》和《李家庄的变迁》。

我当即感到，他的小说，突破了此前一直很难解决的，文学大众化的难关。

在他以前，所有文学作者，无不注意通俗传远的问题。

“五四”白话文学的革命，是破天荒地向大众化的一次进军。几经转战，进展好像并不太大，文学作品虽然白话了，仍然局限在少数读者的范围里。理论上的不断探讨，好像并不能完全解决大众化的实践问题。

文学作品能不能通俗传远，作家的主观愿望固然是一种动力，但是其他方面的条件，也很重要。多方面的条件具备了，才能实现大众化，主要是现实生活和现实斗争的需要，政治的需要。在这两项条件之外，作家的思想锻炼，生活经历，艺术修养和写作才能，都是缺一不可的必要条件。

我曾默默地循视了一下赵树理的学习、生活和创作的道路。因为和他并不那么熟悉，有些只是以一个同时代人的猜测去进行的。

据王中青的一篇回忆记载：一九二六年赵树理“在长治县山西省立第四师范学校念书。他平易近人，说话幽默，是一个很有风趣的人。他勤奋好学，博

我当即感到，他的小说，突破了此前一直很难解决的，文学大众化的难关。

览群书，向当时上海左翼作家的作品学习，向民间传统艺术学习。他那时就可谓是一位博学多识，多才多艺的青年文艺作者”。

这段回忆出自赵树理的幼年同学，后来的战友，当然是非常可信的。其中提到的许多史实，都对赵树理以后的创作，有直接的关系。但是，即使赵树理当时已具备这些特点，如果没有遇到抗日战争，没有能与这一伟大历史环境相结合，那么他的前途，他的创作，还是很难预料的。

在学校，他还是一个文艺爱好者，毕业以后，按照当时一般的规律，他可以沉没乡塾，也可以老死户牖。即使他才情卓异，能在文学上有所攀登，可以断言，在创作上的收获，也不会达到我们现在所能看到的高度。

创作上的真正通俗化，真正为劳苦大众所喜见乐闻，并不取决于文学形式上。如果只是那样，这一问题，早已解决了。也不单单取决于文学的题材。如果只是写什么的问题，那也很早就解决了。它也不取决于对文学艺术的见解，所学习的资料。在当时有见识，有修养的人才多得很，但并没有出现赵树理型的小说。

这一作家的陡然兴起，是应大时代的需要产生的，是应运而生，时势造英雄。

当赵树理带着一支破笔，几张破纸，走进抗日的雄伟行列时，他并不是一名作家。他同那些刚放下锄头，参加抗日的广大农民一样，并没有觉得自己有任何特异的地方。他觉得自己能为民族解放献出的，除去应该做的工作，就还有这一支笔。

他是大江巨河中的一支细流，大江推动了细流，汹涌前去。

他的思想，他的所恨所爱，他的希望，只能存在于这一巨流之中，没有任何分散或格格不入之处。

他同身边的战士，周围的群众，休戚与共，亲密无间。

他要写的人物，就在他的眼前，他要讲的故事，就在本街本巷。他要宣传、鼓动，就必须用战士和群众的语言，用他们熟悉的形式，用他们的感情和思想。而这些东西，就在赵树理的头脑里，就在他的笔下。

如果不是这样，作家是不会如此得心应手，唱出了时代要求的歌。

正当一位文艺青年需要用武之地的时候，他遇到了最广大的场所，最丰富的营养，最有利的条件。

是的，每个时代都有它自己的歌手。但是，歌手的时代，有时要成为过去。这一条规律，在中国文学史上，特别显著。

随着抗日战争的胜利，土地改革的胜利，解放战争的胜利，随着全国解放的胜利锣鼓，赵树理离开乡村，进了城市。

全国胜利，是天大的喜事。但对于一个作家来说，问题就不这样简单了。

从山西来到北京，对赵树理来说，就是离开了原来培养他的土壤，被移置到了另一处地方，另一种气候、环境和土壤里。对于花木，柳宗元说："其土欲故。"

他的读者群也变了，不再完全是他的战斗伙伴。

这里对他表示了极大的推崇和尊敬，他被展览在这新解放的，急剧变化的，人物复杂的大城市里。

不管赵树理如何恬淡超脱，在这个经常遇到毁誉交于前，荣辱战于心的新的环境里，他有些不适应。就如同从山地和旷野移到城市来的一些花树，它们当年开放的花朵，颜色就有些暗淡了下来。

政治斗争的形势，也有变化。上层建筑领域，进入了多事之秋，不少人跌落下来。作家是脆弱的，也是敏感的。他兢兢业业，唯恐有什么过失，引来大的灾难。

渐渐也有人对赵树理的作品提出异议。这些批评者，不用现实生活去要求、检验作品，只是用几条杆棒去要求、检验作品。他们主观唯心地反对作家写生活中所有，写他们所知，而责令他们写生活中所无或他们所不知。于是故事越来越假，人物越来越空。他们批评赵树理写的多是落后人物或中间人物。吹捧者欲之升天，批评者欲之入地。对赵树理个人来说，升天入地都不可能。他所实践的现实主义传统，只要求作家创造典型的形象，并不要求写出"高大"的形象。他想起了在抗日根据地工作时，那种无忧无虑，轻松愉快的战斗心情。他经常回到山西，去探望那里的人们。

他的创作迟缓了，拘束了，严密了，慎重了。因此，就多少失去了当年的青春泼辣的力量。

很长时期，他专心致志地去弄说唱文学。赵树理从农村长大，他对于民间艺术是非常爱好，也非常精通的。他根据田间的长诗《赶车传》，改编的《石不烂赶车》鼓词，令人看出，他不只对赶车生活知识丰富，对鼓词这一形式，也运用自如。这是赵树理一篇得意的作品。

这一时期，赵树理对于民间文艺形式，热爱到了近于偏执的程度。对于"五四"以后发展起来的各种新的文学形式，他好像有比一比看的想法。这是不必要的。民间形式，只是文学众多形式的一个方面。它是因为长期封建落后，致使我国广大农民，文化不能提高，对城市知识界相对而言的。任何形式都不具有先天的优越性，也不是一成不变，而是要逐步发展，要和其他形式互相吸收、互相推动的。

流传民间的通俗文艺，也类型不一，神形各异。文艺固然应该通俗，但通俗者不一定皆得成为文艺。赵树理中后期的小说，读者一眼看出，渊源于宋人话本及后来的拟话本。作者对形式好像越来越执着，其表现特点为：故事行进缓慢，波澜激动幅度不广，且因过多罗列生活细节，有时近于卖弄生活知识。遂使整个故事铺摊琐碎，有刻而不深的感觉。中国古典小说的白描手法，原非完全如此。

进城不久，是一九五〇年的冬季吧，有一天清晨，赵树理来到了我在天津的狭小的住所。我们是初次见面，谈话的内容，现在完全忘记了，但他留给我的印象是很清楚的。他恂恂如农村老夫子，我认为他是一个典型的农民作家。

因为是同时代，同行业，加上我素来对他很是景仰，他的死亡，使我十分伤感。他是我们这一代的优秀人物。他的作品充满了一个作家对人民的诚实的心。

林彪、“四人帮”当然不会放过他。在林彪、“四人帮”兴妖作怪的那些年月，赵树理在没有理解他们的罪恶阴谋之前，最初一定非常惶惑。在既经理解之后，一定是非常痛恨的。他们不只侮辱了他，也侮辱了他多年来为之歌颂的，我们的党、国家和人民。

天生妖孽，残害生民。在林彪、“四人帮”鼓动起来的腥风血雨之中，人民长期培养和浇灌的这一株花树，凋谢死亡。

这是文学艺术的悲剧。

经济、政治、文艺，自古以来，就形成了一种非常固定，非常自然的关系。任何改动其位置，或变乱其关系的企图，对文艺的自然生成，都是一种灾难。

文艺的自然土壤，只能是人民的现实生活和斗争，植根于这种土壤，文艺才能有饱满的生机。使它离开这个土壤，插进多么华贵的瓶子里，对它也只能是伤害。

林彪、“四人帮”这些政治野心家，用实用主义对待文艺。他们一时把文艺捧得太高，过分强调文艺的作用，几乎要和政治，甚至和经济等同起来。历史已经残酷地记载：在他们这样做的时候，常常是为他们在另一个时候，过分贬低文艺，惩罚文艺，甚至屠宰文艺，包藏下祸心。

夜　思

最近为张冠伦同志开追悼会，我只送了一个花圈，没有去。近几年来，凡是为老朋友开追悼会，我都没有参加。知道我的身体、精神情况的死者家属，都能理解原谅，事后，还都带着后生晚辈，来看望我。这种情景，常常使我热泪盈眶。

这次也同样。张冠伦同志的家属又来了，他的儿子和孙子，还有他的妻妹。

一进门，这位白发的老太太就说：

“你还记得我吗？”

“呵，要是走在街上……”我确实一时想不起来，只好嗫嚅着回答。

“常智，你还记得吧？”

“这就记起来了，这就记起来了！”我兴奋起来，热情地招扶她坐下。

她是常智同志的爱人。一九四三年，我在山地华北联大高中班教书时，常智是数学教员。这一年冬天，我们在繁峙高山上，坚持了整整三个月的反“扫荡”。第二年初，刚刚下得山来，就奉命做去延安的准备。

我在出发前一天的晚上，忽然听说常智的媳妇来了，我也赶去看了看。那时她正在青春，又是通过敌占区过来，穿着鲜艳，容貌美丽。我们当时都惋惜，我们当时所住的，山地农民家的柴草棚子，床上连张席子也没有，怎样来留住这样花朵般的客人。女客人恐怕还没吃晚饭，我们也没有开水，只是从老乡那里买了些红枣，来招待她。

第二天，当我们站队出发时，她居然也换上我们新发的那种月白色土布服装，和女学生们站在一起，跟随我们出发了。一路上，她很能耐劳苦，走得很好。她是冀中平原的地主家庭出身吧，从小娇生惯养，这已经很不容易了。

比翼而飞，对常智来说，老婆赶来，一同赴圣地，这该是很幸福的了。但在当时，同事们并不很羡慕他。当时确实顾不上这些，以为是累赘。

这些同事，按照当时社会风习，都已结婚，但因为家庭、孩子的拖累，是不能都带家眷的，虽然大家并不是不思念家乡的。

这样，我们就一同到了延安，她同常智在那里学自然科学。现在常智同她在武汉工作，也谈了谈这些年来经历的坎坷。

至于张冠伦同志，则是我一九四五年抗日战争结束后，回到冀中认识的。当时，杨循同志是《冀中导报》的秘书长，我常常到他那里食宿，因此也认识了他手下的人马。在他领导下，报社有一个供销社，还有一个造纸厂，张冠伦同志是厂长。

纸厂设在饶阳县张岗。张冠伦同志是一位热情、厚道的人，在外表上又像农民又像商人，又像知识分子，三者优点兼而有之，所以很能和我接近。我那时四下游击，也常到他的纸厂住宿吃饭。管理伙食的是张翔同志。

他的纸厂是一个土纸厂，专供《冀中导报》用。在一家大场院里，设有两盘高大的石碾，用骡拉。收来的烂纸旧书，堆放在场院西南方向的一间大厦子里。

我对破书烂纸最有兴趣，每次到那里，我都要蹲在厦子里，刨捡一番。我记得在那里我曾得到一本石印的《王圣教》和一本石印的《书谱》。

解放战争后期，是在河间吧，张冠伦同志当了冀中邮政局的负责人。他告诉我，土改时各县交上的书，堆放在他们的仓库里面。我高兴地去看了看，书倒不少，只是残缺不全。

我只拣了几本亚东印的小说，都是半部。

这次来访的张冠伦的儿子，已经四十多岁了，他说：

“在张岗，我上小学，是孙伯伯带去的。”

这可能是在土改期间。那时，我们的工作组驻在张岗，我和小学的校长、教师都很熟。

土改期间，我因为家庭成分，又因为所谓“客里空”问题，在报纸上受过批判，在工作组并不负重要责任，有点像后来的靠边站。土改会议后，我冒着风雪，到了张岗。我先到理发店，把长头发剪了去。理发店胖胖的女老板很是奇怪，不明白我当时剪去这一团烦恼丝的心情。后来我又在集市上，买了一双大草鞋，向房东老大娘要了两块破毡条垫在里面，穿在脚下。每天蹒跚漫步于冰冻泥泞的张岗大街之上，和那里的农民，建立了非常难能可贵的情谊。

农村风俗淳厚，对我并不歧视。同志之间，更没有像后来的所谓划清界限之说。我在张岗的半年时间里，每逢纸厂请客、过集日吃好的，张冠伦同志，总是把我叫去解馋。

现在想来，那时的同志关系，也不过如此。我觉得这样也就可以了，留下的印象是很深的，值得追念的。进城以后，相互之间的印象，就淡漠了。“文化大革命”期间，我们的命运大致相同。他后来死去了。

看到有这么多好同志死去，不知为何，我忽然感慨起来：

在那些年月，我没有贴出一张揭发检举老战友的大字报，这要感谢造反派对我的宽容。他们也明白：我足不出户，从我这里确实挖不出什么新的材料。我也不想使自己舒服一些，去向造反派投递那种卖友求荣的小报告，也不曾向我曾经认识的当时非常煊赫的权威、新贵，请求他们的援助与哀怜。我觉得那都是可耻的，没有用处的。

我忍受自己在劫的种种苦难，只是按部就班地写我自己的检查，写得也很少很慢。现在，有些文艺评论家，赞美我在文字上惜墨如金。在当时却不是这样，因为我每天只交一张字大行稀的交代材料，屡遭管理人的大声责骂，并扯着那一页稿纸，当场示众。后来干脆把我单独隔离，面前放一马蹄表，计时索字。

古人说，一死一生，乃见交情。其实，这是不够的。又说，使生者死，死者复生，大家相见，能无愧于心，能不脸红就好了。朋友之道，此似近之。我对朋友，能做到这一点吗？我相信，我的大多数朋友，对我是这样做了。

我曾告诉我的孩子们：

“你们看见了，我因为身体不好，不能去参加朋友们的追悼会，等我死后，人家不来，你们也不要难过。朋友之交，不在形式。”

新近，和《文艺报》的记者谈了一次话，很快就收到一封青年读者来信，责难我不愿回忆和不愿意写“文化大革命”的事，是一种推诿。文章是难以写得周全的，果真是如此吗？我的身体、精神的条件，这位远地的青年，是不能完全了解的。我也想到，对于事物，认识相同，因为年纪和当时处境的差异，有些感受和想法，也不会完全相似的。很多老年人，受害最深，但很少接触这一重大主题，我是能够理解的。我也理解，接触这一主题最多的青年同志们的良好用心。

但是，年老者逐渐凋谢，年少者有待成熟，这一历史事件在文学史上的完整而准确的反映，恐怕还需要一段时间吧？

悼念李季同志

已经是春天了，忽然又飘起雪来。十日下午，我一个人正在后面房间，对存放的柴米油盐，做季节性的调度。外面送来了电报。我老眼昏花，脑子迟钝，看到电报纸上李季同志的名字，一刹那间，还以为是他要到天津来，像往常一样，预先通知我一下。

绝没想到，他竟然逝去了。前不久，冯牧同志到舍下，我特别问起他的身体，冯还说：有时不好，工作一忙，反到好起来了。我当时听了很高兴。

李季同志死于心脏病。诗人患有心脏病，这就是致命所在。患心脏病的人，不一定都是热情人；而热情人最怕得这种病。特别是诗人。诗人的心，本来就比平常的人跳动得快速、急骤、多变、失调。如果自己再不注意控制，原是很危险的。

一九七八年秋季，李季同志亲自到天津来，邀我到北京去参加一个会。我有感于他的热情，不只答应，而且坚持一个星期，把会开了下来。当我刚到旅馆，还没有进入房间，已经是晚上八点多钟了，就听到李季同志在狭窄嘈杂的旅馆走道里，边走边大声说：

“我把孙犁请了来，不能叫他守空房啊，我来和他做伴！”

他穿着一件又脏又旧的军大衣，右腿好像有了些毛病，但走路很快，谈笑风生。

在会议期间，我听了他一次发言。内容我现在忘了，他讲话的神情，却深深印在我的记忆里。他很激动，好像和人争论什么，忽然，他脸色苍白，要倒下去。他吞服了两片药，还是把话讲完了。

第二天，他就病了。

在会上，他还安排了我的发言。我讲得很短，开头就对他进行规劝。我说，大激动、大悲哀、大兴奋、大欢乐，都是对身体不利的。但不如此，又何以作诗？

在我离京的前一天晚上，他还带病到食堂和我告别，我又以注意身体为赠言。

这竟成最后一别。李季同志是死于工作繁重，易动感情的。

李季同志的诗作《王贵与李香香》，开一代诗风，改编为唱词剧本，家喻户晓，可以说是不朽之作。他开辟的这一条路，不能说后继无人，但没有人能超越他。他后来写的很多诗，虽也影响很大，但究竟不能与这一处女作相比拟。这不足为怪，是有很多原因，也可以说是有很多条件使然的。

《王贵与李香香》，绝不是单纯的陕北民歌的编排，而是李季的创作，在文学史上，这是完全新的东西，是长篇乐府。

这也绝不是单凭采风所能形成的，它包括集中了时代精神和深刻的社会面貌。李季幼年参加革命，在根据地，是真正与当地群众，血肉相连，呼吸相通的。是认真地研究了民间文学的内容和形式的。他不是天生之才，而是地造之才，是大地和人民之子。

很多年来，他主要是担任文艺行政工作，而且逐渐提级，越来越繁重。这对工作来说，自然是需要，是不得已；对文艺来说，总是一个损失。当然，各行各业，都要有领导，并且需要精通业务的人去领导。不过，实践也证明，长期以来，把作家放在行政岗位，常常是得不偿失的。当然，这也只是一种估计。李季同志，是能做行政工作，成绩显著，颇孚众望的。在文艺界，号称郭、李。郭就是郭小川同志。

据我看来，无论是小川，还是李季同志，他们的领导行政，究竟还是一种诗人的领导，或者说是天才的领导。他们出任领导，并不一定是想，把自己的“道”或“志”，布行于天下。只是当别人都推托不愿干时，担负起这个任务来。而诗人气质不好改，有时还是容易感情用事。适时应变的才干，究竟有限。

因为文艺行政工作，是很难做好，使得人人满意的。作家、诗人，自己虽无领导才干，也无领导兴趣，却常常苛求于人，评头论足。热心人一旦参加领导行列，又多遇理论是非之争，欲罢不能，愈卷愈脱不出身来，更无法进行创作。当然也有人，拿红铅笔，打电话惯了，尝到了行政的甜头，也就不愿再去从事那种消耗神经，煎熬心血，常常是费力不讨好的创作了。如果一帆风顺，这些人也就正式改行，从文途走上仕途。有时不顺利，也许就又弃官重操旧业。这都是正常现象。

李季做得还算够好的，难能可贵的。他的特点是，心怀比较开朗，少畛域观念，十分热情，能够团结人，在诗这一文艺领域里，有他自己广泛的影响。

自得噩耗，感情抑郁，心区也时时感到压迫和疼痛。为了驱赶这种悲伤，我想回忆一下同李季在青年时期的交往。

可惜，我同他是在五十年代初期，一次集体出国时，才真正熟起来。那时，我已经是中年了。对于出国之行，我既没有兴趣，并感到非常劳累。那种紧张，我曾比之于抗日战争时期的反“扫荡”。特别是一早起，团部传出：服装、礼节等等应注意事项。起床、盥洗、用饭，都很紧迫。我生性疏懒，动作迟缓，越紧张越慌乱。而李季同志，能从容不迫，好整以暇。他能利用蹲马桶时间：刷牙，刮脸，穿袜子，结鞋带。有一天，忽然通知：一律西服，我却不会结领带，早早起来，面对镜子，正在为难之际，李季同志忽然推门进来，衣冠楚楚，笑着说：

“怎么样，我就知道你弄不好这个。”

然后熟练地代我结好了，就像在战争时代，替一个新兵打好被包一样。

人之相知，贵相知心。对于李季同志，我不敢说是相知，更不敢说是知己。但他对于我，有一点最值得感念，就是他深深知道我的缺点和弱点，我一向不怕别人不知道我的长处，因为这是无足轻重的。我最担心的是别人不知道我的短处，因为这就谈不上真正的了解。在国外，有时不外出参观，他会把旅馆的房门一关，向同伴们提议：请孙犁唱一段京戏。在这个代表团里，好像我是唯一能唱京戏的人。

每逢有人要我唱京戏，我就兴奋起来，也随之而激动起来。李季又说：

“不要激动，你把脸对着窗外。”

他如此郑重其事，真是欣赏我的唱腔吗？人要有自知之明，直到现在我也不敢这样相信。他不过是看着我，终日一言不发，落落寡合，找机会叫我高兴一下，大家也跟着欢笑一场而已。

他是完全出于真诚的，正像他前年要我去开会时说的：

“非我来，你是不肯出山的！”

难道他这是访求山野草泽，志在举逸民吗？他不过是要我出去活动活动，与多年不见面的朋友们会会而已。

在会上，他又说：

“你不常参加这种场合，人家不知道你是什么观点，讲一讲吧。”

也是这个道理。

他是了解我的，了解我当时的思想、感情的，他是真正关心我的。

他有一颗坚强的心，他对工作是兢兢业业的，对创作是孜孜不倦的。他有一颗热烈的心，对同志，是视如手足，亲如兄弟的。他所有的，是一颗诗人的赤子之心，天真无邪之心。这是他幼年参加革命时的初心，是他从根据地的烽烟炮火里带来的。因此，我可以说，他的这颗心从来没有变过，也是永远不会停止跳动的。

大星陨落——悼念茅盾同志

看到茅盾同志逝世的消息，心情十分沉重，惆怅不已，感触也很多。

我和茅盾同志并不熟识，只听过他的一次报告，但一直读他的书。记得我在上初中的时候，就读到他为商务印书馆学生国学丛书选注的一本《庄子》，署名沈德鸿。随后，读到他主持编辑的《小说月报》。这个文学刊物，在当时最有权威，对中国新文学发展所起的作用，也少有刊物能和它相比。直到今天，人们对它的印象，还是很深的。它所登的，都是当时第一流的作品，选择严格，都是现实主义的作品。每期还有评论文章，以及国内外文坛消息。它的内容和版式，在很长时间，成为中国文学刊物的典型。那两本《俄国文学专号》，过了很多年，人们见到，还非常珍视。

不久，我读到他写的反映北伐战争的三部曲，即《幻灭》《动摇》《追求》，使我见到了中国第一次大革命时期，知识分子的群像。

他的长篇《子夜》出版时，我已经在读高中，这部作品，奠定了中国新的长篇小说的基础。作家视野的宽广，人物性格的鲜明，描写手法的高超，直到今天，也很难说有谁已经超越了它。我曾按照当时流行的阶级分析的方法，写了一篇读后记。

他的短篇《春蚕》《林家铺子》《残冬》，在《文学》上发表时，我就读过了，非常爱好。

他的译作，在《译文》上我经常读到，后来结集为《桃园》，我又买了一本。

他的理论文章，我也很爱读。他有丰富的创作经验，古今中外的知识又渊博，社会实践阅历很深。他对作品的评价分析，都从艺术分析入手，用字不多，能说到关键的地方，能说到要害，能使人心折意服。他对我的作品，也说过几句话。

那几句话，不是批评，但有规诫的成分；不是捧场，但有鼓励的成分；使作者乐于接受，读者乐于引用。文艺批评，说大道理是容易的，能说到“点”上，是最难的。

最近一、二年，我又读了他发表的回忆录，知道了他参加革命的全部历程。不久以前，我还想：茅盾同志如果少参加一些实际工作，他留给我们的创作成果，会比现在更多吧。

这种想法是片面的。正是他长期参加了革命的实际工作，他才能在创作上有这样大的建树。他的创作，都与这些革命实践有关。实际的革命工作，是他从事革命文艺工作的坚实基础。至于过多的行政工作，对他的创作是否有利，当然可以另作别论。

茅盾同志在文学创作、中国古典文学的研究、介绍外国文学作品、编辑刊物、文艺理论这几个方面，都很有成就，很有修养，对我们这一代作家，有极大的影响。他对中国新文学事业，功绩卓著。在先辈开辟的道路上，我们只有加倍努力，奋勇前进。

系以韵语，借抒悲怀：

大星陨落，黄钟敛声。哲人虽逝，犹存典型，遗产丰美，玉振金声。荆榛易布，大木难成，小流作响，大流无声。文坛争竞，志趣不同，风标高下，或败或成。艺途多艰，风雨不停，群星灿灿，或暗或明。文艺之道，忘我无私，人心所系，孜孜求之。丝尽蚕亡，歌尽蝉僵，不死不止，不张不扬。作者恢宏，其艺自高，作者狭隘，其作嚣嚣。少年矫健，逐浪搏风，一旦失据，委身泥中。文贵渊默，最忌轻浮，饰容取悦，如蝇之逐。大树根深，其质乃坚，高山流水，其声乃清，我辈所重，五四遗风。

悼念田间

昨天是星期日，心情烦乱，吃罢晚饭，院子里安静些了，开门到台阶上站立。紧邻李夫，从屋里出来，告诉我：

“田间逝世了。”

“你从哪里得来的消息？”我大吃一惊。

李夫回屋，取来一张当天的《今晚报》，他是这家报纸的总编辑。

消息是不会错的，田间确是不在了。我回到屋里，开灯看了这段消息。我一夜辗转不安，我还能为他做些什么呢？前一个月，张学新来，说他害病，我写了一张明信片给葛文，没得到回复，我还以为他忙。

一九四〇年，我在晋察冀通讯社，认识田间，他虽然比我小几岁，已经是很有名的诗人，我很尊重他。他对我们这些文学爱好者，如邓康、康濯、曼晴，也有一种特殊的感情，主动把我们写的东西，介绍到大后方去。我的稿子并没有得到发表，但记得他那认真的，诚挚的情谊。不久，他调到晋察冀文协，把我和邓康带去，作为他的助手。我们一同工作了不算短的时间。一九四二年整风以后，他到盂县下乡，我也调动了工作。

一九四四年春天，我随大队去延安，经过盂县，他在道路旁边等候我作别。是个有霜雪的早晨，天气很冷，我身上披着，原是他坚壁起来的一件日本军用皮大衣，他当记者时的胜利品，羊皮上有一大片血迹。取这件衣服，我并没告诉他，他看见后，也没说什么。这件衣服，我带到延安，被一次山洪冲走了。

在文协工作时，他见我弄不到御寒的衣物，还给过我一件衣服。是他在大后方带来的驼色呢子大衣，我曾穿回冀中，因为颜色和形式，在当时实在不伦不类，妻子给我加了黑粗布面子，做成了一件短夹袄。

那时，吃不上好东西，他用大后方寄来的稿费，请我们在滹沱河畔的一家小饭馆，吃过鱼。又有一次他卖掉一条毛毯，请我们吃了一顿包子。

这些事，我在什么文章里记过了。

田间的足迹，留在晋察冀的艰难的山路上。他行军时的一往无前的姿态，一直留在我的心中。他总是走在我们的前面。他的诗，也留在晋察冀的各个村落和山头上。抗战八年，田间在诗人中，是一个勇敢的，真诚的，日以继夜，战斗不息的战士。近年来，可能有人对他陌生，甚至忘怀。但是，他那遍布山野村庄，像子弹一样呼啸的诗，不会沉寂。

田间是一个诗人，他成名很早，好像还没有领会人情世故，就出名了，他一直像个孩子。在山里，他要去结婚了，棉裤后面那块一尺见方的大补丁，翻了下来，一走一忽闪，像个小门帘。房东大娘把他叫了回来，给他缝上。他也不说什么，只是天真地笑了笑，就走了。

后来，他当了盂县县委宣传部长，后来又当了雁北地委秘书长，我都很奇怪，他能做行政工作吗？但听说都干得不错。

他天真，他对人真诚。解放后，我每次到北京，他总到我住的地方看我。我到他那里去，他总是拉我到街上，吃点什么。那几年，他兴致很好，穿着、住处，都很讲究。

一九五六年以后，因为我闹病，很少见到他。一九七五年，我和别人去逛八达岭，到他家看了看，他披着一件油垢不堪的大棉袄，住在原来是厨房的小屋里。因为人多，说了几句话，我向他要了两盒烟，就出来了。一九七八年，我到北京开了一个星期的会，他虽然有家，却和我在旅馆里同住。

除去在山里，这算是我们相处时间最长的一次了。但也没有多少话好说了。

坦诚地说，我并不喜欢他这些年写的那些诗。我觉得他只在重复那些表面光彩的词句或形象。比如花呀，果呀，山呀，海呀，鹰呀，剑呀。我觉得他的诗，已经没有了《给战斗者》那种力量。但我没有和他谈过这些，我觉得那是没有用处的，也没有必要。时代产生自己的诗人，但时代也允许诗人，按照自己的意愿，走完自己的道路。

我不自量，我觉得我是田间的一个战友。抗日战争，敌后文艺工作，不只别人，连我自己，也渐渐淡漠了。但现在，我和田间，是生离死别，不能不想到一些往事。我早晨四点钟起来，写这篇零乱颠倒的文章，眼里饱含泪水。

关于丁玲

一

三十年代初，我在保定读高中，那里有个秘密印刷厂，专翻印革命书籍，丁玲的早期小说也在内，我读了一些，她是革命作家，又是女作家，这是容易得到年轻人的崇拜的。过了二年，我在北平流浪，有一次在地摊上买了几期《北斗》杂志，这也是丁玲主编的，她的著名小说《水》，就登在上面。

这几期杂志很完整，也很干净。我想是哪个穷学生，读过以后忍痛卖了。我甚至想，也许是革命组织，故意以这种方式，使这家刊物，广为流传。我保存了很多年，直到抗日战争或土地改革时，才失掉了。

二

不久，丁玲被捕，《现代》杂志上登了她几张照片，我都剪存了，直到我认识了丁玲，还天真地写信问过她，要不要寄她保存。丁玲没有复信，可能是以为我既然爱好它，就自己保存吧。上海良友图书公司，出版了她的小说《母亲》，我很想买一本，因为经济困难作罢，但借来读过了。同时我读了沈从文写的《记胡也频》和《记丁玲》，后者被删了好多处。

三

一九四四年，我在延安。有一次严文井同志带我和邵子南去听周恩来同志的讲话。屋子不大，人也不多，我第一次见到了丁玲。她坐在一条板凳上，好像感冒了，戴着口罩，陈明同志给她倒了一杯开水。我坐在地上，她那时还不认识我。

一九四八年秋天，她到了冀中，给我写了一封信。那时我正在参加土改，有两篇文章，受了批评。她在信中安慰了我几句，很有感情。

四

一九五〇年，我到北京开会，散会后同魏巍到丁玲家去。

她请晋察冀边区的几个青年作家吃饭，饭菜很丰盛，饭后，我第一次吃到了哈密瓜。

也是这年冬季，我住在北京文学研究所，等候出差。丁玲是那里的负责人。星期六下午，同院的人都回家去了。丁玲来了，找谁谁不在。我正在房子里看书，听到传达室的人说：

“孙犁……”

丁玲很快回答说：

“孙犁回天津去了。”

传达室的人不说话了，我也就没有出去。我不好见人，丁玲也可能从接触中，了解到我这一弱点。

五

又过了几年，北京召开批判丁、陈的大会，天津也去了几个人，我在内。大家都很紧张。在小组会上确定谁在大会发言时，有人推我。我想：你对他们更熟悉，更了解，为什么不上？我以有病辞。当时中宣部一位负责人说：

“他身体不好，就算了吧。”

直到现在，我还记得这句为我排忧解难的好话。

我真病了。一九五七年住进北京的红十字会医院，严重神经衰弱。丁玲托人给我带来一封信，还给我介绍了一位湖南医学院的李大夫，进院看病。当年夏季，我转到小汤山疗养，在那里，从广播上听到了丁玲的不幸遭际。

从此，中断信息很多年。前几年，她到天津来了一次，到家来看了我，我也到旅舍去看望了她和陈明同志。不久我见到了中央给她做的很好的结论，我很高兴。

六

丁玲，她在三十年代的出现，她的名望，她的影响，她的吸引力，对当时的文学青年来说，是能使万人空巷的，举国若狂的。这不只因为她写小说，更因为她献身革命。风云兴会，作家离不开时代。后来的丁玲，屡遭颠踬，社会风尚不断变化，虽然创作不少衰，名声不少减，比起三十年代，文坛上下，对她的热情与瞩望，究竟是有些程度上的差异了。

一颗明亮的，曾经子夜高悬，几度隐现云端，多灾多难，与祖国的命运相伴随，而终于不失其光辉的星，陨落了。

谨记私人交往过从，以寄哀思。

悼曾秀苍

前些日子，听法清说老曾病重，我请邹明和田晓明去看望他一次。回来说，还很清醒。今天法清又来，说是昨晚，老曾过去了。

时值冬初，最近已经有三、四个老朋友相继过去了。

听到老曾的逝世，我很悲痛，想写几句话。但在房间里转了好久，总觉得没有什么话好说了。他没有给人留下过感人至深或轰轰烈烈的印象。

因为他这个人，不好交际，更不会出风头。你和他说话，他从来不会和你辩论。你和他走路，他总是落在后面。他虽然写了几部很有功力的小说，但在文坛上，并无赫赫之名，也没有报刊登他的照片和吹捧他的文章。他的住所，非常冷落，更形不成什么诱人的沙龙。一些青年男女，甚至可以不知他是何许人也。

但他是我们的一个很好的朋友，我很尊重他的才学、修养和知识。他的字，写得娟秀无比，他的诗，写得委婉，富有风情。他对朋友，有求必应，应必有信，做事认真，一丝不苟。

他自幼家境不好，上了几年中学，就当小学教师，投稿，考入报社当练习生。他是旧社会培养出来的文人，他只相信，收获是耕耘而来。他知道职业的艰难，应尽的职责。他知道吃饭不易，要努力工作。

他的习惯就是工作，为了工作，求取知识。这就是生活。

他习惯清苦，并不知道什么叫时髦，什么叫人间的享受。有一次，他把一个用了多年的笔洗送给我，说：

“我还有一个好的，已经换上用了，我也该享受享受了。”

换用一个新笔洗，对他就是享受。

有一次，我送给他两锭旧墨，他马上复信，非常感激，好像受宠若惊。我想：如果他突然得到诺贝尔奖金，他就会活不下去了。这种人是不能大富大贵的。

正因为如此，他是安分守己的，按部就班的，不做非分之想的。过去，没有从大锅里捞取稠饭自肥；现在，更不会向国家仓库伸手自富。他做梦也不会以权谋私。

别人看来，他是一个不入时的，微弱渺小的，封闭型的人物。但是，不久就会证明，在编辑出版部门，他能做的，他已经做过的工作，其精确程度，其出色部分，后继不一定有人，或者有人，不一定能够达到。

悼曼晴

最近，使我难过的事，是听到曼晴逝世的消息。

曼晴，在我心中，够得上是一个好人。一个忠厚的人，一个诚实的人，一个负责的人。称之为朋友，称之为战友，称之为同志，都是当之无愧的。

曼晴像一个农民。我同他的交游，已写在《吃粥有感》一文，和为他的诗集写的序言之中。文中记述，一九四〇年冬季反“扫荡”时，我同他结伴，在荒凉、沉寂和恐怖的山沟里活动的情景：一清早上山，拔几个胡萝卜充饥；夜晚，背靠背宿在羊群已经转移的空羊圈里。就在这段时间，我们联名发表了两篇战斗通讯。

这也可以说是战斗。实际上，既没有战斗部队掩护，也没有地方干部带路。我们没有携带任何武器，游而不击，“流窜”在这一带的山头、山谷。但也没有遇到过敌人，或是狼群，只遭到一次疯狂的轰炸。

一想起曼晴，就会想起这段经历。后来，我们还写了充满浪漫蒂克情调的诗和小说。

以上这些情景，随着时间的推移，伴着一代人的消亡，已经逐渐变成遥远的梦境，褪色的传奇，古老的童话，和引不起兴趣的说教。

我很难说清，自己当前的心情。曼晴就不会想这么多，虽然他是诗人。曼晴是一个很实际的人，从不胡思乱想。

抗日战争时期，曼晴编辑《诗建设》（油印），发表过我的诗作。解放战争时期，他编辑《石家庄日报》（小报），发表过我写的小说。“文革”以后，他在石家庄地区文联，编辑土里土气的刊物《滹沱河畔》。我的诗，当时没有地方发表，就给他寄去，他都给刊出了。后来，我请他为我的诗集，写一篇序言。文中他直率地说，他并不喜欢我那些没有韵脚的诗。

我不断把作品寄到他手中，是因为他可以信赖；他不喜欢我的诗，而热情刊登，是重视我们之间的友谊。

曼晴活了八十岁。这可以说是好人长寿，福有应得。他离休时，是地区文联主席，党组书记。官职不能算高，可也是他达到的最高职位了。比起显赫的战友，是显得寒酸了一些。但人们都知道，曼晴是从来不计较这些的。他为之奋斗的是诗，不是官位。

他在诗上，好像也没有走红运。晚年才出版了一本诗集，约了几个老朋友座谈了一下，他已经很是兴奋。不顾大病初愈，又爬山登高，以致旧病复发，影响了健康，直到逝世。

这又可以说，他为诗奋斗了一生，诗也给他带来了不幸。

一九八九年三月七日论曰：友朋之道，实难言矣。我国自古重视朋友，列为五伦之一。然违反友道之事实，不只充斥于史记载籍，且泛滥于戏曲小说。圣人通达，不悖人情之常，只言友三益。直、谅、多闻之中，直最为重要。直即不曲，实事求是之义。历史上固有赵氏孤儿，刎颈之交等故事，然皆为传奇，非常人所能。士大夫只求知音而已。至于《打渔杀家》，倪荣赠了些银两，萧恩慨叹说：这才是我的好朋友啊，也只是江湖义气，不足为重。古人所说：一贵一贱，交情乃见；一死一生，乃见交情。以及：使生者死，死者复生，见面无愧于心等等，都是因世态而设想，发明警语，叹人情之冷暖多变也。旧日北京，官场有俗语：太太死了客满堂，老爷死了好凄凉，也是这个意思，虽然有轻视妇女的味道。然而，法尚且不责众，况人情乎？以“文革”为例：涉及朋友，保持沉默，已属难得；如责以何不为朋友辩解，则属不通。谈一些朋友的缺点，也在理应之例，施者受者，事后均无须介意。但如无中生有，胡言乱语，就有点不够朋友了。至于见利忘义，栽赃陷害，卖友求荣，则虽旁观路人，妇人孺子，亦深鄙之，以为不可交矣：人重患难之交，自亦有理。然古来又多可共患难，不可共安乐之人。此等人，多出自政治要求，权力之事，可不多赘。

余之交友，向如萍水相逢，自然相结，从不强求。对显贵者，有意稍逊避之；对失意者，亦不轻易加惠于人。遵淡如水之义，以求两无伤损。余与曼晴，性格相同，地位近似，一样水平，一路角色，故能长期保持友谊，终其生无大遗憾也。

记邹明

我和邹明，是一九四九年进城以后认识的。《天津日报》，由冀中和冀东两家报纸组成。邹明是冀东来的，他原来给首长当过一段秘书，到报社，分配到副刊科。我从冀中来，是副刊科的副科长。这是我参加革命十多年后，履历表上的第一个官衔。

在旧社会，很重视履历。我记得青年时，在北平市政府工务局，弄到一个书记的职位，消息传到岳父家，曾在外面混过事的岳叔说："唉！虽然也是个职位，可写在履历上，以后就很难长进了。"

我的妻子，把这句话，原原本本地向我转述了。当时她既不知道，什么叫作履历，我也不通世故宦情，根本没往心里去想。

及至晚年，才知道履历的重要。曾有传说，有人对我的级别，发生了疑问，差一点没有定为处级。此时，我的儿子，也已经该是处级了。

我虽然当了副刊科的副科长，心里也根本没有把它当成一个什么官儿。在旧社会，我见过科长，那是很威风的。科长穿的是西装，他下面有两位股长，穿的是绸子长衫。科长到各室视察，谁要是不规矩，比如我对面一位姓方的小职员，正在打瞌睡，科长就可以用皮鞋踢他的桌子。但那是旧衙门，是旧北平市政府的工务局，同时，那里也没有副科长。科长，我也只见过那一次。

既是官职，必有等级。我的上面有：科长、编辑部正副主任、正副总编、正副社长。这还只是在报社，如连上市里，则又有宣传部的处长、部长、文教书记等等。这就像过去北京厂甸卖的大串山里红，即使你也算是这串上的一个吧，也是最下面，最小最干瘪的那一个了。但我当时并未在意。

我这副科长，分管文艺周刊，手下还有一个兵，这就是邹明。他是我的第一个下级，我对他的特殊感情，就可想而知了。

但是除去工作，我很少和他闲谈。他很拘谨，我那时也很忙。我印象里，他是福建人，他父亲晚年得子，从小也很娇惯。后来爱好文学，写一些评论文字，参加了革命。这道路，和我大致是相同的。

他的文章，写得也很拘谨，不开展，出手很慢，后来也就很少写了。他写的东西，我都仔细给他修改。

进城时，他已经有爱人孩子。我记得，我的家眷初来，还是住的他住过的房子。

那是一间楼下临街的，大而无当的房子，好像是一家商店的门脸。我们搬进去时，厕所内粪便堆积，我用了很大力气淘洗，才弄干净。我的老伴见我勇于干这种脏活儿，曾大为惊异。我当时确是为一大家子人，能有个栖身之处，奋力操劳。“文化大革命”时，一些势利小人，编造无耻谰言，以为我一进报社，就享受什么特殊的待遇，是别有用心的。当时我的职位和待遇，比任何一个同类干部都低。对于这一点，我从来不会特别去感激谁，当然也不会去抱怨谁。

关于在一起工作时的一些细节，我都忘记了。可能相互之间，也有过一些不愉快。但邹明一直对我很尊重。在我病了以后，帮过我一些忙。我们家里，也不把他当作外人。当我在外养病三年，回家以后，老伴曾向我说过：她有一次到报社去找邹明，看见他拿着刨子，从木工室出来，她差一点没有哭了。又说：我女儿的朝鲜同学，送了很多鱿鱼，她不会做，都送给邹明了。

等到“文化大革命”开始，她在公共汽车上，碰到邹明，流着泪向他诉说家里的遭遇；邹明却大笑起来，她回来向我表示不解。

我向她解释说：你这是古时所谓妇人之恩，浅薄之见。你在汽车上，和他谈论这些事，他不笑，还能跟着你哭吗？我也有这个经验。一九五三年，我去安国下乡，看望了胡家干娘。她向我诉说了土改以后的生活，我当时也是大笑。后来觉得在老人面前，这样笑不好，可当时也没有别的方式来表示。我想，胡家干娘也会不高兴的。

从我病了以后，邹明的工作，他受反右的牵连，他的调离报社，我都不大清楚。“文化大革命”后期，有一次我从干校回来，在报社附近等汽车，邹明看见我，跑过来说了几句话。

后来，我搬回多伦道，他还在山西路住，又遇见过几次，我约他到家来，他也总没来过。

“四人帮”倒台以后，报社筹备出文艺双月刊，人手不够。

我对当时的总编辑石坚同志说，邹明在师范学院，因为口音，长期不能开课，把他调回来吧！很快他就调来了，实际是刊物的主编。

我有时办事莽撞，有一次回答丁玲的信，写了一句：我们小小的编辑部，于是外人以为我是文艺双月刊的主编。这可能使邹明很为难，每期还送稿子，征求我的意见，我又认为不必要，是负担。等到我明白过来，才在一篇文章中声明：我不是任何刊物的主编，也不是编委。这已经是几年以后了。

在我当选市作协主席后，我还推荐他去当副秘书长。后来，我不愿干了，不久，他也就被免掉了。

“文革”以后，有那么几年，每逢春季，我想到郊区农村转转，邹明他们总是要一辆车，陪我去。有人说我是去观赏桃花，那太风雅了。去了以后，我发见总是惊动区、村干部，又乱照相，也玩不好，大失本意，后来说不愿去了。最后一次，是到邹明下放过的农村去。到那里，村干部大摆宴席，喝起酒来，我不喝酒，也陪坐在炕上，很不自在。临行时，村干部装了三包大米，连司机，送我们每人一包。我严肃地对邹明说，这样不行。结果退了回去，当然弄得大家都不高兴，回来的路上，谁也没有说话。以后就再没有一同出过门。

邹明好看秘籍禁书，进城不久，他就借来了《金瓶梅》。

他买的宋人评话八种，包括金主亮荒淫那一篇。他还有这方面的运气，我从街头买了一部《今古奇观》，因是旧书，没有细看就送给他了。他后来对我说，这部书你可错出手了，其中好些篇，是按古本三言二拍排印的，没有删节，非一般版本可比。说时非常得意。前些日子，山东一位青年，寄我一本五角丛书本的中外禁书目录，我也托人带给他了。在我大量买书那些年，有了重本，我总是送他的。

曾有一次，邹明当面怏怏地说我不帮助人。当时，我不明白他指的什么方面，就没有说话。他说的是事实，在一些大问题上，我没有能帮助他。但我也并不因此自责。我的一生，不只不能在大事件上帮助朋友，同样也不能帮助我的儿女，甚至不能自助。因为我一直没有这种能力，并不是因为我没有这种感情。

这些年，我写了东西，自己拿不准，总是请他给看一看。

“老邹，你看行吗？有什么问题吗？”我对他的看文字的能力，是完全信赖的。

他总是说好，没有提过反对的意见。其实，我知道，他对文、对事、对人，意见并不和我完全相同。他所以不提反对意见，是在他的印象里，我可能是个听不进批评的人。这怨自己道德修养不够，不能怪他。有一次，有一篇比较麻烦的作品，我请他看过，又像上面那样问他，他只是沉了沉脸说：“好，这是总结性的！”

我终于不明白，他是赞成，还是反对，最后还是把那篇文章发表了。

另有一次，我几次托他打电话，给北京的一个朋友，要回一篇稿子。我说得很坚决，但就是要不回来，终于使我和那位朋友之间，发生了不愉快。我后来想，他在打电话时，可能变通了我的语气。因为他和那位同志，也是要好的朋友。

邹明喜欢洋玩意儿，他劝我买过一支派克水笔，在“文革”时，我专门为此挨了一次批斗。我老伴病了，他又给买了一部袖珍收音机，使病人卧床收听。他有机会就兴致勃勃地给我介绍新兴的商品，后来，弄得我总是笑而不答。

邹明除去上班，还要回家做饭，每逢临近做饭时间，他就告辞，我也总是说一句：“又该回去做饭了？”他就不再言语，红着脸走了，很不好意思似的。以后，我就不再说这句话了。

有一家出版社委托他编一本我谈编辑工作的书。在书后，他愿附上他早年写的经过我修改的一篇文章。我劝他留着，以后编入他自己的书里。我总是劝他多写一些文章，他就是不愿动笔，偶尔写一点，文风改进也不大。

他的资历、影响，他对作家的感情和尊重，他在编辑工作上的认真正直，在文艺界得到了承认。大批中青年作家，都是他的朋友。丁玲、舒群、康濯、魏巍对他都很尊重，评上了高级职称，还得到了全国老编辑荣誉奖，奖品是一个花岗岩大花瓶，足有五公斤重。评委诸公不知如何设计的，既可作为装饰，又可运动手臂，还能显示老年人的沉稳持重。难为市作协的李中，从北京运回三个来，我和万力，各得其一。

邹明病了以后，正值他主编的刊物创刊十周年。他要我写一点意见，我写了。他愿意寄到人民日报先登一下，我也同意了。我愿意他病中高兴一下。

自从他病了以后，我长时间心情抑郁，若有所失。回顾四十年交往，虽说不上深交，也算是互相了解的了。他是我最接近的朋友，最亲近的同事。我们之间，初交以淡，后来也没有大起大落的波折变异。他不顺利时，我不在家。“文革”期间，他已不在报社。没有机会面对面地相互进行批判。也没有发见他在别的地方，用别的方式对我进行侮辱攻击。这就是很不容易，值得纪念的了。

我老了，记忆力差，对人对事，也不愿再多用感情。以上所记，杂乱无章，与其说是记朋友，不如说是记我本人。是哀邹明，也是哀我自己。我们的一生，这样短暂，却充满了风雨、冰雹、雷电，经历了哀伤、凄楚、挣扎，看到了那么多的卑鄙、无耻和丑恶，这是一场无可奈何的人生大梦，它的觉醒，常常在瞑目临终之时。

我和邹明，都不是强者，而是弱者；不是成功者，而是失败者。我们从哪一方面，都谈不上功成名遂，心满意足。但也不必自叹弗如，怨天尤人。有很多事情，是本身条件和错误所造成。我常对邹明说：我们还是相信命运吧！这样可以减少很多苦恼。邹明不一定同意我的人生观，但他也不反驳我。

我发见，邹明有时确是想匡正我的一些过失；我有时也确是把他当作一位老朋友，知心人，想听听他对我的总的印象和评价。但总是错过这种机会，得不到实现。原因主要在我不能使他免除顾虑。如果邹明从此不能再说话，就成了我终生的一大遗憾。此时此刻，朋友之间，像他这样了解我的人，实在不太多了。

邹明一生，官运也不亨通。我在小汤山养病时，有报社一位老服务员跟随我，他曾对我老伴说：报社很多人，都不喜欢邹明，就是孙犁喜欢他。他的官运不通，可能和他的性格有关，他脾气不好。在报社，第一阶段，混到了文艺部副主任，和我那副科长，差不多。第二阶段，编一本默默无闻，只能销几千份的刊物，直到今年十月一期上，才正式标明他是主编，随后他就病倒了。人不信命，可乎！

邹明好喝酒，饮浓茶，抽劣质烟。到我那里，我给他较好的烟，他总是说：那个没劲儿。显然，烟酒对他的病也都不利。

二三十年代，有那么多的青年，因为爱好文艺，从而走上了革命征途。这是当时社会大潮中的一种壮观景象。为此，不少人曾付出各式各样的代价，有些人也因此在不同程度上误了自身。幸运者少，悲剧者多。我现在想，如果邹明一直给首长当秘书，从那时就弃文从政、从军，虽不一定就位至显要，在精神和物质生活方面，总会比现在更功德圆满一些吧。我之想起这些，是因为也曾有一位首长，要我去给他当秘书，别人先替我回绝了，失去了做官的一次机会，为此常常耿耿于怀的缘故。

现在有的人，就聪明多了。即使已经进入文艺圈的人，也多已弃文从商，或文商结合；或以文沽名，而后从政；或政余弄文，以邀名声。因而文场芜杂，士林斑驳。干预生活，是干预政治的先声；摆脱政治，是醉心政治的烟幕。文艺便日渐商贾化、政客化、青皮化。

邹明比我可能好一些，但也不是一个聪明人。在一些问题上，在生活行动上，有些旧观念。他不会投政治之机，渔时代之利，因此也不会得风气之先。他一直不能成为一个时代的宠儿，耀眼的明星。他常常有点畸零之感，有些消极的想法。然又不甘把时间浪费，总想做些力所能及的事情。考核他几十年所作所为，我以为还都是于国家于人民有益的。但像这种工作方式，特别在日前局势来说，是吃不开的，不受重视的。除去业务，他没有其他野心；自幼家境富裕，也不把金钱看得那么重。他既不能攀援权要以自显，也不屑借重明星以自高。因此，他将永远是默默无闻的，再过些年，也许会被人忘记的。

很多外人，把邹明说成是我的“嫡系”，这当然有些过分。

但长期以来，我确把他看作是自己的一个帮手。进入晚年，我还常想，他能够帮助我的孩子们，处理我的后事。现在他的情况如此，我的心情，是不用诉说的。

悼万国儒

前几天，张知行去世，得到消息，人已经火化，连个花圈也来不及送，心里很别扭。这件事还没有放下，昨天来了一位客人，又告诉我，万国儒也在前两天去世了。

这两位同志，都是天津的工人作家。近年，和我来往较多，在我的心目中，都是老实人。

我记得，原来和万国儒，并不太熟。“文化大革命”以后，他叫我给他的小说集写篇序，我写了。序中，好像还劝告他，不要只写车间，多读点书，各地走走看看等等。

这以后，国儒在创作上，就不很顺利。对他的作品，五十年代的热闹劲头，突然冷落下来。国儒想不通，生活得很落寞。

有些问题，第一次遇上，就容易想不通。比如国儒的小说，到底是写得好呢，还是写得不好？如果说，本来就没有什么意思，为什么在五六十年代，大家都异口同声地吹捧呢？

如果说，实在是写得不错，为什么现在又到处遭到冷遇呢？

当然，也可以把小说比作服装，过时了，面料和款式，都不时兴，放到箱底去吧！但文学作品，实在又不能和服饰之类相比。因为，如果是那样，就不会有永久性的作品了。

这只能从更大的范围，更多的事例，去寻找解答。从天地之间，社会之上，去寻求解答。

比如，在我们所处的时代，为什么有的话，今天奉为真理，明天就成了谬论；为什么有的人物，今天红得发紫，明天又由紫变黑？如果还不明白，就可以再向大自然求教：天为什么有阴晴，地为什么有山水？花为什么有开谢，树为什么有荣枯等等。

而国儒又好像缺乏这种哲学头脑，心里的烦闷，不能迎刃而解。作品受冷遇，必然意味着人也受冷遇，再加上随之而来的，一系列能影响敏感之心的问题，他的健康，就受到了严重的影响。

国儒是工人，但来自农村。基本上，还是农民的气质。称得上是忠诚、正直。这种气质是可贵的。可贵的，并不一定就值钱。

现在，各行各业，只有一种素质，是不够的。作家这一行，尤其如此。如果国儒听信我的劝告，不囿于农村、工厂，能常到开放地区转转，甚至干一阵子专业户，做点买卖。也不妨到各个水陆码头，与一些流氓鬼混相处一个时期。如有机会，还可进衙门官场，弄个头衔做做。如此，不只生活场景开拓了，心胸见闻也必随之开拓。熔各方经验于一炉，集多种素质于一身。其作品走红，等级提高，生活改善，必皆能操胜券。心广体胖，也不会遭癌症的侵袭了。

无奈国儒是个本分人，老实人，当然不会听信我这些信口开河的话。他仍然是下乡啊，下厂啊，照旧方式工作着。有时还从农村给我带来一些新棒子面、新稻米。这也是一个老实人的表现，他总以为我给他的书作了序，就要有些报答。

五十年代，中国文坛，曾先后有两颗新星出现：一个是工人万国儒，一个是农民谷峪。谷峪当时风头更健，曾当过八大候补代表，出国访问。其以后遭遇，比起国儒，就惨多了。前不久已死去。我想：国儒一定是知道的，自己会想开的。

看来，国儒的性格很固执。

他发现有病，进院手术之前，曾来看我一次。我深深理解他的用意，我沉重地对他说：

“国儒，砸锅卖铁，我们也要治病。人家送礼，我们也要送礼！国儒，我能对你有什么帮助吗？”

“没有，没有。”他照例坚强地说。

过去，他来了，我没有送过他，这次，我把他送到门外，并和他握了握手。

春节时，我居然接到他一封很乐观的信。还有暇关心身外的事，说听到一个消息，非常气愤，这是“有人要把水搅浑”，他要给上级写信等等。我给他回信说：十分惦念他的病，希望他什么也不要想。世界这样大，人口这样多，什

国儒是工人，但来自农村。基本上，还是农民的气质。称得上是忠诚、正直。这种气质是可贵的。可贵的，并不一定就值钱。

么人也会有，什么事也会发生的。管得了那么多?

这也是国儒的忠诚老实之处。如果是我，我如果是一条鱼，看见有人把水搅浑了，我就赶紧躲开，游到远处去。如果躲不开，我就钻到泥里草里去。不然，就有可能被钓住，穿在柳条上，有被出卖的危险。我也不会给上级写信。

国儒一直不知道，他的病，已经是不治之症。还在关心文艺界的奇异现象，我敢说，他是抱恨终生了。

记老邵

一

阅报，老邵已于四月二日逝世，遗嘱不开追悼会，不留骨灰。噫！到底是看破红尘了。

我和老邵，也是进城以后才认识的。我们都是这家报纸的编委，一次开会，老邵曾提出，我写的长篇小说，是否不要在报纸上连载了，因为占版面太多。我告他，小说就要登完了。他就没有再说什么。

这可以说是我们第一次打交道。平日，我们虽然住在一个院里，是很少接近的。我不好接近人。

这样过了一二年，老邵要升任总编辑了。有一天上午，他邀我到劝业场附近，吃了一顿饭，然后又到冷饮店，吃了冰糕。结果，回来我就大泻一通，从此，就再也不敢吃冷食。

我来自农村，老邵来自上海。战争期间，我们也不在一个山头。性格上的差异，就更不用说了。不过，他请我吃饭，这点人情，我还是领会得来的。他是希望我们继续合作，我不要到别处去。

其实，我并没有走的想法。那一个时期，不知为什么，我总感觉，我已经身心交瘁，就要不久于人世了。又拉扯着一大家子人，有个地方安身，有个地方吃饭，也就是了。

另外，对于谁当领导，我也有了一点经验：都差不多。如果我想做官，那确是要认真想一下。但我不想做官，只想做客，只要主人欢迎我，留我，那就不管是谁领导，都是一样的。

不久，我就病了。最初，老邵还给我开了不少介绍信，并介绍了各地的小吃，叫我去南方旅行。谁知道，我的病越来越重，结果在外面整整疗养了三年，才又回来。

二

一回到家，我们已经是紧邻。老邵过来看了我一下，我已经从老伴嘴里知道，他犯了什么“错误”，正在家里“反省”，轻易是不出来的。

不多日子，就又听说，老邵要下放搬家，我想我也应该去看看他。我走到他屋里，他正在收拾东西，迎面对我说：

“你要住这房子吗？”

我听了心里不大高兴，就说：“我是来看你，我住这房子干什么？”

他的爱人也说：“人家是来看你！”

老邵无可奈何地说：“这房子好！”

我明白他的意思。这房子是总编辑住的，他不愿接任他的人住进来，宁可希望我住。我哪里有这种资格。

这时，有一位总务科的女同志，正在他的门口，监视着他搬家。老邵出来，说了一句什么，那位女同志就声色俱厉地说：“这是我的责任！”

我先后看到过三任总编辑从这里搬家。两任是升迁，其中一位，所用的家具全部搬走。另一位，也是全部搬走，事先付了象征性的价钱，都有成群的人来帮忙。老邵是下放，情况当然就不同了。

三

其实，老邵在任上，是很威风的，人们都怕他。据说：他当通讯部长的时候，如果和两个科长商量稿件，就从来不是拿着稿子，走到他们那里去，而是坐在办公桌前，呼唤他们的名字，叫他们过来。升任总编以后，那派头就更大了。报社新盖了五层大楼，宿舍距大楼，步行不过五分钟。他上下班，总是坐卧车。那时卧车很少，不管车停在哪里，都很引人注目。大楼盖得很讲究，门窗一律菲律宾木。老邵的办公室，铺着大红地毯。墙上挂着名人字画。编辑记者的骨干，都是他这些年亲手训练出来的那批学生。据说，一听到走廊里老邵的脚步声，都急速各归本位，屏息肃然起来。

老邵是想做官，能做官，会做官的。行政能力，业务能力，都很强。谁都看出来，他不能久居人下。他的升任总编，据我想，可能和当时的一位市长有关。在一个场合，我曾看见老邵对这位市长，很熟识，也很尊敬，他们可能来自一个山头。至于老邵的犯“错误”，我因为养病在外，一直闹不清楚，也不愿去仔细打听。我想升官降职，总和上面有人无人，是有很大关系的。

四

自从老邵搬走以后，听说他在自行车厂工作，就没有见过面。“文化大革命”时，有一天晚上，报社又开批斗会，我和一些人，低头弯腰在前面站着，忽然听到了老邵回答问题的声音。那声音，还是那么响亮、干脆，并带有一些上海滩的韵味。最令人惊异的是，他的回答，完全不像批斗会上的那种单方认输的样子，而是像在自由讲坛上，那么理直气壮。

有些话，不只是针锋相对，而且是以牙还牙的。一个革命群众把批判桌移到舞台上面去，想居高临下，压服他。说：“你回答：为什么，我写的通讯，就不如某某人写得好？”

老邵的回答是：“直到现在，我还是认为，你写的文章，不如某某！”

“有你这样回答问题的吗？”革命群众吼叫着。

于是武斗开始。这是预先组织、训练的一支小型武斗队，都是年轻人。一共八个人，小打扮，一律握拳卷袖，两臂抬起内弯，踏步前进。他们围着老邵转圈子，拳打脚踢，不断把老邵打倒。有一次，一个打手故意发坏，把老邵推到我身上，把我压在下面，一箭双雕。一刹时，会场烟尘腾起，噼啪之声不断。这是报社最火炽的一次武斗。老邵一直紧闭着嘴，一言不发。大会散了以后，我们又被带到三楼会议室，一个打手把食指塞到老邵的嘴里，用力抠拉，大概太痛苦了，我看见老邵的眼里，含着泪水。

还是自行车厂来了人，才把老邵带回去了。后来我想，老邵早调离报社，焉知非福？如果留在这里，以他的刚烈，会出什么事，是谁也不敢说的。这家报社，地处大码头，经过敌、伪、我三个时期，人员情况是非常复杂的。我都后悔，滞留在这个地方之非策了。

五

“文革”以后，老邵曾患半身不遂，他顽强锻炼，后来能携杖走路了。我还住在老地方，他的两位大弟子，也住在那里，当他去看望他们的时候，也顺便到我屋里坐坐。这时我已经搬到他住过的那间房里，不是我升任了总编，而是当时的总编，不愿意在那里住了。谈话间，老邵还时常流露愿意做些事，甚至有时表示，愿意回报社。作为老朋友、老同事，我直截了当地对他说：“算了吧，好好养养身体吧。五十年代，你当总编，培养了不少人，建立了机关秩序，做出了不少成绩。那是托人民的福，托党的福，托时代的福。那一个时期，是我们党，我们国家和我们报社的全盛时期。现在不同了。你以为你进报社，当总编，还能像过去一样，说一不二，实现你那一套家长式的统治吗？我保险你玩不转，谁也玩不转，谁也没办法。”

他也不和我争论，甚至有时称我说得对，听我的话等等。

这就证明他已经不是过去的老邵了。

后来，又听说他犯了病，去外地疗养了一个时期。去年秋季，他回来后，又到我的新居，看望我一次，谈话间，又发牢骚，并责备我软弱，不敢写文章了。我说：“我们还是睁一只眼，闭一只眼吧！”

他说：“我正是这样做的。”

说完就大笑起来，他的爱人也笑了起来。我才知道，他的左眼，已经失明。我笑不出来，我心里很难过。

芸斋曰：老邵为人，心直口快，恃才傲物，一生人缘不太好。但工作负责严谨，在新闻界颇有名望，其所培养，不少报界英才。我谈不上对他有所了解，然近年他多次枉顾，相对以坦诚。他的逝世，使我黯然神伤，并愿意写点印象云。

记陈肇

老友陈肇，于一九九〇年十一月七日，病逝于北京。

自一九三八年，一同任职冀中抗战学院起，至一九四〇年，又一同在晋察冀通讯社工作止，我同他，可以说是朝夕相处，患难与共的。我在几篇回忆性的散文中，都曾写到过他。这里只能再记一些琐事。

他去世后，我在北京的女儿，前去吊唁，慰问了已经不能说话的陈伯母。肇公的两个孙女和两个外孙，叫我女儿转告，希望我能写一点什么。

我想，这些事，是我的责任，我一息尚存，当勉力为之。

难道还需要孩子们对我进行嘱托吗？

陈肇，河北安平县人。他毕业于天津河北省第一师范。老辈人都知道，这个学校，是很难考入的，学生多是农村一些贫苦好学的子弟。他的家我去过，不过是个中农。他父亲很有过日子的远见，供他念书，叫二儿子务农，三儿子去当兵。

毕业后，他执教于昌黎简师。

一九三八年的秋天，我和陈肇打游击，宿在他的家中，他已经和大嫂分别很久了，我劝他去团圆团圆，但他一定陪我睡。第二天天尚不亮，我们就离开了。陈肇对朋友如此认真，第一次给我留下深刻的印象。

一九六二年夏天，我去北京，住在椎把胡同的河北办事处。一天下午，我与一个原在青岛工作、当时在北京的女同志，约好去逛景山公园。我先到景山后街的公共汽车站去等她。在那里，正好碰上从故宫徒步走来的陈肇。他说：

“我来看你，你怎么站在这里？”

我说等一个人。他就站在路边和我说话。我看见他穿的衬衣领子破了，已经补上。

他一边和我谈话，一边注意停下来的汽车，下来的乘客。

他忽然问：

“你等的是男的，还是女的?”

我说是女的。他停了一下说：

“那我就改日再到你那里去吧!”

说完，他就告别走了。我一回头，我等待的那位女同志，正在不远的地方站着。

在对待朋友上，我一直自认，远不能和陈肇相比。在能体谅人、原谅人方面，我和他的差距就更大了。

进城以后，他曾在国务院文办工作，后又调故宫博物院。

一九五二年冬季，我到他的宿舍看望他，他穿着一件在山里穿过的满是油污的棉大衣。我说：

“怎么还穿这个？多么不相称!”

他严肃地望望我说：

“有什么不相称的?”

我就不能再往下说了。我在生活上，无主见，常常是随乡入俗，随行就市的。当时穿着一件很讲究的皮大衣。

他住的宿舍，也很不讲究，可以说是家徒四壁，放在墙角的床铺周围墙壁上，糊了一些旧画。被褥、枕头，还按三十年代当教员时的方式叠放着。写字桌上，空空如也，却放着一副新和田玉镇纸，一个玉笔架。他说：

“三兄弟捎来的，我用不着，你拿去吧。”

这以后，他得到什么文具，只要他觉得不错，就郑重其事地捎给我用。

在故宫，他是副院长，就连公家的信纸、信封都不用，每次来信，都是自己用旧纸糊的信封。

有一次，我想托他在故宫裱张画，又有一次，想摘故宫一个石榴做种子。一想到他的为人，是一尘不染的，都未敢张口。

他多才多艺，他能画，能写字，能教音乐，能作诗，能写小说。这些，他从不自炫，都不大为人知道。我读书时，遇到什么格言警句，总是请他书写后，张挂座右。我还一直保存他早年画的一幅菊花，是他自己花钱，用最简易的方式裱装的。

琐事记毕，系以芜辞：

风云之起，一代肇兴。既繁萧曹，亦多樊滕。我辈书生，亦忝其成。君之特异，不忘初衷，从不伸手，更不邀功。知命知足，与世无争。身处繁华，如一老农。辛勤从政，默默一生。虽少显赫，亦得安宁。君之逝也，时逢初冬，衰草为悲，鸿雁长鸣。闻君之讣，老泪纵横！

悼康濯

整整一个冬季，我被疾病折磨着，人很瘦弱，精神也不好，家人也很紧张。前些日子，柳溪从北京回来说：康濯犯病住院，人瘦得不成样子了，叫她把情况告诉我。我当即写了一封信，请他安心治疗，到了春暖，他的病就会好的。但因为我的病一直不见好，有点悲观，前几天忽然有一种预感：康濯是否能熬过这个漫长的冬季?

昨天，张学新来了，进门就说：告诉你一个不幸的消息。我没等他说完，就知道是康濯了。我的眼里，立刻充满了泪水。我很少流泪，这也许是因为我近来太衰弱了。

从一九三九年春季和康濯认识，到一九四四年春季，我离开晋察冀边区，五年时间，我们差不多是朝夕相处的。那时在边区，从事文学工作的，也就是那么几个人。

康濯很聪明，很活跃，有办事能力，也能团结人，那时就受到沙可夫、田间同志等领导人的重视。他在组织工作上的才能，以后也为周扬、丁玲等同志所赏识。

他和我是很亲密的。我的很多作品，发表后就不管了，自己贪轻省，不记得书包里保存过。他都替我保存着，不管是单行本，还是登有我的作品的刊物。例如油印的《区村和连队的文学写作课本》《晋察冀文艺》等，“文革”以后，他都交给了我，我却不拿着值重，又都糟蹋了。我记得这些书的封面上，都盖有他的藏书印章。实在可惜。

“文革”以前，我写给他的很多信件，他都保存着，虽然被抄去，后来发还，还是洋洋大观。而他写给我的那两大捆信，因为不断抄家，孩子们都给烧了，当时我并不知道。我总觉得，在这件事情上，对不住他。所以也不好意思过问，我那些信件，他如何处理。

一九五六年，我大病之后，他为我编了《白洋淀纪事》一书，怕我从此不起。他编书的习惯，是把时间倒排，早年写的编在后面。我不大赞赏这种编法，但并没有向他说过。

他和我的老伴，也说得来。孩子们也都知道他。一九五五年，全国清查什么“集团”，我的大女儿，在石家庄一家纱厂做工。厂里有人问她：你父亲和谁来往最多？女儿不知道是怎么回子事，想了想说：和康濯。康濯不是“分子”，她也因此平安无事。

他在晋察冀边区，做了很多工作，写了不少作品。那时的创作，现在，我可以毫不含糊地说，是像李延寿说的：潜思于战争之间，挥翰于锋镝之下。是不寻常的。它是当国家危亡之际，一代青年志士的献身之作，将与民族解放斗争史光辉永存，绝不会被数典忘祖的后生狂徒轻易抹掉。

至于全国解放之后，他在工作上，容有失误；在写作上，或有浮夸；待人处世，或有进退失据。这些都应该放在时代和环境中考虑。要知人论世，论世知人。

近些年，我们来往少了，也很少通信，有时康濯对天津去的人说：回去告诉孙犁给我写信，明信片也好。但我很少给他写信，总觉得没话可说，乏善可述。他也就很少给我写信，有事叫邹明转告。康濯记忆很好，比如抗日时期，我们何年何月，住在什么村庄，我都忘记了，他却记得很清楚。他所知文艺界事甚多，又很细心，是个难得的可备咨询的人才。

耕堂曰：

战争时相扶相助，胜利后各奔前程，相濡相忘，时势使然。自建国以来，数十年间，晋察冀文学同人，已先后失去邵子南，侯金镜，田间，曼晴。今康濯又逝，环顾四野，几有风流云散之感矣！

那时的创作，现在，我可以毫不含糊地说，是像李延寿说的：潜思于战争之间，挥翰于锋镝之下。是不寻常的……战争时相扶相助，胜利后各奔前程，相濡相忘，时势使然。

记秀容

一九四八年春夏两季，我在饶阳县大官亭村，“掌握”土改工作。那时土改已到末期，就是分浮财和动员参军了。我住在贫农团，睡在原是一间油坊，现在是浮财保管室里。也不再吃派饭，这里有几个人的伙食。

村里有一所小学，就在附近。晚上，贫困团开会，就在小学的课室。课室旁边，是教员们的厨房，和女老师的宿舍。

差不多每天晚上，我都要到小学“主持”会议。会议很琐碎，一开就是半夜。我和小学的老师们都熟了，他们知道我也是一个“文化人”，对我很亲热，校长尤其老练厚道。

大官亭有集市，每逢集市，老师们改善伙食，校长也总是把我叫去，解解馋。

饭桌就放在小学的院子里。饭也无非是肉菜和馒头。坐下以后，校长总是喊：“秀容，你给孙同志盛一碗！”

秀容是他们中间唯一的女老师。说是老师，其实比学生大不了多少。这位年轻的女老师，一边用甜脆的声音答应着，一边就小心翼翼地端上一碗非常丰富的菜来。校长又加一句：

“大方点，不要羞羞惭惭的。”

秀容很大方，脸都不红一下，微笑着把碗递给我。

有时候吃完饭还有些余兴，就是由一位老师拉胡琴，我唱两段京戏。

一九四九年，进天津不久，一天中午，我在多伦道一家回民饭馆门口，遇见了秀容。她调来天津，在百货批发站工作，也住多伦道。我告诉她我的地址，第二天上午，她就到报社的小楼上来看我，还带了一包花生米。一直谈到我的大女儿来唤我吃饭，她才走了。

一九六〇年困难期间，我在家养病，她又带了半斤点心来看我，使我很感动，几乎流下泪来。好像还作过一首诗，现在却找不到，可能是“文化大革命”时烧了。

自从我迁居，离得远了，见面就少了。今年春节，大女儿把她领进屋里。她带了一筒西洋参乳精，说：“你喝一点。”

她已经满头白发，牙齿也掉了几个。我问她多大岁数了。她说六十四。我回想进城时，她该是十八岁。她现在家里，看着三个孙女，都是四岁上下。她说：

“她们不打架。我给她们讲故事，念诗。”

她知道我大病初愈，坐了不久，就站起来，要单独和我女儿说话去。

我送她，实际是她扶着我走到门口。

她对我女儿说：

“你父亲年轻时，好唱京戏。进城以后，就从来没听见他唱过。可能是没有我那位同事，给他拉胡琴了。”

关于秀容，认识多年，我总觉得曾经写过她，今天遍查文集，却找不到一个字，不知何故。

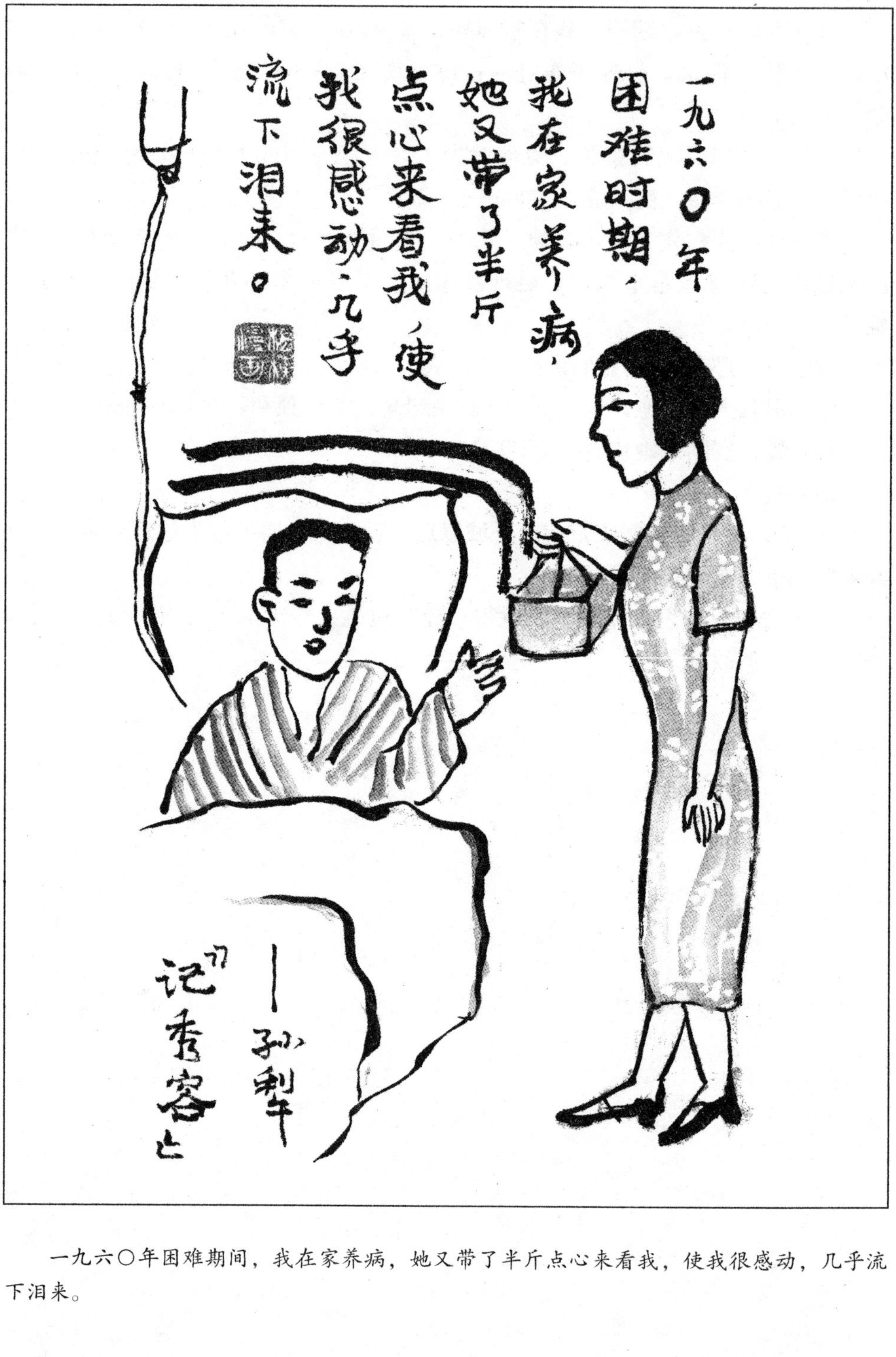

一九六〇年困难期间，我在家养病，她又带了半斤点心来看我，使我很感动，几乎流下泪来。

谈　妒

“文人相轻”，是曹丕说的话。曹丕是皇帝、作家、文艺评论家，又是当时文坛的实际领导人，他的话自然是有很大的权威性。他并且说，这种现象是“自古而然”，可见文人之间的相轻，几乎是一种不可动摇的规律了。

但是，虽然他有这么一说，在他以前以后，还是出了那么多伟大的作家和作品，终于使我国有了一本厚厚的琳琅满目的文学史。就在他的当时，建安文学也已经巍然形成了一座艺术的高峰。

这说明什么呢？只能说明文人之相轻，只是相轻而已，并不妨碍更不能消灭文学的发展。文人和文章，总是不免有可轻的地方，互相攻磨，也很难说就是嫉妒。记得一位大作家，在回忆录中，记述了托尔斯泰对青年作家的所谓妒，并不当作恶德，而是作为美谈和逸事来记述的。

妒、嫉，都是女字旁，在造字的圣人看来，在女性身上，这种性质，是于兹为烈了。中国小说，写闺阁的妒嫉的很不少，《金瓶梅》写的最淋漓尽致，可以说是生命攸关、你死我活。其实这只能表示当时妇女生存之难，并非只有女人才是这样。

据弗洛伊德学派分析，嫉妒是一种心理状态，是人人都具有的，从儿童那里也可以看到的。这当然是一种缺陷心理，是由于羡慕一种较高的生活，想获得一种较好的地位，或是想得到一种较贵重的东西产生的。自己不能得到心理的补偿，发现身边的人，或站在同等位置的人先得到了，就会产生嫉妒。

按照达尔文的生物学说以及遗传学说，这种心理，本来是不足奇怪，也无可厚非的。这是生物界长期在优胜劣败、物竞天择这一规律下生存演变，自然形成的，不分圣贤愚劣，人人都有份的一种本能。

它并不像有些理学家所说的,只有别人才会有,他那里没有。试想:性的嫉妒,可以说是一种典型的"妒",如果这种天生的正人君子,涉足了桃色事件,而且做了失败者,他会没有一点妒心,无动于衷吗?那倒是成了心理的大缺陷了。

有的理论家把嫉妒归咎于"小农经济",把意识形态甚至心理现象简单地和物质基础联系起来,好像很科学。其实,"大农经济",资本主义经济,也没有把这种心理消灭。

蒲松龄是伟大的。他在一篇小说里,借一个非常可爱的少女的口说:"幸灾乐祸,人之常情,可以原谅。"幸灾乐祸也是一种嫉妒。

当然,这并不是一种可贵的心理,也不是不能克服的。人类社会的教育设施、道德准则,都是为了克服人的固有的缺陷,包括心理的缺陷,才建立起来并逐渐完善的。

嫉妒心理的一个特征是:它的强弱与引之发生的物象的距离,成为正比。就是说,一个人发生妒心,常常是由于只看到了近处,比如家庭之间、闺阁之内、邻居朋友之间,地位相同,或是处境相同,一旦别人较之上升,他就发生了嫉妒。

如果,他增加了文化知识,把眼界放开了,或是他经历了更多的社会磨炼,他的妒心,就会得到相应的减少与克服。

人类社会的道德准则,对这种心理,是排斥的,是认为不光彩的。这样有时也会使这种心理,变得更阴暗,发展为阴狠毒辣,驱使人去犯罪,造成不幸的事件。如果当事人的地位高,把这种心理加上伪装,其造成的不幸局面,就会更大,影响的人,也就会更多。

由嫉妒造成的大变乱,在中国历史上,是不乏例证的。远的不说,即如"文化大革命","四人帮"的所作所为,其中就有很大的嫉妒心理在作祟。他们把这种心理,加上冠冕堂皇的伪装,称之为"革命",并且用一切办法,把社会分成无数的等级、差别,结果造成社会的大动乱。

革命的动力,是经济和政治主导的、要求的,并非仅凭嫉妒心理,泄一时之忿,可以完成的。以这种缺陷心理为主导,为动力,是不能支持长久的,一定要失败的。

最不容易分辨清楚的是:少数人的野心,不逞之徒的非分之想,流氓混混儿的趁火打劫,和广大群众受压迫,所表现的不平和反抗。

项羽看见秦始皇,大言曰:"彼可取而代之也。"猛一听,其中好像有嫉妒的成分。另一位英雄所喊的:"帝王将相,宁有种乎?"乍一看也好像是一个人的愤愤不平,其实他们的声音是和时代,和那一时代的广大群众的心相连的,所以他们能取得一时的成功。

谈　才

六十年代之末，天才二字，绝迹于报章。那是因为从政治上考虑，自然与文学艺术无关。

近年来，这两个字提到的就多了，什么事一多起来，也就有许多地方不大可信，也就与文学艺术关系不大了。例如神童之说，特异功能之说等等，有的是把科学赶到迷信的领地里去；有的却是把迷信硬拉进科学的家里来。

我在年幼时，对天才也是很羡慕的。天才是一朵花，是一种果实，一旦成熟，是很吸引人的注意的。及至老年，我的态度就有了些变化。我开始明白：无论是花朵或果实，它总是要有根的，根下总要有土壤的。没有根和土壤的花和果，总是靠不住的吧。因此我在读作家艺术家的传记时，总是特别留心他们还没有成为天才之前的那一个阶段，就是他们奋发用功的阶段，悬梁刺股的阶段；他们追求探索，四顾茫然的阶段；然后才是他们坦途行进，收获日丰的所谓天才阶段。

现在已经没有人空谈曹雪芹的天才了，因为历史告诉人们，曹除去经历了一劫人生，还在黄叶山村，对文稿披阅了十载，删改了五次。也没有人空谈《水浒传》作者的天才了，因为历史也告诉人们，这一作者除去其他方面的修养准备，还曾经把一百零八名人物绘成图样，张之四壁，终日观摩思考，才得写出了不同性格的英雄。也没有人空谈王国维的天才了，因为他那种孜孜以求，有根有据，博大精深的治学方法，也为人所熟知了。海明威负过那么多次致命的伤，中了那么多的弹片，他才写得出他那种有关生死的小说。

所以我主张，在读天才的作品之前，最好先读读他们的可靠的传记。说可靠的传记，就是真实的传记，并非一味鼓吹天才的那种所谓传记。

天才主要是有根，而根必植在土壤之中。对文学艺术来说，这种土壤，就是生活，与人民有关的，与国家民族有关的生活。从这里生长起来，可能成为天才，也可能成不了天才，但终会成为有用之材。如果没有这个根柢，只是从前人或国外的文字成品上，模仿一些，改装一些，其中虽也不乏一些技巧，但终不能成为天才的。

谈　名

名之为害，我国古人已经谈得很多，有的竟说成是“殉名”，就是因名致死，可见是很可怕的了。

但是，远名之士少，近名之士还是多。因为在一般情况下，名和利又常常联系在一起，与生活或者说是生计有关，这也就很难说了。

习惯上，文艺工作中的名利问题，好像就更突出。

余生也晚，旧社会上海滩上文坛的事情，知道得少。我发表东西，是在抗日战争时期和解放战争时期。这两个时期，在敌后根据地，的的确确没有稿费一说。战士打仗，每天只是三钱油三钱盐，文人拿笔写点稿子，哪里还能给你什么稿费？虽然没有利，但不能说没有名，东西发表了，总是会带来一点好处的。不过，冷静地回忆起来，所谓“争名夺利”中的两个动词，在那个时代，是要少一些，或者清淡一些。

进城以后，不分贤与不肖，就都有了这个问题，或多或少。每个人也都有不少经验教训，事情昭然，这里也就不详谈了。

文人好名，这是个普遍现象，我也不例外，曾屡次声明过。有一点点虚名，受过不少实害，也曾为之发过不少牢骚。

对文与名的关系，或者名与利的关系，究竟就知道得那么详细，体会得那么透彻吗？也不尽然。

就感觉所得，有的人是急于求名，想在文学事业上求得发展。大多数是青年，他们有的在待业，有的虽有职业，而不甘于平凡工作的劳苦，有的考大学未被录取，有的是残废。

他们把文学事业想得很简单，以为请一个名师，读几本小说，订一份杂志，就可以了。我有时也接到这些青年人的来信，其中有不少是很朴实诚笃的人，他们确是把文章成名看作是一种生活理想，一种摆脱困难处境的出路。我读了他们的信，常常感到心里很沉重，甚至很难过。但如果我直言不讳，说这种想法太天真，太简单，又恐怕扫他们的兴，增加他们的痛苦。

也有一种幸运儿，可以称之为“浪得名”的人。这在五十年代末至七十年代末，几十年间，是常见的，是接二连三出现的。或以虚报产量，或以假造典型，或造谣言，或交白卷，或写改头换面的文章，一夜之间，就可以登名报纸，扬名宇内。自然，这种浪来之名，也容易浪去，大家记忆犹新，也就不再多说了。

还有一种，就是韩愈说的“动辄得咎，名亦随之”的名。

在韩愈，他是总结经验，并非有意投机求名。后来之士，却以为这也是得名的一个好办法。事先揣摩意旨，观察气候，写一篇小说或报告，发人所不敢言者。其实他这样做，也是先看准现在是政治清明，讲求民主，风险不大之时。如果在阶级斗争不断扩大化的年代，弄不好，会戴帽充军，他也就不一定有这般勇气了。

总之，文人之好名——其实也不只文人，是很难说也难免的，不可厚非的。只要求出之以正，靠努力得来就好了。文优而仕，在我们国家，是个传统，也算是仕途正路。

虽然如什么文联、协会之类的官，古代并没有，今天来说，也不上仕版，算不得什么官，但在人们眼里，还是和名有些关联，和生活有些关联。因此，有人先求文章通显，然后转入宦途，也就不奇怪了。

戴东原曰：仆数十年来……其得于学者，不以人蔽己，不以己自蔽。不为一时之名，亦不期后世之名。凡求名之弊有二，非掊击前人以自表襮；即依傍昔儒，以附骥尾。二者不同，而鄙吝之心同。是以君子务在闻道也。

他的话，未免有点高谈阔论吧！但道理还是有的。

谈谀

字典：逢迎之言曰谀，谓言人之善不实也。

谀，是一向当作不好的表现的。其实，在生活之中，是很难免的。我不知道，有没有一生之中，从来也没有谀过人的人。我回想了一下，自己是有过的。主要是对小孩、病人、老年人。

关于谀小孩，还有个过程。我们乡下，有个古俗，孩子缺的人家，生下女孩，常起名“丑”。孩子长大了，常常是很漂亮的。人们在逗弄这个小孩时，也常常叫“丑闺女，丑闺女”，她的父母，并不以为怪。

进入城市以后，长年居住在大杂院之中，邻居生了一个女孩，抱了出来叫我看。我仍然按照乡下的习惯，摸着小孩的脸蛋说：“丑闺女，丑闺女。”孩子的母亲非常不高兴，脸色难看极了，引起我的警惕。后来见到同院的人，抱出小孩来，我就总是说：“漂亮，这孩子真漂亮！”漂亮不漂亮，是美学问题，含义高深，因人而异，说对说错，向来是没有定论的。但如果涉及胖瘦问题，即近于物质基础的问题，就要实事求是一些，不能过谀了。有一次，有一位妈妈，抱一个孩子叫我看，我当时心思没在那上面，就随口说：“这孩子多胖，多好玩！”孩子妈妈又不高兴了，抱着孩子扭身走去。我留神一看，才发现孩子瘦成了一把骨。又是一次经验教训。

对于病人，我见了总好说：“好多了，脸色不错。”有的病人听了，也不一定高兴，当然也不好表示不高兴，因为我并无恶意。对老年人，常常是对那些好写诗的老年人，我总说他的诗写得好，至于为了什么，我在这里就不详细交代了。

我仍然按照乡下的习惯，摸着小孩的脸蛋说：“丑闺女，丑闺女。”孩子的母亲非常不高兴，脸色难看极了，引起我的警惕。

但我自信，对青年人，我很少谀。过去如此，现在仍然如此。既非谀，就是直言（其实也常常拐弯抹角，吞吞吐吐）。因此，就有人说我是好“教训”人。当今之世，吹捧为上，“教训”二字，可是要常常得罪人，并有时要招来祸害的。

不过，我可以安慰自己的，是自己也并不大愿意听别人对我的谀，尤其是青年人对我的谀。听到这些，我常常感到惭愧不安，并深深为说这种话的人惋惜。

至于极个别的，谀他人（多是老一辈）的用心，是为了叫他人投桃报李，也回敬自己一个谀，而当别人还没有来得及这样去做，就急急转过身去，不高兴，口出不逊，以表示自己敢于革命，想从另一途径求得名声的青年，我对他，就不只是惋惜了。

附记：我平日写文章，只能做一题。听说别人能于同时进行几种创作，颇以为奇。今晨于写作《谈名》之时，居然与此篇交插并进，系空前之举。盖此二题，有相通之处，本可合成一篇之故也。

谈 谅

古代哲人、伟大的教育家孔子，在教人交友时特别强调一个“谅”字。

孔子的教学法，很少照本宣科，他总是把他的人生经验作为活的教材，去告诉他的弟子们，交友之道，就是其一。

是否可以这样说呢，人类社会之所以能维持下来，不断进步，除去革命斗争之外，有时也是互相谅解的结果。

谅，就是在判断一个人的失误时，能联系当时当地的客观条件，加以分析。

三十年代初，日本的左翼文学，曾经风起云涌般地发展，但很快就遭到政府镇压，那些左翼作家，又风一般向右转，当时称作“转向”。有人对此有所讥嘲。鲁迅先生说：这些人忽然转向，当然不对，但那里——即日本——的迫害，也实在残酷，是我们在这里难以想象的。他的话，既有原则性；也有分析，并把仇恨引到法西斯制度上去。

十年动乱，“四人帮”的法西斯行为，其手段之残忍，用心之卑鄙，残害规模之大，持续时间之长，是中外历史没有前例的，使不少优秀的，正当有为之年的，甚至是聪明乐观的文艺工作者自裁了。事后，有人为之悲悼，也有人对之责难，认为是“软弱”，甚至骂之为“浑”为“叛”，“世界观有问题”。这就很容易使人们想起，有些造反派把某人迫害致死后，还指着尸体骂他是自绝于人民，死不改悔等等，同样是令人难以索解的奇异心理。如果死者起身睁眼问道：“你又是怎样活过来的呢？十年中间，你的言行都那么合乎真理正义吗？”这当然就同样有失于谅道了。

死去的是因为活不下去，于是死去了。活着的，是因为不愿意死，就活下来了。这本来都很简单。

王国维的死，有人说是因为病，有人说是因为钱（他人侵吞了他的稿费），有人说是被革命所吓倒，有人说是殉葬清朝。

最近我读到了他的一部分书札。在治学时，他是那样客观冷静，虚怀若谷，左顾右盼，不遗毫发。但当有人“侵犯”了一点点皇室利益，他竟变得那样气急败坏，语无伦次，强词夺理，激动万分。他不过是一个逊位皇帝的“南书房行走”，他不重视在中外学术界的权威地位，竟念念不忘他那几件破如意，一件上朝用的旧披肩，我确实为之大为惊异了。这样的性格，真给他一个官儿，他能做得好吗？现实可能的，他能做的，他不安心去做，而去追求迷恋他所不能的，近于镜花水月的事业，并以死赴之。这是什么道理呢？但终于想，一个人的死，常常是时代的悲剧。这一悲剧的终场，前人难以想到，后人也难以索解。他本人也是不太明白的，他只是感到没有出路，非常痛苦，于是就跳进了昆明湖。长期积累的，耳习目染的封建帝制余毒，在他的心灵中，形成了一个致命的大病灶。心理的病加上生理的病，促使他死亡。

他的学术是无与伦比的。我上中学的时候，就买了一本商务印的带有圈点的《宋元剧曲史》，对他非常崇拜。现在手下又有他的《流沙坠简》《观堂集林》等书，虽然看不大懂，但总想从中看出一点他治学的方法，求知的道路。对他的糊里糊涂的死亡，也就有所谅解，不忍心责难了。

还有罗振玉，他是善终的。溥仪说他在大连开古董铺，卖假古董。这可能是事实。这人也确是个学者，专门做坟墓里的工作。且不说他在甲骨文上的研究贡献，就是抄录那么多古碑，印那么多字帖，对后人的文化生活，提供了多少方便呀！了解他的时代环境，处世为人，同时也了解他的独特的治学之路，这也算是对人的一种谅解吧。他印的书，价虽昂，都是货真价实，精美绝伦的珍品。

谅，虽然可以称作一种美德，但不能否认斗争。孔子在谈到谅时，是与直和多闻相提并论的。直就是批评，规劝，甚至斗争。多闻则是指的学识。有学有识，才有比较，才有权衡，才能判断：何者可谅，何者不可谅。一味去谅，那不仅无补于世道，而且会被看成呆子，彻底倒霉无疑了。

谈 慎

人到晚年，记忆力就靠不住了。自恃记性好，就会出错。

记得鲁迅先生，在晚年和人论战时，就曾经因把《颜氏家训》上学鲜卑语的典故记反了，引起过一些麻烦。我常想，以先生之博闻强记，尚且有时如此，我辈庸碌，就更应该随时注意。我目前写作，有时提笔忘字，身边有一本过去商务印的学生字典给我帮了不少忙。用词用典，心里没有把握时，就查查《辞海》，很怕晚年在文字上出错，此生追悔不及。

这也算是一种谨慎吧。在文事之途上，层峦叠嶂，千变万化，只是自己谨慎还不够,别人也会给你插一横杠。所以还要勤,一时一刻也不能疏忽。近年来,我确实有些疏懒了,不断出些事故,因此,想把自己的书斋,颜曰“老荒”。

新写的文章，我还是按照过去的习惯，左看右看，两遍三遍地修改。过去的作品这几年也走了运，有人把它们东编西编，名目繁多，重复杂逻不断重印。不知为什么，我很没兴趣去读。我认为是炒冷饭，读起来没有味道。这样做，在出版法上也不合适，可也没有坚决制止，采取了任人去编的态度。校对时，也常常委托别人代劳。文字一事，非同别个，必须躬亲。你不对自己的书负责，别人是无能为力，或者爱莫能助的。

最近有个出版社印了我的一本小说选集，说是自选，我是让编辑代选的。她叫我写序，我请她摘用我和吴泰昌的一次谈话，作为代序。清样寄来，正值我身体不好，事情又多，以为既是摘录旧文章，不会有什么错，就请别人代看一下寄回付印了。后来书印成了，就在这个关节上出了意想不到的毛病。原文是我和吴泰昌的谈话，编辑摘录时，为了形成一篇文章，把吴泰昌说的话，都变成了我的话。什么在我的创作道路上，一开始就燃烧着人道主义的火炬呀。什么形成了一个大家公认的有影响的流派呀。什么中长篇小说，普遍受到好评呀。别人的客气话，一变而成了自我吹嘘。这不能怪编辑，如果我自己能把清样仔细看一遍，这种错误本来是可以避免的。此不慎者一。

近年来，有些同志到舍下来谈后，回去还常常写一篇文字发表，其中不少佳作，使我受到益处。也有用报告文学手法写的，添枝加叶，添油加醋。对此，直接间接，我也发表过一些看法。最近又读到一篇，已经不只是报告文学，而是近似小说了。作者来到我家，谈了不多几句话，坐了不到一刻钟，当时有旁人在座，可以作证。但在他的访问记里，我竟变成了一个讲演家，大道理滔滔不绝地出自我的口中，他都加上了引号，这就使我不禁为之大吃一惊了。

当然，他并不是恶意，引号里的那些话，也都是好话，都是非常正确的话，并对当前的形势，有积极意义。千百年后，也不会有人从中找出毛病来的。可惜我当时并没有说这种话，是作者为了他的主题，才要说的，是为了他那里的工作，才要说的。往不好处说，这叫“造作语言”，往好处说，这是代我“立言”。什么是访问记的写法，什么是小说的写法，可能他分辨不清吧。

如果我事先知道他要写这篇文章，要来看看就好了，就不会出这种事了。此不慎者二。

我是不好和别人谈话的，一是因为性格，二是因为疾病，三是因为经验。目前，我的房间客座前面，压着一张纸条，上面就有一句：谈话时间不宜过长。

写文章，自己可以考虑，可以推敲，可以修改，尚且难免出错。言多语失，还可以传错、领会错，后来解释、补充、纠正也来不及。有些人是善于寻章摘句，捕风捉影的。他到处寻寻觅觅，捡拾别人的话柄，作为他发表评论的资本。他评论东西南北的事物，有拓清天下之志。但就在他管辖的那个地方，就在他的肘下，却常常发生一些使天下为之震惊的奇文奇事。

这种人虽然还在标榜自己一贯正确，一贯坚决，其实在创作上，不过长期处在一种模仿阶段，在理论上，更谈不上有什么一贯的主张。今日宗杨，明日师墨，高兴时，鹦鹉学舌，不高兴，反咬一口。根子还是左右逢迎，看风使舵。

和这种人对坐，最好闭口。不然，就“离远一点”。

《水浒传》上描写：汴梁城里，有很多“闲散官儿”。为官而闲在，幼年读时，颇以为怪。现在不怪了。这些人，没有什么实权，也没有多少事干，但又闲不住。整天价在三瓦两舍，寻欢取乐，也在诗词歌赋上，互相挑剔，寻事生非。他们的所作所为，虽不一定能影响整个社会的安定团结，但“文苑”之长期难以平静无事，恐怕这也是一个原因吧？此应慎者三。

汴梁城里，有很多“闲散官儿”。为官而闲在，幼年读时，颇以为怪。现在不怪了。这些人，没有什么实权，也没有多少事干，但又闲不住。整天价在三瓦两舍，寻欢取乐。

谈　忘

记得抗日期间，在山里工作的时候，与一位同志闲谈，不知谈论的是何题何事，他说："人能忘，和能记，是人的两大本能。人不能记，固然不能生存；如不能忘，也是活不下去的。"

当时，我正在青年，从事争战，不知他说这种话，是什么意思，从心里不以为然。心想：他可能是有什么不幸吧，有什么不愉快的事，压在他的心头吧。不然，他为什么强调一个忘字呢？

随着年龄的增长，随着经验的增加，随着喜怒哀乐，七情六欲的交织于心，有时就想起他这句话来，并开始有些赞成了。

鲁迅的名文：《为了忘却的纪念》，不就是要人忘记吗？但又一转念：他虽说是叫人忘记，人们读了他的文章，不是越发记得清楚深刻了吗？思想就又有些糊涂起来了。

有些人，动不动就批评别人有"糊涂思想"。我很羡慕这种不知道是天生来，还是吃了什么灵丹妙药，一生到头，保持着清水明镜一般头脑，保持着正确、透明的思想的人。想去向他求教，又恐怕遭到斥责、棒喝，就又中止了。

说实话，青年时，我也是富于幻想，富于追求，富于回忆的。我可以坐在道边，坐在树下，坐在山头，坐在河边，追思往事，醉心于甜蜜之境，忘记时间，忘记冷暖，忘记阴晴。

但是，这些年来，或者把时间明确一下，即十年动乱以后，我不愿再回忆往事，而在忘字上下功夫了。

每逢那些年，那些事，那些人，在我的记忆中出现时，我就会心浮气动，六神失据，忽忽不知所归，去南反而向北。我想：此非养身立命之道也。身历其境时，没有死去，以求解脱。活过来了，反以回忆伤生废业，非智者之所当为。要学会善忘。

渐渐有些效果，不只在思想意识上，在日常生活上，也达观得多了。比如街道之上，垃圾阻塞，则改路而行之；庭院之内，流氓滋事，则关门以避之。至于更细小的事，比如食品卫生不好，吃饭时米里有沙子，菜里有虫子，则合眉闭眼，囫囵而吞之。这在疾恶如仇并有些洁癖的青年时代，是绝对做不到的，目前是“修养”到家了。

当然，这种近似麻木不仁的处世哲学，是不能向他人推行的。我这样做，也不过是为了排除一些干扰，集中一点精力，利用余生，做一些自己认为有用的工作。

记忆对人生来说，还是最主要的，是积极向上的力量。记忆就是在前进的时候，时常回过头去看看，总结一下经验。

从我在革命根据地工作，学习作文时，就学会了一个口诀：经、教、优、缺、模。经、教就是经验教训。无论写通讯，写报告，写总结，经验教训，总是要写上一笔的。在很长一段时间里，我们因为能及时总结经验，取得教训，使工作避免了很多错误。但也有那么一段时间，就谈不上什么总结经验教训了，一变而成了任意而为或一意孤行，酿成了一场浩劫。

中国人最重经验教训。虽然有时只是挂在口头上。格言有：前事不忘，后事之师。前车之覆，后车之鉴。书籍有《唐鉴》《通鉴》……所以说，不能一味地忘。

谈 迂

不谙世情谓之迂。多见于书呆子的行事中。

鲁迅先生记述：他尝告诉柔石，社会并不像柔石想得那么单纯，有的人是可以做出可怕的事情来的，甚至可以做血的生意。然而柔石好像不相信，他常常睁大眼睛问道：可能吗？会有这种事情吗？

这就叫作迂。凡迂，就是遇见的险恶少，仍以赤子之心待人。鲁迅告诉柔石的是一九二七年的事。现在，时值三伏大热，我记下几件一九六七年冬天的琐事，一则消暑，二则为后来人广见闻增加阅历。

一、我到干校之前，已经在大院后楼关押了几个月。在后楼时，一位兼做看管的女同志，因为我体弱多病，在小铺给我买了一包油茶面。我吃了几次，剩了一点点，不忍抛弃，随身带到干校去。一天清理书包，我把它倒进茶杯里，用开水冲着吃了。当时，我以为同屋都是难友，又是多年同事，这口油茶又是从关押室带来的，所以毫无忌讳，吃得很坦然。当时也没有人说话。第二天清早，群众专政室忽然调我们全棚到野外跑步，回到室内，已经大事搜查过，目标是：高级食品。可惜我的书包里，是连一块糖也搜不出来了。

二、刚到干校时，大棚还没修好，我分到离厨房近的一间小棚。有一天，我睡下得比较早，有一个原来很要好，平日并对我很尊重的同事，进来说：

“我把这镰刀和绳子，放在你床铺下面。”

当时，我以为他去劳动，回来得晚了，急着去吃饭，把东西先放在我这里。就说：

“好吧。”

第二天早起，照例专政室的头头要集合我们训话。这位头头，是一个典型的天津青皮、流氓、无赖。素日以心毒手狠著称。他常常无事生非，找碴儿挑错，不知道谁倒霉。这一天，他先是批判我，我正在低头听着的时候，忽然那位同事说：

“刚才，我从他床铺下，找到一把镰刀和一条绳子。”

我非常愤怒，不知是从哪里飞来的勇气，大声喝道：

“那是你昨天晚上放下的！”

他没有说话。专政室的头头威风地冲我前进一步，但马上又退回去了。

在那时，镰刀和绳子，在我手里，都会看作凶器的，不是企图自杀，就是妄想暴动，如不当场揭发，其后果是很危险的，不堪设想的。所以说，多么迂的人，一得到事实的教训，就会变得聪明了。当时排队者不下数十人，其中不少人，对我的非凡气概为之一惊，称快一时。

三、有一棚友，因为平常打惯了太极拳，一天清早起来劳动之前，在院子里又比画了两下。有人就报告了专政室，随之进行批判。题目是：“锻炼狗体，准备暴动！”

四、此事发生在别的牛棚，是听别人讲的，附录于此。棚长长夏无事，搬一把椅子，坐在棚口小杨树下，看“牛鬼蛇神”们劳动。忽然叫过一个知识分子来，命令说：

“你拔拔这棵杨树！”

这个人拔了拔说：

“我拔不动！”

棚长冷笑着对全体“牛鬼蛇神”说：

“怎么样？你们该服了吧，蚍蜉撼树谈何易！”

这可以说是对“迂”人开的一次玩笑。但经过这场血的洗礼，我敢断言，大多数的迂夫子，是要变得聪明一些了。

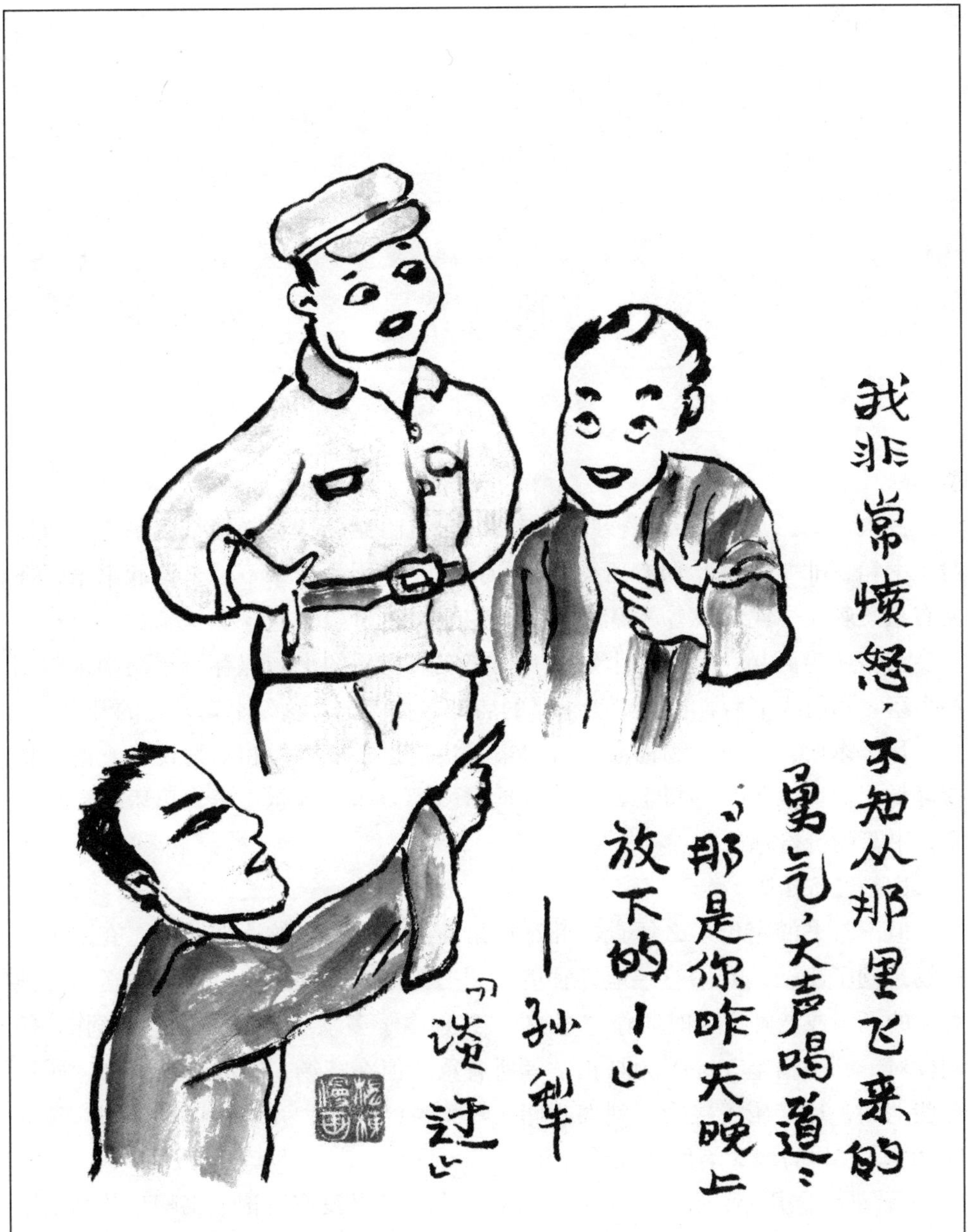

我非常愤怒，不知是从哪里飞来的勇气，大声喝道：“那是你昨天晚上放下的！”

谈　书

古人读书，全靠借阅或抄写，借阅有时日限制，抄写必费纸墨精神。所以对于书籍，非常珍贵，偶有所得，视为宝藏。正因为得来不易，读起书来，才又有悬梁刺股、囊萤映雪等等刻苦的事迹或传说。

书籍成为商品，是印刷术发明并稍有发展以后的事。保存下来的南宋印刷的书籍，书前或书后，都有专卖书籍的店铺名称牌记，这是书籍营业的开端。

什么东西，一旦成为商品，有时虽然定价也很高，但相对地说，它的价值就降低了。因为得来的机会，是大大地增多了。印刷术越进步，出版的数量越多，书籍的价格越低落。

这是经济法则。

但不管书的定价多么便宜，究竟还是商品，有一定的读者对象，有一定的用场。到了明朝，开始有些地方官吏，把书籍作为礼物，进京时把它送给与他有关的上司或老师，当时叫作“书帕”。这种本子多系官衙刻版，钦定著作，印刷校对，都不精整，并不为真正学者所看重。但在官场，礼品重于读书，所以那些上司，还是乐于接受，列架收储，炫耀自己饱学，并对从远地带书来送的“门生”，加以青睐，有时还嘉奖几句：

“看来你这几年，在地方做官，案牍之余，还是没有忘记读书啊！政绩一定也很可观了。可喜，可贺！”

你想，送书的人，既不担纳贿之名，致干法纪，又听到老师或上司的这种语言，能不手舞足蹈而进一步飘飘然吗？书帕中如果有自己的著作，经过老师广为延誉，还可能得奖。

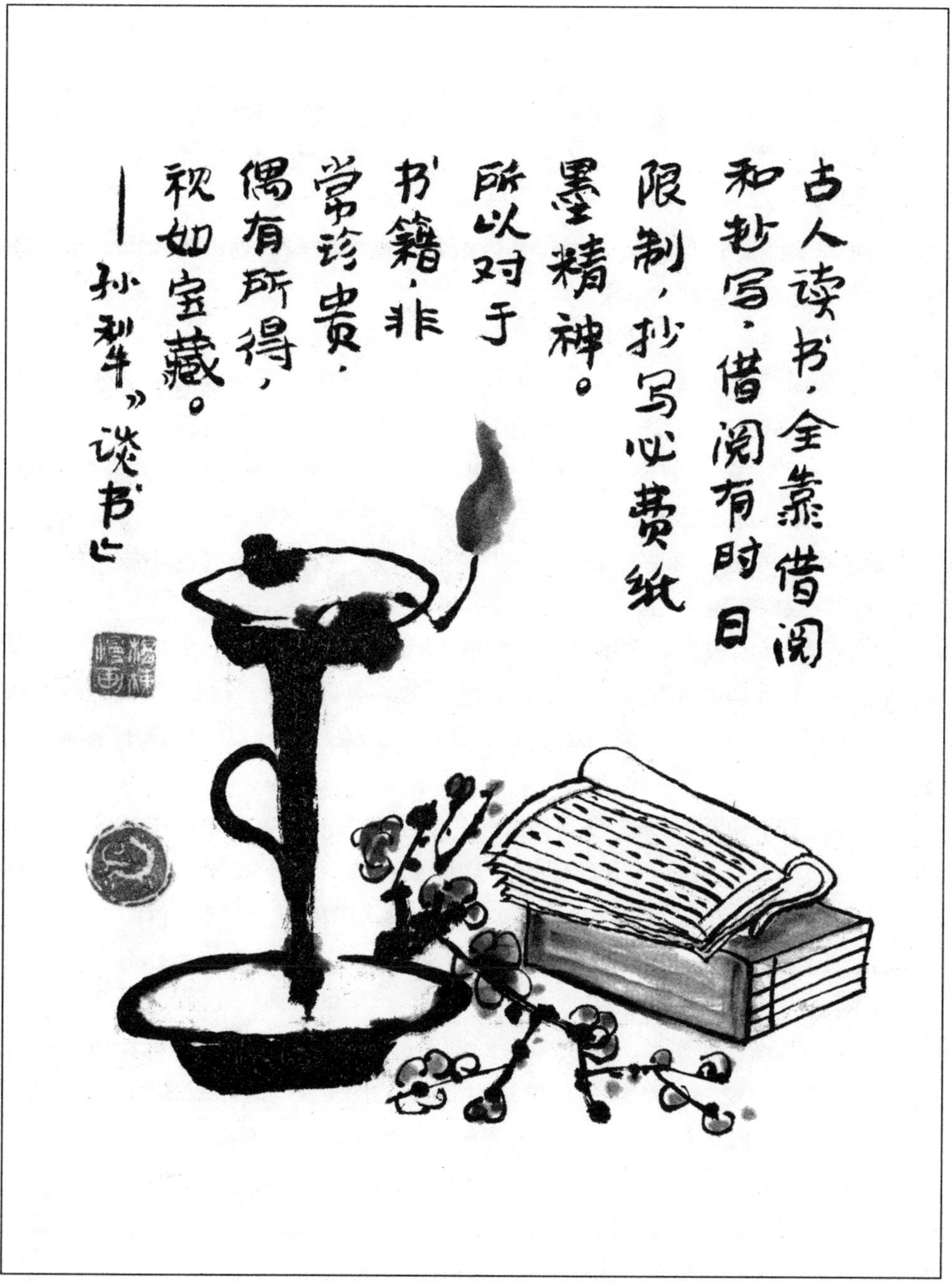

古人读书，全靠借阅或抄写，借阅有时日限制，抄写必费纸墨精神。所以对于书籍，非常珍贵，偶有所得，视为宝藏。

但这究竟是送礼，并不是白捡。小时赶庙会，摆在小贩木架上的书买不起，却遇到一个农民模样的人，背来一口袋小书，散一些在戏台前面地方，任人翻阅，并且白送。这确曾使我喜出望外，并有些莫名其妙了。天下还有不要钱的书？

蹲在地上，小心翼翼地挑了两本，都是福音，纸张印刷都很好，远非小贩卖的石印小书可比。但来白捡的人士，好像也寥寥无几。后来才知道，这是天主教的宣传品。

参加革命工作以后，很长时间是供给制，除去鞋帽衣物以外，因为是战争环境，不记得发放过什么书籍。

发书最多也最频繁，是十年动乱后期，“批儒批孔”之时。

这一段时间，发材料，成为机关干部日常生活中不可分割的一部分。见面的时候，总是问：“你们那里有什么新的材料，给我来一点好吗？”

几乎每天，“发材料”要占去上班时间的大半。大家争先恐后，争多恐少，捆载回家，堆在床下，成为一种生活“乐趣”。过上一段时间，又作为废品，卖给小贩，小本每斤一角二分，大本每斤一角八分。收这种废品的小贩，每日每时，沿街呼喊，不绝于路。

我不知道，有没有收藏家或图书馆，专门收集那些年的所谓“材料”，如果列一目录，那将是很可观的，也是很有意义的。而且有些“材料”，虽是胡说八道，浅薄可笑，但用以印刷的纸张，却是贵重的道林纸，当时印词书字典，也得不到的。

以上是十年动乱时期的情况。目前，赠书发书的现象，也不能就说是很少见了。什么事，不管合理不合理，一旦形成习惯，就不好改变。现在有的刊物，据说每期赠送之数，以千计；有的书籍，每册赠送之数，以百计。

赠送出去这么多，难道每一本都落到了真正需要、真正与工作有关的人士手中了吗？

旧社会，鲁迅的作品，每次印刷，也不过是一千本。鲁迅虽称慷慨，据记载，每次赠送，也不过是他那几位学生朋友。出版鲁迅著作最多的北新书局，是私人出版商，而且每本书后面，都有鲁迅的印花，大概不肯也不能大量赠送。

从另一方面说，鲁迅在当时文坛，可以说是权威，看来当时的书店或杂志社，也并没有把每一本新书，每一期杂志，都赠送给他。鲁迅需要书，都要托人到商务印书馆或北新书局去买。

书籍虽属商品，但毕竟不是日用百货，对每人每户都有用。不宜于大赠送、大甩卖，那样就会降低书籍的身价。而且对于“读书”，也不会有好处。

谈稿费

卖文为生，古已有之。有一出旧戏词中唱道："王先生在大街，把文章来卖；我见他文章好，请进府来。"请进来当家庭教师，还是解决生活问题。另一出旧戏，也有一个文人，想当家庭教师也难，他在大街吆喝："教书，教书。"没人买他的账，饥饿不过，就到人家地里去偷蔓菁吃，传为笑谈。

想写点稿子，换点稿费，帮助生活，这并没有什么不光彩。我在北平流浪的时候，就有过这个打算。弄了一年半载，要说完全失败，也不是事实，只得到大公报三块钱的稿费，开明书店两块钱的书券（只能用来买它出版的书，也好，我买了一本《子夜》）。

抗日战争时期，没有稿费一说。大家过那么苦的生活，谁还想到稿费？一九四一年，我在冀中写了《区村和连队的文学写作课本》，有十多万字。因为我是从边区文协来的，有帮助工作的性质，当时在冀中主持文化工作的王林同志，曾拟议给我买一支钢笔作为报酬，大概也没有成为事实，我就空手回去了。一九四七年，这本书，在冀中新华书店铅印出版，那时我在家乡活动，一直步行，曾希望书店能给我些稿费，买一辆旧自行车。结果，可能是给了点稿费，但不过够买一个给自行车打气的气管的钱。

建国以后，有了稿费，这种措施，突然而又突出，很引起社会上的一些注目。其结果，究竟是利多，还是弊多，现行的如何，以后又该如何，都不在这篇文章的检讨和总结范围之内。不过，我可以断定：在十年动乱时，有些作家和他们的家属，遭遇那样悲惨，是和他们得到的稿费多，有直接关系。

一九四八年平分土地之时，周而复同志托周扬同志带给我一笔稿费，是在香港出版题为《荷花淀》的一本小说集的稿费。那时我在饶阳农村工作，一时不能回家，物价又不断上涨，我托村里一个粮食小贩，代我籴了三斗小米，存在他家里。因为那时我父亲刚刚去世，家里只有老母、弱妻和几个孩子，没有劳动力，准备接济一下他们的生活。这可以说是我第一次得到写作的经济效益。

现在，国家正推行新的经济政策和这方面的宣传，社会以及作家本身对稿费一事，是什么看法，我就不太清楚了。我只是想对有志于文学的青年，说明这样一个道理：各种工作，对国家社会的各种贡献，都应该得到合理的报酬，文学事业也不例外，但也不能太突出。另外，得到稿费，是写作有了真正成绩，达到了发表水平的结果，并不是从事文学工作的前提。真正成绩的出现，要经过一段艰苦的努力，这种努力有时需要十年，有时需要二十年，个人的情况不等。文章不能发表，主要是个人努力不够功夫不到所致，大多数，并非是客观环境硬给安排的不幸下场。不要只看见别人的“名利兼收”，就断定这是碰命运轻而易举的事，草草成篇，扔出去就会换回钞票来。那是要耽误自己的。

谈　师

新年又到了。每到年关，我总是用两天时间，闭门思过：

这一年的言行，有哪些主要错误？它的根源何在？影响如何？

今年想到的，还是过去检讨过的："好为人师"。这个"好"字，并非说我在这一年中，继续沽名钓誉，延揽束脩。而是对别人的称师道友，还没有做到深拒固闭，严格谢绝，并对以师名相加者进行解释，请他收回成命。

思过之余，也读了一些书。先读的是韩愈的《师说》。韩愈是主张有师的，他想当别人的师，还说明了很多非有师不可的道理。再读了柳宗元的《答韦中立论师道书》。柳宗元是不主张为人师的。他说，当今之世，谈论"师道"，正如谈论"生道"一样是可笑的，并且嘲笑了韩愈的主张和做法。话是这样说，柳宗元在信中，还是执行了为师之道，他把自己一生做文章的体会和经验，系统地、全面地、精到地、透彻地总结为下面一段话：

> 故吾每为文章，未尝敢以轻心掉之，惧其剽而不留也；未尝敢以怠心易之，惧其驰而不严也；未尝敢以昏气出之，惧其昧没而杂也；未尝敢以矜气作之，惧其偃蹇而骄也。

来信者正是向他求问为文之道，需索的正是这些东西，这实际上等于是做了人家的老师。

近几年来，又有人称呼我为老师了。最初，我以为这不过是像前些年的"李师傅、张师傅"一样，听任人们胡喊乱叫去算了。久而久之，才觉得并不如此简单，特别是在文艺界，不只称师者的用心、目的，各有不同；而且，既然你听之任之，就要承担一些责任和义务。例如对学生只能帮忙、捧场、恭维、感谢，稍一不周，便要追问“师道何在?”等等。

最主要的，是目前我还活着，还有记忆，还有时要写文章。我所写的回忆文章，不能不牵扯到一些朋友、师长，一些所谓的学生。他们的优点，固然必须提到，他们的缺点和错误，有时在笔下也难避免。人非圣贤，孰能无过?

是的，我写回忆，是写亲身的经历，亲身的感受。有时信笔直书，真情流放，我会忘记了自己，忘记了亲属，忘记了朋友师生。就是说这样写下去，对自己是否有利，对别人是否有妨?已经有不少这样的例证，我常常为此痛苦，而又不能自制。

近几年，我写的回忆，有关“四人帮”肆虐时期者甚多。

关于这一段的回忆，凡我所记，都是我亲眼所见，亲身所受，六神所注，生命所关。镂心刻骨，印象是非常鲜明清楚的。在写作时，瞻前顾后，字斟句酌，态度也是严肃的。发表以后，我还唯恐不翔实，遇见机会，就向知情者探问，征求意见。

当然，就是这样，由于前面说过的原因，在一些具体问题上，还是难免有出入，或有时说得不清楚。但人物的基本形象，场面的基本气氛，一些人当时的神气和派头，是不会错的，万无一失的。绝非我主观臆造，能把他们推向那个位置的。

我写文章，向来对事不对人，更从来不会有意给人加上什么政治渲染，这是有言行可查的。但是近来发现，有一种人，有两大特征：一是善于忘记他自己的过去，并希望别人也忘记；二是特别注意文章里的“政治色彩”，一旦影影绰绰地看到别人写了自己一点什么，就口口声声地喊：“这是政治呀!”这是他们从那边带过来的老脾气、老习惯吧?

呜呼!现在人和人的关系，真像《红楼梦》里说的：“小心弄着驴皮影儿，千万别捅破这张纸儿。”捅破了一点，就有人警告你要注意生前和身后的事了。老实说，我是九死余生，对于生前也好，身后也好，很少考虑。考虑也没用，谁知道天下事要怎样变化呢?今日之不能知明日如何，正与昨日之不能知今日如何相等。当然，有时我也担心“四人帮”有朝一日，会不会死灰复燃呢?如果那样，我确实就凶多吉少了。

但恐怕也不那么容易吧，大多数人都觉悟了。而且，我也活不了几年了。

至于青年朋友，来日方长，前程似锦，我也就不必高攀，祝愿他们好自为之吧。

我也不是绝对不想一想身后的事。有时我也想，趁着还能写几个字，最好把自己和一些人的真实关系写一写：以后彼此之间，就不要再赶趁得那么热闹，凑合得那么近乎，要求得那么苛，责难得那么深了。大家都乐得安闲一些。这也算是广见闻、正视听的一途吧，也免得身后另生歧异。

因此，最后决定：除去我在育德中学、平民学校教过的那一班女生，同口小学教过的三班学生，彼此可以称作师生之外；抗战学院、华北联大、鲁艺文学系，都属于短期训练班，称作师生勉强可以。至于文艺同行之间，虽年龄有所悬殊，进业有所先后，都不敢再受此等称呼了。自本文发表之日起实行之。

谈　友

《史记》："廉颇之免长平归也，失势之时，故客尽去。及复用为将，客又复至。廉颇曰：客退矣！客曰：吁！君何见之晚也！夫天下以市道交：君有势，我则从君；君无势则去，此固其理也，有何怨乎！"

这当然记的是要人，是名将，非一般平民寒士可比。但司马迁的这段描述，恐怕也适用于一般人。因为他记述的是人之常情，社会风气，谁看了也能领会其妙处的。

他所记的这些"客"，古时叫作门客，后世称作幕僚，曹雪芹名之为清客，鲁迅呼之为帮闲。大体意思是相同的，心理状态也是一致的。不过经司马迁这样一提炼，这些"客"倒有些可爱之处，即非常坦率，如果我是廉颇，一定把他们留下来继续共事的。

问题在于，司马迁为什么把这些琐事记在一员名将的传记里？这倒是从事文学创作的人，应该有所思虑的。我认为，这是司马迁的人生体验，有切肤之痛，所以遇到机会，他就把这一素材，做了生动突出的叙述。

司马迁在一篇叙述自己身世的文章里说："家贫不足以自赎。交游莫救，左右亲近不为一言。"柳宗元在谈到自己的不幸遭遇时，也说："平居闭门，口舌无数。况又有久与游者，乃岌岌而掺其间哉！"

这都是对"友"的伤心悟道之言。非伤心不能悟道，而非悟道不能伤心也！

但是，对于朋友，是不能要求太严，有时要能谅。谅是朋友之道中很重要的一条。评价友谊，要和历史环境、时代气氛联系起来。比如说，司马迁身遭不幸，是因为他书呆子气，触怒了汉武帝，以致身下蚕室。朋友们不都是书呆

“夫天下以市道交：君有势，我则从君；君无势则去，此固其理也，有何怨乎！”

子，谁也不愿意去碰一碰腐刑之苦。不替他说话，是情有可原的。当然，历史上有很多美丽动听的故事，什么摔琴呀，挂剑呀，那究竟都是传说，而且大半出现在太平盛世。柳宗元的话，倒有些新的经验，那就是“久与游者”与“岌岌而掺其间”。

例如在前些年的动乱时期，那些大字报、大批判、揭发材料，就常常证实柳氏经验。那是非常时期，有的人在政治风暴袭来时，有些害怕，抢先与原来“过从甚密”的人，划清一下界限，也是情有可原的。高尔基的名作《海燕之歌》，歌颂了那么一种勇敢的鸟，能与暴风雨搏斗。那究竟是自然界的暴风雨。如果是“四人帮”时期的政治暴风雨，我看多么勇敢的鸟，也要销声敛迹。

但是，当时的确有些人，并不害怕这种政治暴风雨，而是欢呼这种暴风雨，并且在这种暴风雨中扶摇直上了。也有人想扶摇而没能扶摇上去。如果有这样的朋友，那倒是要细察一下他在这中间的言行，该忘的忘，该谅的谅，该记的记，不能不小心一二了。

随着“四人帮”的倒台，这些人也像骆宾王的诗句：“倏忽搏风生羽翼，须臾失浪委泥沙”，又降落到地平面上来了，当今政策宽大，多数平安无恙。

既是朋友，所谓直、所谓谅，都是两方面的事，应该是对等相待的。但有一些翻政治跟头翻惯了的人，是最能利用当前的环境和口号的。例如你稍稍批评他过去的一些事，他就会说，不是实事求是啊，极不严肃呀，政治色彩呀。好像他过去的所作所为，所言所行，都与政治无关，都是很严肃、很实事求是的。对于这样的朋友，不交也罢。

当然，可不与之为友，但也不可与之为敌。

以上是就一般的朋友之道，发表一些也算是参禅悟道之言。

至于有一种所谓“小兄弟”、“哥们义气”之类的朋友，那属于另一种社会层和意识形态，不在本文论列之内，故从略。

谈文学与理想

××同志：

前两天，我看过了你寄来的小说，并于昨天，托人把剪报给你寄了回去。

这篇小说，生活和人物，都有现实的根据，但出自你的笔下，总给人一种低沉的感觉。我当时想，如果是我这个年岁写的，就合乎逻辑了。你这样年青，写这种情调的小说，显然是早了一些。

我这种想法，并不合乎创作的规律。每个人的创作道路，不会相同，即使同时代的人，也不会一样，何况我们的年纪相差这样远，经历的道路如此不同！但是，作为一个同行，并对你有良好愿望的我，又好像了解一些你的思绪，你的企图，你的对人生的看法。

说是了解，是相对而言。我曾经对一位青年女作者说：

“我不了解你们这一代作家，更不了解你们作品中所写到的，那些比你们更年轻的一代，比如最近我读到的你的一篇小说里面的姐姐和妹妹。”她听了好像还有些不高兴，但我说的是真情实话。这可能和我好多年足不出户，与当代青年接触很少有关。

我了解我们这一代作家，也比较了解我们上一代的作家。

我们这一代和我们上一代的作家，可以说绝大多数是知识分子，他们都有机会上过中学或大学，有的并留学外国。就是说，他们的当作家以前的生活，都是比较优裕的，有比较充实的学识修养。他们本身在执笔以前，并没有经受过什么饥寒之苦。然而他们的作品，却满怀同情劳苦的人民。他们经历的是大动荡，或者说是大变革的时代。比我们老的一代，遇到的是辛亥革命，民主革命。我们自己遇到的，则是民族革命，社会主义革命。

这两代作家，在从事写作之初，接受了世界上先进的革命思潮，受到国内革命力量的影响，加强了他们为人生而艺术的思想和意志。当然也有些作家，自觉地站在革命斗争旋涡之外，但他们的作品，不为当代所重视，因而影响甚微。

这两代作家的作品，在政治思想上，都有明显的倾向性。

其中当然又有分别，有站在潮流之前的，有处在潮流之中的，也有远离潮流而只是心向往之的。但他们都是有理想的，有支持自己写作的精神力量的。

这是时代，也可以说是这一时代的政治，对作家的强大的影响。政治与文艺无关的说法，从这两代作家的经历，证明是不可信的。

我青年时期也读过孔孟的书，老庄的书，韩非的书，都研进不深。也读过一些外国不同思想流派的文学作品，包括尼采的作品。也读过吴稚晖的书，梁漱溟的书，周作人的书。

后来终于集中精力读新兴社会科学，十月革命文学和鲁迅的书。

这种选择，在当时，并非我一个人，社会上所有从事文学工作的青年人，都在向这方面探索追求。

三十年代初，我在北京流浪时，东安市场小书摊，在晚上都摆出一张马克思的相片。他们知道，凡是来这里买书的人，都从心里向往着革命。高尔基的肖像，对于这些青年，吸引力也很大。

抗日战争时期，我在晋察冀边区工作，唱过从西北战地服务团学来的一首歌，其中有一句："为了建立人民共和国"，这一句的曲调，委婉而昂扬，我们唱时都用颤音，非常激动。

那时候，引导作家们写作的，就是这些鲜明而有号召力的政治目标，经过无数人的流血牺牲，我们终于建立了中华人民共和国。这是我们这一代作家青壮年时期的历程总结。

我不了解你们这一代作家的学习过程、生活过程和所持理想的形成过程。但我知道，十年动乱，实际上对每个正直的人，都是一种意想不到的大不幸。你们看到了老一代作家的遭遇，老一代也看到了你们一代的遭遇。这种遭遇，不能不影响一个人的思想感情，特别是对于作家。我了解自己在这一时期，思想感情所经历的痛苦磨炼，但我对青年人的思想感情的变化，则所知甚少。作为一个作家，每时每刻，都和国家的命运联系在一起，不管任何处境，他不能不和广大人民，休戚相关。国家、人民的命运，就是作家的命运。

我们这一代，经历了国家和人民的苦难、斗争、曲折艰辛的时期。对作家来说，这很难认定是幸还是不幸。十年动乱是一个大悲剧，但整个历程并非都是悲剧。我不知道，你们这一代，如何评价我们的作品，以及如何看待我们的遭遇。

我们遭遇的挫折，不应该引起你们对战斗的文学的失望。

现在，我们这一代，很多人的墓木已拱，有各式各样的下场，现在无须再去谈论它。文学事业正如其他事业，是不会停滞的，是不会间断的，是继往开来的。人民希望能有更多更有为的作家出现。他们和国家人民拥抱在一起，共同呼吸，有共同理想。

作家没有理想，就常常走到虚无主义那里去。虚无主义本身又永远不能成为一种人生的理想，只能导致作品和作家的沉落。历史上，很多有奇异才华的作家，就是在这个深渊里消失了。虚无主义不能成全作家。

在经历种种忧患之后，我时常警惕自己。

历史和现实，在不断运转，不断前进。推动历史，反映现实，作家有一份力量，但不能妄自尊大，以为自己会有多么了不起的作用。

忧国忧民，是中国文学的一个显著的传统。这一伟大传统，从古代歌谣，就充分表现出来了。历代的诗歌、小说、戏剧，都在继承这一传统。今天的作品，尤其需要发扬它。这是时代的大主题。

尊重和发扬我们民族的传统，包括文学艺术的传统，对当代的青年作家来说，恐怕是很重要的。

至于处世之间的一些苦恼，个人生活中的一些不愉快，这是随时都可以发生的。处理这些问题，最好用中国哲学的方法。不然就徒伤心神，无补实际。读书是用来帮助自己前进的，无论舟楫车轮，都可利用。

总之，多读一些中国历史，包括文学史，多读一些中国文学典籍，就会知道我们的民族是伟大的，历代产生的作家，遭遇虽多不幸，他们的工作，是无愧于自己的民族的。愿你多读多写。

谈改稿

传说《吕氏春秋》成书后，悬之国门，千金不能易一字。

我常想：这可能是一种神话。事实上，任何人的文章，不会一个字也动不得。但又听说，当代有一位作家，前些年，他的一篇文章，被选入中学课本。编辑认为有一个字，需要改动一下，他不接受，请叶圣陶去和他说，他仍坚持不改，而终于改不成。这真的成为千金不易一字了。我不知道是一个什么字，所以也无法评议其是非。

如果关于吕氏之书的传说，是为了说明这部书，经过作者反复推敲修改，文字上已经完美无缺，没有多少指责的余地，那是可以理解的。对后来的作者，也是有教育意义的。但绝非说一个人的文章，就可以做到一个字也不能改动。

“敝帚自珍”也是我们的一句老话。又有人说，人们偏爱自己的作品，像偏爱自己的孩子一样，但不管如何自珍与溺爱，总还是允许别人有所非议挑剔，当然，也要看非议挑剔得是否得当。

别人大砍大削我的文章，特别是已经发表过的文章，例如《荷花淀》，一处就删去八行，二百余字，这是我写过文章，表示过抗议的。前几年，有一位中学老师为一个部门编选业余教材，选上了《山地回忆》，寄来他对此文的修改清样。只是第一段，我就看到，他用各种符号，把原来文字，删来改去，勾画得像棋盘上走乱了的棋子一样。我确实是非常不愉快了。我想：我写的文章，既然如此不通，那你何必又去选它呢?

但是，对于编辑部提出的，个别文字的修改，我从来是认真考虑，虚心接受的。因为我知道，我的修辞造句的功夫，并非那么深厚。

现在，大家又在推崇我们古代文字之美了，都在欣赏古文古诗。那些作品，读起来就是好，也真有它们的生命力。我体会到，古人的这些传世之作，其产生，固然因为作家的才力，更多的，恐怕是他们修改的功夫。他们的文章，篇幅都很短小，但绝不是一挥而就，就认为尽善尽美。而是改过若干次，即不是一次两次。传说王勃是才子，他的名作《滕王阁序》，也不会是没有修改就定稿的。

古人写了文章，很多是贴在墙上，来回地念诵，随时更易其文字。寄给朋友们看，征求意见。十天半月甚至半年一年地在那里用功。每一个字都印在心里。是这样写文章的。

越到老年，我越相信“好文章是改出来的”这句话。如果我们读书，不只读作家的发表之作，还有机会去研究他们的修改过程，对我们一定有更多的好处，可惜这方面的资料和书籍，很少很少。

越到老年，我越相信“好文章是改出来的”这句话。

谈 读 书

读书，主要靠自学。记得上中学时，精力旺盛，读书最多，也最专心。我们的国文老师，除去选些课文，在课堂给我们讲解外，就是介绍一些参考书，叫我们自己在课外去选择、去阅览。

文学非同科学，有时是可以无师自通的，只要个人努力。

读书也没有准则，只有摸索着前进。读书和自己的志趣有关，一个人的志趣，常常因为时代、环境的变化，而有所改变。所以，就是师长给你介绍的书，也不一定就正中你的心意，正合你当时的爱好。

例如鲁迅先生给许世瑛开的十部书，是很有名的。但仔细一想，许世瑛那时年纪还小，他能读《全上古……文》或《四库全书总目》那类的古书吗？会有兴趣吗？但开这样一个书目，对他还是有好处的。使他知道：人世间有这样几部书，鲁迅先生是推重这些作品的。

现在，也常常有人叫我给他开个书目之类的单子，我是从来不开的。迫不得已，我就给他开些唐诗古文之类的书，这是书林中的菽粟，对谁也不会有害处的。我想：我读过的，你不一定去读，也不一定爱好。我没有读过的好书多得很。而我读书，是从来没有计划，是遇到什么就读什么的。其中，有些书读了，确实有好处，有些书却读不懂，有些书虽然读过了，却毫无所得。

根据以上这个经验，我后来读书，就知道有所选择了。先看前人的读书提要，了解一下书的作者及其内容。而古人的读书笔记，多是藏书记，只记他这本书，如何得来，如何珍贵，对内容含义，缺少正确的评价，这就只好又去碰了。

“开卷有益”，我常常这样安慰自己。

我的习惯，选择了一本书，我就要认真把它读完。半途而废的情况很少。其中我认为好的地方，就把它摘录在本子上。我爱惜书，不忍在书上涂写，或做什么记号，其实这是因小失大。读书，应该把随时的感想记在书眉上，读完一本，或读完一章，都应该把内容要点以及你的读后意见，记在章尾书后，供日后查考。读古书，这样做方便一些，在为所留天地很大，前后并有闲纸，现在印书，为了节省纸张，空白很少，只好写在纸条上，夹在书里面。不然年深日久，你读过的书就会遗忘，等于没有读。古人读书，都做提要，对作者身世，著作内容，做简要的叙述和评价，这个办法，很值得我们读书时取法。

青年人读书，常常和政治要求、文坛现状、时代思潮有关；也常常和个人遭遇、思想情绪有关。然而，总的趋势，是向前发展的，不是一成不变的。老年人的爱好，常常和青年人的爱好不大一样，这是很自然的，也不要相互勉强。

比如，我现在喜欢读一些字大行稀，赏心悦目的历史古书，不喜欢看文字密密麻麻，情节复杂奇幻的爱情小说，但这却是不能强求于青年人的。反过来说，青年人喜欢看乐意写这样的小说，我也是宁可闲坐一会儿，不大喜欢去读的。

谈 修 辞

我在中学时，读过一本章锡琛的《修辞学概论》，也买过一本陈望道的《修辞学发凡》。后来觉得，修辞学只是一种学问，不能直接运用到写作上。

语言来自生活，文字来自书本。书读多了，群众语言听得熟了，自然就会写文章。脑子里老是记着修辞学上的许多格式，那是只有吃苦，写不成文章的。

古书上有一句话：修辞立其诚。这句话，我倒老是记在心里。

把修辞和诚意联系起来，我觉得这是古人深思熟虑，得出来的独到见解。

通常，一谈到修辞，就是合乎语法，语言简洁，漂亮，多变化等等，其实不得要领。修辞的目的，是为了立诚；立诚然后辞修。这是语言文字的辩证法。

语言，在日常生活中，以及表现在文字上，如果是真诚感情的流露，不用修辞，就能有感人的力量。

“情见乎辞”，这就是言辞已经传达了真诚的感情。

“振振有词”，“念念有词”，这就很能说了。其中不真诚的成分可能不少，听者也就不一定会受感动。

所以说，有词不一定有诚，而只有真诚，才能使词感动听者，达到修辞的目的。

苏秦、张仪，可谓善辩矣，但古人说：好辩而无诚，所谓利口覆邦国之人也。因此只能说是辞令家，不能说是文学家。作家的语言，也可以像苏秦、张仪那样的善辩，但必须出自创作的真诚，才能成为感人的文学语言。

就是苏秦，除了外交辞令，有时也说真诚的话，也能感动人。

《战国策》载，苏秦不得志时，家人对他很冷淡，及至得志归里，家人态度

《战国策》载，苏秦不得志时，家人对他很冷淡，及至得志归里，家人态度大变。

大变。苏秦曰："嗟乎！贫穷则父母不子，富贵则亲戚畏惧。人生世上，势位富贵，岂可忽乎哉！"这就叫情见乎词。比他游说诸侯时说的话，真诚多了。也就近似文学语言了。

从事文学工作，欲求语言文字感人，必先从诚意做起。有的人为人不诚实，善观风色，察气候，施权术，要两面，不适于文学写作，可以在别的方面，求得发展。

凡是这种人写的文章，不只他们的小说，到处给人虚伪造作、投机取巧的感觉，就是一篇千把字的散文，看不上几句，也会使人有这种感觉。文学如明镜、清泉，不能掩饰虚伪。

谈 评 论

评论文章，并不是那么容易，就能写好的。评论一个人难，评论一篇文章同样难。评论一个人，要能知人论世，设身处地。就是要把一个人，同他所处的时代、环境联系起来，才能客观，有可信性。评论一部作品，如果对作家的时代、环境，毫无所知，就作品评作品，其肤浅就可想而知了。

近年评论《红楼梦》的学者们，对于曹雪芹所处的时代环境，研究的可以说是广泛而周到了。但有些研究，简直与作品风马牛不相及，牵强附会，甚至虚假不可信。用这种资料，去研究作者以及作品，那也将是徒劳无益，甚至有害的。

评论作品要靠对作家的了解，但如果了解得不准确，而自以为是，写出来的评论，就会更糟。

几十年来，在这个文艺圈子里，我们看到过或经受过各样的文艺评论。有些是声讨式的一篇大文，赫然出现在大报上，情况严重，声势浩大，立刻使所有执笔为文者，及其家属亲朋，都感到战栗。有些是吹捧式的，一部作品，经权威者发见，推崇备至，封为一流，遂使万人空巷，钟鼓齐鸣。这是两个极端，时间已证明多为荒谬，可以不必再去谈它。

党的三中全会以后，实事求是的文艺批评，重新为人们所提倡。但因为积重难返，真正做到这一点，还是很不容易的。鉴于过去棒喝主义的恶果太惨重，声讨式的评论文章，近来确是不常见了。吹捧式的评论，其数量虽不见减少，其程度——即吹捧的调门，却有渐渐降低的趋势。一般说来，目前的文艺批评，总的缺点，还是忽视艺术分析。具体说来，有如下几个方面：

一、架子太大，识见平常。很多文艺评论，文章很长，间架很大。好像不如此，不足以称为文学评论似的。这是一种传统习惯，而表现在文艺评论家那里，尤其显著。文章的规模，他们取法于古典批评家，而细观其学识和见解，又多不相称。

二、人云亦云，角度一样。读关于某一作家的评论，常感到这一点。当然谈的是一个人的作品，会有相同内容。但是在艺术分析方面，甚至所用词句方面，雷同之处甚多，读起来就缺乏兴味了。着眼的角度，也大体一致。不能另开途径，探讨新的领域，以丰富对这一作家的研究。

三、争执不下，没有准绳。现在，对于过去说是“有问题的作品”，叫作“有争议的作品”。在讨论时，总是有两种完全对立的意见：甲说很坏；乙说很好。争执一通，无结果而散。这就叫作争鸣吗？任何事物，总有一个衡量标准，定其质量。现在评论文章，不大提政治标准了。其实历代文艺批评，并非完全不顾政治。艺术标准，也不是抽象的，不会是各执一词，就可以罢休的。不能把文艺上的什么主义，或什么流派的主张，各有所好，随便拿来，作为衡量人间一切文艺的尺度。对于艺术，古今中外，总是把现实生活、民族传统、社会效果，作为评价取舍的标准的。

如果一个民族，能以其不断向上的正义的力量，维护着一个人心所向的道德标准；同样，这个民族，也就能维护着一个人民共同认识的艺术标准。

谈爱书

上

那天，有一位客人来闲谈。他问：“听说，你写的稿子，编辑不能改动一个字。另外，到你这里来，千万不要提借书的事。都是真的吗？”

我回答说：

关于稿子的事，这里先不谈。关于借书的事，传说的也不尽属实。我喜爱书，珍惜书。要用的书，即是所谓藏书，我确是不愿意借出去的。但是，对我用处不大，我也不大喜欢的书，我是宁可送给别人，不要他归还的。我有一种洁癖，看书有自己的习惯。别人借去，总是要有些污损。例如，这个书架上的杂志和书，院里院外的孩子们要看，我都是装上封套，送给他们。他们拿回去怎样看，我就管不了许多。

即使是我喜爱的书，在一种特殊的时机，我也是可以慷慨送人的。例如抗日战争爆发以后，许多同志都到我家拿过书。大敌当前，身家性命都不保，同志们把书拿出去，增加知识，为抗日增加一份力量，何乐而不为？王林、路一、陈乔，都曾打开我的书箱，挑拣过书籍。有的自己看，有的选择有用的材料，油印流传。这些书，都是我从中学求学，北平流浪，同口教书，节衣缩食买下来，平日惜如性命的。

十年动乱开始，我的书共十书柜，全部被抄。我的老伴，知道书是我的性命，非常难过。看看我的面色，却很冷漠，她奇怪了。还以为我能临事不惊，心胸宽阔呢。当时，我只对她说：

“书是小事。”

有些书，我确是不轻易外借的。比如《金瓶梅》这部书，我买的是解放后国家影印的本子。二十四册，两布函，价五十元。动乱之前，就常常有同志想看，知道我的毛病，又不好意思说。有的人拐弯抹角：

“我想借你部书看。”

我说：

“什么书？新出版的诗集、小说，都在这个书架上，你随便挑吧！”

“不。”他说，“我想借一部旧书看看。”

“那也好。”我心里已经明白七分，“这里有一部新印的《聊斋》。”

他好像也明白了，不再说话。

抄去的书籍还能够发还，正如人能从这场灾难中活过来，原是我意想不到的。但终于说是要落实政策了，但就是不发还这一部。我心里已经有底，知道有人想借机扣下，就是不放弃。过了半年，还是有权者给说了话，才答应给我。这一天，报社的革委会主任，把我叫到政工组的内间。我以为他有什么公事，要和我谈，坐下来后，他说：

“听说要发还你那部书了，我想借去看看。”

“可以。”他是革委会主任，我不便拒绝，说，“最好快一些，另外，请不要外传。”

政工组到查抄办公室，把书领回来，就直接交到他手里去了。那是我未曾触手的一部新书，还好，他送给我时，污损不大。时间也不太长。我想他不一定通读，而是选读。

过去，《金瓶梅词话》的洁本出版以后，北平书摊上，忽然出现一本小书，封面上画着一只金色的瓶子，上面插着一枝梅花，写着“补遗”二字。定价高昂，对于只想看“那一部分”的读者，大敲竹杠。我很后悔没有买下一本，应付来借这部书的人们。

客人又问：

“从你写的一些文章看，你的家庭，并不是书香门第，那你为什么从幼年就爱上了书呢？”

我答：我幼年时，我家里，可以说是一本书也没有。我的父亲，只念过二年私塾，然后经招赘在本村的一个山西人，介绍到祁州（后来改称安国县）一家店铺去学徒。家境很不好，祖父一直盼望父亲，能吃上一点股份，没有等到就去世了。祖父的死，甚至难以为葬，同事们劝父亲“打秋风”，父亲不愿，借贷了一些钱，才出了殡。这是母亲告诉我的。父亲没有多读书，但看到我的兄弟们都已夭伤，我又多病，既不能务农，又因娇惯也不能低声下气去侍候人——学徒。眼下家境好些了，所以决定让我读书。我记得从我上学起，父亲给我买过一部《曾文正公家书》，从别人要来一本《京剧大观》，还交给过我一本他亲手抄录的、本县一位姓阎的翰林，放学政时在路途上写的诗。父亲好写字，家里还有一些破旧的字帖。

我的书都是后来我做事，慢慢买起来的，父亲也从不干预。但父亲很早就看出我是个无能之辈，不会有多大出息，暗暗有些失望了。

下

我喜爱书，在乡里也小有名声。我十七岁，与黄城王姓结婚。结婚后的年节，要去住丈人家。这在旧社会，被看作是人生一大快事，与金榜题名、作品获奖相等。因为到那里，不只被称作娇客，吃得很好，而且有她的姐妹兄弟，陪着玩。

在正月，就是大家在一起摸纸牌。围在一起，说说笑笑，打打闹闹，其乐可以说是无穷的。但我对这些事没有兴趣。她家外院有一间闲屋，里面有几部旧书，也不知是哪一辈传流下来的，满是灰尘。我把书抱回屋里，埋头去看。别人来叫，她催我去，我也不动。这样，在她们村里，就有两种传说：老年人说我到底是个念书人；姑娘们说我是个书呆子，不合群。

我的一生，虽说是与书结下了不解之缘，中间也有间断。

一九五六年秋末，我得了严重的神经衰弱症。经过长期失眠，我的心神好像失落了，我觉得马上就要死，天地间突然暗了一色。我非常悲观，对什么也没有了兴趣，平日喜爱的书，再也无心去看。在北京的一家医院医治时，一位大夫曾把他的唐诗宋词拿来，试图恢复我的爱好，我连动都没动。三个月后，我到小汤山疗养院。附近有一家新华书店，里面有一些书，是城里不好买到的，我到那里买了一部《拍案惊奇》和一本《唐才子传》，这证明我的病，经过大自然的陶冶，已经好了许多。

半年以后，我又转到青岛疗养。住在正阳关路十号。路两旁是一色的紫薇花树。每星期，有车进市里，我不买别的东西，专逛书店。我买了不少丛书集成的零本，看完后还有心思包扎好，寄回家中。吹过海风，我的身体更进一步好转了。

十年动乱，我的书没有了，后来领到一小本四合一的红宝书。第一次开批判会，我忘记带上，被罚站两个小时，从此就一直带在身上，随时念诵。一是对领袖尊敬，二是爱护书籍的习惯没改，这本小书，用了几年，还是很干净整齐。别人的，都摸成黑色了。

客：“可不可以这样说：你的有生之年，就是爱书之日呢？”

我说：这也很难说。我的书，经过几次沧桑，已如上述。

书籍发还以后，我对它们还是有一种久别重逢的感情的。从今年起，我对书的感情渐渐淡漠了，不愿再去整理。这恐怕是和年岁有关，是大限将临的一种征兆。也很少买书了。前些天，托人买了一部《文苑英华》，一看字缩印得那样小，本子装订得又那样厚，实在兴趣索然。本来还想买一部《册府元龟》的，也作罢了。

我的生平，没有什么其他爱好。不用说声色犬马，就是打扑克、下象棋，我也不会。对于衣食器用，你都看见了，我一向是随随便便，得过且过的。但进城以后，有些稿费，既对别的事物无多需求，旧习不改，就想多买书。其实也看不了许多，想当一个藏书家。“文化大革命”期间，有人说我是聚浮财，有人说我是玩书。玩人丧德，玩物丧志，玩书又将如何呢？这就很难说清楚了。黄丕烈、陆心源都是藏书家，也可以说都是玩书的人。不过人家钱多，玩得大方一些，我钱少，玩得小气一些。人无他好，又无他能，有些余力，就只好爱爱书吧。

我死以后，是打算把一些有用的书，捐献给国家的，虽然并没有什么珍本。不过包书皮上，我多有胡涂乱写，想在近期清理一下，以免遗笑后世。

爱书续谈

客：读书首先要知道爱书。不过，请原谅，像你这样爱书，体贴入微，一尘不染，是否也有些过火，别人不好做到呢？

答：是这样，不能强求于人，我也觉得有些好笑。年轻时在家里读书，书放在妻子陪嫁的红柜里。妻子对我爱书的嘲笑，有八个字：“轻拿轻放，拿拿放放。”书籍是求知的工具，而且只是求知的手段之一，主在利用。清朝一部笔记里说：到有藏书的人家去，看到谁家的书崭新，插架整齐，他家的子弟，一定是不读书，没有学问的。看到谁家的书零乱破败，散放各处，这家的子弟，才是真正读书的人。这恐怕也是经验之谈。我的书，我喜爱的书，我的孩子们是不能乱动的。我有时看到别人家，床上、地下、窗台、厕所，到处堆放着书，好像主人走到哪里，坐在何处，随时随地，都可以拿起来阅读，也确实感到方便，认为是读书的一种好方法。

但就是改不了自己的老习惯。我的书，看过以后，总是要归还原处，放进书柜的。中国旧医书上说有一种疾病，叫作“书痴”，我的行为，庶几近之。

客：这也难说。我看你在日常生活中，不只对书，对什么东西，也是珍惜，不肯抛废。这是否和长期过艰苦生活有关呢？

答：我们已经谈过，我自幼家境并不好，看到母亲、妻子终日织纺，一粒粮食，得来不易，我很早就养成了一种俭朴的生活习惯，有时颇近于农民的吝惜。直到现在，还是如此，我已经描写在一篇小说之中，作为自嘲。

抗日战争和解放战争期间，我离乡背井，可以说是穷到一无所有。行军时，只有一根六道木棍子和一个用破裤子缝成的所谓书包，是我唯一的私有财产。我对它们也是爱护备至，唯恐丢掉。特别是那根棍子，就像是孙悟空手里那根金箍棒一样，时刻不离手，从晋察冀拿到延安，又从延安拿到华北。你看，人总是有一点私有观念，根深蒂固，即使只剩下一点破烂，也像叫花子，不肯放下那根破枣木棍儿。但是，就在这种情况下，我的破书包里，还总是带着一本书，准备休息时阅读。我带过《毁灭》《呐喊》《彷徨》，也带过《楚辞》和线装的《孟子》。那时行军，书带多了，是走不动的，我就选择轻便的书带上。

客：你读书，有没有目的性？或者说，从什么时候开始，你的读书，才是自觉的，有所追求的呢？

答：幼年读书，可以说是没有目的的，上小学是为了识字，看小说，是叫作看闲书。《红楼梦》《封神演义》，是我在本村借来看的。如果说读书，是为了追求什么，那应该从我读高中说起。这时，我已经十九岁，东北九一八事变，上海一·二八战事，接连发生，这是国家民族的处境。我个人的处境是初中毕业，没有生活出路，父亲又勉强叫我再上二年高中。高中毕业以后，又将如何，实在茫然。人在青年，对国家，对家庭，对周围环境，对个人，总是有很多幻想，很多希望与失望，感慨和不平的。但我并没有斗争的勇气，也没有参加过什么实际的革命活动。我处在一种隐隐的忧闷之中彷徨不定，想从书本上，得到一些启示，一些安慰，一些陶醉。

读书是一种文化活动，文化活动总是带有时代特点。青年读书，总是顺应时代思想的潮流的。这一时期，我读了大量的新兴社会科学和新兴革命文学的书籍，这对于我后来参加抗日战争，无疑是一种起主导作用的推动力。所以说，二十岁上下时的读书，虽然目的性并不明确，但对国家民族的解放和进步，对自身生活、思想的解放和进步的向往和追求，还是有意识的，而且是很强烈的。

我应该感谢书籍，它对我有很大的救助力量。它使我在青春期，没有陷入苦恼的深渊，一沉不起。对现实生活，没有失去信心。它时常给我以憧憬，以希望，以启示。在我流浪北平街头，衣食不继时，它躺在街头小摊上，蓬头垢面与我邂逅。风尘之中，成为莫逆。当我在荒村教书时，一盏孤灯，一卷行李，它陪我度过了无数孤独的夜晚，直到雄鸡晓啼。在阜平草棚，延安窑洞，它都伴我枯寂，给我营养，使我奋发。此情此景，直到目前，并无改变。一往情深，矢志不移，白头偕老，可谓此矣。我对它珍惜一点，溺爱一点，也是情理之常，不足为怪了。

我应该感谢书籍，它对我有很大的救助力量。它使我在青春期，没有陷入苦恼的深渊，一沉不起。对现实生活，没有失去信心。

我和古书

我的读书过程，可以分成几个阶段。从小学到初中，可以说是启蒙阶段，接受师长教育。高中到教书，可以说是追求探索阶段。抗日战争到解放战争，可以说是学以致用阶段。

进城以后，可以说是广事购求，多方涉猎，想当藏书家的阶段。

可以从第三阶段说起。抗日战争时期，在冀中区，我们油印出版过一些小册子，其中包括苏联十月革命以后的文艺创作和新的文学理论。这些书，都是我在三十年代研究和学习过的。我所写的文艺方面的论文和初期的创作，明显地受这些理论和作品的影响。例如我的第一篇小说《一天的工作》和第一篇论文《现实主义文学论》。所以说，这是“学以致用”的阶段。我们在这一时期的工作，虽然幼稚，但今天看起来，它在根据地的影响，还是很深远的。

我在三十年代初，所学习的文艺方面以及社会科学方面的知识，都尽量应用在抗日工作中去，献出了我微薄的力量。

另外，在实际工作中，又得以充实自己，发展所学，增长了工作的能力。

为什么进城以后，我又爱好起古书来呢？

我小的时候，上的是“国民小学”，没有读过《四书五经》。不知为什么，总觉得是一个缺陷。中学时，我想自学补课，跑到商务印书馆，买了一部《四书》，没有能读下去，就转向新兴的社会科学去了。直到现在，很多古籍，如不看注，还是读不好，就是因为没有打下基础。初进城时，薪俸微薄，我还是在冷摊上买些破旧书，也包括古籍，但是很零碎，没有系统。以后，收入多了一些，我才慢慢收集经、史、子、集四方面的书，但也很不完备。直到目前，我的二十四史，还缺宋书和南齐书两种，没有配全。认真读过的，也只有《史》《汉》《三国志》和《新五代史》几种。《资治通鉴》读过一部分，《纲鉴易知录》通读过了。近人的历史著作，如夏曾佑的《中国古代史》，吕思勉的《隋唐五代史》《清史纲要》等，也粗略读过。我还买一些非正史，即所谓载记一类的书：《十六国春秋》《十国春秋》《吴越备史》《七家后汉书》等等。但对我来说，程度最适合的，莫过于司马光的《稽古录》。我买了不少的明末野史，宋人笔记，宋人轶事，明清笔记，都与历史有关。

《世说新语》一类的书，买得很多，直至近人的新世说。

我喜爱买书，不只买一种版本，而是多方购求。《世说新语》，我有四种本子，除去明刊影印本两种，还有唐写本的影印本，后来的思贤讲舍的刻本。《太平广记》也有四种版本：石印，小木版，明刊影印，近年排印。《红楼梦》《水浒》，版本种类也有数种，包括有正本，贯华堂本。还有《续水浒》《荡寇志》。

各代文学总集，著名作家的文集，从汉魏到宋元，经过多年的搜集，可以说是略备。明清的总集别集，我没有多留心去买。我对这两朝的文章，抱有一点轻视的成见。但一些重要思想家、学术家和著名作家的书，还是买了几种。如黄黎洲、崔乐璧、钱大昕、俞正燮、俞樾等。一些政治家，如徐光启、林则徐的文集，我也买了。钱谦益的两部集子也买了。

近代学者梁启超、章太炎，我买了他们的全集。王国维，我买了他的主要著作。近人邓之诚、岑仲勉的关于历史和地理的书，我也买了几种。黄侃、陈垣、余嘉锡的著作，也有几种。

我的藏书中，以小说类为最多，因为这有关本行。除去总集如《太平广记》《说郛》《顾氏文房小说》以外，张之洞的《书目答问》，小说家类，共开列三十六种，我差不多买齐了。其次是杂史类掌故之属，《书目答问》共开列二十一种，我买了一半多。再其次是儒家考订之属，我有二十六种。

刚进城时，新旧交替，书市上旧书很多，也很便宜。我们刚进来，两手空空，大部头的书，还是不敢问津。《四部丛刊》，我只是在小摊上，买一些零散的，陆续买了很多。以后手里有些钱，也就不便再买全部。因此，我的《四部丛刊》，无论初、二、三编，都是不全的，有黑纸的，也有白纸的，很不整齐。二十四史也同样，是先后零买的，木版、石印、铅印；大字、小字、方字、扁字，什么本子也有。其中以《四部备要》的本子为多。《四部备要》中其他方面的书，也占我所藏线装书的大部分。

谱录方面的书，也有一些，特别是书目。

我买书很杂，例如有一捆书（我的书自从抄家时捆上，就一直沿用这个办法）的书目为：《黄帝内经素问》《桑蚕粹编》《司牧安骥集》《考工记图》《郑和航海图》《营造法式》《花镜》……这并非证明我无书不读，只是说有一个时期，我是无书不买的。

我中学时课外阅读的情况

从一九二六年起，我在保定育德中学读书六年（初中四年，高中二年）。回忆在那一时期的课外阅读，印象较深的，有以下几个方面：

一、读报纸：每天下午课毕，我到阅览室读报。所读报纸，主要为天津的《大公报》和上海的《申报》，也读天津《益世报》和北平的《世界日报》，主要是看副刊。《大公报》副刊有《文艺》，《申报》有《自由谈》，前者多登创作，沈从文主编。后者多登杂文，黎烈文主编。当时以鲁迅作品为主。

二、读杂志：当时所读杂志有《小说月报》《现代》《北斗》《文学月报》等，为文艺刊物，多左翼作家作品。

《东方》《新中华》《读书》《中学生》等杂志，为综合杂志。当时《读书》正讨论中国社会史问题，我很有兴趣。也读《申报月刊》和《国闻周报》（《大公报》出版）。

三、读社会科学：读了《政治经济学批判》《费尔巴赫论》《唯物论与经验批判论》等经典著作，以及当时翻译过来的苏联及日本学者所著经济学教程。如布哈林和河上肇等人的著作。

四、读自然科学：读《科学概论》《生物学精义》，还读了一本通俗的人类发展史，书名叫《两条腿》，北新书局出版。

五、读旧书：读《四书集注》、庄子、孟子选本，楚辞、宋词选本，以及近代人著文言小说如《浮生六记》《断鸿零雁记》等。

六、读文化史：先读赵景深《中国文学小史》、王治秋《新文学小史》（载于《育德月刊》）、杨东莼《中国文学史》、胡适《白话文学史》、冯友兰《中国哲学史》。《欧洲文艺思潮》《欧洲文学史》，日人盐谷温、青木正儿等人的有关中国文学著作。

七、读小说散文：《独秀文存》《胡适文存》，鲁迅、周作人等译作，冰心、朱自清、老舍、废名作品，英法小说、泰戈尔作品。后来即专读左翼作家及苏联作家小说。

八、读文艺理论：读《文学概论》及当时文坛论战的文章，如鲁迅与创造社一些人的论战，后来的《文艺自由论辩》，及中外人写的唯物史观艺术论著。日本厨川白村、藏原惟人、秋田雨雀的著作，柯根《伟大的十年间文学》等。

九、读文字语言学：陈望道《修辞学发凡》，杨树达《词诠》，穆勒《名学纲要》，即逻辑学。

十、读人生观、宇宙观方面的书：记有吴稚晖、梁漱溟著作，忘记书名。

以上所记，主要是课外读物，多由教师介绍指导。中学生既无力多买书，也不大知道应该买哪些书，所以应该利用学校中的图书馆，并请教师指导。向同学师长借阅书籍，要按期归还，保持清洁。

谈“打”

我住的屋子，是旧式建筑。虽然高大，但采光不好，每到生炉子以前这一段时光，阴冷得很不好过。夜晚看书，也要披上一件大棉袄。

这件大棉袄，也很有年代了。是一九六六年冬天，老伴为我添制，应付出去“开会”穿的。在当时，这还算是时兴式样，现在很少见到有人穿了。我第一次穿着它去“开会”时，还有革命群众看不惯，好像说我没有资格再穿一件新棉袄。后来我就很少穿它，只穿一身破烂不堪像叫花子一样的衣服。

其实是妄然的。我眼前的文章，写的是赵树理的“最后五年”。说他只是回答了一句问话，就被一个素不相识的、五大三粗的汉子，当胸击了一拳，赵应声倒地，断了三根肋骨，终于造成他的死亡。

哪里来的这么大的仇恨？是出自无产阶级感情吗？好像又不是。因为文章说这只是一个“恶棍”。

一个恶棍，一拳打断一个作家的三根肋骨。在当时，这被称作“革命”，现在读到这里，确是不能不感到身上有些发凉了。

在那些年月里，说句良心话，我是没有挨过多少打的。只是在干校单独出工时，冒犯了当地农场的几个坏孩子，当我正在低头操作时，一块馒头大小的碎砖飞来，正中我的头顶，如果不是戴着一顶棉帽，很可能脑浆飞迸，当场死亡了。

那时我被定上了一些罪名。有些人定我为某某“黑帮”，这是出于他们的“常识”，且不去谈它。又说我是某某和某某的死党。前者为本市的文教书记，后者为宣传部的副部长。这个罪名，一直延续到“文革”后期，好像是定论似

一个恶棍，一拳打断一个作家的三根肋骨。在当时，这被称作“革命”，现在读到这里，确是不能不感到身上有些发凉了。

的。最后一次叫我写材料，那位办事人还惋惜地说：

“看，和他们搞到了一起!”

对此，我从来没有辩解过，只是沉默着。我渐渐明白，这完全是一些人的政治权术。他们从以上两位得到的实惠，要比我多，关系也密切得多，却反过来说我是死党。那时候，革命群众要保一些人，也要打倒一些人。作家是没有人保的。保你干什么？你不过是一个作家，能给人家什么好处？打倒你，得罪了你，你也不过是一个作家，能有什么权力报复？所以，作家被首先打倒，这是理所当然的事。其实，他们也知道，我这个人落落寡合，个人主义严重，是很难与人结为死党的。

以上是对保与打的一般理解。但对那些打手的心理状态，又如何分析呢？我初步揣想，可能有以下几种情况：

一、对共产党有刻骨仇恨，借机报复。

二、不逞之徒想因缘林彪“四人帮”的政策上台，捞一官半职。

三、流氓无赖打蹭拳、充威风。

如果遭害者是一个作家，还有一种心理激动，那就是嫉妒。进城以后，有稿费一说，遂使一些人认为作家一行是摇钱树，日进斗金。羡慕非常，再加上江青倡言稿费是“不义之财”，乃打出手，以快其意。

其实像赵树理这样的作家，虽承担有钱的虚名，在他有生之日，是没有什么金钱欲，也没有享受过什么物质福的。他追求的是艺术成就，衣、食、住、行，都不及其他行当的人讲究。而一遇什么运动，他却常常被首先揪出示众，接连不断地做检讨。

赵树理的最后五年，过去又有好多岁月了。我想，像那个“五大三粗”的人，生活得还是很好的，也不会有什么忏悔之意吧。他可能打了一些人，也可能还保了一些人。这就很难说了。

看书看到这里，就越感到当前政治清明，太平盛世的可贵了。向前看吧!

改稿举例

这里说的改稿，不是我自己修改稿件，也不是我给别人修改稿件。是我近年给报刊投稿，编辑同志们，给我修改稿件。

他们这些修改，我都认为很好，我没有任何异议。在把这些文章编入集子的时候，我都采纳了他们的修改。

现就记忆所及，列举如下：

（一）《文集自叙》。这篇稿子，投寄《人民日报》。文章有一段概述我们这一代作家的生活、学习经历，涉及时代和社会，叙述浮泛，时空旷远。大概有三百余字，编辑部给删去了，在文末有所注明。在编入文集时，就是用的他们的改样。

因为，文章既是自叙，当以叙述个人的文学道路、文学见地为主。加一段论述同时代作家的文字，颇有横枝旁出之感。并且，那篇文章，每节文字都很简约，独有这一节文字如此繁衍，也不相称。这样一删，通篇的节奏，就更调和了。

（二）《谈爱书》。是一篇杂文。此稿投寄《人民日报·大地》。文中有一节，说人的爱好，各有不同。在干校时，遇到一个有“抱粗腿”爱好的人，一见造反派就五体投地，甚至栽赃陷害他以前抱过、而今失势的人。又举一例，说在青岛养病时，遇到青年时教过的一位女生，常约自己到公园去看猴子。文约二百余字，被删除。

既是谈爱书，以上二爱，与书有何瓜葛？显然不伦不类。

作者在写作时，可能别有寓意，局外人又何以得知？

（三）《还乡》。此篇系小说，投寄《羊城晚报·花地》。文中叙述某县城招待所，那位不怎么样的主任，可能是一位局长的夫人。原文局长的职称具体，编辑给改为“什么局长”。

这一改动，使具体一变而为笼统，别人看了，也就不会往自己身上拉，感到不快了。

其他为我改正写错的字，用错的标点，就不一一记述了。

（四）《玉华婶》。此篇亦系小说，投寄《文汇月刊》。文中曾记述：玉华婶年老了，她的儿媳们都不听她的话，敢于和她对骂，“并声称要杀老家伙的威风”。登出后，此句被删去。乍一看，觉得奇怪，再一想：这些年来，“老家伙”三字，常与“老干部”相连，编辑部删去，不过是怕引起误会。

这样说，好像编辑部有些神经过敏，过于谨小慎微了。其实不然。我认为：文艺领域就是个敏感的场所，当编辑的麻木不仁，还真担负不起这一重要职务。现在认真回想，我在写这一句话的时候，也未始没有从“老家伙”，联想到“老干部”，甚至联想到自己。编辑部把这一句话删去，虽稍损文义，我还是谅解其苦衷的。

（五）《吃饭的故事》。此篇系散文，投寄《光明日报·东风》。登出后，字句略有删节。一处是：我叙述战争年代，到处吃派饭，“近于乞讨”。一处是：我叙述每到一村，为了吃饭方便，“先结识几位青年妇女”，并用了“秀色可餐”一词。

前者比喻不当，后者语言不周密，有污染之嫌。

我青年时，初登文域，编辑与写作，即同时进行。深知创作之苦，也深知编辑职责之难负。不记得有别人对自己稿件稍加改动，即盛气凌人的狂妄举动。倒是曾经因为对自己作品的过度贬抑菲薄，引起过伙伴们的不满。现在年老力衰，对于文章，更是未敢自信。以为文章一事，不胫而走，印出以后，追悔甚难。自己多加修改，固是防过之一途，编辑把关，也是难得的匡助。文兴之来，物我俱忘，信笔抒怀，岂能免过？有时主观不符实际，有时愤懑限于私情，都会招致失误，自陷悔尤。有识之编者，与作者能文心相印，扬其长而避其短，出于爱护之诚，加以斧正，这是应该感谢的。当然，修改不同于妄改，那些出于私心，自以为是，肆意刁难，随意砍削他人文字的人，我还是有反感的。外界传言，我的文章，不能改动一字，不知起自何因。见此短文，或可稍有澄清。

实事求是与短文

现在，有的报刊，有的人，在提倡写短文章了，这是很好的事。

文章怎样才能写得又短又好？有时千言万语也说不清楚；有时说起来也很简单，这就是要“实事求是”。

把实事求是四个字运用到写作上，正像把它运用到一切工作上，是会卓有成效的。

比如，你要写一篇散文，如果是记叙文，那就先写你亲身经历过的一件事，你长期接近过的一个人。如果是写感想，也必须写你深深体会过的，认真思考过的，对一种社会现象、一个人或一个事件，确曾有过的真实感想。

这些事件、人物、感想，都在你的身上、心上，有过很深刻的印象。然后你如实地把它们写出来，这就是“实事”。

一般说，实事最有说服力，也最能感动人。但是只有实事还不够。在写作时，你还要考虑：怎样才能把这一实事，交代得清楚，写得完美，使人读起来有兴味，读过以后，会受到好的影响和教育，这就是“求是”。

我们在课堂上，所学的课文，都很短小。初学作文时，老师也是这样教导的，我们也是这样去写作的。可是等到我们想当作家、想投稿了，就去拜读报刊上那些流行文章。那些文章都很长，看起来云山雾罩，也很唬人。正赶上自己的稿件没有“出路”，就以为自己的写法不入时，不时兴，于是就放弃了自己原来所学，追赶起“时髦”来，也去写那种冗长的，浮浮泛泛的，不知所云的文章了。大家都这样写，就形成了一种文风，不易改变的文风，老是嚷嚷着要短，也终于短不下来的文风。

文章短不下来的主要原因，就是忘记了写作上的实事求是。我们提倡写短文，首先就要提倡这四个字。返璞归真，用崇实的精神写文章。

当然文章好坏，并不单看长短。如果不实事求是，长文也不会写好的。我们这里着重谈的，是如何写好短文。

谈“印象记”

“印象记”这种文章，在中国，好像并不是古已有之的。

“五四”前后，很少见到。三十年代才多起来，似乎是从日本传过来，又多是写作家的。我年轻时，就读过《高尔基印象记》《秋田雨雀印象记》，等等。

青年时又喜欢上了文学，就特别喜欢读一些有关作家的文字。其实有很多记述，是不大可靠的。因为是先入为主，如果不实，其受害的程度，很可能不轻。先不谈小报上那些名人逸事，文坛花絮之类的文章，就是在“印象记”这种貌似庄严又是身临亲见的记载里，可靠可信的东西，究竟有多少，我近来也有些怀疑了。

文章的可信与不可信，常常不在所写的对象如何，而在于作者本身的修养。

我们知道，每一个人，他的生活经历、生活现状，特别是思想感情的活动，是很复杂，很曲折，多变化，有时是难以捉摸，更难以判断的。你去会见一个作家，和他谈了一两个小时，便写下了几千字的印象记，你所得的印象，都能那么切合他的生活实际和思想实际吗?

比如说，你见到这位作家正在吃饭，桌上只有一碟咸菜，你就得到了生活简朴的印象。或者你去的时候，他正在啃着一只猪蹄，你就得到了一个饕餮的印象。这显然都不是这位作家吃饭的全貌。

一时一地的见闻，并非不能写。写下来，也不能说是不真实。但必须保持客观。写见到他吃咸菜，写见到他啃猪蹄，这都不可非议，因为是真实的见闻。如果就此得出结论：他是简朴，或是饕餮，那就失去真实了。

古往今来，写文章的人，最容易失败在主观判断上。

进入晚年，有幸看到一些关于我的印象记。作者的用心，都是良好的，对我都是热情的。虽然因为有过多溢美之词，使我读起来，常常惭怍交加，汗流浃背，总的说来，是令人振奋的，值得感激的。

如果排除个人的感情，单单评论文字，这些文章，确也存在着高下、虚实等等问题。

文章的功能，是因人而异的。是以作者的写作态度、艺术风格，分别优劣高低的。

六十年代，吕剑同志写过一篇同我的会见记，这篇文章，我曾推荐给出版社，作为我的一本小说集的附录。外文出版社曾几次刊用它。我对这篇文章，印象很好，它并没有吹嘘我，也没有发表作者本人的什么高见。它只是如实地记下了我们的那一次简单的会见，和我当时对他说的一些话。我当时谈的只是我的创作见解和创作情况。吕剑同志也没有代替我多去发挥。因此，这篇文章，是一篇真实的记录，对需要它的人，有比较大的参考用途。

另外，就是昨天读到的，铁凝同志写的一篇题名《套袖》的散文。她这篇文章，我接到《文汇报》以后，当晚看了两遍。这并非是从中看到了她对我的什么捧场，而是看到了她的从事创作的赤诚之心。铁凝的创作，一开始就带有这种赤诚，因此，她进步很快，迅速成为文坛瞩目的新人物，有些人还不得其解，视为神秘，其实就是因为“赤诚”两个字。

我想，她是应该明了并珍惜自己的得天独厚之处的。

在文章中，她并没有说我好，当然也没有说我不好。她只是记下了几次来我家的所闻所见。虽然她见到的，有时还有些差错，比如，我捡的黄豆，是别人家晾晒时遗落的，并非同院人家种植的。这也无关重要，无伤大体。

客观地记下几次见闻，自己不下任何主观结论，叫读者从中形成自己的印象。这种写法，也可以说这种艺术手段，就必然比那种大惊小怪，急于赞美，并有意无意中显示点自己的什么写法，高出一等。

我读这种文章，内心是愉快的，也是明净的，就像观望清泉飞瀑一样。

另外，就是昨天读到的，铁凝同志写的一篇题名《套袖》的散文……铁凝的创作，一开始就带有这种赤诚，因此，她进步很快……

文学与乡土

《农村青年》杂志就要创刊，编辑同志要我对农村爱好文学的青年讲几句话，我高兴地答应了。

我是在农村长大的，先后在农村生活、工作近三十年。我很爱我的故乡，虽然它经历了长期的苦难和贫困，交通不便和文学落后。经历了频繁的战乱和天灾，无数农民流离失所。但我一直热爱它，留恋它，怀念它。直到现在，我已经很老了，还经常不断地做梦，在它那里流连忘返。古今中外，都有许多作家，许多作品，描述他们的可爱的故乡。

农村是个神秘的，无所不包容，无所不能创造的天地。农村能产生桑麻，能产生五谷，能产生各种能工巧匠，当然也能产生艺术家、作家。

故乡，故乡的水土，故乡的风俗人情，在它产生的作家手中再现。

故乡，用母亲的乳汁，养育着它的歌手，像用它的水土培育禾苗树木一样。

故乡有遍地花开，有参天大树。谁对它的爱真诚、深厚，谁的根就扎得深，就越能吸到更多的乳汁。谁的发育也就会越好，长得高大茂盛。

俗话说："热土难离。"故乡就是文学的热土。你越是热爱它，你就越能了解它，你就越能表现它。

故乡像诚朴的农民一样，像勤劳的母亲一样，不喜欢三心二意的华而不实的孩子。

你如果爱好文学，你就得先热爱你的乡土。

当然，热爱乡土，熟悉乡土，还只是积累生活的过程。此外，还有积累知识的过程，熟练技巧的过程。

故乡，用母亲的乳汁，养育着它的歌手，像用它的水土培育禾苗树木一样。

不能把你的眼光，只放在那一亩三分地上；也不能把你的感情，只放在孩子、老婆、热炕头上。

有些农民出身的作家，作品得不到长足的进步，就常常是因为眼光短小了一些。

谈简要

唐代刘知几的《史通》，是我喜欢的古籍之一种。读过以后，确实受益。能够受益的书，并不是很多的。

这部书主要是谈历史著作，刘知几说："夫国史之美者，以叙事为工；而叙事之工者，以简要为主。"

刘知几说，叙事可以有四种方法，也可以说是四种途径：

"盖叙事之体，其别有四：有直纪其才行者，有唯书其事迹者，有因言语而可知者，有假赞论而自见者。"

他的这些话，是对写历史的人说的，他的要求是：一个内容，用一种途径表达过了，就不要再用其他的途径重复表达了。

我们写文章却常常忽视这一点。比如写一个人物，他的事迹，在叙述中已经谈过了，在对话中又重复一次，或者在抒情中又重复一次，即使语言稍有变化，但仍然是浪费。

时代不同，我们现在当然不能再用《尚书》《春秋》那样的文字去叙事，勉强那样去做，那倒是一种滑稽的事，是一种倒退。在语言的简练上，也不能像刘知几要求的那样严格，他说："始自两汉，迄乎三国，国史之文，日伤烦富。逮晋以降，流宕逾远。寻其冗句，摘其烦词，一行之间，必谬增数字；尺纸之内，恒虚费数行。"

他甚至举出《汉书·张苍传》中的一句话"年老口中无齿"为例，说："盖于此一句之内，去年及口中可矣。夫此六文成句，而三字妄加，此为烦字也。"这种挑剔，就有些不近情理了，不足为训。

文字的简练朴实，是文学作品的一种美的素质，不是文学作品的一种形式。文章短，句子短，字数少，不一定就是简朴。任何艺术，都要求朴素的美，原始的美，单纯的美。这是指艺术内在力量的表现手段，不是单单指的形式。凡是伟大的艺术家，都有他创作上的质朴的特点，但表现的形式并不相同。班马著史，叙事各有简要之功；韩柳为文，词句各有质朴之美。因此才形成不同的风格。

文字的简要的形成，要有师承，要有一个学习的过程和锻炼的过程。一般地说，人越到晚年，他的文字越趋简朴，这不只与文字修养有关，也与把握现实、洞察世情有关。

我们现在，能按照鲁迅先生说的，写好文章以后，多看两遍，尽量把可有可无的字、句、段删除，也就可以了，不能苛求，不能以词害义。

谈赠书

青年时，每出一本书，我总是郑重其事，签名赠给朋友们，同事们，师长们。这是青年时的一种兴致，一种想法，一种情谊。后来我病了，无书可赠，经过“文化大革命”，这种赠书的习惯，几乎断绝。

这几年，我的书接连印了不少，我很少送人。除去出版社送我的二十本，我很少自己预定。我想：我所在地方的党政领导，文化界名流，出版社早就送去了，我用不着再送，以免重复。朋友们都上了年岁，视力不佳，兴趣也不在这上面，就不必送了。我的书大都是旧作，他们过去看过，新写的文章，没有深意，他们也不会去看的。

当然也有例外。近些年来有的同志，把书看成一种货物，一种交换品，或者说是流通品。我有一位老战友，从外地调到本市，正赶上《白洋淀纪事》重印出版。他先告诉我，给他在北京的小姨子寄一本，我照地址寄去了。他要我再送他一本，他住招待所，他把书送给了服务员。他再要一本，我又在书上签了名。他拿着书到街上去了。年纪大了尿频，他想找个地方小便。正好路过我所在的机关，他把书交给传达室说：“我刚从某某那里出来，他还送我一本书哩。你们的厕所在什么地方？”

等他小解出来，也不再要那本书，扬长走去了。

传达室问：“书哩？”

“你们看吧！”他摆摆手。他是想用这本书拉上关系，永远打开这座方便之门。

老战友直言不讳告诉我这些事。我作何感想？再赠他书，当然就有些戒心

青年时，每出一本书，我总是郑重其事，签名赠给朋友们，同事们，师长们。这是青年时的一种兴致，一种想法，一种情谊。

了，但是没有办法。他消息灵通，态度执着，每逢我出了书，还是有他的份。至于他怎样去处理，只好不闻不问。

这些年，素不相识的人，写信来要书的也不少。一般的，我是分别对待。对于那些先引证鲁迅如何在书店送书给青年等等范例的人，暂时不送。非其人而责以其人之事，不为也。

对于那些先对我进行一大段吹捧，然后要书的人，暂时也不送。我有时看出：他这样的信，不只发向我一人。对于用很大篇幅，很多细节描述自己如何穷困，像写小说一样的人，也暂时不送。我想，他何不把这些心思，这些力量，用去写自己的作品？

我不是一个慷慨的人，是一个吝啬的人；不是一个多情的人，是一个薄情的人。

但是，对于那些也是素不相识，信上也没有向我要书，只是看到他们的信写得清楚，写得真挚；寄来的稿子，虽然不一定能够发表，但下了功夫，用了苦心的青年人，我总是主动地寄一本书去。按照他们的程度，他们的爱好，或是一本小说，或是一本散文，或是一本文论。如果说，这些年，我也赠过一些书，大部分就是送给这些人了。我觉得这样赠书，才能书得其所，才能使书发挥它的作用，得到重视和爱护。

我是穷学生出身，后又当薪给微薄的村塾教师，爱书爱了一辈子。积累的经验是：只有用自己劳动所得买来的书，才最知爱惜，对自己也最有用。公家发给的书，别处来的材料，就差一些。

鲁迅把别人送给他的书，单独放在一个书柜里。自己印了书，郑重地分赠学生和故交，这是先贤的古道。我虽然把别人送我的书，也单独放在一个书架上，却是开放的，孩子们和青年朋友们，可以随便翻阅，也可以拿走，去古道就很远了。

许寿裳和鲁迅是至交。鲁迅生前有新著作，总是送他一本的。鲁迅逝世之后，许寿裳向许广平要一本鲁迅的书，总是按价付款。这时许广平的生活，已经远不如鲁迅生前。这也是一种古道。

四川出版了我的小说选，那里的编辑同志，除赠书二十册外，又热情地代我买了五十册。我收到这些书以后，想到机关同组的同志，共事多年，应该每人送一本。书送去以后，竟争相传言：某某在发书，你快去领吧！

像那些年发材料一样热闹，使我非常败兴，就再也不愿做这种傻事了。

谈通俗文学

目前,通俗文学大兴,谈论通俗文学的文章,也多起来了,这是一个新势头。

按说，通俗，应该是一切文学作品的本质，不可缺少的属性。不知从什么时候起，文学作品被分为通俗的与不通俗的了。

关于文学的起源有种种说法。最初的文学是口头文学，这是没有争议的。既是口头文学，它的产生和后的文字记录，都不存在通俗不通俗的问题。

中国的口头文学，包括说唱文学，从产生以后，一直持续下来，并没有中断过。文学史上说，“说话”这一形式，唐代已有，至宋而大兴，不过是就已有的文字记载而言。古人既然把小说，说成是街谈巷议，那就随时随地，都可以产生小说，而且都是通俗的作品。

口头文学，是通俗文学的最初的形式，也是最基本的形式，包括后来的“话本”和“拟话本”章回小说和演义小说。

口头文学虽然有天然的通俗秉赋，但并不是每篇作品都可以成功。有很多口头文学，随生随灭，行之不远。只有少数，记录为文字，才是以流传。宋人话本小说，最为著称。现存的七个短篇。几乎不用修饰润色，就已经是完整的文学作品。

有的最初流传的文字粗糙，经后来的大作家重新编写，成为新的通俗文学。如在《三国志平话》基础上，写出的《三国演义》；在《三藏取经诗话》基础上，写出的《西游记》；在《宣和遗事》基础上，渐渐演变成的《水浒》等等。这些作品的文学水平，大大超越了它的口头阶段，它的通俗的效用，也大大增强，大大推广了。

口头文学向文字创作的这一演变，成为每个民族文学遗产形成和积累的规律。

典雅的唐人传奇小说，有的也是根据口头文学改写而成。

白行简的《李娃传》，就是根据作者幼年听来的故事，写出来的。口头文学，一变而为古文传奇，可以说是从通俗变得不通俗了。但是，经过这一创作，才使这一题材流传千古。而最初的口头故事，早已失传。其“通俗”的范围，也可以说是加大了。当然因改编者才力不等，失败之作也不少。文学规律千变万化，不能刻舟求剑。

自宋迄清，通俗小说甚多，据专家著录，小说名目，有八百余种，还都是有过刻本的。流传下来的，却非常寥寥。我幼年时，在乡村庙会所见，书摊陈列的石印劣纸小字通俗小说，包括供说唱用的小说，也不过十几种。后来进入城市，在学校图书馆或书市所见，通俗小说的种类也很少。可见所谓通俗小说，大多数寿命很短，以后就消亡了。

考其原因，这些作品，出自两途：一为说书艺人，艺人胆大，兴到之处，时有发挥；一为失意文士，泥于史实，囿于理教，所作多酸腐。这两种人，多数学识浅薄，文字修养薄弱。其写作的目的，只是为了糊口，度过一时的生活困难。虽极力迎合群众的低级趣味，因为实在缺乏文学吸引力，不能受到欢迎。

其次，旧社会读书识字的人很少，花钱买书的人就更少。

有能力读书并有钱买书的人，对书籍还要选择一下。不识字的人，即使写得多么通俗，也还要借助说讲演唱。如果写得干燥无味，艺人们也不会选用。

通俗小说，过去也被称作闲书，是为了叫人消愁解闷的。消愁解闷，也需要一定的艺术手段。人世间，不会有真正的闲书，正如没有真正的净土一样。真正的闲书，是没有人看的，也不会存在。

通俗文学，是一种文学，它标榜的是：“话须通俗方传远，语必关风始动人。”在艺术上，也是不厌其高，只厌其低的。

《三国演义》《水浒》都是通俗文学，也被公认是民族文学的高峰。任何艺术，都需要通俗，都需要雅俗共赏。通俗文学，不应该是文学作品的自贬身价的口实。

每个时代，都有远见卓识的文人，为文学的通俗而努力。在理论和创作实践上，都有过重大的贡献，许多作家的文集，都编入他们所写的通俗作品。在政治变革时期，通俗文学尤其为人重视。例如清朝末年，梁启超的文学主张，以及他所写的政治小说。

五四新文学，实际是文学总体上的一次通俗运动。左联时期，推动了文学的大众化。九一八事变以后，瞿秋白同志写了很多通俗文学作品，抗日战争时期，解放区的文学，在通俗方面做了极大的努力，成绩也很可观。

“五四”以后，传统的通俗文学，并不兴旺。五四新文学运动，文学语言解放了，大大消除了通俗不通俗的界限。但在创作方法上有些欧化，提倡的是现实主义，内容上是启蒙主义。所有封建迷信，神秘怪诞，才子佳人，武侠剑客，都在排斥之列。通俗小说的市场很小，只有大城市的一些商业小报，连载一些章回体小说，一些新兴的书店，很少出版陈列这类作品。革命的文艺读物，几乎拥有了全部青年。

无论是梁启超，还是瞿秋白写的通俗文学作品，在当时的作用和后来的影响，都是很有限的。它们既为知识分子层面忽略，也不为广大群众所欣赏。这有几方面的原因：一是作者把这种形式，当成是一种纯政治的宣传。二是把通俗与不通俗，看成是单纯形式上的问题。三是对群众的理解和欣赏能力，估计太低。基于以上认识，使他们创造出来的通俗文学作品，常常流于粗糙概念，缺乏艺术的感染力量。

目前通俗文学作品的突起，有它历史的特殊遭遇。这是十年动乱，文化传统濒于破产，和长期以来思想禁锢的结果。是对过去的一种反动，是一个回流。目前的通俗文学的特点，不在于形式上的仿古，而在于内容的陈旧，还谈不上什么新的内容和新的创造，它只是把前一个时期不许启动的食品橱门，突然打开了而已。这一开放，可能使各式各样的政治概念化的作品受到冲击，但如果说，它会冲垮传统的现实主义文学，那就是过分夸大了。随着人民群众文学修养的提高，现有的通俗文学，自然要受到历史的检验。因为对文学艺术的鉴赏能力，是和文学修养，甚至也和道德伦理修养，一同向前，一同向上的。

它对出版事业的影响，也是如此。不从长远的文学教育利益着眼，只为了一时赚钱，解除不了出版事业的困境。鲁迅记述：三十年代，上海有个“美的书店”，它不只编印《性史》，而且预告要出一本研究女人的“第三种水”的书，其售货员都是雇用的时髦女郎，里里外外，号召力和刺激性都够大的了。然而没有很久就倒闭了，并没有赚了多少钱。能赚钱并能促进国民文化教育的，还是不出下流书籍的商务印书馆、中华书局和开明书店。目前有些出版社赔钱，是管理制度上的问题，并不是出什么书的问题。

文学现象，自然是社会现象、社会意识的一种反映。目前通俗文学的流行，与时代思潮模糊，密切相关。它与现实主义文学的分别，不在于它提供的形式，而在于它提供的内容。这与其说是文学上的一次顿挫，不如说是哲学上的一次顿挫。然而现象变幻的结果，必然是曲终奏雅，重归于正的。

谈鼓吹

按照昭明太子的说法，文章重要的一体，为歌颂。“颂者，所以游扬德业，褒赞成功。”因此，如果文章做得确实好，再得到评论界的颂扬鼓吹，也是顺理成章的事儿。

鼓吹，并不是坏名词。它本身就是一种艺术。我有一部文明书局石印的小书，就名为《唐诗鼓吹》。可见，在过去，无论是选家，还是评论家，都不忌讳这个词儿。

我也不能说，自己没有充当过鼓吹手，充当这种角色，也不能说仅是一次两次。

既然做得多了，也就总结出一些经验教训，愿与从事鼓吹的同志们商讨。主要有以下三点：

一、对青年，初学写作者，鼓吹较多，对名家鼓吹较少。对青年，初学写作者，已经步上名家高台的，也就不去鼓吹了。

理由：凡是青年，初学写作者，还都处在步履艰难阶段。扶他一把，哪怕是轻轻的一把，他也很容易动感情，会有知己之感。就是批评他两句，指出他一些缺点，他也是高兴的。

如果他平步青云，成了红人，评论者蜂拥而上，包围得风雨不透，就不要再去沾边，最好退下来，再去寻找新的青年，新的初学写作者。因为此时此地，对他来说，过去那种鼓吹法，已经不顶事。他需要的是步步高的调门，至于谈缺点，讲不足，那就更是不识时务了。

二、对于名家，特别是兼有某种“官衔”、某种地位的名家，无论他来信表示多么谦逊，也不要轻易去评论人家的作品，每逢大考之期，即评奖举行之时，也不要对竞争中的作品，轻易发言。

这倒不是出于什么害怕名家，或其他心理。是因为：如果你提出的意见，只是人云亦云的，那对双方都是浪费；如果你提出与众不同，甚至相反的看法，名家是很不习惯接受的；如果确实看到了艺术上成功的要点或失败的要害，估计这一位名家，也能有为之折服的涵养，还要考虑到他的周围那些抬轿子的职业家。再说，指出要点，为人折服，谈何容易？有那种眼力和修养吗？人贵有自知之明，最妥当的办法，还是不要去碰。

三、对于老朋友，其中包括原来是初学写作者，也曾鼓吹过，现在已经到了中年，文坛之上，小有地位，如果又有新作，看过，觉得好，也可以再为鼓吹。但也只限一两次，不可多为。

总之，鼓吹不可废。文学之有鼓吹，正如戏曲之有捧场。

但鼓吹也是要有立场，要有分寸的。前不久，读了一本洪宪时期的笔记，上记名士易实甫，在剧场捧坤角时，埋首裤裆，高举双臂，鼓掌不息。口中还不断胡言乱语，甚至亲妈亲娘地喊叫。如果所记是实，这种捧场，就未免过分了些，有失体统了。

官浮于文

最近收到某县一个文艺社办的四开小报，在两面报缝中间，接连刊载着这一文艺社和它所办刊物的人事名单。文艺社设顾问九人（国内名流或其上级人员），名誉社长一人，副社长八人，秘书长一人，副秘书长二人。此外还有理事会：理事长一人，副理事长七人，常务理事十人，理事二十一人。并附言："本届保留三名理事名额，根据情况，经理事会研究，报文艺社批准。"这就是说，理事实际将升为二十四人。

以上是文艺社的组成。所办小报（月报）则设：主编一人，副主编七人，编委十四人。现在是六月份，收到的刊物是一九八五年第一期，实际是不定期了。看了一下，质量平平。

一个县根据情况，成立一个文艺社或几个文艺社，联络感情，交流心得，都是应该的，必不可少的。这样大而重叠的组织机构，却有些令人吃惊，也可能是少见多怪。文艺团体变为官场，已非一朝一夕之事，而越嚷改革，官场气越大，却令人不解。如某大刊物，用整个封二版面，大字刊登编委名单，就使人有声势赫然类似委任状之感。

这个文艺社，不知有多少社员，据介绍它的第二次社员代表大会，出席者九十余人。一个县的文艺社开会，为什么不让全体社员参加，还要开代表会？这里先不去谈。一个代表，代表几名会员，也难以测知。就算代表三个吧，二百七十名会员的文艺社，用得着由六十三个人组成的领导班子吗？四开不定期小报，用得着二十二个人组成的编委会吗？

据介绍，代表大会期间，有报告，有章程，有规划，有决议，有慰问信。

这都是开大会的常规。作为一个文艺社，读书和创作方面的措施，都没有具体的介绍。

目前文艺界开会，对创作议论少，对人事费心多，这已经不是个别地方的事，因此不能责怪下面。在大会之上，作家们不是在作品上共研讨，而是在选票上争多少。一旦当选，便认为与众不同，一旦票多，则更认为民心所向。果如是乎？

而且很多人去争，弄得一些老实人，也坐不住，跟着上。不只形成一种奇异心理，而且造成一种市场现象，这能说是新时代文艺界的幸事吗？

平日闲谈之间，也曾问过一位明达事理，对官场、文场也都熟悉的同志：

“争一个主席、副主席，一个理事，甚至一个会员代表，一个专业作家，究竟有什么好处？人们弄得如此眼红心热呢？”

这个同志答道：

“你不去争，自有你不争的道理和原因，至于你为什么没有尝到其中的甜头，这里先不谈。现在只谈争的必要。你不要把文艺官儿，如主席、主任之类，只看成是个名，它是名实相副，甚至实大于名。官一到手，实惠也就到手，而且常常出乎一般人预料之外。过去，你中个进士，也不过放你个七品县令，俸禄而已。现在的实惠，则包括种种。实惠以外，还有影响。比如，你没有个官衔，就是日常小事，你也不好应付，就不用说社会上以及国内国外的影响了。”

和我谈话的同志，原来在一个协会当秘书长，我劝他退下来专心创作，听了他的一番话之后，我也同意他再弄个官儿干几年，结果他又去当了什么研究会的会长。

文艺和官，连在一起，好像不调和，其实，古已有之，即翰林学士之类。不过没有现在这么多罢了。其俸禄，仍由吏部掌管，像现在的文艺社、协会等等，过去也有类似之团体，但其开支，都是自筹的，今天机构之所以越来越庞大，竞争越来越激烈，是因为这些文艺团体，实际上已经与官场衙门，没有多少区别了。此亦谈文艺改革者，所当考虑者乎？

诗外功夫

在报刊上，常看到文艺界一些模范事迹。如某作家，在公共汽车上降服了惯匪流氓；某编辑一手接过业余作者的稿件，一手送给他二百元零花，并在修改稿件期间，给作者炖小鸡，送水果；某诗人代人打了一场难打的官司，居然打赢了等等。都感到这些同志形象高大，所作所为，近于侠义。

好在前两项没人要求我去做。第一，自己年老、体弱、多病，看见流氓，避之唯恐不及，当然谈不上与之交手对抗。第二，负责看看稿子，有时还可以做到，经济上的无微不至的照顾，是有些不方便了。第三项，却有人找到名下来。信上说，某某作家替人打赢了官司，你也替我打打吧。复印来的材料，我都看不清楚，这使我很为难。我从来没有打过官司，自幼母亲教育我：饿死不做贼，屈死不告状。我一直记着这两句话。自己一生，就是目前，也不能说没有冤苦，但从来没有想到过告状，打官司。此事也难以向来信者说清楚，只好置之，我想他还会去找那一位能打赢官司的诗人的，能者多劳吧。不久见他登报声明，招架不住了。

人的能力、志趣、爱好，确是各有不同，不能求全责备的。作家而兼勇士，编辑而兼义侠，诗人而擅诉讼，这都是令人羡慕的。但恐怕不是人人能做到的。即如编辑，月薪六十元，一见面就掏出二百，没有点存项，就做不到。认真处理稿子，善始善终，也就可以说是克尽厥职了。君任其难者，我从其易者。

在中国，人多，事情也多，目前，个人从事一份慈善事业，恐怕也不能持久。一个作家，在汽车上如果连续两次捉拿强盗，管保不久就有人把你聘请为治保员。一个编辑，如果对每个业余作者，都包办生活费用，他的办公桌上，稿件将积压成山，有多少存款，也得宣告破产。诗人继续替人打官司，只能改业律师。

有些事情，作为新鲜例子，宣传宣传，固无不可，大家都仿效起来，有时就行不通。因为这并不是从根本上解决问题的途径。

这就像某纱厂的女浴室，不断受到流氓的侵扰，厂方不出动保卫人员，却鼓励退休的老太太们去护卫少女，只能助长流氓们的嚣张。

有很多事，本职者不去干，甚至逃避，却宣传非本职者去干，于是有了很多余的模范，有了更多的本职懒汉。其实不足为训。

比如说小报，这本是宣传文学部门应该注意，应该管的事。社会上已经议论纷纷，这些部门却按兵不动，等候上边的精神气候。只凭社会舆论，能把小报压下去？等到不可开交，才去处理，事情已经晚了半月。

左啦，右啦，争来争去，实在没有意思。现在也没有多少人，相信这个。必须像广州一样，从不法商店里拉出那些录音录像，公之于众，然后才相信确有精神污染。当然在有些人看来，这种做法就更是极左了。

听朗诵

一九八五年，九月十五日晚间，收音机里，一位教师正在朗诵《为了忘却的纪念》。

这篇散文，是我青年时最喜爱的。每次阅读，都忍不住热泪盈眶。在战争年代，我还屡次抄录、油印，给学生讲解，自己也能背诵如流。

现在，在这空旷寂静的房间里，在昏暗孤独的灯光下，我坐下来，虔诚地、默默地听着。我的心情变得很复杂，很不安定，眼里也没有泪水。

五十年过去了。现实和文学，都有很大的变化。我自己，经历各种创伤，感情也迟钝了。五位青年作家的事迹，已成历史，鲁迅的这篇文章，也很久没有读，只是偶然听到。

革命的青年作家群，奔走街头，振臂高呼，终于为革命文学而牺牲。这些情景，这些声音，对当前的文坛来说，是过去了很久，也很远了。

是的，任何历史，即使是血写的历史，经过时间的冲刷，在记忆中，也会渐渐褪色，失去光泽。作为文物陈列的，古代的佛教信徒，用血写的经卷，就是这样。关于仁人志士的记载，或仁人志士的遗言，在当时和以后，对人们心灵的感动，其深浅程度，总会有不同吧！他们的呼声，在当时，是一个时代的呼声，他们心的跳动，紧紧连接着时代的脉搏。他们的言行，在当时，就是群众的瞩望，他们的不幸，会引起全体人民的悲痛。时过境迁，情随事变，就很难要求后来的人，也有同样的感情。

时间无情，时间淘洗。时间沉淀，时间反复。历史不断变化，作家的爱好，作家的追求，也在不断变化。抚今思昔，登临凭吊的人，虽络绎不绝，究竟是少数。有些纪念文章，也是偶然的感喟，一时之兴怀。

世事虽然多变，人类并不因此就废弃文学，历史仍赖文字以传递。三皇五帝之迹，先秦两汉之事，均赖历史家、文学家记录，才得永久流传。如果没有文字，只凭口碑，多么重大的事件，不上百年，也就记忆不清了。文字所利用的工具也奇怪，竹木纸帛，遇上好条件，竟能千年不坏，比金石寿命还长。

能不能流传，不只看写的是谁，还要看是谁来写。秦汉之际，楚汉之争，写这个题材的人，当时不下百家。一到司马迁笔下，那些人和事，才活了起来，脍炙人口，永远流传。

别家的书，却逐渐失落，亡佚。

白莽柔石，在当时，并无赫赫之名，事迹亦不彰著。鲁迅也只是记了私人的交往，朋友之间的道义，都是细节，都是琐事。对他们的革命事迹，或避而未谈，或谈得很简略。然而这篇充满血泪的文字，将使这几位青年作家，长期跃然纸上。他们的形象，鲁迅对他们的真诚而博大的感情，将永远鲜明地印在凭吊者的心中。

想到这里，我的心又平静了下来，清澈了下来。

文章与道义共存。文字可泯，道义不泯。而只要道义存在，鲁迅的文章，就会不朽。

谈　死

国庆节，帮忙的人休息，儿子来给我做饭，饭后我和他闲谈。

我说：你看，近来有很多老人，都相继倒了下去。老年人，谁也不知道，会突然发生什么变故。我身体还算不错，这是意外收获。但是，也应该有个思想准备。我没有别的，就是眼前这些书，还有几张名人字画。这都是进城以后，稿费所得，现在不会有人说是剥削来的了。书，大大小小，有十个书柜，我编了一个草目。

书，这种东西，历来的规律是：喜欢它的人不在了，后代人就把它处理掉。如果后代并不用它，它就是闲物，而且很占地方。你只有两间小房，无论如何，是装不下的。我的书，没有多少珍本，普通版本多。当时买来，是为了读，不是为了买古董，以后赚钱。现在卖出去，也不会得到多少钱。

这些书，我都用过，整理过，都包有书皮，上面还有我胡乱写上的一些字迹，卖出去不好。最好是捐献给一个地方，不要糟蹋了。

当然捐献出去，也不一定就保证不糟蹋，得到利用。一些图书馆，并不好好管理别人因珍惜而捐献给他们的书。可以问问北京的文学馆，如果他们要，可能会保存得好些。但他们是有规格的，不一定每个作家用过的书，都被收存。

字画也是这样。不要听吴昌硕多少钱一张，齐白石又多少钱一张，那是卖给香港和外国人的价。国家收购，价钱也有限。另外，我也就只有几张，算得上文物，都放在里屋靠西墙的大玻璃柜中，画目附在书籍草目之后，连同书一块送去好了。

儿子默默地听着，一句话也没有说。大节日，这样的谈话，也不好再继续下去，我也就结束了自己的唠叨。儿子对一些问题，会有自己的想法。我的话，只能供他参考。我死后，他也会自作主张，他已经是四十多岁的人了。

我有些话，是不愿也不忍和他说的。比如近来读到的，白居易的两句诗："所营惟第宅，所务在追游"，在我心中引起的愤慨。还有，前些日子，一位老同志晚间来访，谈到一些往事，最后，他激动地拍着两手，对我说："看看吧。我们的手上，没有沾着同志们的血和泪!"在我心中引起的伤痛，就不便和孩子们讲。就是说了，孩子们也不会了解我们这一代人的心情的。

其实，生前谈身后的事，已是多余。侈谈书画，这些云烟末节，更近于无聊。这证明我并不是一个超脱的人，而是一个庸俗的人。曾子一生好反省，临死还说："启吾手，启吾足。"他只能当圣人或圣人的高足，是不会有什么作为的。历代的英雄豪杰，当代的风流人物，是不会反省的。不只所做所为，他一生中说过什么话。和写过什么文章也早已忘记得干干净净了。

王羲之说：死生亦大矣。所以他常服用五石散，希望延长寿命，结果促短了寿命。苏东坡一生达观，死前也感到恐怖。僧人叫他身往西方极乐世界，他回答说实在没有着力处。

总之，生，母子虽经过痛苦，仍是一种大的欢乐；而死，不管你怎样说，终归是一件使人不愉快的事。

在大难之前，置生死于度外，这样的仁人志士，在中国，历代多有。在近代史上，瞿秋白同志，就义前的从容不苟，是最使后人凛凛的人。毕命之令下，还能把一首诗写完。刑场之上谈笑自若。这都是当时《大公报》的记载，毫无私见，十分客观。而"四人帮"的走狗们，妄图把他比作太平天国的李秀成，不知是何居心。这些虫豸，如果不把一切人一切事物，都贬低，都除掉，他们的丑恶形象是显现不出地表的。而一旦暴露在光天化日之下，他们又迅速灭亡了。这是另一种人、另一种心理的死亡。他们的身上和手上，沾满和浸透了人民的和革命者的血和泪。

谈《补遗》

三十年代初，我在北平流浪，衣食常常不继，别的东西买不起，每天晚上，总好到东安市场书摊逛逛。那时郑振铎主编的《世界文库》，正在连载洁本《金瓶梅》，不久中央书局出版了这本书。很快在小书摊上，就出现了一本薄薄的小书。封面上画了一只金瓶，瓶中插一枝红梅，标题为《补遗》二字。谁也可以想到，这是投机商人，把洁本删掉的文字，辑录成册，借以牟利。

但在当时，确实没有见到多少青年人，购买或翻阅这本小书。至于我，不是假撇清，连想也没想去买它。

在小册子旁边，放着鲁迅的书，和他编的《译文》，也放着马克思和高尔基的照片。我倒是常花两角钱买一本《译文》，带回公寓去看。我也想过：《补遗》的定价，一定很昂贵。

今年夏天，我买了一部人民文学出版社出版的《金瓶梅》，写了一篇读书笔记发表。有一天，一位老工人作家来看我，谈到了这部书。他说：

“我也买到一部。亲戚朋友，都找我借看，弄得我很为难。借也不合适，不借也不合适。过去，我有一本《补遗》……”

“啊！”我吃了一惊，“你在哪里买的，价钱很贵吧？”

“一两角钱，解放前在天津，随便哪个书摊上，都可以买到。”他说。

“那你买的一定是翻版，我在北平见到的，定价很高。”我不知为什么，谈得很认真。

“这种书，还有什么原版翻版？”他笑了笑说，“小小一本携带方便。我读了好多遍，甚至可以背过。我还借给几个青年作家看过。现在大家买了洁本，如果有我那本小书，打印几份，分赠有这部书的同志，大家一定高兴。”

“嗐！”我笑着说，“你那不是精神污染吗？”

“什么污染不污染，不是为了叫大家读读全文吗？”他说，“可惜我这本小书没有了。‘文化大革命’，我把它烧了。我怕人家说，工人作家读这样的书！”

这位工人作家，写了一辈子四平八稳的文章，小说中除去夫妻互相鼓励当模范，从来没有写过男女间的私情。“文化大革命”，因为出身工人阶级，平日又不得罪人，两派都说得来，两派出的造反小报他一块拿着去代卖。也就平平安安过来了。现在有好几个官衔在身，也可以说是功成名就，快乐安康。

使我吃惊的，不是他买了这一本书，是他竟能背过。无怪乎当代小说家，都说人的性格，是非常复杂的了。据人文洁本标明，共删去一万九千字，过去的洁本，删的就更多些。

这个数字，可以和普式庚的小说《杜勃罗夫斯基》，梅里美的小说《卡尔曼》相当。如果他能背过这些书，他的小说，可能写得更开展一些吧。这是我的迂夫之想。他能背《补遗》，却也没有影响他的文字工作，没有影响他的生活作风，他是一个公认的规规矩矩的人。

解放这个城市时，我们接收一家报馆，在我的宿舍里，发现一本污秽小说，是旧人员仓促丢下的。好多日子不敢来取，后来看着我们的政策宽大，才来取走。他是个英文翻译，一身灰败之气的青年人。可见那时，读这种书的人是很多的。

读书的风气，究竟是社会风气的一个方面。是互为影响，互为作用的。夸大了不好，缩小了也不好。解放初期，思想领域，正气占上风，有绝对优势。有免疫功能。那位工人作家是在这种环境中成为作家，走上文学道路的。时代对他有制约，有局限。时代能引导青年，这是不能怀疑的。

谈照相

自从五十年代，患病以后，我就很少照相，每逢照相，我总感到紧张，头也有些摇动。这都是摄影家的大忌。他们见到我那不高兴的样儿，总是说：

“你乐一乐！”

然而我乐不上来，有时是一脸苦笑，引得摄影家更不高兴了，甚至有的说：

“你这样，我没法给你照！”

“那就不要照了。”我高兴地离开座位。不欢而散。

当然，有的摄影家，也能体谅下情。他们不摆弄我，也不强求我笑，只是拿着机子，在一边等着，看到我从容的时候，就按一下。因此，这几年还是照了几张不错的照片。其中有毕东、张朝玺、于家祯的作品。

今年，来找我照相的，忽然多起来，比要我写稿的人还多。我心里是明白的，我老了，有今年没明年的，与朋友们合个影，留个纪念，是我应尽的义务。所以，凡是来照的，不管认识与否，年长年幼，我总是不惜色相，使人家满意而去。

但还是乐不上来。虽然乐不上来，也常常想：为人要识抬举，要通情达理。快死了，弄到这样，算是不错了。那些年，避之唯恐不及，还有人来给你照相，和你合影？

当然也不是一张没照过。有一次批斗大会，被斗者站立一排，都低头弯腰，我因为有病，被允许低头坐在地上。不知谁出的主意，把摄影记者叫了来，要给我们摄影留念。立着的还好办，到我面前，我想要坏。还好，摄影记者把机子放在地上，镜头朝上，一次完成任务。第二天见报，当然是造反小报，我的形象还很清楚。

一九五二年吧，中国作家协会召开大会。临结束那一天，通知到中南海照相。我虽然不愿在人多的场合照相，但这是不能不去的。记得穿过几个过道，到了一个空场。凳子都摆好了，我照例往后面跑。忽然有人喊：

“理事坐前面！”

我是个理事，只好回到前面坐下，旁边是田间同志。这时，有几位中央首长，已经说笑着来到面前，和一些作家打招呼。我因为谁也不认识，就低头坐在那里。忽然听到鼓起掌来，毛主席穿着黄色大衣，单独出来，却不奔我们这里，一直缓步向前走。走到一定的地方，一转身，正面对我们。人们鼓掌更热烈了。

我也没看清毛主席怎样落座，距离多远。只听田间小声说：

“你怎么一动也不动？”

我那时，真是紧张到了屏息呼吸，不敢仰视的地步。

人们安静下来，能转动的大照相机也摆布好了。天不作美，忽然飘起雪花来，像虽然照了，第二天却未能见报，大概没有照好吧。

一生只有这样一次机会，也没能弄到一张值得纪念的照片。

倒霉的照片能见报，光彩的照片不能见报。在照相一事上，历史总是和我开玩笑。

照相虽是个人的写真，然也只能看作浮光掠影。后之照，我为理事，坐于前排，前之照，则为黑帮，也坐于前排。都已经是过去的事了。

我青年时期的照片，经过战乱，都找不到了，亲朋故旧，都无存者。我很想得到一张那时的照片。那时的表情，一定是高兴的，有笑容的。

照相续谈

他们给我照相的时候，总是提议我拿起一本书，好像我时时刻刻都在学习。有的人，还叫我拿着一支香烟，好像这样更能表示我是个有灵感的人。时间长了，凡是来了有这种爱好的摄影家，我总是自动摆出这样的姿势，以至摄影家非常高兴，认为我是个很有经验的，懂得摄影艺术的行家里手。

近几年来，各种文艺刊物上，都大登作者的照片，全国性的刊物，有全国性的规格，地方性的刊物，有地方性的规格。有时干脆就把作者的照片，登在他的作品的前面，使你既能读到他的文章，又能领略作者的风采。一举两得，图文并茂。这些作者，多半是执卷攻读，或奋笔写作，手里拿着一支香烟，身后放着一个或几个书架。

我模仿着这种姿势，适应着时代的认识结构。

有的刊物向我索用照片。好的照片，我是吝于寄出的。常寄一些我不喜欢的照片给他们。因为原照总是收不回来。这种办法，当然不太好，正像我外出旅行时，不愿穿像样的衣服一样。

因为别无所求，在刊物露过几次以后，我就不想再干这种事儿了。我觉得这有点像做广告。

青年时，在大城市的照相馆门前，常常见到督军、巡阅使的大幅照片，后来又常常见到名伶、明星的大幅照片。这些照片，说是宣传个人也可，说是代照相馆做宣传也可。

刊物如果同时安排几个作者的照片，是颇费心机的。谁高谁低，谁大谁小，谁前谁后，是有讲究的。在这一期，某人的官职高些，照片放得也就高些。下一期，此人官衔没有了，马上就会落了下来。

过去，在文艺界，是没有这么多讲究的。前些日子，我见到人权保障同盟的一张旧照片，宋庆龄、蔡元培、鲁迅、胡愈之，随便在那里一站就行了，很自然。

现在，如果是在名山胜地举行笔会，一群作家室外合影，就得有一个有政治头脑的人，认真安排一下。一般官衔高而得奖重者居中。主办单位的负责人，如出版社长、刊物主编次之。其中奖又分大奖、全国奖，地方奖。刊物有名牌不名牌之分。当我与人合影时，总怕站错了位置。僭越固然不好，充当站立两厢的角色又有些不甘。临阵非常局促。好在我不大出去，在自己庭院或自己房间里照，就随便得多，即使几个青年朋友，把我拥在上座，也就居之不疑了。

读了一部好作品，心里喜欢、仰慕，就想看看作家是个什么样儿，这是人之常情。古代没有照相，插图本的文学史上，却有很多作家的画像。屈原因为写过《天问》，所以披发昂首；司马迁因为遭过宫刑，所以没有胡须。谁也不会相信，当年的屈原、司马迁，就一定是这个容貌。但有一个像，总比没有好一些，读者心里总算有个影儿了。所以曹雪芹的一张假画像，还有人在那里争论不休。

感谢湖南人民出版社，送我一本《托尔斯泰文学书简》，这是一本很好的读物。其中有高尔基和托翁的通信。

高尔基在一封信中写道：

> 如果您有给别人相片的习惯的话，那就请您给我一张吧。我恳求您送给我一张。

托尔斯泰送给他一张签名的照片，并在一封信中写道：

> 阿克萨克夫讲过：有些人比自己的书好些（他说的是聪明些），也有些人比较差些。我喜欢您的创作，而我认为您比您的创作更好些。

这不是托尔斯泰只看了高尔基的照片，而是认真研究了高尔基的作品，并与他会面以后，做出的判断。

谈自裁

当名伶阮玲玉服毒自杀，谣诼纷纭之际，鲁迅著文说："自杀是需要勇气的，不然你就去试试。"

"文化大革命"刚开始，我的脑子还是很清楚的：这又是权力之争，我是小民，不去做牺牲。但不久就看到，它是要把一些普通的老百姓，推上祭坛的。忍受不了批斗的耻辱，还是决定自杀了。

一天晚上，批斗大会下来之后，我支开家人，就关灯躺下了。我睡的是一张钢丝床，木架。床头有一盏小台灯。我躺下以后，心无二念，从容不迫地把灯泡拧下来，然后用手指去触电，手臂一下子被打回来，竟没有死。第二天早上，把灯泡上好，又按时去机关劳动，只是觉得头有些痛。

我想死得舒服一些，但没有做到。我对电没有知识，不知道为什么竟没有死。

此后，还是想死。每天，我在五层的大楼搞卫生，手里提着一个小铁桶，上上下下每到一层转折处，从上往下一看，像一个深深的天井，我想跳下去。但总是迟疑一下，就又走去了。

我们在楼顶上"学习"，一天晚上，我站在围墙边，往下看，马路上，车水马龙，行人不断。纵身一跳，一定粉身碎骨，血肉模糊了。正在乱想，围墙上的电灯，忽然都亮了。有人在冷冷地监视着我，我又进屋学习去了。

在干校，我身上带着一包安眠药片，大约有四五十片，装在破棉袄的上边口袋里，是多日积攒起来，准备用于自杀的。

每天晚上，我倒一小玻璃杯水，放在枕边，准备吞服。但是，躺下以后，不容我再思考一下，我就疲劳地睡去了。有一次，把杯子打翻，把褥子弄湿了，第二天拿出去晾晒，引起“造反”头头的质问，我说是夜里咳嗽。

干校附近有条河，我立在岸上发过呆。给牲口铡草时，有一把锋利的镰刀，在我手边，我曾想在脖子上抹一下。终于都没有做到，直到我被“解放”。

论曰：自裁，自尽，自杀，皆我国习惯用语，即自己结束自己生命之谓。为减少血淋淋之感，题目乃用裁字。很难说，“造反”者在迫害一个人的时候，希望他自杀。但“造反”者不怕被迫害者自杀，则甚明。被迫害者，如能深思一步，意识到此，或可稍减轻生之念。我之友人，自杀者甚伙，多烈性人，少优柔寡断如我者，惜无人于彼等临危之时，进此一言。

呜呼！自叶赛宁的诗：“死是容易的，活下去是艰难的”出，人以为自杀名句。近又有人，引另一作家坎坷之言，“容易”之下，更加“舒服”二字。此皆愤激之言，非常情之言也。后一作家于临终之时，曾语亲人：“死为何如此痛苦？”况非常之死乎？毕加索认为：痛苦为人生之本质。然彼之生活，非常浪漫，丰产而长寿。我等宁可信司马迁之言，不可信叶赛宁之言。

我乡有谚语：好死不如赖活。虽近平庸，仍不失对轻生者之一劝也。

谈头条

近年刊物，受官场影响，也讲平衡，对于名次篇目排列，极为用心，并有“双头条”之创造。刊物以作品质量分先后，无可厚非。过去，如《文学》，称为权威刊物，鲁迅系编委之一。即鲁迅所作，也并非一定居首。如果他写的是杂文，那就必须按文体归档，多半排到中后去了。在鲁迅主编的刊物上，从未把自己的作品，列为头条，更不用说儿女们的作品了。他所写的《立此存照》等短文，刊物也真的把它们作为补白，作者编者，均不以此为忤。这当然都是前辈人的老观念。

八十年代，人才众多，出现了一批“头条作家”。这种作家，很像四大须生，四大名旦，只能各自挑班，不能屈尊第二。但因为每期刊物，只能有一个头条，除去运用“双”法之外，就只好轮流坐庄了。作家本身也有办法，轮流投稿。本月为甲刊之头条，下月为乙刊之头条。刊物也乐于重金礼聘，包吃包住，你邀我抢，就像过去名角跑码头一样。

既跻身头条作家的行列，即使给个二条，也会生气不干的。即使写出的是篇拆烂污，也非上头条不可。这就使那些热心的主编们伤神了。

我混迹文坛半个世纪，所作平庸，从未当过名刊的头条。报纸副刊之上，近年容或有之，也不多见。因此养成一个甘居下游随遇而安的习惯，稿件投寄出去，只是希望人家给登出来，至于登在什么地方，是很少考虑的。

前些日子，有一家大刊物的两位副主编，来到舍下，闲谈间，也顺便叫我写点东西。过了两天，我写了一篇说是散文也可，说是小说也凑合，不到一千五百字的小文章，就寄给他们，原以为采用就不错了。谁知道这一次竟大爆冷门，很快收到一位副主编的信，不只认为那是一篇小说，并称之为“短篇佳作”。我想，这是老朋友对我的鼓励，不以为意。

很快又收到他寄来的一份校对完好的清样，说明不要我寄还，只要我保存。在阅读中间，我发现页码非常靠前，实在出于意外，不明究竟。我还问过一位编杂志的同志，他笑了笑说：“你的作品发的是头条!”

我想：这还是对我的鼓励。我老了，不常写小说，凭年岁当了个头条。

接到刊物，看了目录，这位同志又向我说：这种措施，叫“双头条”。

又看了编后，又看了下一期编后，才知道头条的全部学问。当然这是新学问。

对于老年人来说，一是感激刊物，感激相识的编辑们。二是，以后千万不要再到这些名人场所里掺和去了，实在没有意思。

谈镜花水月

凡是文艺，都要取材。环境有依据，人物也有依据。但一进入作品，即是已经加工过的，不再是原来的环境和人物了。这就像镜花和水月一样，多么逼真，也不是原来的花月了。有些读者，不明此义，常常按图索骥，已近于庸俗社会学。而有些人却听信传言，在文艺作品中，去寻找自己，这不只有悖常识，也常常流于庸人自扰的混乱之境。

文学作品，当以公心讽世为目的。以暴露人家的隐私为目的的作品，被称为黑幕小说，作品、作者，都不足道。明白人更不必去过多注意它的内容，从中探索自己的影子。

曾孟朴的《孽海花》，人物多有依据。书中有实可指者，近二十人。显宦包括张之洞，名流包括李莼客。但在当时以及后来，没有听说有谁，或是谁的后代，出来抗议，说书中某某人，写的就是他，或是他的祖先。因为谁都知道，人物一进入小说，便是虚构，打破镜子摘采花朵，跳进水中捞取月亮，只有傻瓜才肯那样去干。

当然也有例外，那就是赛金花。她不只承认写的就是自己，而且把作家夸大的部分，虚构的部分，都包了下来。因为，这对她来说，都没有坏处，倒有好处。

老实说，近些年，确有一些熟人、朋友的个别事迹，写入了我的文章，但也只是摘取一枝一叶，并不影响我对他们的全部评价。朋友仍然是朋友，熟人照旧是熟人。当然也有的从此就得罪了，疏远了，我是没有办法挽回的。

过去，当政治风雨突然袭击时，有些人对同志，对朋友，无中生有，造谣污蔑，不只使当事者蒙不白之冤，也使他的家属，有血泪之痛。这称之为乘人之危，投井下石，毫不为过。但这种做法，人们习以为常，他本人也会轻易地忘记。

而在太平盛世，天晴气朗之时，别人偶然描绘了一下类似他的嘴脸，伤不了他的半根毫毛，好官自为之，名人自当之，却忍受不了，以为别人不够朋友，刻薄无情，从此要绝交，要打句号。这可以说是我们的社会生活中，多年来形成的一种奇异现象。

其实，目前的环境，周围的关系，绝不会因为他的某一特点，被某一作者采撷了去，会对他产生什么不利的影响。例如，我曾写入杂文《谈迂》中的那个人物，在后来整党的时候，就竟然当上了领导小组的成员。当时在场的人，都还活着，不以为怪。

我有洁癖，真正的恶人、坏人、小人，我还不愿写进我的作品。鲁迅说，从来没有人愿意去写毛毛虫、痰和字纸篓。

一些人进入我的作品，虽然我批评或是讽刺了他的一些方面，我对他们仍然是有感情的，有时还是很依恋的，其中也包括我的亲友、家属和我自己。

我是一个很平庸的人，有很多弱点。一生之中，长期漂流在外，对家庭没有负起应尽的责任。自己的不幸遭遇，以及做过的错事、鲁莽事、傻事，都曾使亲人焦虑、感伤。到了晚年，时常自责并无掩饰地写出来，作为临终前的忏悔。

对于别人，交往也好，得罪也好，我已没有什么希求。我从来不愿得罪人，甚至不愿得罪院里的猫和狗，但我不能不写东西。

我过去所写的小说中，也有坏人吧？现在看起来，都很概念。晚年对世事体会深了，偶一触及，便有入木凿石之感，但确实也不愿再写多少了。

一生之中，我得到过的东西很多，有些过分。当然失去的也不少。现在，我已经进入了无欲望状态，不想再得到什么，也没有什么可以害怕失去的了。有人说，老的一代，必都有一种失落感，那恐怕是一些人的推测之词。

我的位置和价值

现在有些青年人，常常谈发现自己，发现自己的价值和位置。我听了感觉很新鲜，也很羡慕。我活了这么多年，过去竟没有发现过自己，也不知道自己的价值如何，位置在哪里。

现在用回忆的方法，重新发现一次。

我在小学读书，在中学读书，共十二年寒窗，都是为了创造自身以后的价值和位置。当我高中毕业以后，第一次找到的职业，是在一个市政机关当雇员，价值是每月二十元。位置是坐在一条破板凳上。第二次找到的职业，是在一个小学校当庶务，价值是每月十八元。位置是在一个并不明亮的小窗户下面。第三次找到的职业，是在一个镇上当小学教师。位置提高到楼上，价值是二十五元。

虽然如此，在以上三个阶段，我仍然穿着长衫，戴着礼帽，那些衙役、校役，对我都点头称先生。走在街上，那些农民，如果有子弟在学校，对我都毕恭毕敬。

参加抗战以后，价值是每天三钱油三钱盐。位置从固定，变为游动，常常走在路上，爬在山上，很难说是一份什么位置了。

土地改革时期，曾被当作石头，从一条众多人围坐的炕上，搬到一个人独坐的炕上，算是变换了一下位置。其实也没有受什么惩罚，受什么罪。

进城以后，我的价值是每月六百五十斤棒子面。可以养家糊口，我的家属，第一次发现了我的价值。而且还有了稿费，用一个朋友的当时的话说，是“日进斗金”。这是社会发现了我的位置——作家。但不久就病了，有些人很为我的价值的即将消失伤心。终于又好了，伤心的不再伤心，又来了“文化大革命”。

一切价值都谈不上了，一切位置都没有了。我到食堂去劳动。有一天帮着师傅们磨豆腐，推磨棍的一端，应该有一块重东西——一块石头或几块砖头坠着。有一位师傅提议，叫我去填补这个位置。

这位师傅和我很熟，并且知道我有病。过去我偶尔到食堂用饭，他总是微笑着把我请到上座，也就是最好的位置，品尝品尝他做的饭菜。我吃完以后，赞美他的厨艺时，他照例地说：

“首长吃好了，身体健康，就是我们的幸福！”

现在，他叫我坐到磨棍上去，是想和我开个玩笑，或者希望我从上面跌下来，形成一个大笑话。

有一天，我被派到招待所去砸煤。砸煤本来应该是在地上，监视我的人，却叫我到煤堆顶上去砸，这就不知是出于什么用心了，但总和位置有关。过去，在他们心里，我的位置太高了。

我原是这家报社的一名编委。“文化大革命”，有案可查的，就是我多年不上班。有人说，十年没有露面。推而演之，定为：白吃饭的人，五个工人才能养活我。

糊里糊涂，“四人帮”垮了，三中全会开了，前不久还说我不劳而食的人们，又都说我贡献最大，是报社的光荣，建议我当名誉社长。虽然没有成为事实，还是给了个顾问的头衔。

我还没有死，以后变化如何，且听下文分解。

论曰：

价值与位置，是辩证的统一，其基础为经济与政治。通俗言之，即金钱与时运。一般人，不能自我发现，皆由社会或旁人发现。

西汉之末，有刘盆子，旁人发现他是皇帝。盆子执意放牛，不做皇帝。能这样发现自己的价值和位置的，千古一人而已。

至于写几首诗，发表几篇小说，便吹牛说，发现了什么什么，其不自量，无自知之明，是非碰壁不可的。

谈 理 解

这些年，理解一词很流行。好像过去人们都不知道这个词儿，是一种新发明似的。从此以后，是不是人们之间，理解的程度就会加强加深了呢？不得而知。

我认为，人与人的相互理解，自古以来，就被看作是应该的，但做到，却是很困难的。这像很多事情一样，这不仅仅是一种愿望，而是一种实际。凡是实际，都包含着历史、时代、环境诸种因素。如果只理解一种因素，不理解别种因素，必然会造成误解。即使同一因素之中，还有因时、因地、因人的差别。至于偶然的影响，那就更是千变万化，难以捉摸的了。

所以说，理解是不容易做到的。

我没有写过畅销的书，有些稿费，"文化大革命"，为应付当时局面，已上缴国库。近年虽时有短文发表，每篇或二十元，或四十元，于生活不无小补，然一二年才能凑成一本小书，稿酬亦不过千元上下。银行虽尚有些积蓄，然须防老，不敢轻动。

这是我的经济实际，但有些人就不能理解，"文革"时的一些情景，且不去说了。直到现在还有人张口借三千五千。有一位贵州小姑娘，来信向我要两千，还要我亲自给她送去，她在村边等我。

她不知道，我即使能旅游，也游不到贵州了。这就是因为她不理解我的另一种实际：我不是慈善家，甚至不是一个慷慨的人。

还有的青年人，来信叫我买书、买物品，替打官司。他们说，如果你出不去，可以派秘书去办。

他们不知道，我这里没有秘书，一辈子也没有用过秘书，现在甚至没有三尺应门的童子。我住在三楼，上下不便，每逢有收报费，投挂号信的，在楼下一喊叫，我就紧张万分，天黑怕跌跤，下雪怕路滑，刮风怕感冒，只好不订报，不叫朋友寄挂号件。就是平信，也因不能及时收取，每每遗失。在此，吁请朋友来信，不要再贴特种邮票。

这又是一种实际，鲜为人知。

近年作家一行，早已不为人羡慕，因为他们的收入，已远不及演员、歌星、画家，甚至做小生意的人。但社会上的一些书呆子，仍把它看作生财之道，还以为我们这些人生活得多么阔气，多么幸福，多么有办法。这注定他们的前途，也不会光明的，因为他们对人的实际，理解太不够了。

但这也只是一方面的实际，另一方面则是：多一分资财，就多一分理解；少一分资财，就少一分理解。这是古今一致的。

古人云：隔行如隔山。俗话又说：知人知面不知心。都是经验之谈，不可不信。虽是同行，也并不是那么容易相互理解的；即使是亲人，理解也不会是那么全面的。旧剧《刺王僚》有唱词曰：虽然是兄弟们情意有，个人心机各自谋。每听到时，心里总是感慨万分的，惊心动魄的。

谈闲情

人生，总得有一点闲情。闲情逐渐消失，实际就是生命的逐渐消失。

我是农家的孩子，农村的玩意儿，我都喜欢，一生不忘。

例如养蝈蝈，直至老年，还是一种爱好，但这些年总是活不长。今年，外孙女代我买的一只很绿嫩的蝈蝈，昨天又死去了。我忽然想：这是我养的最后一只。我眼花耳背，既看不清它的形体，又听不清它的鸣叫，这种闲情，要结束了。

幼年在农村，一只蝈蝈，可以养到过春节。白天揣在怀里，夜晚放在被里，都可以听到它欢畅的叫声。蝈蝈好吃白菜心。老了，大腿、须、牙都掉了，就喂它豆腐，还是不停地叫。

童年之时，烈日当空，伫立田垄，蹑手蹑脚，审视谛听。兴奋紧张，满头大汗。捉住一只蝈蝈，那种愉快，是无与伦比的。比发了大财还高兴。

用秫秸眉子，编个荸荠形的小葫芦，把它养起来，朝斯暮斯，那种情景，也是无与伦比的。

为什么在城市，就养不活？它的寿命这样短，刚刚立过秋就溘然长逝了。

战争年代，我无心于此。平原的青纱帐里，山地的衰草丛中，不乏蝈蝈的鸣叫，我好像都听不到，因为没有闲情。

平原上，蝈蝈已经不复存在，农民用农药消灭了蝗虫，同时就消灭了蝈蝈。十几年前，我回故乡看见，只有从西南边几个县过来的行人，带有这种稀罕物。也是十几年前，在蓟县山坳里，还听到它的叫声。

这些年，我总是喂它传统的食物，难免有污染，所以活不长。

当然，人的闲情，也不能太多。太多，就会引来苦恼，引来牢骚。太多，就会成为八旗子弟。初进城时，旧货摊上，常常看到旗人玩的牙镶细雕的蝈蝈葫芦，但我不喜这些东西，宁可买一只农民出售的，用紫色染过的小葫芦。

得到一个封号，领一份俸禄。无战争之苦，无家计之劳。

国家无考成，人民无需索。住好房，坐好车，出入餐厅，旅游山水。悠哉度日，至于老死。不知自愧，尚为不平之鸣，抱怨环境不宽松，别人不宽容。这种娇生惯养的纨绔子弟，注定是什么事也做不成的。